DANIELLE STEEL

Avec 71 best-sellers publiés en France, plus d'un demi-milliard d'exemplaires vendus dans 47 pays et traduits en 28 langues, Danielle Steel est l'auteur contemporain le plus lu et le plus populaire au monde. Depuis 1981, ses romans figurent systématiquement en tête des meilleures ventes du *New York Times*. Elle est restée sur les listes des best-sellers pendant 390 semaines consécutives, ce qui lui a valu d'être citée dans le livre *Guinness des Records*.

Mais Danielle Steel ne se contente pas d'être écrivain. Très active sur le plan social, elle a créé deux fondations s'occupant de victimes de maladies mentales, d'enfants abusés, et de sans-abri.

Danielle Steel a longtemps vécu en Europe et a séjourné en France durant plusieurs années (elle parle parfaitement le français) avant de retourner à New York achever ses études. Elle a débuté dans la publicité et les relations publiques, puis s'est mise à écrire et a immédiatement conquis un immense public de tous âges et de tous milieux, très fidèle et en constante augmentation. Lorsqu'elle écrit (sur sa vieille Olympia mécanique de 1946), Danielle Steel peut travailler vingt heures par jour. Son exceptionnelle puissance de travail lui permet de mener trois romans de front, construisant la trame du premier, rédigeant le deuxième, peaufinant le troisième, et de s'occuper des adaptations télévisées de ses romans. Toutes ces activités ne l'empêchent pas de donner la priorité absolue à sa vie personnelle. Avec ses huit enfants, elle forme une famille heureuse et unie, sa plus belle réussite et sa plus grande fierté. En 2002, Danielle Steel a été faite officier de l'ordre des Arts et Lettres. En France, son fan-club compte plus de 13 000 membres.

ÉTERNELS CÉLIBATAIRES

DANIELLE STEEL

ÉTERNELS CÉLIBATAIRES

Traduit de l'anglais (États-Unis)
par Martine C. Desoille

PRESSES DE LA CITÉ

Titre original :
TOXIC BACHELORS

Retrouvez l'univers de Danielle Steel sur le site www.danielle-steel.fr

Le papier de cet ouvrage est composé de fibres naturelles, renouvelables, recyclables et fabriquées à partir de bois provenant de forêts plantées et cultivées durablement pour la fabrication du papier.

© Danielle Steel, 2005
© Presses de la Cité, un département de place des éditeurs, 2007
pour la traduction française
ISBN : 978-2-266-17959-1

À mes merveilleux enfants, Beatrix, Trevor, Todd, Nick, Samantha, Victoria, Vanessa, Maxx et Zara, dont l'amour, les rires et la tendresse illuminent ma vie.
À Sebastian, le plus beau des cadeaux de Noël.

Vous êtes ce que Dieu m'a donné de plus beau, et je Le remercie chaque jour du fond du cœur pour tout cet amour.

À vous tous, avec tout mon amour.

d.s.

Il dit/Elle dit

Il dit qu'il m'aimera toujours.
Elle dit qu'elle m'aimera jusqu'à la fin des temps.
Il dit qu'il sera mon compagnon.
Elle dit qu'elle sera ma meilleure amie.

Il dit qu'il écoutera mes histoires.
Elle dit qu'elle rira de mes plaisanteries.

Il dit qu'il sera à mon écoute.
Elle dit qu'elle me parlera toujours.

Il dit qu'il m'embrassera toujours.
Elle dit qu'elle me tiendra toujours la main.

Il dit qu'il ne dormira jamais sans moi.
Elle dit qu'elle m'embrassera chaque soir.

Il dit qu'il m'aimera toujours.
Elle dit qu'elle ne me quittera jamais.

Donna Rosenthal, artiste

1

Un soleil radieux inondait le pont du *Blue Moon*. Cette petite merveille motorisée de quatre-vingts mètres de long, qui avait appartenu à un prince saoudien, offrait le nec plus ultra en matière de confort et de design, avec sa piscine, son aire d'hélicoptère, ses six luxueuses cabines, sa suite avec salon privé digne d'un décor d'Hollywood et ses seize membres d'équipage triés sur le volet. La presse spécialisée du monde entier en parlait régulièrement. Son propriétaire actuel, Charles Sumner Harrington, avait tout juste vingt-deux ans lorsqu'il avait acheté son premier bateau, un voilier de vingt-cinq mètres baptisé *Dream*, et depuis lors sa passion pour la navigation de plaisance ne s'était pas démentie.

Aujourd'hui âgé de quarante-six ans, Charles Harrington savait qu'il était né sous une bonne étoile et qu'à bien des égards la vie l'avait comblé. À sa majorité, il avait hérité d'une immense fortune et d'une fondation qu'il gérait avec beaucoup de sérieux et de discernement. Conscient qu'il faisait partie d'une minorité de privilégiés, il avait toujours eu à cœur d'améliorer le sort de ceux qui n'avaient pas eu sa chance, notamment les jeunes et les enfants issus de milieux défavorisés.

Sa fondation était particulièrement active dans le domaine de l'éducation, des soins médicaux et de la protection de l'enfance maltraitée. Figure incontournable de la vie publique et philanthrope convaincu, il prenait très au sérieux son rôle au sein de sa fondation, et agissait aussi de façon plus anonyme, chaque fois qu'il le pouvait, ce qui ne l'empêchait pas de reconnaître – avec un petit sourire espiègle – qu'il était très gâté et vivait sur un grand pied. Dépensant des millions pour le bien-être d'autrui, il s'estimait en droit de jouir sans complexes des plaisirs que procurait l'argent. Il ne s'était jamais marié et n'avait pas d'enfants. C'était un bon vivant qui aimait le luxe et n'hésitait pas à en faire profiter ses amis.

Chaque été, Charlie invitait ses deux meilleurs amis, Adam Weiss et Gray Hawk, à bord du *Blue Moon*, et tous trois passaient un mois en Méditerranée à voguer au gré de leurs envies. Pour rien au monde ils n'auraient manqué ce rendez-vous, et chaque 1er août, Adam et Gray partaient rejoindre Charlie à Nice. Celui-ci se trouvait déjà à bord depuis un mois et ne regagnait généralement New York qu'à la mi-septembre, voire un peu plus tard, car il pouvait facilement gérer ses affaires à distance. Mais le mois d'août était exclusivement consacré à la fête et à la détente, et cette année ne dérogeait pas à la règle. À présent, confortablement installé sur le pont arrière du bateau, Charlie prenait son petit déjeuner. La veille, les trois amis avaient jeté l'ancre dans le port de Saint-Tropez. Ils s'étaient couchés tard, après une soirée bien arrosée qui s'était prolongée jusqu'à quatre heures du matin.

Malgré cela, Charlie s'était levé de bonne heure. Quand ils étaient réunis, ils formaient un redoutable trio, quoique parfaitement inoffensif. Célibataires tous les trois, ils n'avaient de compte à rendre à personne, et avaient fait le serment de passer toutes les vacances entre hommes, quoi qu'il advienne. Ils travaillaient suffisamment le reste du temps – Charlie comme président de sa fondation, Adam comme avocat et Gray comme artiste peintre – pour s'octroyer le droit, une fois par an, de s'amuser comme des fous.

Des trois, Charlie était le seul à affirmer qu'il était célibataire non par choix, mais parce que le sort en avait décidé ainsi. Il avait toujours voulu se marier, disait-il, mais n'avait jamais trouvé l'âme sœur et continuait vaillamment de chercher. Il avait été fiancé à quatre reprises, mais chaque fois, à son grand regret, un événement indépendant de sa volonté avait fait échouer ses projets de mariage.

Ainsi, il avait tout juste trente ans quand, trois semaines avant le jour J, sa première fiancée avait couché avec son meilleur ami. Complètement effondré, il n'avait eu d'autre choix que d'annuler leur mariage. Peu après leurs fiançailles, sa deuxième fiancée s'était vu offrir un poste en Angleterre par le magazine *Vogue*. Très amoureux, il avait accepté de faire la navette entre New York et Londres et loué un appartement où il passait des heures à l'attendre pendant qu'elle était au bureau. Pour finir, deux mois avant leur mariage, elle lui avait annoncé qu'elle ne voulait pas abandonner son travail, que c'était ce qui comptait le plus à ses yeux. Pour lui, qui avait espéré qu'elle resterait à la maison pour s'occuper des enfants, la chose était impensable. Ni l'un ni l'autre ne voulant revenir sur sa position, ils avaient décidé de rompre. Ils étaient restés en bons termes, mais le coup avait été rude pour Charlie. Toujours célibataire à trente-deux ans, il était plus que jamais déterminé à se marier. Un an plus tard, il était certain d'avoir enfin trouvé la femme de ses rêves – une fille géniale, rencontrée lors d'un voyage en Amérique latine dans le cadre d'un plan d'aide à l'enfance, et qui avait accepté d'interrompre ses études de médecine pour lui. Ils s'étaient découvert un grand nombre de points communs et, six mois plus tard, avaient décidé de se fiancer. Tout semblait aller pour le mieux, jusqu'à ce que Charlie découvre que sa fiancée était inséparable de sa sœur jumelle, et qu'elle s'attendait à ce qu'ils l'emmènent partout avec eux. D'emblée, la jumelle et lui s'étaient détestés, ce qui donnait lieu à des scènes houleuses et des chamailleries à n'en plus finir. Voyant que la situation ne faisait qu'empirer, il avait pris sa décision. Lorsqu'il avait annoncé à sa fiancée qu'il la quittait, elle n'avait pas élevé la moindre objection, déclarant qu'elle n'aurait jamais pu s'unir à un homme qui ne supportait pas sa sœur. L'année suivante, elle en épousait un autre, et, en apprenant que la jumelle s'était installée chez les jeunes mariés, Charlie s'était dit qu'il avait fait le bon choix. Sa dernière grande histoire d'amour, qui remontait à cinq ans, s'était soldée par un échec cuisant. Bien qu'elle fût sincèrement amoureuse de lui, la jeune femme lui avait annoncé qu'elle ne voulait pas d'enfants. Rien n'avait pu la faire changer d'avis, pas même les exhortations d'un conseiller conjugal, aussi s'étaient-ils quittés, bons amis, naturellement.

Car Charlie ne se brouillait jamais avec les femmes qu'il avait aimées. À Noël, ses anciennes compagnes lui envoyaient cartes de vœux et photos de famille, sur lesquelles elles posaient en compagnie de leurs époux et de leurs enfants. Dès le premier coup d'œil, on était frappé de voir à quel point toutes se ressemblaient. C'étaient de grandes et belles filles au teint clair, issues d'excellentes familles, qui avaient fréquenté les meilleures universités et épousé des hommes de leur milieu. Il continuait de correspondre avec la plupart d'entre elles. Toutes adoraient Charlie et gardaient un souvenir ému de leur idylle.

Ses amis Adam et Gray ne cessaient de lui répéter qu'il ferait mieux de renoncer aux femmes du monde et de s'intéresser aux « vraies » femmes – chacun donnant à ce vocable un sens très personnel. Mais Charlie voulait une épouse qui partageât les mêmes valeurs que lui, une femme intelligente et soignée, ayant reçu une bonne éducation et issue de l'aristocratie. Ce dernier aspect était important pour lui. Sa famille remontait au XVe siècle et avait bâti sa fortune au fil des générations en Angleterre. Tout comme son père et son grand-père, il était allé à l'université de Princeton. Sa mère avait fréquenté une école privée de renom et achevé son éducation en Europe, et sa sœur avait suivi le même parcours. Il voulait que sa future épouse leur ressemblât. On avait beau lui dire que sa conception du monde était rétrograde et snob, Charlie n'en avait cure. Il savait ce qu'il voulait et ce qui lui convenait. En politique, il était conservateur. Très attaché aux traditions, il agissait toujours avec tact et discrétion lorsqu'il lui arrivait d'avoir une aventure. Charlie était un gentleman, un homme élégant et distingué jusqu'au bout des ongles, attentionné, gentil, généreux et charmant. Ses manières étaient irréprochables, et les femmes l'aimaient pour cela. Il était l'un des partis les plus convoités de New York et, partout où il allait, il se faisait des amis. En un mot, il était irrésistible.

Celle qui l'épouserait serait une femme comblée. Mais, tel le prince charmant parcourant la terre entière à la recherche de l'âme sœur, toutes les femmes qu'il avait rencontrées, si charmantes et attirantes soient-elles, avaient déçu ses attentes et réduit à néant son désir de fonder une famille, de sorte qu'à quarante-six ans il était toujours célibataire, à son corps défendant. Cela étant, il ne désespérait pas de trouver la femme idéale, et poursuivait sa quête. Beaucoup de prétendantes étaient en fait des intrigantes qui jouaient la comédie, mais il n'était pas dupe et finissait toujours par déjouer leurs ruses. Sa seule consolation était qu'il n'avait pas commis la bêtise d'unir sa vie à quelqu'un qui n'en valait pas la peine. Il restait persuadé que la femme de sa vie se trouvait quelque part dans le monde et qu'un jour viendrait où leurs chemins se croiseraient.

Tandis que deux hôtesses lui servaient son petit déjeuner, Charlie, les yeux fermés, goûtait la chaude caresse du soleil. La veille au soir, il avait bu un certain nombre de cocktails et pas mal de champagne, mais un bon bain de mer pris en se levant l'avait remis d'aplomb. Il était excellent nageur et très bon véliplanchiste. Capitaine de l'équipe de natation lorsqu'il étudiait à Princeton, il était resté sportif. Il adorait skier et jouait au squash en hiver et au tennis en été, ce qui lui permettait de se maintenir en bonne santé et de garder la forme. Charlie était très bel homme : grand, svelte, il avait des cheveux blond cendré parmi lesquels se fondaient quelques fils gris. Ses yeux bleus étaient mis en valeur par son teint hâlé, après un mois passé en mer.

Sa mère avait été une beauté, et sa sœur avait été championne de tennis à l'université, avant d'abandonner ses études pour s'occuper de lui. Car ses parents étaient morts dans un accident de voiture, lors d'un voyage en Italie. Il avait seize ans à l'époque. Sa sœur, Ellen, âgée de vingt et un ans, avait alors quitté l'université pour prendre en main les affaires familiales. Elle avait interrompu ses études avec l'intention de les reprendre lorsque Charlie entrerait à l'université, deux ans plus tard. Elle avait fait cela pour lui, de son plein gré. Elle était extraordinaire et Charlie l'adorait. Il ignorait, lorsqu'il était entré à l'université, qu'Ellen était malade. Elle ne lui avait rien dit. Pendant presque trois ans, elle lui avait caché la gravité de son mal. Elle avait déclaré être trop occupée par la fondation pour pouvoir retourner à l'université, et il l'avait crue. En réalité, elle souffrait d'une tumeur au cerveau inopérable. Elle avait lutté, mais six mois avant que Charlie n'obtienne son diplôme, elle était morte. Privé de sa sœur et de ses parents, Charlie s'était retrouvé seul au monde. Il avait hérité d'une gigantesque fortune et des lourdes responsabilités qui en découlaient. Il avait alors acheté son premier bateau et était parti pendant deux ans faire le tour du monde. Il ne se passait pas un jour sans qu'il ne pense à sa sœur et à tout ce qu'elle avait fait pour lui. Elle l'avait entouré de son affection comme leurs parents avant elle. Ils formaient une famille unie et aimante. Son seul problème était que tous ceux qu'il avait chéris étaient morts. Et sa pire crainte, désormais, était de voir mourir les personnes auxquelles il s'attachait.

Après son tour du monde, à vingt-quatre ans, il était entré à l'université Columbia pour préparer un diplôme qui lui permettrait de gérer lui-même son patrimoine et d'administrer sa fondation. Les événements l'avaient fait mûrir plus vite que prévu, il était devenu adulte et responsable. Jamais Charlie n'avait fait faux bond à quiconque. Il avait beau savoir que ni sa sœur ni ses parents ne l'avaient abandonné intentionnellement, il se sentait très seul. Bien que très gâté sur le plan matériel et entouré d'excellents amis, il savait qu'il souffrirait de la solitude tant qu'il n'aurait pas trouvé l'âme sœur, ce qui ne signifiait pas pour autant qu'il s'amouracherait de la première venue. Non. La femme de sa vie serait comme sa mère et sa sœur, elle se tiendrait à ses côtés jusqu'au bout. Il pourrait compter sur elle, elle serait une bonne mère et une bonne épouse. Une femme idéale, en somme, qui méritait qu'il prenne son temps.

— Ouille, ma tête.

Charlie rit en entendant Adam gémir. Il ouvrit les yeux et vit son ami en short blanc et t-shirt bleu pâle, qui se laissait tomber dans un fauteuil de l'autre côté de la table. L'hôtesse s'approcha aussitôt pour lui servir un café bien fort. Adam en avala quelques gorgées avant d'ajouter :

— Bon sang, mais qu'est-ce que j'ai bien pu boire hier soir pour être dans cet état ?

Il avait des cheveux bruns, des yeux presque noirs et n'avait pas pris la peine de se raser. Pas très grand, râblé, il n'était pas beau comme pouvait l'être Charlie, mais il était vif, drôle, charmant et attirant et jouissait d'un succès certain auprès des femmes. Son manque de beauté physique était compensé par l'intelligence, l'efficacité et un compte en banque bien garni.

— Il me semble que tu as surtout bu du rhum et de la tequila, après avoir sifflé une bouteille de vin au dîner.

Ils avaient bu un château-haut-brion à bord, avant de descendre faire la tournée des bars et des discothèques. Charlie savait qu'il ne risquait pas de rencontrer la femme de sa vie dans de tels endroits, mais en attendant il eût été dommage que ses amis et lui se privent de la compagnie des autres femmes.

— Et il me semble qu'avant de quitter la discothèque, je t'ai aperçu en train de boire un cognac.

— Je crois que c'est le rhum qui ne me réussit pas. Chaque année, c'est la même chose. Il suffit que je mette les pieds sur ce bateau pour devenir alcoolique. Si je buvais comme ça le reste du temps, je me retrouverais sur la paille en moins de deux.

Adam Weiss cligna des yeux, puis chaussa ses lunettes de soleil avant d'ajouter avec un sourire narquois :

— Tu sais que tu exerces une influence déplorable sur moi, Charlie. Heureusement que tu es un hôte irréprochable. À quelle heure suis-je rentré ?

— Vers cinq heures.

Charlie n'avait pas pour habitude de juger ses amis. Il voulait juste qu'ils prennent du bon temps. Adam et Gray étaient comme ses frères. Au cours des dix dernières années, tous trois s'étaient serré les coudes quand ils avaient traversé des moments difficiles.

Charlie avait fait la connaissance d'Adam à l'époque où ce dernier venait de divorcer de Rachel. Adam avait rencontré son épouse à la faculté de droit de Harvard. Brillante, Rachel avait décroché son doctorat avec les félicitations du jury et avait été admise au barreau dès sa première tentative, même si elle n'avait jamais exercé. Adam, en revanche, avait dû s'y reprendre à deux fois. Cela ne l'empêchait pas d'être un excellent avocat et de faire une très belle carrière dans un cabinet spécialisé dans la défense des stars du showbiz et des athlètes de haut niveau. Il adorait son métier. Le lendemain de la remise des diplômes, Rachel et lui s'étaient mariés. Bien que leurs deux familles fussent établies à Long Island et amies de longue date, ils ne se connaissaient pas avant d'entrer à l'université, Adam ayant toujours refusé d'être présenté aux filles des amis de ses parents. Cependant, dès qu'il avait fait sa connaissance elle lui avait semblé être la femme idéale.

Au début de leur mariage, ils se croyaient sincèrement faits l'un pour l'autre et étaient persuadés qu'ils passeraient leur vie ensemble. Rachel était tombée enceinte dès leur lune de miel et ils avaient eu deux enfants, Amanda et Jacob, aujourd'hui âgés de quatorze et treize ans. Mais, après cinq ans de vie commune, les choses s'étaient gâtées. Adam voulait réussir et travaillait comme un forcené. Ne déclinant jamais une invitation à un concert ou à un match, il rentrait souvent à des heures indues. Pour autant, et malgré les nombreuses tentations qui s'offraient à lui, il n'avait jamais trompé sa femme. Mais à la longue, lasse de passer ses soirées seule, Rachel avait fini par avoir une aventure avec le pédiatre des enfants. Adam venait d'apprendre qu'il était promu au rang d'associé quand elle lui avait annoncé qu'elle le quittait. Elle avait emmené les enfants avec elle, tous les meubles, et la moitié de leurs économies. Et, sitôt leur divorce prononcé, elle s'était remariée avec le médecin. Dix ans plus tard, Adam ne s'en était toujours pas remis. Il la haïssait tellement qu'il avait du mal à rester poli quand il lui adressait la parole. Il s'était juré de ne plus jamais se remarier, de crainte de revivre le même calvaire. Il avait cru mourir de chagrin quand elle était partie avec les enfants.

Pour être sûr que cela ne se reproduirait pas, il avait pris l'habitude de ne fréquenter que des gamines moitié plus jeunes que lui et complètement écervelées. À quarante et un ans, il ne sortait qu'avec des jeunettes de vingt ou vingt-cinq ans, mannequins, starlettes ou groupies qui gravitaient autour des stars du rock et des sportifs. La plupart du temps, il oubliait leurs noms. Même s'il savait se montrer généreux, il ne cherchait pas à les mener en bateau. D'emblée, il leur annonçait qu'il n'avait pas l'intention de se remarier et qu'ils ne se voyaient que pour s'amuser. Ces aventures ne duraient jamais plus de deux semaines. Un ou deux dîners suivis d'une partie de jambes en l'air, et hop, il passait à la suivante. Son cœur, Rachel le lui avait pris, puis l'avait jeté au rebut. Et maintenant que les enfants étaient grands, leurs échanges étaient réduits au strict minimum. Il correspondait avec elle par e-mail quand il ne pouvait vraiment pas faire autrement, ou chargeait sa secrétaire de lui passer un coup de fil. Il ne voulait plus rien avoir à faire avec elle. De même qu'il ne voulait plus entendre parler de relation durable. Adam était trop attaché à sa liberté.

Sa mère avait renoncé à lui présenter des « filles bien ». Il menait exactement le genre de vie qui lui convenait, en compagnie de filles faciles et ravissantes, prêtes à satisfaire ses moindres désirs. Et quand il éprouvait le besoin de discuter, il appelait ses copains. Pour lui, les femmes ne servaient à rien d'autre qu'à faire l'amour et à s'amuser. Contrairement à Charlie, il ne cherchait pas la femme idéale. Tout ce qu'il voulait, c'était une partenaire sexuelle pour une semaine, deux tout au plus. Ce qui lui tenait à cœur, c'étaient ses enfants, son travail et ses potes. Les femmes n'avaient jamais été pour lui des amies. Rachel était sa pire ennemie, sa mère un boulet, et sa sœur une enquiquineuse. Quant aux filles avec qui il couchait, elles n'étaient que des étrangères et il se sentait infiniment plus à son aise et en sécurité avec ses copains, en particulier Charlie et Gray.

— J'ai l'impression que j'ai bien fait la fête, cette nuit, dit Adam avec un petit sourire penaud. La dernière chose dont je me souviens, c'est d'avoir dansé avec des Brésiliennes. Elles ne parlaient pas un mot d'anglais, mais ça ne les empêchait pas de se mouvoir divinement ! On n'a pas arrêté de danser la samba et j'ai bien dû ingurgiter dix litres de rhum ! Ces filles étaient vraiment fantastiques.

— Et toi donc ! s'esclaffa Charlie.

Puis les deux hommes se turent et offrirent leur visage à la caresse du soleil. C'était bon, même avec la gueule de bois. Adam mettait autant d'énergie à s'amuser qu'à travailler. Au sommet de sa carrière, il était perpétuellement sous pression et ne se déplaçait jamais sans ses trois téléphones portables. Quand il n'était pas en réunion, il était dans son jet privé, pour aller voir l'un ou l'autre de ses clients. Son travail consistait à représenter des célébrités qui avaient le chic pour se mettre dans le pétrin. Mais Adam adorait son métier et se montrait beaucoup plus patient avec ses clients qu'avec n'importe qui, à l'exception de ses enfants qui comptaient plus que tout. Amanda et Jacob étaient les prunelles de ses yeux.

— Il me semble que j'ai donné rendez-vous à deux d'entre elles ce soir, dit-il en souriant au souvenir des sirènes brésiliennes. Mais étant donné qu'elles ne comprenaient pas un traître mot de ce que je leur disais, je vais devoir y retourner pour m'en assurer.

Il avait fini sa deuxième tasse de café, et commençait enfin à émerger. C'est à ce moment que Gray fit son apparition, en maillot de bain et t-shirt taché de peinture. Il portait une paire de lunettes noires qui s'accordait parfaitement avec sa tignasse blanche complètement ébouriffée.

— J'ai passé l'âge pour ce genre de folies, maugréa-t-il en se laissant tomber dans un fauteuil.

Il accepta de bon cœur la tasse de café que l'hôtesse lui présentait et déboucha une petite fiole d'un breuvage amer, qui avait le pouvoir d'apaiser les brûlures d'estomac dues aux excès de boisson. Contrairement à Charlie et Adam, il ne semblait pas sportif. Il était grand et maigre, comme s'il était sous-alimenté. Il était peintre et vivait dans l'ouest de Greenwich Village, dans un atelier où il peignait durant des mois des tableaux magnifiques mais d'une grande complexité, qui lui permettaient tout juste de joindre les deux bouts quand il en vendait deux par an. À l'instar de Charlie, il ne s'était jamais marié et n'avait jamais eu d'enfants. Bien que reconnu dans le monde artistique, il n'avait jamais fait fortune. Mais quelle importance ? L'argent n'était pas tout. Pour lui, l'essentiel était de rester lui-même. Il proposa une gorgée de sa mixture à ses amis, mais ils déclinèrent son offre.

— Je ne sais pas comment tu peux ingurgiter un truc pareil, dit Adam avec une moue dégoûtée. Même si c'est efficace, j'aime encore mieux rester avec ma gueule de bois que boire cette horreur.

— Tu as tort. C'est radical. Mais je vais bientôt être obligé de le prendre en perfusion, si vous continuez à me faire boire comme ça. J'oublie toujours les effets secondaires. On va finir par devoir aller faire un tour chez les Alcooliques Anonymes, non ?

Gray avala son breuvage, puis sa tasse de café, avant d'attaquer ses œufs au plat.

— On verra ça la semaine prochaine, dit Charlie en riant.

Il savait que leurs excès ne dureraient pas et qu'une fois passée l'euphorie des premiers jours, ils adopteraient un mode de vie plus raisonnable. D'ailleurs leurs libations de la veille n'étaient pas aussi terribles qu'ils le laissaient entendre, même s'ils avaient un peu forcé sur la bouteille et dansé jusqu'au petit matin. Charlie était tout guilleret à l'idée de passer un mois entier avec ses amis. Pour tous les trois, ces retrouvailles étaient le meilleur moment de l'année, un événement qu'ils attendaient depuis des mois et qui leur donnait l'occasion de se rappeler leurs vacances précédentes.

— N'empêche qu'on a pris un peu d'avance, cette année. J'ai déjà le foie en compote, dit Gray en finissant son assiette.

Il mordit dans un toast pour essayer de calmer son estomac. Sa tête continuait à le lancer, même si ce qu'il avait pris commençait à faire effet. Adam songea qu'il aurait été incapable d'ingurgiter un petit déjeuner aussi copieux. La potion amère que Gray prenait religieusement chaque matin semblait avoir des effets bénéfiques. Heureusement, aucun d'eux ne souffrait du mal de mer.

— Je suis le plus vieux de nous trois, et si on continue à ce rythme, je ne vais pas passer l'été. Pitié pour ma vieille carcasse.

Le fait est qu'à cinquante ans, Gray paraissait beaucoup plus âgé que ses deux amis. À quarante-six ans, Charlie avait gardé une allure juvénile et Adam, qui en avait quarante et un, était dans une forme étonnante. Si occupé soit-il, il faisait toujours de la gym, même quand il n'était pas chez lui. C'était, disait-il, la seule façon de lutter contre le stress. Gray, en revanche, avait une hygiène de vie déplorable. Il dormait peu, s'alimentait encore moins et ne vivait que pour sa peinture. Il pouvait passer des heures devant son chevalet sans rien faire d'autre que réfléchir, rêver et chercher l'inspiration. Il n'était guère plus âgé que les deux autres, mais ses cheveux blancs hirsutes le faisaient paraître beaucoup plus vieux. Chaque fois qu'il rencontrait une femme, elle le trouvait charmant et séduisant, au début tout au moins, puis finissait par se lasser.

Contrairement à Charlie ou Adam, Gray n'était pas du genre à courir les filles. Il avançait nonchalamment dans la vie, et c'étaient les femmes qui venaient à lui. Adam avait coutume de dire qu'il agissait comme un aimant sur certaines femmes, ce que Gray ne niait pas. Celles avec qui il sortait étaient généralement sous antidépresseurs et arrêtaient leur traitement dès qu'elles le fréquentaient. C'étaient le plus souvent des femmes battues, qui ne parvenaient pas à oublier ceux qui les avaient rouées de coups puis jetées à la rue. Gray ne manquait jamais de leur tendre une main secourable, et même lorsqu'il les trouvait peu attirantes ou insupportables, il leur offrait un toit. Il les nourrissait, les maternait, s'occupait de leur trouver un psy, quand il ne se chargeait pas lui-même de les soigner. Il leur donnait de l'argent et se retrouvait encore plus démuni qu'il ne l'était avant de faire leur connaissance. Il leur offrait la sécurité et le réconfort et était prêt à tout pour elles, à condition qu'elles ne lui demandent pas de leur faire un enfant. Les enfants étaient la seule chose que Gray ne supportait pas. Il en avait une peur bleue, et ce depuis toujours. Ils lui rappelaient sa propre enfance, dont il avait gardé un souvenir épouvantable.

De prime abord, les femmes que Gray rencontrait ne donnaient pas l'impression d'être méchantes, et toutes se défendaient de lui vouloir du mal. Elles étaient désorganisées, inadaptées, souvent hystériques. Leurs relations duraient un mois, parfois un an, mais jamais plus. Chaque fois, il s'efforçait de les remettre sur pied, leur cherchait du travail, les présentait à des gens qui pouvaient leur être utiles, et chaque fois – sans exception – elles le quittaient pour un autre. Et bien qu'il n'ait jamais eu envie d'en épouser une, il était déçu et blessé lorsqu'elles le plaquaient, même s'il s'y attendait. Il jouait le rôle du père, et comme tous les parents dévoués, il savait que tôt ou tard les oisillons devaient quitter le nid. Mais, à sa grande surprise, leur départ était toujours source de problèmes, car elles s'en allaient rarement avec élégance. Quand elles ne lui volaient pas ses maigres biens, elles piquaient des crises qui obligeaient le voisinage à appeler la police, lançaient ses affaires par la fenêtre et n'auraient pas hésité à crever les pneus de sa voiture s'il en avait eu une. Rares étaient celles qui le remerciaient pour le temps, l'argent et la tendresse qu'il leur avait prodigués, si bien qu'en fin de compte, il était soulagé de les voir partir. Contrairement à Charlie ou Adam, Gray n'était pas attiré par les femmes jeunes. Il tombait presque toujours sous le charme de femmes déjà mûres, pas très équilibrées. Mais il se disait sensible à leur fragilité et éprouvait le besoin de les aider. Adam lui avait suggéré de devenir bénévole à la Croix-Rouge ou dans un centre d'aide psychologique où il aurait pu agir sans pour autant faire de sa vie privée un asile pour névrosées.

« C'est plus fort que moi, avait répondu Gray, l'air penaud. J'ai le sentiment que si je ne leur viens pas en aide, personne ne le fera.

— Oui, n'empêche que tu peux t'estimer heureux qu'aucune de ces cinglées n'ait cherché à t'égorger pendant ton sommeil. »

En réalité, une ou deux avaient essayé, mais elles avaient heureusement échoué dans leur tentative. Malgré cela, Gray éprouvait un besoin irrésistible de sauver l'humanité, et en particulier les femmes en manque d'affection. Dès qu'il se retrouvait seul, une nouvelle femme, encore pire que les précédentes, faisait irruption dans sa vie, et tout recommençait. Mais à force, il avait l'habitude.

Contrairement à Charlie ou Adam, issus de familles conformistes – Adam avait grandi à Long Island et Charlie dans la Cinquième Avenue à New York –, Gray avait bourlingué, dès son plus jeune âge, sur les cinq continents. Ses parents, des stars parmi les plus célèbres de l'histoire du rock, l'avaient adopté à sa naissance. Il avait grandi dans le milieu du showbiz et commencé à fumer ses premiers joints et à boire ses premières bières à l'âge de huit ans. Ses parents avaient également adopté une petite fille qu'ils avaient appelée Sparrow[1]. Quand Gray avait eu dix ans, ils avaient entamé une retraite spirituelle qui les avait menés en Inde, puis au Népal et aux Caraïbes, et pour finir en Amazonie où, quatre ans durant, ils avaient vécu sur un bateau. De cette époque, Gray avait surtout gardé le souvenir de la misère des autochtones. Sa sœur s'était convertie au bouddhisme et était retournée vivre à Calcutta, où elle s'occupait des miséreux. À dix-huit ans, Gray s'était installé à New York pour se lancer dans la peinture. Ses parents avaient encore de l'argent à l'époque, mais il avait décidé de s'en sortir seul, et, à vingt ans, il était parti étudier à Paris.

Entre-temps, son père et sa mère étaient allés vivre à Santa Fe, où ils avaient adopté un bébé navajo. Boy était un bambin adorable, mais la différence d'âge entre Gray et lui ne leur avait pas permis de créer de vrais liens affectifs. À dix-huit ans, quand leurs parents étaient morts, Boy était retourné vivre dans sa tribu. Sept ans s'étaient écoulés depuis, et ni Gray ni Boy

---

1. « Moineau ». (*N.d.T.*)

n'avaient cherché à se revoir. De loin en loin, Sparrow lui écrivait une lettre, mais ils ne s'étaient jamais bien entendus. Ils avaient passé leur enfance à essayer de survivre aux excentricités et aux errements de leurs parents. Pendant des années, espérant sans doute donner un semblant de normalité à sa vie, Sparrow avait cherché la trace de ses parents biologiques. Elle les avait finalement retrouvés, au fin fond du Kentucky, et découvert qu'ils n'avaient rien à se dire, de sorte qu'elle n'était plus jamais retournée les voir. Gray, en revanche, n'avait pas éprouvé le besoin de retrouver les siens. Ses parents adoptifs lui donnaient bien assez de souci comme ça. Les femmes qu'il fréquentait leur ressemblaient et les crises qu'il traversait avec elles avaient pour lui un goût de déjà-vu. Au milieu de tout ce chaos, il avait acquis une certitude : jamais il n'aurait d'enfants, car il ne voulait pas faire endurer à d'autres ce qu'il avait vécu. Faire des enfants était une responsabilité qu'il laissait aux gens comme Adam, capables de les élever correctement. Mais Gray, qui n'avait jamais eu de vrais parents, ne se sentait pas capable d'offrir un cadre familial digne de ce nom à des enfants.

Qu'il l'ait hérité ou non de ses parents génétiques, Gray possédait un immense talent, et même s'il avait du mal à en vivre, il était un peintre reconnu et respecté des critiques d'art, qui tous s'accordaient pour dire qu'il était immensément doué. Simplement, il n'arrivait pas à trouver l'équilibre nécessaire pour prendre sérieusement en main sa carrière et gagner de l'argent. Ses parents avaient dilapidé dans la drogue et les voyages tout ce qu'ils avaient amassé durant leur jeunesse. Il avait l'habitude de vivre sans un sou et pour lui ce n'était pas un problème. Quand il en avait, il était heureux de pouvoir le donner à plus malheureux que lui. Il était bien partout, que ce soit sur le luxueux yacht de Charlie ou dans son atelier glacial de New York. Avoir une compagne ne lui était pas non plus indispensable. Seuls lui importaient son travail et ses amis.

Même s'il lui arrivait de se sentir attiré par une femme, il était depuis longtemps convaincu que toutes celles qui se retrouvaient dans son lit étaient folles. Contrairement à Charlie, il ne recherchait pas la femme idéale, il souhaitait simplement en rencontrer une normale. En attendant, celles qu'il trouvait l'occupaient largement et fournissaient aux trois amis l'occasion de joyeux fous rires.

— Eh bien, quel est le programme pour aujourd'hui ? demanda Charlie tandis que tous trois se doraient paresseusement au soleil sur leurs chaises longues.

Il était presque midi. Adam dit qu'il voulait acheter des cadeaux pour ses enfants. Amanda adorait tout ce qu'il lui rapportait et Jacob n'était pas difficile à satisfaire. Tous deux vénéraient leur père tout en n'en aimant pas moins leur mère et leur beau-père. Rachel avait eu deux autres enfants avec le pédiatre, et Adam feignait d'en ignorer l'existence. Il n'avait jamais pardonné à Rachel et ne lui pardonnerait jamais. Depuis son divorce, il avait décidé que toutes les femmes étaient des garces. Sa mère, la première, qui ne respectait pas son mari et ne cessait de l'asticoter. Résultat, son père se murait dans le silence. Quant à sa sœur, elle geignait sans arrêt et finissait toujours par obtenir ce qu'elle voulait à force de jérémiades. Et si, par malheur, elle ne parvenait pas à ses fins, elle sortait ses griffes et devenait vraiment méchante. Avec les femmes, la seule façon de ne pas s'attirer d'ennuis était de les choisir complètement idiotes, de les garder à distance et d'en changer souvent. Les seuls moments où il prenait le temps de vivre et acceptait de baisser la garde, c'était quand il était en compagnie de Charlie et Gray, ou de ses enfants.

— Les magasins ferment à l'heure du déjeuner, leur rappela Charlie. Nous irons cet après-midi.

Adam se souvint que les commerces fermaient effectivement à treize heures pour ne rouvrir qu'à quinze heures trente ou seize heures. Et il était encore trop tôt pour songer à se mettre à table.

Ils venaient juste de finir leur petit déjeuner, et bien qu'Adam n'ait avalé en tout et pour tout qu'un petit pain et un café, il se sentait barbouillé. Il avait eu un ulcère à l'estomac, quelques années auparavant, et depuis mangeait peu. C'était le prix à payer quand on était, comme lui, constamment sur la brèche. Après toutes ces années à s'occuper des stars du monde du spectacle et du sport, il aimait toujours autant son travail. Il passait son temps à les faire libérer sous caution, à négocier leurs contrats, à régler les pensions alimentaires qu'ils versaient à leurs maîtresses et aux enfants qu'ils avaient eus en dehors du mariage. C'était stressant mais passionnant. Et maintenant, il pouvait enfin goûter à des vacances bien méritées. Il en prenait deux fois par an. Au mois d'août, avec Charlie, sur le yacht, et une semaine en hiver, toujours avec ce dernier et toujours sur le yacht, dans les Caraïbes. Après la croisière, il passait toujours une semaine avec ses enfants. Et cette année encore, son jet privé irait les chercher à New York pour les amener à Nice, puis de là ils s'envoleraient pour Londres.

— Qu'est-ce que vous diriez d'aller jeter l'ancre dans la baie ? suggéra Charlie. On pourrait aller déjeuner au Club 55.

Les autres approuvèrent d'un hochement de tête. C'était généralement ce qu'ils faisaient, quand ils étaient à Saint-Tropez.

Charlie avait toutes sortes de joujoux à bord pour divertir ses invités : skis nautiques, jet-skis, planches de surf et équipements de plongée sous-marine, et même un petit voilier. Mais les trois amis préféraient paresser. Ils se retrouvaient pour manger, draguer et boire un verre, ou faire quelques brasses, mais passaient surtout beaucoup de temps à dormir. En particulier Adam, qui était exténué et prétendait que le yacht de Charlie était le seul endroit au monde où il parvenait à décompresser. Au mois d'août, il laissait ses soucis de côté. Et bien qu'il continuât de recevoir chaque jour des fax du bureau, ses secrétaires, assistants et associés avaient ordre de ne le déranger sous aucun prétexte. Malheur à celui ou celle qui enfreignait la règle. De toute façon, tous savaient que le jeu en valait la chandelle, car Adam était reposé et d'excellente humeur quand il retournait au bureau en septembre, et les effets bénéfiques de ses vacances se prolongeaient pendant des semaines, voire des mois.

Les trois amis avaient fait connaissance lors d'un gala organisé par la fondation de Charlie pour récolter les fonds nécessaires à la création d'un refuge pour femmes et enfants battus. L'organisateur de la soirée était à la recherche d'une star du rock pour animer l'événement et il avait contacté Adam. Adam et Charlie avaient déjeuné ensemble pour en discuter et s'étaient aussitôt appréciés. Lorsque le gala avait eu lieu, ils étaient déjà de grands amis.

Adam avait réussi à obtenir de la vedette qu'elle fasse don de la totalité de la recette, qui s'élevait à un million de dollars, ce qui ne s'était jamais vu dans ce type d'opération. Gray, quant à lui, avait offert pour ce même gala une de ses toiles, un gros sacrifice pour lui, puisque cela correspondait à la moitié de ses revenus annuels. À l'issue de la soirée, il avait proposé de réaliser une fresque pour le refuge. Gray avait alors fait la connaissance de Charlie et ce dernier l'avait invité à dîner chez lui avec Adam pour les remercier. Bien qu'extrêmement différents les uns des autres, ils s'étaient découvert de nombreux points communs. Ils se passionnaient tous les trois pour ce qu'ils faisaient, ils étaient célibataires et n'envisageaient pas de se marier. Adam avait divorcé depuis peu. Charlie, lui, venait de rompre ses fiançailles, et il les avait invités à passer le mois d'août à bord du bateau, sur lequel il avait initialement prévu de passer sa lune de miel. Il s'était dit qu'une croisière entre copains pourrait les distraire. La fille avec qui sortait Gray avait fait une tentative de suicide en juin et l'avait quitté pour un de ses étudiants en juillet. Aussi avait-il accueilli avec joie la proposition de Charlie de passer le mois d'août loin de New York. À l'époque, il était encore plus fauché que d'ordinaire. Quant à Adam, il avait eu un printemps difficile, avec deux athlètes blessés et un groupe de renommée internationale qui avait annulé une tournée, ce qui avait déclenché une série de procès. La croisière s'était si bien passée qu'ils avaient décidé de recommencer l'année d'après et les suivantes. Celle-ci ne serait pas différente des autres. Saint-Tropez, Monte-Carlo et la virée au casino, Portofino, puis cap sur la Sardaigne, Capri et tous les lieux où ils auraient envie de jeter l'ancre.

— Eh bien, vous êtes d'accord pour une petite baignade puis un déjeuner au Club 55 ? insista Charlie, qui devait informer le capitaine de leurs projets.

Juste au moment où Adam acquiesçait, la sonnerie de son téléphone portable retentit. Il l'ignora en fronçant les sourcils. Il interrogerait sa messagerie plus tard.

— Un bloody mary ? s'enquit innocemment Charlie tout en indiquant au steward qu'ils iraient déjeuner à Saint-Tropez.

Ce dernier, un grand et beau garçon originaire de Nouvelle-Zélande, lui répondit par un hochement de tête et partit prévenir le capitaine et leur réserver une table. En général, Charlie préférait prendre les repas à bord, mais le cadre tropézien était trop tentant. Quiconque avait un nom se devait de déjeuner au Club 55 et de dîner au Spoon.

— Le mien sera sans vodka, dit Gray en souriant au steward, sans quoi je vais être obligé de suivre une cure de désintoxication.

— Et le mien bien corsé, avec de la tequila, annonça Adam avec un grand sourire.

Charlie éclata de rire et dit :

— Pour moi, ce sera un bellini.

Rien de tel que ce cocktail à base de jus de pêche et de champagne pour commencer la journée. Charlie, qui avait un faible pour les cigares cubains et le bon champagne, en avait une bonne provision.

Les trois hommes s'installèrent confortablement sur le pont pour savourer leurs cocktails, tandis que le yacht quittait le port en louvoyant habilement entre les petits bateaux et les vedettes d'excursion bondées de touristes armés d'appareils photo qui les mitraillaient au passage. Comme toujours, une meute de paparazzis était postée au bout du quai, à l'affût des grands yachts et de leurs hôtes. Juchés sur des motos, ils filaient les célébrités sans les lâcher d'une semelle. Ils prirent une dernière photo du *Blue Moon* quittant le port, tout en sachant que le yacht reviendrait dans la soirée. Jamais Charlie ne leur avait fourni la moindre occasion de médire sur son compte. En dépit de la taille et de l'opulence de son yacht, il menait une vie discrète et tranquille. Il n'était rien de plus qu'un homme riche voyageant en compagnie de deux amis.

Ils piquèrent une tête et nagèrent pendant une demi-heure. Après quoi, Adam enfourcha le jet-ski pour aller faire un tour en mer, pendant que Gray somnolait sur le pont et que Charlie savourait un de ses cigares cubains. La belle vie, quoi. À deux heures et demie, ils prirent le canot pour se rendre au Club 55. Ils y croisèrent Alain Delon, Gérard Depardieu et Catherine Deneuve. Cette dernière alimenta les conversations de nos trois amis. Tous s'accordaient pour dire qu'elle était toujours très belle. Elle était tout à fait le type de Charlie.

Gray fit remarquer qu'il serait heureux de sortir avec une femme telle que Catherine Deneuve. Mais elle n'avait aucune chance avec lui : entourée d'amis, elle avait l'air beaucoup trop détendue et rayonnante. La compagne que Gray recherchait, celle qu'il aurait remarquée d'emblée, aurait l'air désemparée et sangloterait doucement dans son coin, un téléphone collé à l'oreille. Quant à celle d'Adam, elle serait à peine plus âgée que sa propre fille et se serait déjà fait refaire la poitrine et le nez. Pour Charlie, la femme idéale était une princesse qui, contrairement à Cendrillon, ne se sauverait pas aux douze coups de minuit mais resterait au bal et lui jurerait de ne jamais le quitter. Et il gardait bon espoir de la trouver un jour.

2

Cet après-midi-là, quand le *Blue Moon* accosta, le port de Saint-Tropez était noir de monde. À peine avaient-ils jeté l'ancre que Charlie regretta de n'avoir pas pris le canot en voyant la horde des paparazzis qui fondait sur eux, caméra au poing. Les trois amis s'engouffrèrent dans la voiture avec chauffeur qui les attendait sur le quai. Charlie et Adam firent mine d'ignorer les reporters, tandis que Gray leur adressait un signe de la main.

— Pauvres bougres, dit-il, je les plains de devoir faire un boulot aussi ingrat pour gagner leur vie.

— Ce sont des sangsues. Des fouille-merde, oui, grommela Adam.

Il haïssait les journalistes, qui ne faisaient qu'attirer des problèmes à ses clients. Il venait justement de recevoir un coup de fil de l'un d'eux, qui avait été surpris sortant d'un hôtel au bras d'une femme qui n'était pas son épouse. Le scandale défrayait la chronique, et l'épouse, furibonde, avait appelé dix fois le cabinet. Ce n'était pas la première fois que son mari la trompait : s'ils divorçaient, il devrait lui verser une pension colossale ; s'ils restaient mariés, elle exigerait un dédommagement de cinq millions de dollars. Adam ne s'étonnait plus de rien. Mais pour l'heure, il ne pensait à rien d'autre qu'à retrouver les Brésiliennes de la veille et à danser la samba jusqu'au petit jour. Les gros titres des tabloïds et les frasques extraconjugales de ses clients attendraient son retour à New York. C'était son tour de prendre du bon temps.

Ils commencèrent par faire du shopping, puis la sieste, avant d'aller dîner au Spoon, le restaurant de l'hôtel Byblos où une superbe Russe entra, vêtue d'un pantalon blanc en soie et d'un minuscule boléro en cuir blanc sous lequel elle ne portait rien. La vue de sa poitrine offerte à tout le restaurant amusa Charlie et fit rire Adam.

— Elle a des seins sublimes, fit remarquer Gray tandis qu'ils choisissaient les plats et une excellente bouteille.

— Sublimes mais faux, affirma Adam réjoui mais nullement impressionné.

Il fallait tout de même oser s'afficher ainsi dans un restaurant.

— À quoi vois-tu qu'ils sont faux ? s'enquit Gray, intrigué.

La fille avait des seins ronds et fermes, avec les mamelons qui pointaient. Il les aurait volontiers dessinés, mais il était déjà passablement éméché après les margaritas qu'ils avaient bues à bord avant de descendre à terre. Une nouvelle nuit de débauche et de rires s'annonçait.

— Fais-moi confiance, répondit Adam. Je sais de quoi je parle. J'ai dû payer au bas mot une centaine de mammoplasties. Cent cinquante, pour être exact. Et il y a deux ans, je suis tombé sur une nana qui ne voulait s'en faire refaire qu'un, parce qu'elle le trouvait trop petit, mais qui trouvait l'autre parfait !

— Incroyable, murmura Charlie, amusé, tout en goûtant le vin, un très vieux lynch-bages, excellent.

— Tu veux dire qu'au lieu de les emmener au restau et au cinéma, tu les envoies à l'hosto se faire refaire les seins ?

— Que veux-tu, à chaque fois que je sors avec une starlette, elle s'arrange pour me faire comprendre qu'elle en voudrait de nouveaux. Je ne discute pas. Une fois qu'elles ont obtenu ce qu'elles voulaient, elles s'en vont sans faire d'histoires.

— Jadis, les hommes avaient coutume d'offrir des perles ou des diamants en guise de cadeau d'adieu. Mais les temps ont changé, apparemment, laissa tomber sèchement Charlie.

Jamais aucune femme ne lui avait demandé une chose pareille. Si elles voulaient se faire opérer, c'était leur problème, pas le sien. Il ne voyait vraiment pas pourquoi il aurait dû prendre cela en charge. Il n'avait d'ailleurs pas souvenir d'être jamais sorti avec une femme qui avait eu recours à la chirurgie esthétique, et si c'était le cas, il ne s'en était pas rendu compte. Les filles d'Adam – ainsi que Gray et lui les surnommaient – étaient presque entièrement refaites de la tête aux pieds. Quant à celles de Gray, c'était d'une opération du cerveau qu'elles avaient besoin. Il passait sa vie à payer leurs honoraires de médecins et de psychiatres, leurs cures de désintoxication et leurs avocats. Finalement, leur offrir des implants mammaires était peut-être plus simple. Une fois l'opération réalisée, les copines d'Adam le remerciaient et disparaissaient.

Celles de Gray s'incrustaient, au contraire, même si elles ne restaient jamais plus d'un an. Et lorsqu'elles le quittaient pour un autre, si les choses tournaient mal entre elles et ce dernier, elles appelaient Gray à la rescousse.

Charlie, lui, était toujours resté en bons termes avec ses ex qui toutes, sans exception, l'avaient invité à leur mariage.

— Peut-être que je devrais essayer, moi aussi, plaisanta-t-il en levant son verre.

— Essayer quoi ? demanda Gray.

Il était médusé par les seins de la Russe et semblait avoir du mal à suivre la conversation.

— D'offrir des implants mammaires à mes fiancées. Ça ferait un beau cadeau de Noël, ou même de mariage.

— Mauvaise idée, dit Adam en secouant la tête avec véhémence. Ne va pas t'imaginer que je suis fier de moi. Tes copines ont trop de classe pour que tu leur fasses une telle proposition.

Alors que celles d'Adam en avaient besoin pour devenir actrices ou top models. Les filles BCBG ne l'intéressaient pas ; il les trouvait trop compliquées et maniérées. Elles lui auraient donné la migraine. Et contrairement à son ami, il ne voulait pas s'engager dans une relation durable. Quant à Gray, il prenait la vie comme elle venait, au jour le jour, sans jamais faire de projets, alors qu'Adam programmait tout.

— Disons que ce serait un cadeau qui sortirait de l'ordinaire. Je commence à en avoir assez de leur offrir de la porcelaine, dit Charlie en souriant à travers la fumée de son cigare.

— Tu devrais t'estimer heureux de ne pas avoir à payer de pension alimentaire, rétorqua Adam avec hargne. Crois-moi, la porcelaine est un moindre mal.

Il ne versait plus de pension à Rachel depuis qu'elle s'était remariée, mais elle avait tout de même emporté la moitié de leurs économies au moment du divorce, et il continuait d'assumer la charge des enfants – sans rechigner, du reste, car il ne voulait pas les léser. Il y avait dix ans, maintenant, qu'ils étaient séparés, mais il ne lui avait toujours pas pardonné. Il estimait qu'elle avait obtenu beaucoup plus qu'elle n'aurait dû, grâce à l'avocat fantastique – un ténor du barreau – que ses parents lui avaient trouvé. Adam ne s'en était pas remis et ne s'en remettrait probablement jamais. Pour lui, mieux valait payer des implants mammaires qu'une pension alimentaire. Il s'était juré qu'on ne l'y reprendrait plus.

— Je trouve dommage d'en arriver là, confia Gray. Personnellement, quand je fais un cadeau à une femme, c'est parce que j'en ai envie. Mais lui payer un avocat ou une opération esthétique, c'est autre chose.

N'ayant pour ainsi dire pas un sou vaillant, chaque fois qu'il entamait une nouvelle relation, il se retrouvait quasiment sur la paille. Mais c'était plus fort que lui, il éprouvait le besoin de secourir les femmes en détresse. Gray avait tendance à confondre amour et aide humanitaire. Adam se comportait au contraire en homme d'affaires, fixant des limites et concluant des marchés. Charlie était l'archétype du prince charmant galant et romantique. Gray aussi était romantique, simplement les femmes qui l'attiraient ne l'étaient pas. Elles étaient beaucoup trop traumatisées pour songer à la romance. Parfois il se disait qu'il aurait aimé rencontrer une femme qui soit bien dans sa peau, mais plus les années passaient et plus cela lui semblait hors d'atteinte. Adam prétendait n'avoir plus une once de tendresse dans le cœur et s'en vantait. Il disait qu'il préférait une bonne partie de jambes en l'air plutôt qu'une histoire d'amour à deux sous.

— Et pourquoi ne pourrait-on pas concilier l'amour et le sexe ? interrogea Gray en entamant son troisième verre de vin.

— Tout à fait d'accord, approuva Charlie avant de déclarer que si la dame était une aristocrate, c'était encore mieux.

Il reconnaissait volontiers qu'en matière de femmes, il était affreusement snob. Adam se plaisait à le taquiner en disant qu'il avait peur de faire une mésalliance avec une fille de la campagne. Et bien que Charlie n'aimât pas se l'entendre dire, il savait que son ami avait raison.

— Je crois que vous vivez tous les deux au pays des merveilles, railla cyniquement Adam. L'amour est un énorme malentendu qui finit toujours mal. Alors que si on se met d'accord pour se limiter à la gaudriole, personne ne souffre et c'est beaucoup mieux.

— Ah, ouais ? Mais alors, comment expliques-tu que tes copines s'en vont toutes en claquant la porte ?

— Parce que les femmes ne veulent jamais croire ce qu'on leur dit. Annoncez-leur que vous ne voulez pas vous marier, et vous pouvez être sûrs qu'elles vont tout faire pour que vous leur passiez la bague au doigt. Mais au moins je suis honnête avec elles. Et si elles ne me croient pas, tant pis pour elles. Dieu m'est témoin que je ne les mène pas en bateau.

C'était l'un des avantages de sortir avec des filles très jeunes. À vingt-deux ans, elles n'avaient généralement pas envie de se marier. Elles voulaient d'abord profiter de la vie. C'est aux alentours de la trentaine qu'elles commençaient à paniquer et à poser problème. Les plus jeunes ne voulaient rien de plus que sortir en boîte, aller au concert et au restaurant et se faire offrir des fringues. S'il devait se rendre à Las Vegas pour rencontrer un client, et qu'il les emmenait avec lui, elles avaient l'impression d'être au paradis.

Mais ses parents avaient une tout autre vision des choses. Sa mère l'accusait de ne sortir qu'avec des dévergondées, surtout quand elle voyait une photo de lui dans la presse à scandale. Il avait beau lui dire que c'étaient des actrices ou des top models, elle rétorquait que c'était la même chose. Sa sœur baissait les yeux en rougissant quand le sujet était abordé au cours d'un repas de famille. Son frère s'en amusait tout en lui serinant qu'il aurait dû songer à se remarier. Mais Adam se fichait comme d'une guigne de ce qu'ils pouvaient penser. Il trouvait leur vie mortellement ennuyeuse, alors que la sienne était au contraire palpitante. Il pensait qu'ils étaient jaloux et qu'ils ne supportaient pas de le voir s'amuser alors qu'ils crevaient d'ennui. Mais ses parents n'étaient pas jaloux, ils avaient des principes et réprouvaient son mode de vie. Et naturellement, pour bien faire sentir à Adam qu'elle n'était pas d'accord ou tout simplement pour le contrarier, sa mère était restée en excellents termes avec Rachel. Elle la voyait souvent, ainsi que son nouveau mari, et ne manquait jamais une occasion de rappeler à Adam que Rachel était la mère de ses petits-enfants. Quoi qu'il puisse dire ou faire, sa mère prenait systématiquement le contrepied. C'était plus fort qu'elle, il fallait toujours qu'elle cherche l'affrontement. Elle ne pouvait s'empêcher de le critiquer et de lui rendre la vie impossible.

Elle le tenait pour responsable de son divorce, et prétendait qu'il avait dû se comporter terriblement mal pour que Rachel le quitte pour un autre. Jamais elle n'avait voulu reconnaître que Rachel l'avait trompé puis abandonné. Tout était de sa faute à lui.

Il était plus de vingt-trois heures lorsqu'ils quittèrent le restaurant. Les rues étaient bondées, de même que les terrasses des cafés. On entendait la musique sortir des discothèques. Ils s'arrêtèrent chez Nano pour prendre un verre, puis, à une heure, entrèrent aux Caves du Roy, qui commençait à s'animer et où se trouvaient déjà de magnifiques jeunes femmes en jean moulant et dos-nu, ou en petite robe et chemisier transparent, juchées sur des talons aiguilles, les cheveux savamment décoiffés, Adam était comme un enfant devant des bonbons, quant à Charlie et Gray, ils ne boudaient pas non plus leur plaisir. Gray était le plus timide des trois, et généralement c'étaient les femmes qui venaient à lui et non le contraire. Bien que très difficile, Charlie prenait plaisir à contempler le spectacle qui s'offrait à lui.

Peu après, ils allèrent sur la piste de danse. Ils n'avaient pas encore trop bu. Adam ne revit pas les Brésiliennes, mais c'était sans importance. Il dansa avec une bonne dizaine de filles, avant de jeter son dévolu sur une petite Allemande dont les parents possédaient une maison à Ramatuelle. On lui aurait donné quatorze ans, mais lorsqu'elle commença à danser avec Adam, elle lui prouva rapidement qu'elle était beaucoup plus mûre et qu'elle savait ce qu'elle voulait, c'est-à-dire lui. Il était plus de trois heures lorsque Charlie et Gray décidèrent de retourner au bateau. Adam leur dit qu'il rentrerait plus tard, et continua de danser avec la jeune Allemande qui avait des cheveux roux et disait s'appeler Ushi. Avant que Charlie sorte, il lui lança un clin d'œil et ce dernier lui répondit par un sourire. Adam avait décidé d'en profiter et de s'amuser.

— Quel est le programme pour demain ? demanda Gray tandis que Charlie et lui regagnaient le *Blue Moon*.

Des flots de musique sortaient des boîtes de nuit, pourtant, une fois à l'intérieur du bateau, avec les portes fermées, on n'entendait plus rien. Charlie offrit un cognac à Gray, mais celui-ci refusa. Ils s'installèrent sur le pont pour fumer un cigare et regarder les gens qui se promenaient le long du quai et discutaient. Saint-Tropez était un endroit branché où l'on ne semblait jamais dormir.

— Je pensais que nous pourrions descendre jusqu'à Portofino, ou faire une halte à Monte-Carlo, dit Charlie.

À moins d'y avoir des amis, ce qui n'était pas leur cas, on se lassait vite de Saint-Tropez et de sa faune. Ils étaient heureux de s'y arrêter mais il existait d'autres ports aussi animés que Saint-Tropez, ou plus tranquilles comme Monte-Carlo, plus calme et plus élégant, et où ils pourraient jouer au casino.

— Adam va peut-être vouloir rester un jour ou deux pour profiter de son Allemande, hasarda Gray.

Il ne voulait pas gâter le plaisir de son ami ou risquer de casser son aventure. Mais Charlie, qui le connaissait mieux, était beaucoup plus cynique. Il savait qu'Adam ne voulait rien de plus que passer une nuit avec elle.

Il était presque quatre heures du matin quand ils allèrent se coucher. La soirée avait été bien remplie et ils s'endormirent immédiatement. Ni l'un ni l'autre n'entendirent rentrer Adam, à cinq heures.

Charlie et Gray étaient en train de petit-déjeuner sur le pont arrière quand Adam et Ushi émergèrent en souriant. Elle n'avait pas l'air gênée le moins du monde.

— *Guten Morgen !* leur lança-t-elle.

À la lumière du jour, Charlie lui donna seize ans. Elle n'était pas maquillée et avait une silhouette de rêve. Elle portait son jean et son t-shirt de la veille, et tenait à la main des sandales dorées à hauts talons. Son épaisse chevelure rousse retombait en cascade dans son dos et Adam avait passé un bras autour de ses épaules.

L'hôtesse s'approcha pour leur demander ce qu'ils voulaient. Ushi commanda un bol de muesli et du café, et Adam des œufs au bacon et des pancakes. Il semblait d'excellente humeur et ses deux amis se regardèrent d'un air entendu.

Tous les quatre bavardèrent agréablement et, dès qu'Ushi eut terminé son petit déjeuner, le steward lui appela un taxi. Avant son départ, Adam lui fit visiter le bateau et la jeune fille avait des étoiles plein les yeux en descendant sur le quai où l'attendait son taxi.

— Je t'appelle, lui promit-il en l'embrassant.

Ils avaient passé une nuit inoubliable, mais ses deux amis savaient qu'elle serait vite oubliée, et que bientôt il ne saurait même plus comment elle s'appelait.

— Quand ? On se voit à la discothèque, ce soir ? lui demanda Ushi.

— Je crains que l'on ne parte, ce soir, dit-il sans répondre à la première question.

Elle lui avait donné son numéro de téléphone à Ramatuelle, en lui confiant qu'elle y serait jusqu'à la fin du mois et qu'ensuite elle rentrerait à Munich avec ses parents. Elle lui avait aussi donné son adresse en Allemagne, car il lui avait laissé entendre qu'il lui arrivait de s'y rendre pour affaires.

— Si on reste, je passerai à la discothèque, mais j'en doute.

Il ne voulait pas lui donner de faux espoirs, et s'efforçait d'être franc avec les femmes avec qui il couchait. Mais en même temps, il savait qu'elle ne devait guère se faire d'illusions, à partir du moment où elle avait accepté de coucher avec un parfait inconnu rencontré dans une boîte de nuit. Elle cherchait la même chose que lui, et tous deux avaient obtenu ce qu'ils voulaient. Ils avaient passé une nuit fantastique, et maintenant ils étaient redevenus deux étrangers l'un pour l'autre, deux étrangers qui ne seraient probablement jamais amenés à se revoir. Les règles du jeu étaient claires pour tous les deux.

Pourtant, quand il l'aida à monter dans le taxi, après l'avoir embrassée, il sentit qu'elle s'agrippait légèrement à lui.

— Au revoir… merci… murmura-t-elle, l'air rêveur.

Il l'embrassa à nouveau.

— Merci à toi, Ushi, répondit-t-il en lui assenant une petite tape sur les fesses.

Puis le taxi démarra et l'emporta, tandis qu'elle lui faisait au revoir de la main. Et voilà. Son aventure d'un soir était partie. C'était une façon comme une autre de passer le temps et de mettre du piquant dans ses vacances. Elle était encore plus belle sans vêtements, songea Adam en regagnant le bateau.

— Eh bien, c'était une belle petite surprise, nota Charlie avec un sourire moqueur lorsque Adam revint. J'adore recevoir des convives aussi charmantes au petit déjeuner. Tu ne penses pas qu'on devrait lever l'ancre avant que ses parents ne débarquent avec un fusil ?

— Il ne manquerait plus que ça, dit Adam.

Il avait l'air content de lui et souriait.

— Elle a vingt-deux ans et étudie la médecine à Francfort. Et elle n'était pas vierge.

Malgré cela, Adam fut bien forcé de reconnaître qu'elle faisait plus jeune que son âge.

— Je suis déçu, railla Charlie en allumant un cigare.

En été, quand il était sur le yacht, il lui arrivait d'en fumer un après le petit déjeuner. C'était l'avantage d'être célibataire. Même si la solitude leur pesait par moments, ils étaient libres de faire ce qu'ils voulaient. Ils pouvaient manger à n'importe quelle heure, s'habiller comme ils l'entendaient, boire jusqu'à tomber raides, et voir qui ils voulaient. Ils savaient qu'ils n'avaient à se justifier, à s'excuser auprès de personne. Ils étaient entre hommes et cela leur convenait parfaitement.

— À la prochaine escale, on va essayer de t'en trouver une encore mieux. Mais je ne te promets rien.

— Ça va être dur, répondit Adam avec un sourire en coin, visiblement fier de sa conquête de la veille. Allez, avouez, vous êtes jaloux. Au fait, où allons-nous ?

Adam raffolait de cette vie. Pouvoir jeter l'ancre partout où leur en prenait l'envie était comme emporter sa maison ou son hôtel avec soi. Ils vivaient sur un grand pied, choisissaient leur destination et pouvaient changer d'avis à la dernière minute, tout en étant choyés par un personnel de bord irréprochable. C'était le paradis.

— Où avez-vous envie d'aller ? s'enquit Charlie. Je pensais à Monaco ou Portofino.

Après une longue discussion, ils optèrent pour Monaco d'abord, puis Portofino le lendemain. Monte-Carlo ne se trouvait qu'à deux heures de Saint-Tropez, alors que Portofino était à huit heures. Comme Charlie s'y attendait, Gray dit que ça lui était égal et Adam insista pour aller au casino.

Ils levèrent l'ancre après déjeuner, après avoir dégusté un excellent plateau de fruits de mer et s'être baignés. Il était presque trois heures et ils s'installèrent sur le pont pour faire la sieste. Ils étaient profondément assoupis quand le bateau accosta. Comme toujours, le port de Monte-Carlo était plein de yachts aussi grands, sinon plus que le leur.

Charlie se réveilla à dix-huit heures et vit que ses deux amis dormaient toujours. Il gagna sa cabine pour se doucher et se changer. Il était dix-neuf heures quand Gray et Adam émergèrent à leur tour. Après ses ébats de la veille, Adam était épuisé. Quant à Gray, il n'avait pas l'habitude de se coucher tard et il lui fallait plusieurs jours avant de s'habituer à ce nouveau rythme. Cependant tous trois étaient à nouveau frais et dispos lorsqu'ils partirent dîner.

Le steward leur avait réservé une voiture et une table au Louis XV, où la cuisine était somptueuse et le cadre beaucoup plus protocolaire que la veille. Tous trois portaient une cravate, Charlie était en costume de lin crème, Adam en jean blanc et blazer, avec des mocassins en crocodile. Gray portait une chemise bleue avec un pantalon kaki et un veston. Malgré ses cheveux blancs qui lui donnaient l'air nettement plus âgé que ses compagnons, il avait beaucoup d'allure. Il avait fait l'effort de mettre une cravate rouge, mais malgré cela, il avait toujours l'air d'un artiste. À la grande joie de ses amis, il se mit à faire le récit de son enfance. C'était un excellent conteur, et il faisait de grands gestes en leur décrivant une tribu d'Amazonie où il avait séjourné avec ses parents. Il en riait aujourd'hui, mais à l'époque ce genre de vie était un vrai cauchemar. Alors que les enfants de son âge allaient à l'école, faisaient du vélo ou des chasses au trésor, lui parcourait le monde, partageant la vie misérable des intouchables en Inde, séjournant au Népal, campant avec des tribus au Brésil. En fait, il n'avait jamais vraiment eu d'enfance.

— Que voulez-vous, mes parents étaient complètement givrés. En tout cas, une chose est sûre, avec eux
je ne me suis jamais ennuyé.

Ce qui n'était pas le cas d'Adam, qui avait eu au
contraire une enfance terne et sans surprises. Rien de
ce qu'il avait pu faire ou voir à Long Island ne soutenait la comparaison avec ce qu'avait vécu Gray. Charlie évoquait rarement ses premières années. Il avait eu
une enfance paisible au sein d'une famille aisée et
unie jusqu'au jour où ses parents étaient morts. Il en
avait eu le cœur brisé. Et quand sa sœur avait disparu à son tour, cinq ans plus tard, il avait cru qu'il
ne s'en remettrait jamais. Sans doute avait-il connu
des moments joyeux avant la tragédie, mais il ne s'en
souvenait pas. Il ne se rappelait que les moments tristes, et aussi lui était-il plus facile de se concentrer sur
l'instant présent, sauf quand son psychiatre l'obligeait
à fouiller dans sa mémoire. Et dans ces moments-là, il
avait du mal à évoquer le passé sans sombrer dans le
désespoir. Tous les biens qu'il possédait ne suffisaient
pas à combler le terrible vide laissé par la mort de ses
parents. Il avait beau faire, il n'avait jamais réussi à
recréer la stabilité et la sécurité affective d'une famille.
Les deux hommes avec qui il passait ses vacances
étaient les êtres dont il se sentait le plus proche. Ils lui
tenaient lieu de famille. Il savait qu'il pouvait compter
sur eux, et réciproquement. Cela leur procurait à tous
les trois un grand réconfort. L'amitié, la confiance et
la tendresse qui les unissaient étaient sans prix.

Quand arriva l'heure du café et des cigares, ils se
mirent à parler de leurs vies, et de l'enfance de Gray et
d'Adam. Charlie fut frappé de voir à quel point ils
avaient des approches de la vie différentes. Gray avait
depuis longtemps accepté le fait que ses parents adoptifs

avaient été des marginaux égocentriques, perpétuellement à la recherche d'une chose qu'ils n'avaient jamais
trouvée. Il les comparait aux tribus d'Israël égarées
dans le désert pendant quarante ans sans personne pour
les guider. Quand, après des années d'errance, ils avaient
fini par se fixer au Nouveau-Mexique et avaient adopté
Boy, Gray était déjà parti depuis longtemps vivre de
son côté et n'avait jamais cherché à nouer de liens
avec son cadet. Car Gray ne voulait plus rien avoir à
faire avec sa famille. La dernière fois qu'il avait vu
Boy, c'était à l'enterrement de ses parents. Et s'il lui
arrivait d'en ressentir de la culpabilité, il s'empressait
de la chasser. Pour lui, le mot « famille » était syno-
nyme de souffrance. Et quoi qu'il ait pu advenir de
Boy, il se disait que la vie qu'il menait ne pouvait pas
être pire que celle qu'il avait connue. Un jour, peut-
être, il tenterait de rétablir le contact, mais pour l'instant il n'en avait aucune envie. Boy n'était qu'un
vague souvenir rattaché à un passé qu'il préférait
oublier, même s'il conservait l'image d'un gamin atta-
chant.

Adam, quant à lui, n'éprouvait qu'amertume et ressentiment envers ses parents, qui ne lui avaient rien
donné d'autre qu'une vie de famille triste et solitaire.
De son enfance, il n'avait gardé que les scènes de sa
mère. Elle s'en prenait à tout le monde, mais surtout à
lui, parce qu'il était le plus jeune, qu'il était arrivé tard
dans leur vie et qu'elle le considérait comme un intrus.
Finalement, à dix-huit ans, il était parti étudier à Harvard, et n'était plus jamais retourné vivre chez ses
parents. Devoir passer les vacances avec eux était déjà
suffisamment pénible. La mauvaise atmosphère qui
régnait à la maison avait creusé un fossé entre les trois
enfants. Suivant l'exemple de leurs parents, les frères

et sœur passaient leur temps à se critiquer, s'invectiver, se chamailler.

— Le respect n'existait pas chez nous. Ma mère ne respectait pas mon père. Et je suis convaincu que mon père la hait, même s'il ne le reconnaîtra jamais. Entre nous, les enfants, il n'y a jamais eu que du mépris. Je trouve ma sœur ennuyeuse et sinistre. Quant à mon frère, c'est un crétin prétentieux, qui s'est choisi une femme qui ressemble à ma mère. Tous pensent que je suis un débauché. Ils n'ont aucun respect pour ce que je fais et s'en moquent. Tout ce qui les intéresse, c'est de savoir avec qui je sors. Finalement on ne se voit plus que pour les mariages et les enterrements, et les fêtes religieuses importantes. Et je vous assure que si je pouvais trouver un moyen de me défiler, je le ferais. C'est Rachel qui emmène les enfants les voir. Comme ça, au moins, je peux y échapper. De toute façon, ils la préfèrent à moi. Ils trouvent même qu'elle a bien fait de se remarier avec un chrétien, du moment qu'elle élève leurs petits-enfants dans la religion juive. Tout ce qu'elle fait est bien, alors que moi je suis un pestiféré. J'en ai tellement marre qu'un de ces jours je sens que je vais leur dire d'aller se faire voir.

— Ouais, mais en attendant tu continues d'y aller, dit Gray. Peut-être qu'au fond tu tiens à eux et que tu cherches inconsciemment leur approbation. Et pourquoi pas, du reste ? C'est dur d'admettre que nos parents ne sont pas à la hauteur, et qu'ils n'ont pas su nous donner l'amour dont nous avions besoin étant gosses. Prends les miens, par exemple. Ils étaient trop occupés à se shooter et à chercher le Saint-Graal pour s'occuper de moi. Ils étaient fous, mais je crois qu'ils nous aimaient, ma sœur et moi, autant qu'ils le pouvaient, simplement ils étaient incapables d'assumer leur rôle de parents. J'ai été désolé pour Boy, quand ils l'ont adopté – tout cela parce qu'ils se sentaient seuls quand on est partis, ma sœur et moi. Ils auraient mieux fait de s'acheter un chien.

« À présent ma pauvre sœur est quelque part en Inde, en train de soigner les mendiants. Toute sa vie, elle a rêvé d'être indienne, et maintenant elle l'est, d'une certaine façon. Je crois qu'elle n'a jamais vraiment su qui elle était. Et moi non plus, d'ailleurs. Savoir qui on est, en quoi on croit est le but de chacun pour essayer de mener la vie qui lui convient. Mais trouver les réponses n'est pas facile. Pourtant chaque jour j'essaie. Après tout, je ne fais de mal à personne.

« La vérité, c'est que les gens comme mes parents ne devraient jamais avoir d'enfants. C'est une catastrophe. C'est la raison pour laquelle je ne veux pas d'enfants et n'en aurai jamais. Je m'efforce de me dire qu'ils ont fait de leur mieux, même s'ils ont échoué. Mais je ne veux pas reproduire la même situation et faire souffrir un gosse.

Il se sentait incapable d'élever un enfant et de lui donner ce dont il avait besoin. L'idée de s'attacher à des enfants et que ceux-ci dépendent entièrement de lui l'épouvantait, car il craignait de ne pas pouvoir leur donner ce qu'ils attendaient. Il ne voulait blesser personne. Il n'avait jamais pensé que les femmes qu'il secourait et dont il s'occupait étaient comme des enfants. C'étaient des oiseaux aux ailes brisées. Adam était convaincu qu'il aurait fait un père formidable, car il était gentil et intelligent, avec un sens aigu des valeurs morales. Mais Gray ne voyait pas les choses ainsi.

— Et toi, Charlie ? demanda Adam.

Contrairement à Gray, il n'hésitait pas à questionner.

— Dans quel genre de famille as-tu grandi ? Gray et moi nous disputons la palme des pires parents de l'année. Les miens étaient peut-être plus conformistes, mais à part ça, ils n'avaient pas grand-chose à donner.

Les trois amis avaient déjà pas mal bu et Adam avait envie que Charlie lui parle de sa jeunesse. Ils n'avaient pas de secrets les uns pour les autres, et Adam s'était toujours largement confié à eux, tout comme Gray. Mais Charlie était d'une nature plus réservée et restait très discret sur son passé.

— Mes parents étaient parfaits, soupira-t-il. Aimants, généreux, doux, compréhensifs et jamais brutaux. Ma mère était tendre, drôle, affectueuse et belle. Et mon père était la bonté incarnée. Il était mon héros, mon modèle. J'ai eu une enfance merveilleuse, jusqu'à ce qu'ils meurent. D'un seul coup, tout s'est arrêté. Seize ans de bonheur, puis ma sœur et moi nous sommes retrouvés seuls dans une grande maison, à la tête d'une fortune colossale, avec des gens pour s'occuper de nous et une fondation qu'il a fallu apprendre à gérer. Ma sœur a arrêté ses études pour se consacrer entièrement à mon éducation. Durant deux ans, elle s'est occupée de moi, jusqu'à ce que j'entre à l'université. Je pense qu'elle n'est jamais sortie avec un garçon pendant ces deux années. Quand je suis allé à Princeton, elle est tombée malade mais ne m'en a rien dit. Et puis elle est morte. Les trois personnes que j'aimais le plus au monde ont disparu. Quand je vous entends raconter votre enfance, je me dis que j'ai eu beaucoup de chance, non pas parce que mes parents avaient de l'argent, mais parce qu'ils étaient vraiment épatants. Je sais bien que nous sommes tous mortels mais, quand ils sont partis, c'est comme si le monde entier avait brusquement disparu. Si j'avais eu le choix, j'aurais préféré perdre ma fortune plutôt que mes parents. Mais je ne l'ai pas eu. Nous devons suivre la route que le destin nous a tracée. À ce propos, que diriez-vous d'aller jouer à la roulette ? demanda-t-il pour changer de sujet, l'air soudain jovial.

Les deux autres acquiescèrent en silence.

L'histoire de Charlie était triste, et sans doute était-ce pour cela qu'il n'avait jamais réussi à unir sa vie à celle d'une femme. Probablement avait-il peur qu'elle ne meure, ou qu'elle ne l'abandonne. Il avait beau en avoir débattu mille fois avec son psy, cela ne changeait rien. Ses parents étaient morts quand il avait seize ans, puis cinq ans plus tard sa sœur avait succombé à son tour à une terrible maladie. Après pareille épreuve, comment aurait-il pu s'attacher à quelqu'un ? Il lui était plus facile de trouver des défauts rédhibitoires à ses compagnes, car ainsi il pouvait les abandonner avant qu'elles ne décident de le lâcher. Il était terrorisé à l'idée de se retrouver seul et n'était pas prêt à courir le risque d'aimer, tant qu'il n'aurait pas trouvé une femme dont il pourrait être sûr à deux cents pour cent. Et jusqu'ici, aucune femme ne lui avait donné de telles garanties. Au contraire, toutes agitaient des chiffons rouges qui n'avaient d'autre effet que de le terrifier, si bien que, tout en y mettant les formes, il les quittait. À ce jour, il n'avait pas trouvé celle qui était faite pour lui, mais il ne désespérait pas. Adam et Gray le voyaient bien parti pour finir vieux garçon. Il y avait en tout cas un point sur lequel les trois amis étaient parfaitement d'accord : ils étaient convaincus qu'une relation à long terme était beaucoup trop risquée. Tous trois avaient été stigmatisés par leur enfance et comme frappés d'une malédiction que rien ni personne ne semblait pouvoir effacer ou exorciser. Et maintenant ils vivaient dans la méfiance et la crainte.

Charlie joua au baccara et Adam au vingt-et-un, tandis que Gray se contentait de les observer. Puis tous les trois jouèrent à la roulette. Charlie avança cent dollars à Gray, qui en rafla trois cents en misant sur le noir, et lorsqu'il voulut rendre la mise initiale à son ami, ce dernier refusa.

Il était deux heures du matin quand ils regagnèrent le bateau et partirent se coucher aussitôt. Ils avaient passé une bonne journée, reposante et agréable, entre hommes. Le lendemain, ils mettraient le cap sur Portofino. Charlie avait ordonné au capitaine de lever l'ancre à sept heures, qu'ils soient réveillés ou non. Ainsi, ils seraient à Portofino en fin d'après-midi et pourraient faire une petite promenade en ville. C'était une de leurs escales favorites. Gray, qui était féru d'architecture, ne manquait jamais de monter admirer l'église juchée en haut de la colline. Charlie se délectait de l'atmosphère typiquement italienne qui y régnait. Il aimait par-dessus tout les restaurants et les habitants de ce lieu vraiment exceptionnel. Adam appréciait les boutiques, et l'hôtel Splendido avec sa vue plongeante sur la baie et le ravissant petit port. Chaque année, il y faisait la connaissance de ravissantes Italiennes et de touristes venant du monde entier. C'était un lieu magique, et tous trois souriaient aux anges lorsqu'ils s'endormirent, en songeant qu'ils y seraient le lendemain. Comme chaque année, ils avaient l'impression d'être au paradis sur le *Blue Moon*.

3

Ils arrivèrent à Portofino à quatre heures de l'après-midi, juste au moment où les boutiques rouvraient. Ils avaient dû mouiller dans la baie, la quille du *Blue Moon* étant trop profonde pour les eaux du port. Les gens sautaient des bateaux voisins pour se baigner, et Adam, Gray et Charlie en firent autant après leur sieste. Plusieurs autres gros yachts étaient au mouillage et il régnait une atmosphère de fête. Le soleil de la fin d'après-midi conférait à la ville une couleur dorée. Quand arriva l'heure du dîner, la vue était si belle et ils se sentaient si bien qu'ils hésitèrent à quitter le bateau, surtout que la nourriture du bord était aussi délicieuse que celle servie à terre. Ils avaient leurs habitudes dans plusieurs restaurants, dont quelques-uns sur le port, nichés entre les boutiques qui étaient encore plus chic que celles de Saint-Tropez. On y trouvait Cartier, Hermès, Vuitton, Dolce & Gabbana, ainsi que plusieurs grands noms de la joaillerie italienne. Bien que minuscule, Portofino était un écrin de luxe. Toute l'animation était concentrée autour du port ; la campagne et les falaises étaient absolument sublimes. L'église San

Giorgio et l'hôtel Splendido occupaient chacun une colline de part et d'autre du port.

— Dieu que c'est beau ! s'exclama Adam en souriant de bonheur.

Des jeunes femmes en monokini venaient de se jeter à l'eau d'un bateau voisin. Gray avait sorti son carnet à croquis et s'était mis à dessiner, tandis que Charlie fumait un cigare, confortablement installé dans un transat. C'était son port italien favori, et il était prêt à y séjourner aussi longtemps que ses amis le souhaiteraient. Il préférait Portofino à tous les ports de France, en particulier Saint-Tropez, où il fallait constamment se cacher des paparazzis et jouer des coudes pour se frayer un chemin dans les rues noires de monde. Portofino avait gardé son cachet authentique et pittoresque et tout le charme des villages italiens.

Tous les trois étaient en jean et t-shirt lorsqu'ils sortirent pour dîner. Ils avaient réservé une table dans un restaurant très plaisant, non loin de la piazza. Ils y venaient chaque année et, quand ils entrèrent, les serveurs les reconnurent immédiatement et leur offrirent l'une des meilleures tables en terrasse, d'où ils pouvaient profiter du spectacle de la rue. Ils commandèrent des pâtes et des fruits de mer et un excellent petit vin italien. Gray était en train de parler de l'architecture locale quand une voix de femme à la table voisine l'interrompit discrètement.

— Douzième siècle, se contenta-t-elle de dire, corrigeant les paroles de Gray.

Celui-ci venait de dire que le Castello di San Giorgio datait du quatorzième siècle. Il tourna la tête pour voir qui avait parlé. C'était une belle femme à l'allure exotique en t-shirt rouge et jupe de coton blanc. Une longue natte brune balayait ses reins. Elle avait des yeux verts et un teint velouté. Lorsqu'il la regarda, elle se mit à rire.

— Je vous prie de m'excuser. Je n'aurais pas dû, mais je n'ai pas pu résister. Et je suis tout à fait d'accord avec vous, c'est l'un des chefs-d'œuvre de l'architecture italienne, ne serait-ce que pour le point de vue, et j'irais même jusqu'à dire que c'est le plus beau d'Europe. Le *castello* a été reconstruit au seizième siècle, mais les fondations datent du douzième et non du quatorzième, répéta-t-elle avec un grand sourire. L'église San Giorgio date également du douzième siècle.

En voyant les traces de peinture sur son t-shirt, elle avait immédiatement deviné qu'il était peintre. Elle n'avait pas parlé de façon prétentieuse en étalant sa science, mais avec tact et humour, et s'était excusée pour son intrusion dans leur conversation.

— Vous êtes historienne ? s'enquit Gray avec intérêt.

C'était une femme très séduisante, bien que n'entrant pas dans les critères de Gray ou Charlie. Elle devait avoir dans les quarante-cinq ans, peut-être un peu moins, et était avec des amis qui parlaient italien et français, langues dans lesquelles elle s'exprimait parfaitement.

— Non, répondit-elle, juste curieuse. Je viens ici chaque année et je m'intéresse au coin. Je tiens une galerie d'art à New York.

Il la scruta plus attentivement et réalisa qu'il la connaissait. C'était Sylvia Reynolds, une figure du monde artistique new-yorkais. Elle était spécialisée dans les œuvres d'avant-garde, un domaine on ne pouvait plus éloigné de celui de Gray, et avait lancé de nombreux jeunes artistes, qui étaient devenus des valeurs sûres. Bien que ne l'ayant jamais rencontrée, Gray avait lu de nombreux articles sur elle et l'admirait.

Elle le regarda ainsi que Charlie et Gray, et leur décocha un grand sourire. Elle semblait déborder de vie, d'énergie et d'enthousiasme. Elle avait un chic fou et portait des bracelets en argent et turquoise.

— Mais, dites-moi, êtes-vous un artiste ou repeignez-vous votre maison ? demanda-t-elle sans ambages

— Les deux, répondit Gray en lui rendant son sourire et en lui tendant la main. Je m'appelle Gray Hawk, dit-il avant de lui présenter ses deux amis.

Elle les salua d'un grand sourire et le fixa à nouveau, réagissant en entendant son nom.

— J'aime votre travail, dit-elle avec enthousiasme. Je suis vraiment désolée de vous avoir interrompu. Êtes-vous au Splendido ? poursuivit-elle, ignorant momentanément ses amis européens, composés de ravissantes jeunes femmes et d'hommes tout aussi séduisants.

Parmi eux, une très jolie fille qui parlait français avec son voisin de table avait immédiatement accroché le regard d'Adam lorsqu'ils étaient entrés. Il n'aurait su dire si l'homme était son mari ou son père, mais ils semblaient très proches. Sylvia était apparemment la seule Américaine du groupe ; elle semblait parler aussi bien le français et l'italien que l'anglais.

— Non, nous avons un bateau, répondit Gray.

— Quelle chance ! Un de ces paquebots miniatures, j'imagine.

Gray ne répondit pas d'emblée, se contentant de hocher la tête. Il voyait bien qu'elle plaisantait et ne voulait pas passer pour un vantard. Elle avait la réputation d'être une femme charmante en dépit de son succès, et elle l'était.

— Pas vraiment, nous sommes venus en barque depuis la France, et ce soir nous allons planter la tente sur la plage, répondit Charlie avec humour. Mon ami n'ose pas vous l'avouer, mais nous avons dû racler les fonds de tiroirs pour pouvoir nous offrir le restaurant. Alors l'hôtel, vous imaginez ! Le bateau, c'est une invention pour vous impressionner. Il ne peut pas s'empêcher d'en faire des tonnes quand une femme lui plaît.

Elle rit et les autres sourirent.

— Dans ce cas, je suis flattée. Il y a pire que Portofino pour planter une tente. Vous voyagez tous les trois ensemble ? demanda-t-elle à Charlie.

Ils l'intriguaient. Elle les trouvait intéressants et attirants. Gray ressemblait à un artiste, Adam à un acteur, et Charlie à un directeur de banque. C'était un de ses jeux favoris : essayer de deviner ce que faisaient les gens dans la vie. Et d'une certaine façon, elle n'était pas très loin de la vérité. L'attitude d'Adam avait quelque chose de théâtral, et on l'imaginait volontiers sur une scène. Charlie avait un air très convenable, même en t-shirt et en jean, pieds nus dans ses mocassins Hermès. Ils n'avaient pas l'air de play-boys mais sortaient de l'ordinaire. Gray lui semblait le plus accessible des trois. Elle avait suivi leur conversation et apprécié ses commentaires sur l'architecture locale. Et même s'il s'était trompé sur la date de construction du *castello*, il s'y connaissait manifestement dans le domaine de l'art et avait fait des remarques tout à fait pertinentes.

Ses compagnons de table avaient payé l'addition et s'apprêtaient à partir. Quand le groupe se leva, Sylvia les imita, et lorsqu'elle contourna la table, ses trois nouveaux amis américains remarquèrent qu'elle avait des jambes superbes. Voyant qu'ils observaient ceux qui étaient avec elle, elle fit les présentations.

— Vous rentrez à l'hôtel ? s'enquit Adam.

Il avait noté que la petite Française n'arrêtait pas de le regarder et il en était venu à la conclusion que l'homme qui l'accompagnait devait être son père, sans quoi elle n'aurait pas osé le fixer de manière aussi évidente.

— Pas tout de suite, dit Sylvia. Nous allons d'abord faire un tour. Les magasins ne ferment pas avant onze heures, malheureusement pour mes finances. Il y a tant de jolies choses que je ne peux pas résister.

— Que diriez-vous de prendre un verre ensemble, un peu plus tard ? suggéra Gray en prenant son courage à deux mains.

Il ne cherchait pas à lui faire des avances, simplement il la trouvait charmante, ouverte et chaleureuse et avait envie de poursuivre leur conversation sur l'architecture locale.

— Pourquoi ne viendriez-vous pas nous rejoindre au bar du Splendido ? dit-elle. C'est là que nous finissons toujours la soirée.

— D'accord, acquiesça Charlie tandis qu'elle se dépêchait de rattraper ses amis.

— Touché ! dit Adam lorsqu'elle se fut éloignée.

Mais Gray n'était pas de cet avis.

— Je ne crois pas. C'est l'art qui l'intéresse et rien de plus.

Adam secoua la tête.

— Je ne parlais pas de toi, idiot, mais de moi. Tu as vu la petite Française qui était au bout de la table ? Au début, j'ai cru que celui avec qui elle parlait était son mari, mais je suis certain que non. Elle n'a pas arrêté de me faire de l'œil.

— Fichtre ! s'écria Gray en levant les yeux au ciel. Ta folle nuit d'hier ne t'a pas suffi ? Ma parole, tu es complètement obsédé !

— Complètement. Et je la trouve vraiment craquante.

— Sylvia Reynolds ?

Gray eut l'air surpris, car elle n'était pas vraiment le genre d'Adam. Elle devait avoir le double de l'âge de celles avec qui il sortait généralement. Elle aurait mieux convenu à Gray, mais elle ne l'attirait pas particulièrement, sinon artistiquement. Il était heureux d'avoir fait sa connaissance. C'était une galeriste de tout premier plan à New York. Charlie confia qu'il ne l'avait pas reconnue du premier coup, mais qu'il voyait à présent qui elle était.

— Mais non, je veux parler de la jeune, rectifia Adam. Elle est ravissante. On dirait une danseuse. Mais il faut se méfier des Européennes. À chaque fois qu'elles me plaisent, je découvre qu'elles font des études de médecine ou de droit, ou qu'elles travaillent dans l'Aérospatiale.

— En tout cas, tâche de te tenir. C'est peut-être la fille de Sylvia.

Mais ce genre de considération n'arrêtait pas Adam, qui n'avait pas le moindre état d'âme vis-à-vis des femmes, dès l'instant qu'elles n'étaient pas mariées. C'était la seule limite qu'il ne s'autorisait pas à franchir.

Après dîner, ils flânèrent et se promenèrent comme tous les touristes. Il était presque minuit quand ils se dirigèrent vers le Splendido où, comme Sylvia l'avait prédit, la joyeuse troupe prenait un verre. Tous avaient l'air de beaucoup s'amuser, et quand Sylvia aperçut les trois amis, elle leur sourit en leur faisant signe de se joindre à eux. Tandis qu'elle faisait à nouveau les présentations, Adam remarqua que le fauteuil à côté de celui de la jolie Française était libre. Il lui demanda s'il pouvait s'asseoir, et elle lui répondit par un grand sourire et un hochement de tête. Elle parlait un anglais excellent, quoique avec une pointe d'accent. Sylvia expliqua à Gray que la jeune femme avec qui Adam discutait était sa nièce. Charlie se retrouva entre deux hommes, un Italien et un Français, et quelques minutes plus tard ils étaient plongés dans une discussion sur la situation politique au Moyen-Orient. Charlie adorait ces échanges. Avec les Européens, on parlait sans détour, chacun exprimant haut et fort ses opinions. Presque simultanément, Sylvia et Gray entamèrent une discussion sur l'art. Il découvrit qu'elle avait étudié l'architecture et vécu à Paris pendant vingt ans. Elle avait été mariée à un Français, dont elle était séparée depuis dix ans maintenant.

— Lorsque nous avons divorcé, je ne savais pas où aller ni quoi faire. Il était peintre et moi j'étais fauchée comme les blés. Quand j'ai voulu rentrer aux États-Unis, j'ai réalisé que je n'avais plus personne là-bas et que j'allais devoir repartir de zéro. J'ai grandi à Cleveland, mais je n'y suis jamais retournée après la mort de mes parents. Alors j'ai pris mes deux enfants avec moi et nous sommes partis vivre à New York. J'ai trouvé un emploi dans une galerie d'art de Soho, et dès que j'ai pu, j'ai monté ma propre affaire en grattant les fonds de tiroirs. À ma grande surprise, ça a marché ! Et me voilà, dix ans plus tard, à la tête d'une galerie florissante. Ma fille poursuit ses études à Florence, et mon fils prépare une maîtrise à Oxford. Alors forcément, je me demande ce qui me retient à New York.

Elle soupira, puis demanda dans un sourire :

— Et vous, parlez-moi de vous.

Il lui expliqua l'orientation qu'il avait donnée à son œuvre au cours des dix dernières années et pourquoi il avait choisi cette voie, et elle le comprit parfaitement.

Même si sa peinture ne correspondait pas à celles qu'elle exposait, elle appréciait ce qu'il faisait et avait vu certains de ses tableaux. Il lui confia que son style avait considérablement évolué depuis. Ils découvrirent qu'ils avaient vécu dans le même quartier de Paris, à quelques pâtés de maisons l'un de l'autre, et à peu près à la même époque. Lorsqu'elle lui dit sans la moindre gêne qu'elle avait quarante-neuf ans, il fut stupéfait, car elle n'en paraissait guère plus de quarante. Elle dégageait beaucoup de sensualité et de chaleur. Elle ne ressemblait ni à une Américaine ni à une Française. Avec ses longs cheveux tirés en arrière et ses grands yeux verts qui lui donnaient un air exotique, on aurait dit une Sud-Américaine. Elle semblait parfaitement bien dans sa peau. Elle n'avait qu'un an de moins que Gray, et leurs vies avaient suivi des cheminements assez semblables. Elle adorait peindre, mais n'avait guère de talent, avoua-t-elle, et ce n'était pour elle qu'un passe-temps, mais elle avait un profond respect pour l'art et les artistes.

Ils restèrent ainsi à boire, à fumer et à converser jusqu'à trois heures du matin. Après quoi, les trois amis se levèrent.

— Il est temps d'aller se coucher, dit Charlie.

Ils avaient tous passé une excellente soirée. Charlie avait poursuivi sa discussion avec ses deux voisins, Gray et Sylvia n'avaient pas arrêté de bavarder, et Adam s'était longuement entretenu avec un avocat romain qui avait presque réussi à lui faire oublier les charmes de la nièce de Sylvia.

— Ça vous dirait de venir passer la journée sur le bateau, demain ? proposa Charlie à l'ensemble du groupe.

Tous acquiescèrent, ravis.

— Tous ensemble ? Dans la barque ? plaisanta Sylvia. Il va falloir se relayer à la rame.

— Je vais tâcher de trouver une solution d'ici demain, promit Charlie. Rendez-vous au port, à onze heures.

Il lui donna le numéro de téléphone du bateau, au cas où ils en auraient besoin. Puis les trois hommes prirent congé de leurs nouveaux amis et reprirent le chemin du port où les attendait le canot. Cette soirée était l'une des meilleures qu'ils aient passées depuis longtemps. C'était tout le charme de ces vacances en Méditerranée. Ils visitaient des lieux agréables et faisaient des rencontres intéressantes.

— Sylvia est une femme étonnante, commenta Gray, visiblement impressionné, ce qui fit rire Adam.

— En tout cas, tu ne risques pas de tomber sous le charme, dit Adam alors qu'ils atteignaient le port.

Deux membres d'équipage les y attendaient avec le canot. Quand Charlie et ses amis étaient en croisière, le personnel du *Blue Moon* était de service vingt-quatre heures sur vingt-quatre.

— Comment le sais-tu ? s'enquit Gray, l'air amusé. Tu as raison, je ne me sens pas attiré par elle. Mais j'aime ce qu'elle est et j'aime discuter avec elle. Elle est d'une honnêteté et d'une perspicacité incroyables et en plus elle a les pieds sur terre.

— Je le sais, dit Adam sur un ton railleur, parce que je t'ai observé pendant que tu lui parlais. J'ai tout de suite vu qu'elle était beaucoup trop normale pour toi. Pas le genre de femme qui reçoit des menaces de mort ou qui se laisse tabasser par le premier venu. Et elle n'a pas non plus l'air d'être bourrée d'antidépresseurs. Je crois que tu n'as aucune chance de succomber, mon vieux.

Et le fait est qu'elle était aux antipodes des femmes que Gray avait l'habitude de fréquenter. Elle avait l'air parfaitement équilibrée, compétente, et saine d'esprit.

— Sait-on jamais ? dit Charlie avec philosophie. Tout peut arriver dans un lieu aussi romantique que Portofino.

— Pas si romantique que ça, contra Adam. À moins qu'elle ne fasse une dépression nerveuse d'ici demain matin.

— Je crois qu'il a raison, concéda Gray. J'ai un faible pour les femmes en détresse. Quand son mari l'a laissée tomber pour une autre, elle a pris ses cliques et ses claques et est partie à New York, sans un sou. Deux ans plus tard, elle ouvrait sa propre galerie, et aujourd'hui elle est l'une des galeristes les plus respectées de sa profession. Les femmes comme elle n'ont pas besoin d'aide.

Il avait beau être convaincant, Charlie gardait espoir. Pour Gray, mais aussi pour lui.

— Ce ne serait peut-être pas une mauvaise chose de changer un peu, suggéra-t-il en lui souriant.

— Je préférerais être son ami, répondit Gray. L'amitié dure plus longtemps.

Charlie et Adam acquiescèrent, tandis qu'ils arrivaient au bateau.

Une fois à bord, ils se souhaitèrent bonne nuit et filèrent se coucher.

Le lendemain matin, ils étaient en train de finir de petit-déjeuner quand tout le groupe au grand complet débarqua. Charlie leur fit visiter le yacht et ils furent impressionnés par le luxe qui régnait à bord ; puis il ordonna au capitaine d'appareiller.

— Charlie m'a dit que vous faisiez chaque année une croisière ensemble. Quel bonheur ! fit remarquer

Sylvia à Gray en lui souriant, tandis qu'ils dégustaient des bloody mary sans alcool.

Gray avait décidé de rester sobre. Aucun d'eux n'était alcoolique, mais tous trois reconnaissaient qu'ils se laissaient un peu trop aller à la boisson quand ils étaient ensemble, comme des adolescents attardés. Mais, en présence de Sylvia, il éprouvait le besoin de se comporter en adulte. Elle était si brillante et cultivée qu'il ne voulait pas avoir l'esprit embrumé quand il parlait avec elle. Ils étaient en train de discuter des fresques de la Renaissance italienne quand le bateau s'arrêta et jeta l'ancre.

Quelques minutes plus tard, tout le monde était en maillot et plongeait. Ils s'amusèrent comme des gamins. Deux amis de Sylvia firent du ski nautique et Gray aperçut Adam sur un jet-ski, la nièce de Sylvia assise derrière lui. Tous profitèrent de la mer et, vers quatorze heures, ils passèrent à table. L'équipage avait dressé un succulent buffet de fruits de mer et de pâtes. Ils mangèrent copieusement en buvant du vin d'Italie, et à seize heures ils étaient encore à table en train de discuter joyeusement. En découvrant que la nièce de Sylvia préparait un doctorat à l'Institut des sciences politiques de Paris, Adam se sentit obligé de faire bonne impression. Comme sa tante, elle n'était pas une fille à prendre à la légère. Son père était ministre de la Culture, et sa mère chirurgien. Ses deux frères étaient médecins et elle parlait cinq langues. Après son doctorat, elle comptait se spécialiser en droit et faire une carrière politique. Elle n'était pas le genre de fille à lui réclamer des implants mammaires, et ce fut un choc pour Adam de découvrir qu'elle était aussi intelligente. Il n'était pas habitué à fréquenter des filles aussi directes et aussi impliquées dans leurs études. En passant à côté d'eux et en entendant qu'elle lui parlait du marché des changes, Charlie laissa échapper un petit rire. Adam avait l'air dans ses petits souliers, car malgré son jeune âge, elle lui tenait la dragée haute et il n'était manifestement pas de taille face à elle.

Pour leur plus grand plaisir, Sylvia et Gray passèrent l'après-midi à parler. Sautant d'une époque à l'autre, ils établissaient des parallèles entre la politique et les différents courants artistiques. Charlie les observait tous d'un œil paternel, s'assurant que l'équipage veillait à satisfaire leurs moindres désirs.

Comme il faisait un temps splendide, ils décidèrent de dîner sur le bateau. Il était presque minuit quand ils regagnèrent le port, non sans s'être d'abord baignés au clair de lune. Cette fois, Sylvia et Gray consentirent à interrompre leur conversation pour s'adonner aux joies de la baignade. Sylvia était une bonne nageuse ; elle semblait exceller dans tous les domaines, qu'il s'agisse de l'art ou du sport. Quand ils regagnèrent le bateau à la nage, Gray constata qu'elle était à peine essoufflée alors qu'il avait du mal à tenir la distance. Elle était très belle dans son bikini mais ne semblait pas s'en rendre compte. Quant à sa nièce, elle flirtait ouvertement avec Adam.

Avant de prendre congé, elle proposa à Gray de monter à San Giorgio avec elle, le lendemain matin. Elle y était allée souvent, mais ne se lassait pas d'y retourner. Chaque fois, elle découvrait un détail qui lui avait échappé jusque-là. Il accepta volontiers et convint de la retrouver à dix heures sur le port. Il n'y avait aucun sous-entendu dans son invitation, sinon le plaisir d'admirer ensemble un chef-d'œuvre. Lorsqu'elle lui annonça que ses amis et elle quittaient Portofino le surlendemain, Gray se réjouit d'avoir accepté son invitation, car ainsi il aurait une occasion de la revoir avant son départ.

— Comme ils sont charmants ! commenta Charlie après leur départ.

Adam et Gray acquiescèrent. Ils avaient passé une merveilleuse journée avec eux.

— Comment se fait-il que la nièce de Sylvia n'ait pas choisi de passer la nuit à bord ? s'étonna Charlie, pince-sans-rire, tandis qu'Adam prenait un air dépité.

— J'ai beau avoir fait Harvard, je ne me sentais pas à la hauteur. Cette fille est un véritable puits de science. Quand elle s'est mise à disserter sur les systèmes juridiques français et américain, le droit coutumier et le droit romain, elle m'a coupé tous mes moyens. Du coup, l'envie m'est complètement passée de flirter avec elle. C'est un prof de droit qu'il lui faut, pas un type comme moi.

D'une certaine façon, elle lui avait rappelé Rachel, qui avait décroché son diplôme de juriste avec les félicitations du jury. Et la ressemblance entre les deux femmes l'avait refroidi. Il avait renoncé à la draguer. Leur conversation n'avait été qu'une longue joute intellectuelle, qui avait débuté le matin et s'était poursuivie jusqu'au soir. Au début, il s'était pris au jeu, mais au bout d'un moment il s'était senti complètement dépassé et vieux jeu. Son cerveau ne fonctionnait plus assez vite. Il était plus facile de payer des implants mammaires ou un nouveau nez à une fille que d'essayer de discuter avec elle. Il s'était senti en position d'infériorité, et son ego et sa virilité en avaient souffert. Gray, en revanche, avait été ravi des échanges qu'il avait eus avec sa tante. Sylvia était une femme très cultivée, et il avait le sentiment de s'être enrichi à son contact. Mais il ne la désirait pas, même s'il la trouvait belle et séduisante. Il voulait simplement mieux la connaître et parler avec elle, et était enchanté de l'avoir rencontrée.

Les trois hommes prirent un dernier verre en fumant un cigare avant de regagner leurs cabines, heureux et détendus. N'ayant pas de programme arrêté pour le lendemain, Adam et Charlie annoncèrent qu'ils avaient l'intention de faire la grasse matinée. Gray était tout excité à l'idée d'aller visiter l'église avec Sylvia. Quand il en fit la remarque à Charlie, celui-ci eut l'air content. Il savait que Gray n'avait pas une vie facile et pensait que son amitié avec Sylvia ne pouvait que lui être bénéfique. Car malgré son talent, Gray n'avait jamais réussi à percer à New York. Il vivotait misérablement depuis des années, et Charlie espérait que Sylvia allait lui présenter des gens qui lui donneraient une chance de vivre de son talent. Elle n'était peut-être pas le genre de femme par qui il se sentait attiré, mais elle était cultivée, tout en étant simple et accessible, et deviendrait sans doute pour lui une excellente amie. Curieusement, elle n'était liée à aucun homme du groupe. Elle était pourtant le genre de femme qui attirait les hommes, en particulier les Européens. Elle était dans la fleur de l'âge mais devait souffrir aux États-Unis, où, passé trente ans, une femme était considérée comme vieille. Quelqu'un comme elle ne pouvait plaire qu'à un certain type d'hommes qui ne se sentaient pas menacés par son intelligence ou sa culture. Et ces hommes-là étaient rares, car la plupart jugeaient les filles comme celles avec qui Adam sortait comme infiniment plus désirables. New York regorgeait de femmes comme Sylvia, trop intelligentes et entreprenantes pour attirer les hommes, et qui se retrouvaient seules. Mais peut-être se trompait-il, et avait-elle un compagnon dans sa vie, à New York, Paris ou ailleurs. Mais il en doutait. Elle donnait l'impression d'être indépendante et heureuse de l'être. Avant d'aller se coucher, Charlie fit part à Gray de ses réflexions la concernant.

Le lendemain matin, tandis que Sylvia et lui se rendaient à San Giorgio, Gray eut la confirmation que Charlie avait raison.

— Vous n'êtes pas mariée ? s'enquit-il avec circonspection.

Il avait envie de la connaître et qu'elle devienne une amie.

— Non, mais je l'ai été, répondit-elle tout aussi prudemment. J'ai été très heureuse avec mon mari, mais je ne crois pas que je pourrais retenter l'expérience. Mon mari était peintre et d'un narcissisme absolu. Il était le centre du monde et je l'adorais presque autant qu'il s'adorait lui-même. Il n'y avait que lui qui comptait.

Elle avait dit cela sans amertume, comme quelqu'un qui a définitivement tourné la page.

— Il n'y en avait que pour lui, même les enfants et moi passions en second. Alors il arrive un moment où, forcément, on se lasse. Remarquez que je serais probablement toujours mariée avec lui, s'il ne m'avait pas quittée pour une autre. Il avait cinquante-cinq ans, à l'époque, et moi trente-neuf. J'étais bonne à jeter. Sa nouvelle conquête n'en avait que dix-neuf. Le coup a été rude. Ils se sont mariés et ont eu trois enfants en trois ans. Après quoi, il l'a quittée elle aussi. Je me console en me disant que moi, au moins, j'ai réussi à le garder pendant vingt ans, alors qu'elle, ça n'a duré que quatre ans.

— J'imagine que la suivante avait une douzaine d'années ? lâcha Gray, révolté qu'on puisse abandonner une femme ainsi, sans argent et avec deux enfants.

— Non, la dernière en date avait vingt-deux ans. Autant dire une vieille. Moi aussi j'avais dix-neuf ans, quand il m'a épousée. J'étais étudiante aux Beaux-Arts à Paris. Ses deux dernières femmes étaient des mannequins.

— Est-ce qu'il voit ses enfants ?

Elle hésita avant de répondre, puis secoua la tête. Il avait mis le doigt sur un sujet sensible.

— Non, il ne les a vus que deux fois en neuf ans et il est mort l'année dernière. Mes enfants sont partagés à son sujet et pour eux beaucoup de questions sont restées sans réponse. Quant à moi, j'ai eu beaucoup de chagrin. Je l'ai aimé sincèrement, mais j'ai payé le prix fort. C'est ce qui se passe quand on aime quelqu'un d'aussi égoïste : il était incapable d'amour.

C'était une simple constatation. Il n'y avait aucun ressentiment dans sa voix.

— Je crois que j'ai connu des femmes comme ça.

Il n'en dit pas plus. S'il lui avait avoué tout ce qu'il avait enduré, elle lui aurait probablement ri au nez. La folie était son pain quotidien.

— Et vous n'avez jamais voulu refaire votre vie avec quelqu'un d'autre ?

Il savait que sa question était indiscrète, mais elle ne s'en formalisa pas. Elle était droite et franche, c'est ce qui lui plaisait chez elle. Elle ne semblait pas cacher de secrets inavouables, ou de noirs desseins. Elle savait simplement ce qu'elle voulait. Bien sûr, elle avait sûrement des bleus à l'âme, mais qui n'en avait pas ?

— Non, je n'ai jamais songé à me remarier. Je n'en vois pas l'intérêt. Je ne veux plus avoir d'enfants, même si je n'ai rien contre le fait d'élever les enfants de quelqu'un d'autre. Le mariage a son utilité, mais en ce qui me concerne, j'ai tourné la page. Je ne me vois pas recommencer. J'ai vécu pendant six ans avec un homme extraordinaire, après mon divorce, un artiste remarquable, un sculpteur. Mais il était très dépressif et refusait de se soigner. Il était alcoolique et brûlait la chandelle par les deux bouts. Ça ne m'a pas empêchée de l'aimer, mais c'était une histoire impossible… à un point que vous ne sauriez imaginer.

Elle se tut et, à l'expression de son visage, il comprit qu'elle lui cachait quelque chose de terrible. Mais quoi ? Il devait le savoir pour mieux la connaître. Ils étaient presque arrivés à l'église, à présent.

— Vous l'avez quitté ? demanda-t-il.

— Non. Mais peut-être que si je l'avais fait, il aurait arrêté de boire ou suivi un traitement. Comment savoir ?

Elle avait parlé d'une voix calme et triste, comme si elle s'était résignée à accepter l'inévitable.

— C'est lui qui est parti ?

Gray ne pouvait tout simplement pas imaginer un homme, et encore moins deux, quitter une femme comme elle. Mais le monde était peuplé de gens bizarres, qui faisaient les mauvais choix, se détruisaient et détruisaient la vie des autres. Et l'on ne pouvait rien y faire.

— Non, il s'est suicidé, il y a trois ans, murmura Sylvia. J'ai eu beaucoup de mal à m'en remettre, et quand Jean-Marie, le père de mes enfants, est mort l'année dernière, ça n'a rien arrangé. Mais tout est fini à présent. Il avait touché le fond, et je n'ai malheureusement pas pu l'aider. Quand ce genre de chose vous arrive, on a du mal à faire la paix avec soi-même.

Gray songea qu'elle y était parvenue, quoi qu'elle dise. Elle avait connu l'enfer et réussi à s'en sortir. Il lui suffisait de la regarder pour savoir que c'était une battante. Il eut soudain envie de la serrer dans ses bras, mais il n'osa pas. Ils n'étaient pas assez intimes. Et puis il ne voulait pas s'immiscer dans son chagrin. Il n'en avait pas le droit.

— Je suis vraiment désolé, dit-il.

Et il était sincère. Lui qui avait connu tant de femmes désaxées qui faisaient un drame de tout, il en rencontrait une qui avait vécu une vraie tragédie et qui en était ressortie plus forte.

— Merci, dit-elle.

Elle lui sourit et ils entrèrent dans l'église. Ils s'assirent un long moment, puis firent le tour de la nef avant de visiter l'intérieur et l'extérieur de l'édifice. Elle attira son attention sur certains détails qu'il n'avait jamais remarqués auparavant, bien qu'il soit venu ici souvent. Deux bonnes heures s'écoulèrent avant qu'ils ne reprennent le chemin du port.

— Et vos enfants, vous ne m'en avez pas parlé ? demanda-t-il, intrigué.

Il avait du mal à l'imaginer en mère de famille, elle si indépendante et entière.

— Ils sont intéressants et intelligents, dit-elle sans fausse modestie.

Il décela dans sa voix une pointe de fierté qui le fit sourire.

— Ma fille est artiste peintre, elle étudie à Florence. Mon fils se spécialise dans l'histoire de la Grèce antique. À bien des égards, il ressemble à son père, mais en beaucoup plus généreux, Dieu merci. Ma fille a hérité de son talent, mais de rien d'autre. Elle a de l'énergie à revendre. J'espère qu'elle reprendra la galerie un jour, mais je n'en suis pas certaine. Il faut d'abord qu'elle vive sa vie. Nous nous ressemblons beaucoup, elle et moi, mais elle a sa propre personnalité. L'hérédité est une chose mystérieuse. Nous portons tous dans nos gènes un peu de nos ancêtres. J'y attache beaucoup d'importance depuis que j'ai eu deux enfants. Mais je ne suis pas certaine que les parents exercent une réelle influence sur leurs enfants.

Ils s'arrêtèrent dans un petit café et il l'invita à prendre un verre. Une fois attablés, ce fut elle qui entreprit de lui poser des questions.

— Et vous ? Vous avez des enfants, une femme ?

— Ah, l'hérédité. C'est le fin mot de l'histoire. J'ai été adopté. J'ignore qui sont mes vrais parents et ce que je tiens d'eux. Et je trouve cela terrifiant. Imaginez qu'il y ait eu un tueur en série parmi mes ancêtres ? Je ne crois pas que j'aie envie de transmettre ce gène-là ! De plus, j'ai eu une enfance très chaotique et je ne voudrais pas faire vivre la même chose à mes descendants.

Il lui parla un peu des lieux où il avait vécu enfant. L'Inde, le Népal, les Caraïbes, le Brésil, l'Amazonie, entre deux parents complètement déjantés qui se droguaient et qui avaient fini par trouver Dieu. C'était difficile de tout lui expliquer, mais il fit de son mieux.

— Eh bien, quoi qu'il en soit, il devait y avoir un grand artiste parmi vos ancêtres, et il n'y a rien de honteux à transmettre cela.

— D'accord, mais le reste ? J'ai croisé trop de fous dans ma vie, mes parents, mais aussi la plupart des femmes avec qui j'ai vécu. Jamais je n'aurais voulu avoir un enfant avec l'une d'elles.

Il lui parlait en toute franchise, exactement comme elle l'avait fait avec lui.

— À ce point ? dit-elle en souriant.

Rien de ce qu'il lui avait dit ne l'avait épouvantée. Au contraire, elle éprouvait de la compassion pour lui. Il avait eu une enfance difficile, et une vie d'adulte compliquée. Sauf qu'il n'avait pas choisi son enfance. Le destin s'en était chargé.

— Pire que cela, même, reconnut-il en riant. Je n'ai fait que recueillir des femmes en détresse. Dieu seul sait pourquoi. J'ai toujours pensé que c'était mon devoir sur terre, pour me faire pardonner mes péchés.

— Moi aussi, à une époque. Mon ami sculpteur était un cas, et je voulais l'aider, lui rendre la vie plus facile. Mais je n'y suis jamais parvenue. C'est tout bonnement impossible.

Tout comme lui, elle l'avait appris à ses dépens.

— C'est curieux, tout de même. Plus on nous traite mal et plus on se sent fautifs. Je n'ai jamais vraiment compris pourquoi, mais c'est un fait, ajouta-t-elle.

Il était évident qu'elle avait beaucoup réfléchi à la question.

— Je suis arrivé à la même conclusion, reconnut-il.

Toutes les femmes qu'il avait aidées l'avaient abandonné pour un autre. Et, d'une certaine façon, Sylvia avait vécu la même chose. Mais elle avait l'air beaucoup mieux dans sa peau que lui.

— Vous suivez une thérapie ? lui demanda-t-elle sans ambages, comme si elle lui avait demandé si c'était la première fois qu'il venait en Italie.

— Non, mais je lis pas mal de bouquins là-dessus et je pratique la méditation. Toutes les femmes que j'ai connues étaient suivies par un psy. Mais je n'ai jamais songé à aller en voir un. J'ai toujours eu le sentiment que c'étaient elles qui étaient malades, pas moi. Alors que c'est peut-être le contraire. À un moment, on finit par se demander pourquoi on rencontre toujours la même sorte de personnes. On ne peut rien en tirer de bon. Elles sont trop ravagées.

Il sourit et elle éclata de rire. Elle en était venue à la même conclusion, lui confia-t-elle, raison pour laquelle elle n'avait pas eu de vraie relation depuis que son ami sculpteur s'était suicidé.

Puis elle ajouta qu'il lui avait fallu deux ans pour s'en remettre, avec l'aide d'un thérapeute. Elle avait eu quelques flirts au cours des six derniers mois – un jeune peintre pourri gâté, et deux hommes beaucoup plus vieux qu'elle. Mais très vite, elle s'était aperçue des inconvénients d'une telle différence d'âge. Puis elle avait eu des aventures sans lendemain, après quoi elle avait préféré rester seule, même si la solitude lui pesait et qu'elle n'aimait pas se retrouver dans un lit vide le soir. Maintenant que ses enfants étaient partis, les week-ends lui paraissaient interminables, et elle s'estimait trop jeune pour renoncer aux plaisirs de la vie. Cependant, après avoir longuement parlé avec son psy, elle commençait à se faire à l'idée qu'elle ne rencontrerait peut-être plus personne. Avant tout, elle ne voulait plus d'une relation qui mette sa vie sens dessus dessous. Mais elle trouvait très dur d'être seule. Elle était entre deux âges, et à la croisée des chemins. Trop mûre pour accepter de partager sa vie avec n'importe qui, et trop jeune pour renoncer à se trouver un compagnon. C'est pourquoi elle prenait la vie au jour le jour, et partait en voyage avec des amis. Elle confia tout cela à Gray, le plus simplement possible, ne voulant pas avoir l'air pitoyable, désespérée ou en manque d'affection. Elle était juste une femme qui essayait de s'en sortir et qui semblait y parvenir. Il l'écouta longuement, sans rien dire, puis secoua la tête.

— Je suppose que tout cela doit vous paraître bien bête, dit-elle. C'est en tout cas ce que je me dis souvent.

Elle était tellement sincère, à la fois forte et vulnérable, qu'il se sentait profondément ému. Il n'avait jamais rencontré personne comme elle et il avait de plus en plus envie d'apprendre à la connaître.

— Ce n'est pas bête du tout, contra-t-il. C'est la vérité. La vie n'est pas une partie de plaisir. Il me semble au contraire que vous êtes parfaitement sensée, et certainement plus équilibrée que moi. Si vous saviez avec quel genre de femmes j'ai été… Elles étaient toutes folles. Allez savoir pourquoi, j'avais l'impression de jouer les grands manitous et de pouvoir changer leur destin, alors qu'en réalité elles étaient en grande partie responsables de ce qui leur arrivait. Je croyais devoir m'infliger cette torture. Je n'y arrive plus. Je préfère être seul.

Il était sincère en disant cela. La solitude était infiniment préférable à la compagnie des détraquées avec qui il avait vécu. Il admirait Sylvia et voulait l'imiter. Elle représentait pour lui un modèle d'équilibre. Et, plus il l'écoutait, plus il se demandait ce qu'il ressentait pour elle. Était-ce juste de l'amitié ou quelque chose de plus ?

— Peut-être pourrions-nous aller au cinéma ensemble, à New York ? suggéra-t-il timidement.

— Ça me ferait plaisir, approuva-t-elle sans hésiter. Mais je vous préviens, j'ai des goûts épouvantables en matière de cinéma. Même mes enfants refusent de m'accompagner. J'ai horreur des films en version originale, je n'aime ni le sexe ni la violence et je déteste les histoires qui finissent mal. J'aime bien les films qui me font rire, qui se terminent bien et surtout qui ne m'ennuient pas.

— C'est parfait ; dans ce cas, on louera des DVD de Disney. Vous amènerez le pop-corn et moi je me chargerai des films.

— Marché conclu, dit-elle en riant.

Il la raccompagna jusqu'à son hôtel, puis l'embrassa affectueusement et la remercia pour cette délicieuse matinée.

— Vous êtes certaine de vouloir partir demain ? demanda-t-il, l'air déçu.

Il avait envie de la revoir avant qu'ils ne quittent Portofino. Sinon il devrait attendre d'être à New York. Jamais il n'avait rencontré une femme comme elle, une femme avec laquelle il avait envie de discuter. Jusqu'ici il avait été trop occupé à secourir des femmes en détresse pour songer à se trouver une amie sincère. Et Sylvia était celle qu'il attendait. À cinquante ans, à Portofino, il lui semblait avoir enfin trouvé la femme de ses rêves. Il se demandait comment elle réagirait, s'il le lui disait. Elle prendrait probablement ses jambes à son cou ou appellerait la police. Étaient-ce les femmes qu'il avait connues qui l'avaient rendu aussi dingue, ou l'était-il déjà avant de faire leur connaissance ? En tout cas, Sylvia n'avait rien d'une folle. Elle était belle et intelligente, vulnérable, honnête et sincère.

— Nous partons demain, répondit-elle dans un murmure.

Elle était triste de le quitter et cela l'inquiétait. Car même si elle avait dit à son psy qu'elle se sentait prête à rencontrer quelqu'un, maintenant que cela arrivait, elle se sentait prise de panique et avait envie de se sauver en courant. Mais malgré cela, elle avait, elle aussi, envie de le revoir et le regarda en souriant.

— Nous allons passer le week-end en Sardaigne, après quoi j'irai à Paris pour rencontrer des artistes, puis une semaine en Sicile avec mes enfants. Je serai de retour à New York dans quinze jours.

— Moi, j'y serai dans trois semaines, dit-il en la dévorant des yeux. Je crois que nous aussi serons en Sardaigne ce week-end. C'est notre prochaine escale.

Ce n'était pas tout à fait exact, mais dès qu'elle aurait quitté Portofino, il allait demander à Charlie et Gray s'ils étaient d'accord pour y aller.

— Vraiment ? Quelle coïncidence ! dit-elle, ravie. Que diriez-vous de venir dîner avec nous ce soir, sur le port, à condition de pouvoir vous contenter de pâtes et de mauvais vin ?

Elle se sentait brusquement rajeunir.

— Oh, vous serez beaucoup moins impressionnée lorsque vous viendrez dîner à la maison et que je vous ferai goûter l'infâme piquette qui me sert d'ordinaire.

— Dans ce cas, c'est moi qui apporterai le vin. Mais ne comptez pas que je fasse la cuisine, je ne suis même pas fichue de faire cuire un œuf.

— Ne vous inquiétez pas. Pâtes, tacos, goulasch, salade, sandwiches, pancakes, œufs brouillés et maca-ronis au fromage sont mes spécialités.

— Les pancakes. Miam. J'adore. Mais les miens sont toujours trop cuits et personne ne veut les manger.

Elle rit et il sourit à l'idée qu'il allait lui faire la cui-sine.

— C'est parfait. DVD et pancakes. Vous avez une préférence pour les glaces ? Vanille ou chocolat ?

— Menthe aux pépites de chocolat, framboise ou banane, dit-elle sans hésiter.

Elle se sentait vraiment très à l'aise avec lui. Il y avait longtemps qu'elle n'avait pas été aussi attirée par un homme.

— Je m'occuperai du vin et de la glace.

— Sans oublier le pop-corn ! lui rappela-t-il.

Il savait que ce serait une soirée très agréable. Comme l'avait été la visite de San Giorgio et comme tout ce qu'ils feraient ensemble.

— À quelle heure, ce soir ? demanda-t-il en posant la main sur son épaule.

C'était juste un geste amical. Il ne voulait pas lui faire peur et lui laisser entendre qu'il souhaitait plus qu'un simple dîner. Ils auraient le temps de faire plus ample connaissance à New York ; pour l'heure, il ne voulait rien précipiter.

— Neuf heures et demie, chez Da Puny. À ce soir.

Elle lui sourit, lui fit au revoir de la main, puis disparut à l'intérieur de l'hôtel. Il retourna au port d'un pas léger et souriait encore en arrivant au yacht. Il était une heure de l'après-midi et ses amis l'attendaient pour déjeuner.

— Tu en as mis du temps, pour visiter une église en compagnie d'une femme que tu connais à peine, lui lança Charlie avec un coup d'œil espiègle. Tu lui as demandé sa main ?

— J'aurais dû, mais je crois que j'ai laissé passer l'occasion. Et d'ailleurs, elle a deux enfants, et tu sais ce que je pense des gosses.

Charlie rit. Il n'arrivait pas à le prendre au sérieux.

— Je te rappelle que ses enfants sont grands et que l'un vit en Angleterre et l'autre en Italie.

— Possible, mais ce sont tout de même ses enfants.

Charlie, qui connaissait bien l'aversion de son ami pour la vie de famille, n'insista pas. Gray lui parla ensuite de l'invitation à dîner sur le port, et l'idée leur plut à tous les trois, mais Adam le regarda avec plus d'attention :

— Qu'est-ce que vous êtes en train de mijoter, elle et toi ? demanda-t-il, suspicieux.

Gray prit l'air faussement amusé. Il ne voulait rien dire. Il ne s'était rien passé, si ce n'est qu'il se sentait attiré par elle et espérait que c'était réciproque.

— Pas grand-chose. Mais elle a des jambes sublimes, même si elle a un défaut rédhibitoire.

— Ah oui, lequel ? s'enquit Charlie, intrigué.

Les défauts rédhibitoires étaient son obsession. Il cherchait toujours la petite bête, quand il rencontrait une femme.

— Elle est parfaitement normale et équilibrée.

— Ça, je l'avais remarqué, acquiesça Adam.

Quand Gray leur dit qu'elle partait le lendemain pour la Sardaigne avec ses amis, ils reconnurent que Portofino aurait moins d'attrait sans eux. Charlie leur proposa de partir le soir même, après dîner. S'ils prenaient la mer à minuit, ils seraient en Sardaigne en fin de journée le lendemain. Ce serait amusant de passer le week-end avec toute la bande à Porto Cervo et cela fournirait à Adam l'occasion de tenter à nouveau sa chance avec la nièce de Sylvia.

Charlie prévint le capitaine, qui donna les instructions nécessaires à l'équipage. Car si les traversées nocturnes étaient plus agréables pour les passagers, elles l'étaient beaucoup moins pour l'équipage. Le capitaine lui dit qu'il allait dormir jusqu'à ce que Charlie et ses invités rentrent de dîner, et qu'ils appareilleraient aussitôt après. Ainsi, ils arriveraient en Sardaigne en fin d'après-midi.

Quand Gray annonça la nouvelle à Sylvia, elle lui sourit, légèrement embarrassée. Il y avait des années qu'elle n'avait pas éprouvé une telle attirance pour un homme et voyait bien que c'était réciproque. Elle avait l'impression d'avoir à nouveau dix-huit ans.

Le dîner se passa dans la bonne humeur. Sylvia s'était assise en face de Gray mais ne laissa rien paraître de son trouble. Et lorsqu'ils se dirent au revoir en se promettant de se retrouver pour dîner le lendemain soir au yacht-club de Porto Cervo, ils se firent la bise, comme tous les autres. En partant, Gray se retourna pour la regarder une dernière fois, mais pas elle. Elle était en grande conversation avec sa nièce devant un marchand de glaces et une fois de plus il remarqua combien elle était jolie. Tandis qu'il l'observait, il se demandait si c'était sa silhouette élancée ou son intelligence qu'il préférait chez elle.

— Tu lui plais, lui dit Adam lorsqu'ils remontèrent dans le canot.

— Et elle me plaît aussi, répondit Gray.

— Non. Je veux dire que tu lui plais vraiment, insista Adam. Et qu'elle a envie de coucher avec toi.

— Ce n'est pas le genre de femme à se conduire ainsi, répliqua Gray, imperturbable.

Il ne supportait pas qu'Adam se permette cette réflexion qu'il jugeait tout à fait déplacée.

— Oh, arrête ! Une belle femme comme elle doit sûrement recevoir des propositions. Alors autant que ce soit de toi. À moins qu'elle ne soit trop vieille à ton goût ?

— Elle n'est pas trop vieille, riposta Gray. Simplement trop normale.

— Ça, c'est une évidence. Mais même les femmes équilibrées aiment la bagatelle.

— J'y songerai la prochaine fois que j'en rencontrerai une, conclut Gray en décochant un sourire à Charlie.

Ce dernier l'observait avec intérêt, se demandant s'il n'y avait pas quelque chose entre lui et Sylvia.

— De ce côté-là, tu n'as pas de souci à te faire. Ça n'arrivera pas, rit Adam tandis qu'ils montaient à bord du *Blue Moon*.

Ils allèrent s'installer sur le pont arrière pour savourer un dernier cognac, pendant que l'équipage levait l'ancre.

Tout en admirant la lune qui dansait sur les flots, Gray songea à Sylvia, qui avait dû regagner sa chambre d'hôtel, et regretta de ne pas pouvoir l'y rejoindre. Il n'arrivait tout simplement pas à croire qu'il aurait cette chance un jour. En tout cas, ils se reverraient à New York pour manger des pancakes et des glaces. Et avant cela, ils allaient passer un week-end ensemble en Sardaigne. Pour la première fois depuis longtemps, il se sentait le cœur léger comme un gamin. Un gamin de cinquante ans, qui venait de se trouver une petite amie de quarante-neuf ans tout simplement extraordinaire.

4

La Sardaigne en compagnie de Sylvia et de ses amis fut un vrai régal. Deux autres couples d'Italiens vinrent se joindre à eux à Porto Cervo, et Charlie invita tout le monde à bord, où ils déjeunèrent et dînèrent et s'adonnèrent aux joies du ski nautique et de la baignade. Cela permit à Gray et Sylvia de faire plus ample connaissance, même s'ils n'étaient jamais seuls. Adam les observa pendant tout le week-end et en conclut qu'ils n'étaient qu'amis. Charlie n'était pas du même avis, mais il garda pour lui ses impressions. Il s'était longuement entretenu avec Sylvia, au sujet de sa fondation, et elle lui avait parlé de sa galerie et des artistes qu'elle avait sous son aile. Manifestement, son travail la passionnait. Et il était tout aussi évident que Gray lui plaisait comme elle plaisait à celui-ci. Ils étaient très souvent ensemble. Ils discutaient, nageaient, dansaient ensemble quand ils sortaient en boîte, et avaient l'air de s'entendre sur tout. Quand le week-end s'acheva, tous avaient l'impression de se connaître depuis toujours. Et après le départ de Sylvia et de ses amis, Charlie et ses deux copains décidèrent de mettre le cap sur

la Corse. Sans la joyeuse bande, la Sardaigne leur semblait beaucoup moins attrayante. Avant qu'elle ne
quitte le bateau, Gray avait pris Sylvia à part pour lui
dire qu'il l'appellerait dès son retour à New York. Elle
lui avait souri, l'avait embrassé et lui avait souhaité
une bonne fin de vacances.

Après la Corse, ils se rendirent à Ischia, puis à Capri.
De là, ils longèrent la côte jusqu'à la Riviera et jetèrent
l'ancre à Antibes. Leur dernière semaine de vacances
passa comme un rêve. Ils firent la tournée des night-
clubs, des restaurants et des boutiques. Ils dansèrent,
se baignèrent et firent de nouvelles connaissances. Et
pour finir leur séjour en beauté, ils allèrent dîner à l'Eden
Roc.

— Tu devrais venir à Saint Barth, cet hiver, Gray,
insista Adam.

Chaque année au Nouvel An, il partait rejoindre
Charlie là-bas, pour une semaine ou deux. Gray disait
qu'un mois l'été sur le bateau lui suffisait, mais ses
amis savaient qu'il détestait les Caraïbes, synonymes
pour lui de mauvais souvenirs.

— Un jour peut-être, répondit-il, l'air vague.

La soirée de la veille avait été morose. Ils étaient
tristes à l'idée de se quitter et de devoir bientôt reprendre le collier. Adam devait retrouver Amanda et Jacob
à Londres, puis les emmener passer le week-end au
Ritz, à Paris. Une transition en douceur après le luxe
du *Blue Moon*, alors que Gray, lui, s'envolerait directement de Nice pour New York et retournerait dans
son atelier sans confort de Meatpacking District. Il
avait hâte de parler à Sylvia et avait même songé à
l'appeler depuis le bateau, puis s'était ravisé, ne voulant pas laisser une note de téléphone exorbitante à
Charlie. Il savait qu'elle était déjà rentrée depuis une

semaine, après ses vacances en Sicile avec ses enfants. Charlie, lui, prolongeait son séjour en France. Il allait passer les trois prochaines semaines seul à bord de son luxueux yacht, et sentait déjà que ses amis allaient lui manquer.

Gray et Adam se rendirent à l'aéroport ensemble dans une limousine avec chauffeur. Debout sur le pont arrière, Charlie leur fit au revoir de la main, triste de les voir partir. C'étaient ses plus proches amis, deux chouettes copains, en dépit de leurs travers, et des réflexions parfois déplacées d'Adam sur les femmes. Ils étaient très liés tous les trois et toujours prêts à s'entraider. À l'instar des trois mousquetaires, leur devise était « un pour tous et tous pour un ».

À son arrivée à Londres, Adam appela Charlie pour le remercier de ses superbes vacances, et Gray fit de même par e-mail dès qu'il fut de retour à New York. Tous s'accordèrent pour dire que, cette année, les vacances avaient été particulièrement réussies. Ils avaient rencontré des gens formidables, visité des lieux fabuleux. Plus les années passaient et plus ils prenaient plaisir à être ensemble. C'était un réconfort pour Charlie, qui se demandait s'il rencontrerait un jour la femme de sa vie. À défaut d'une compagne, il avait deux amis fantastiques, ce qui n'était pas si mal, au fond.

Il passa les deux dernières semaines à bord à travailler de son ordinateur, à organiser les réunions qui se tiendraient à son retour et à dresser la liste de tout ce que le capitaine devrait faire sur le bateau, car en novembre il lui faudrait effectuer la traversée jusqu'aux Caraïbes. Charlie aurait aimé être avec lui, mais la rentrée s'annonçait trop chargée. La fondation venait d'accorder une donation d'un million de dollars à un centre d'accueil pour enfants et il devait être là pour s'assurer que l'argent était utilisé à bon escient. Quand il quitta le yacht, fin septembre, il était content de revoir bientôt ses amis et de retourner au bureau. Après presque trois mois d'absence, il allait devoir présider divers conseils d'administration et assister à toute sortes de galas et d'événements culturels, comme l'exigeait sa position. Mais rentrer signifiait également retrouver un appartement vide, sans personne pour l'accueillir ou partager sa vie. Plus le temps passait, et plus ses chances de rencontrer l'âme sœur s'amenuisaient, mais malgré tout, il devait rentrer. Il n'avait nulle part ailleurs où aller, de toute façon. Il ne pouvait pas vivre éternellement sur son bateau, coupé des réalités du monde. Et puis il y avait Gray et Adam à New York. Il allait les appeler et les inviter à dîner.

Le vol jusqu'à New York se passa sans encombre. Il empruntait toujours une ligne régulière, ne voyant pas la nécessité d'avoir un jet privé, contrairement à Adam qui était amené à se déplacer fréquemment et qui appréciait d'en posséder un. Il devait d'ailleurs rentrer aujourd'hui même d'un voyage à Las Vegas et lui avait envoyé un e-mail pour l'inviter à un concert la semaine suivante. Charlie raffolait de ce genre de spectacles, et avait aussitôt accepté, contrairement à Gray, qui les fuyait comme la peste.

Gray n'avait pas donné signe de vie depuis un moment. Charlie supposait qu'il peignait et était absorbé par son travail, après avoir passé un mois loin de son atelier. Parfois il lui arrivait de disparaître pendant plusieurs semaines avant d'émerger de nouveau, fier d'avoir réalisé un tableau qui lui avait demandé beaucoup d'énergie et de concentration. Sans doute était-ce encore le cas en ce moment. Quand il peignait, il perdait complètement la notion du temps, au point d'en oublier quel mois on était. Charlie se dit qu'il allait l'appeler prochainement pour prendre de ses nouvelles.

À New York, il faisait chaud et lourd quand Charlie atterrit en fin d'après-midi. Il passa rapidement la douane, n'ayant rien à déclarer. Une voiture l'attendait, et en arrivant au centre-ville, la vue du Queens le déprima. Les rues étaient crasseuses, les gens avaient la mine harassée et, quand il abaissa la vitre, une bouffée d'air chargée de gaz d'échappement le fit suffoquer. Les vacances étaient terminées. En entrant chez lui, ce fut encore pire. Son appartement sentait le renfermé et lui parut triste. Il n'y avait pas une fleur, pas le moindre signe de vie. Une pile de courrier l'attendait dans son bureau. Le réfrigérateur était plein, mais il n'y avait personne pour lui préparer à dîner, même s'il n'avait pas faim. Il n'y avait pas un seul message sur le répondeur. Non seulement personne ne savait qu'il était de retour, mais en plus personne n'y attachait d'importance. Pour la première fois, Charlie se demanda ce qui ne tournait pas rond chez ses amis et lui. Était-ce là le genre de vie à laquelle ils aspiraient ? Il songea à Adam, qui ne voulait pas s'attacher et ne sortait qu'avec des bimbos. Comment allaient-ils finir les uns et les autres ? Jamais auparavant il ne s'était senti aussi seul.

Durant vingt-cinq ans, il n'avait fait que passer les femmes au crible et, inévitablement, il leur avait trouvé des défauts, dont il s'était servi ensuite pour les quitter. Résultat, il se retrouvait seul, dans un appartement vide donnant sur Central Park où des couples d'amoureux se promenaient main dans la main ou étaient étendus côte à côte sur le gazon. Certainement aucun d'eux n'était parfait, mais cela ne les empêchait pas d'être heureux ensemble. Alors pourquoi pas lui ? Pourquoi jamais aucune femme n'avait trouvé grâce à ses yeux ? Il y avait vingt-cinq ans que sa sœur l'avait quitté, et trente que ses parents étaient morts. Pendant tout ce temps, il avait jalousement protégé sa vie de célibataire, de crainte qu'une intruse ne cherche à s'y faufiler. Mais maintenant, il commençait à se demander s'il n'aurait pas mieux fait de prendre le risque d'entrebâiller la porte de son cœur.

5

Dès son arrivée à New York, Gray ne résista pas à l'envie d'appeler Sylvia. On était le 1ᵉʳ septembre, jour de la fête du Travail, et il craignait qu'elle ne fût partie en week-end. Mais, à son grand soulagement, il la trouva chez elle. Elle sembla surprise de son coup de fil, et l'espace d'un instant il se demanda s'il s'était mépris sur l'intérêt qu'elle lui portait.

— Je vous dérange ? demanda-t-il nerveusement.

Elle paraissait distraite et pas spécialement contente de l'entendre.

— Non, pas du tout. Mais j'ai une fuite d'eau dans ma cuisine et je ne sais pas quoi faire.

— Vous avez appelé le gardien ?

— Oui, mais sa femme est en train d'accoucher. Quant au plombier, il m'a dit qu'il ne pourrait pas venir avant demain après-midi, et que cela me coûterait le double du tarif normal parce que c'est un jour férié. Et mon voisin m'a appelée, car la fuite a abîmé son plafond.

Sylvia avait l'air dans tous ses états, mais il avait l'habitude des femmes en détresse : c'était son rayon.

— Comment est-ce arrivé ? La fuite s'est déclarée d'elle-même ou avez-vous fait quelque chose ?

Sans être un spécialiste, il avait quelques rudiments de plomberie, contrairement à elle, qui n'y connaissait rien.

— En fait, confessa-t-elle avec un petit rire penaud, j'ai fait tomber une bague dans le trou de l'évier et, comme je ne voulais pas la perdre, j'ai démonté le tuyau. J'ai récupéré ma bague, mais je n'ai pas réussi à revisser correctement. Résultat, j'ai une énorme fuite et je ne sais plus quoi faire.

— Quittez votre appartement et filez vite en chercher un nouveau, suggéra Gray, ce qui la fit rire.

— C'est tout ce que vous avez à me conseiller ? Et moi qui vous prenais pour un expert...

— Ma spécialité, ce sont les femmes névrosées, pas la plomberie. Votre problème est beaucoup trop terre à terre. Appelez un autre plombier.

Puis il eut une idée.

— Voulez-vous que je vienne ?

Il était arrivé dix minutes plus tôt et l'avait appelée aussitôt, sans même prendre le temps d'ouvrir son courrier.

— J'ai l'impression que vous ne vous y connaissez pas non plus. Et en plus je ne suis vraiment pas présentable. Je n'ai même pas pris le temps de me coiffer.

Elle avait passé la journée à la maison à trier des papiers et à faire les mots croisés du *Sunday Times*. Elle aimait rester à New York les jours fériés, quand la ville se vidait de ses habitants, même si, le soir venu, n'ayant parlé à personne, la solitude lui pesait. Aussi était-elle contente de l'entendre.

— Je ne suis pas non plus très présentable, la rassura-t-il. J'arrive à l'instant de l'aéroport. Mais je suis certain que vous êtes beaucoup mieux que vous ne voulez bien l'avouer.

Il ne pouvait pas se l'imaginer autrement que belle, même avec les cheveux défaits.

— J'ai une idée, vous vous donnez un coup de peigne et moi je me charge de la fuite. Ou je m'occupe de vos cheveux et vous de l'évier. Que préférez-vous ?

— Vous êtes complètement fou, rit-elle, soudain joyeuse, enchantée qu'il l'ait appelée. Très bien. Si vous réparez mon évier, je vous offre une pizza, à moins que vous ne préfériez la cuisine chinoise.

— Comme vous voudrez. J'ai mangé dans l'avion. Je passe mon bleu de travail et j'arrive dans dix minutes. D'ici là, tenez bon.

— Vous êtes sûr que ça ne vous ennuie pas ?

Elle avait l'air embarrassée, mais heureuse.

— Certain.

C'était l'occasion rêvée pour eux de se revoir, sans avoir à se mettre sur leur trente et un et à faire des manières qui les auraient gênés l'un et l'autre. Après s'être rasé, il passa une chemise propre et fila la retrouver. Elle vivait au sud de SoHo, au dernier étage d'un immeuble chic. Dès qu'il entra, il remarqua les œuvres d'art. Il y en avait absolument partout, et bien qu'elles soient très différentes de son propre style, elles forcèrent son admiration. Certaines portaient la signature d'artistes renommés. On voyait à la façon dont elle avait décoré son appartement qu'elle avait un goût très sûr.

Tout comme lui, elle avait fait l'effort de se donner un coup de peigne et de passer un t-shirt propre. À part ça, elle était en jean, pieds nus, et l'accueillit avec un sourire qui indiquait qu'elle était heureuse de le revoir. Elle l'embrassa puis l'examina de la tête aux pieds.

— Vous n'avez vraiment pas une allure de plombier, dit-elle.

— Désolé, je n'ai pas réussi à mettre la main sur mon bleu de travail.

Il portait des chaussures de ville et un jean propre.

— Vous avez coupé l'eau ? s'enquit-il.

Elle le conduisit à la cuisine en marbre noir et chrome, une merveille dont elle lui confia avoir réalisé elle-même les plans.

— Non, répondit-elle, l'air désemparée. Je ne sais pas comment faire.

— Très bien, marmonna-t-il en se faufilant sous l'évier.

La fuite était importante et l'eau coulait abondamment à l'intérieur du meuble qui se trouvait dessous, où elle avait placé des serviettes et des torchons pour éponger. Gray s'était agenouillé et cherchait le robinet d'arrivée d'eau. Il lui demanda de lui apporter une clé anglaise et, une minute plus tard, l'eau était coupée. Le problème était résolu, tout au moins temporairement. Lorsqu'il s'extirpa de dessous l'évier, un grand sourire aux lèvres, son jean était trempé des genoux jusqu'aux chevilles.

— Vous êtes un magicien. Merci mille fois, dit-elle en lui rendant son sourire, avant de voir l'état de son pantalon. Oh, mais vous êtes trempé ! Je vous aurais bien proposé de faire sécher votre jean, mais ça ne se fait pas tellement, la première fois que l'on se voit, n'est-ce pas ?

D'un autre côté, elle savait que ce serait très désagréable pour lui de dîner dans un pantalon mouillé. Elle ne voulait pas ajouter l'inconfort à la fatigue du voyage.

— Bon, mais je crois que nous allons faire fi des bonnes manières. Otez votre jean. Je vais le mettre dans le sèche-linge et vous donner une serviette en attendant. Nous pourrions commander une pizza, non ?

L'instant d'après, elle était de retour avec un drap de bain blanc, délicieusement épais et moelleux. Elle lui indiqua la salle de bains pour qu'il puisse se changer. Il en ressortit deux minutes plus tard, la serviette autour des reins, son jean à la main. Il avait gardé sa chemise, ses chaussettes et ses chaussures, ce qui lui donnait l'air comique.

— Je me sens parfaitement ridicule, dit-il avec un petit sourire gêné. Mais je pense que ce serait pire si je dînais en caleçon.

Elle éclata de rire et l'emmena au salon. C'était une pièce immense, remplie de sculptures et de toiles. L'endroit idéal pour exposer ses collections.

— Ouah ! s'exclama-t-il. Que de chefs-d'œuvre !

— Il y a des années que je collectionne les œuvres d'art. Un jour, je les léguerai à mes enfants.

Lorsqu'elle prononça le mot « enfant », il se raidit, comme s'il avait entendu gronder un tigre. Il s'était juré de n'avoir jamais de relation avec une femme qui avait des enfants. Mais Sylvia était différente. Elle ne ressemblait à aucune des femmes qu'il avait connues. Peut-être ses enfants étaient-ils différents, eux aussi. Et puis, il n'était pas le père. Mais son aversion pour les enfants frisait la phobie.

— Où sont-ils ? s'enquit-il.

Il jetait des regards inquiets autour de lui, comme s'il s'attendait à les voir surgir brusquement d'un placard et se jeter sur lui, comme des serpents ou des pitbulls. Voyant son air paniqué, elle sourit.

— En Europe. Je vous l'ai dit, je crois. L'un vit à Oxford et l'autre à Florence. Ils ne rentreront pas avant Noël, rassurez-vous, même si je dois reconnaître qu'ils me manquent terriblement.

— Au fait, avez-vous passé de bonnes vacances ? demanda-t-il tandis qu'elle retournait à la cuisine pour mettre le sèche-linge en route avant de revenir au salon.

— Très bonnes. Et vous ? Comment s'est passée la fin de votre voyage ?

Elle s'assit sur le canapé, tandis qu'il s'installait face à elle, dans un énorme fauteuil en cuir noir. Elle était ravissante en jean et pieds nus, et il était vraiment heureux de la revoir. Heureux comme il ne l'avait pas été depuis des années. Elle lui avait manqué, ce qui était un comble, car il ne la connaissait pour ainsi dire pas. Mais il n'avait cessé de penser à elle, après son départ.

— Super ! Enfin, disons, assez bien, rectifia-t-il. Pas aussi bien qu'à Portofino et en Sardaigne avec vous. J'ai beaucoup pensé à vous, vous savez.

Il avait l'air comique et vulnérable, enveloppé dans sa serviette de bain.

— Moi aussi, j'ai pensé à vous, reconnut-elle en lui souriant. Je suis contente que vous soyez de retour. Je ne m'attendais pas à ce que vous me rappeliez aussi vite.

— Moi non plus. Enfin, si. J'avais l'intention de vous appeler dès mon retour.

— Et vous avez bien fait. Au fait, quel genre de pizza vous ferait plaisir ?

— Et vous ?

— N'importe. Poivrons, basilic, viande hachée ?

— Tout cela mélangé, répondit-il en la regardant.

Elle avait l'air détendue et parfaitement à l'aise.

— Dans ce cas, je vais en commander une avec toutes les garnitures possibles, sauf les anchois. J'ai horreur de ça.

— Moi aussi.

Elle se leva pour aller jeter un coup d'œil au sèche-linge. Elle revint avec son jean et le lui tendit.

— C'est bon. Vous pouvez vous rhabiller. Je vais commander la pizza. Et encore merci pour le coup de main.

— Je n'ai rien fait de plus que couper l'arrivée d'eau, dit-il. Mais il faudra appeler un plombier mardi, pour réparer la fuite.

— Je sais.

Elle lui sourit, tandis qu'il partait vers la salle de bains avec son pantalon. Lorsqu'il en ressortit, il lui rendit la serviette soigneusement pliée, et elle parut surprise.

— Que se passe-t-il ?

— Vous ne l'avez pas laissée en boule sur le carrelage. Qu'est-ce qui ne tourne pas rond chez vous ?

Ils échangèrent un sourire. Sur le coup, en voyant son air stupéfait, il s'était demandé ce qui n'allait pas. Son appartement était tellement impeccable qu'il ne lui serait pas venu à l'idée de laisser traîner la serviette.

— Vous préférez que je retourne dans la salle de bains pour la jeter par terre ? plaisanta-t-il.

Elle fit non de la tête, puis appela pour commander la pizza. Dès qu'elle eut raccroché, elle lui proposa un verre de vin. Elle avait plusieurs bouteilles de vin californien au réfrigérateur et en ouvrit une. C'était un chardonnay, qu'il trouva excellent.

Ils revinrent dans le living et, cette fois, elle s'assit à côté de lui sur le canapé. Il avait très envie de l'attirer contre lui et de la prendre dans ses bras, mais il ne se sentait pas prêt et voyait bien qu'elle ne l'était pas non plus. La gêne entre eux était palpable. Ils se connaissaient à peine et ne s'étaient pas vus depuis plusieurs semaines.

— Vous non plus, vous n'êtes pas une femme ordinaire, dit-il en réponse au fait qu'il lui avait rendu la serviette soigneusement pliée. Sans quoi, la fuite d'eau vous aurait mise dans un état d'hystérie avancée. Vous seriez peut-être même allée jusqu'à dire que c'était de ma faute, ou de celle de votre ex qui aurait cherché à vous terroriser parce qu'il n'aurait pas supporté de nous savoir ensemble et aurait menacé de débarquer avec un flingue par l'escalier de secours.

— Je n'ai pas d'escalier de secours, désolée, répondit-elle en riant.

Elle n'arrivait pas à l'imaginer en compagnie de telles hystériques, et lui non plus désormais.

— Dans ce cas, tout va bien, murmura-t-il avant d'ajouter, admiratif : j'adore votre appartement, Sylvia. Il est exactement à votre image, beau, simple et élégant.

— Je l'aime beaucoup, moi aussi. Il renferme des tas de trésors auxquels je tiens énormément.

— C'est ce que je vois, dit-il en songeant qu'elle était, elle aussi, un trésor auquel il commençait à s'attacher furieusement.

Le fait de la revoir ici, chez elle, la lui rendait encore plus séduisante. Au restaurant à Portofino, et sur le bateau de Charlie, elle lui avait paru belle et attirante, mais ici, dans son univers, elle lui paraissait plus réelle.

En attendant qu'on leur livre la pizza, ils parlèrent de sa galerie et des artistes dont elle s'occupait.

— J'aimerais voir vos tableaux, dit-elle, songeuse.

— J'aimerais beaucoup vous les montrer. C'est très différent de ce que vous avez.

— Qui est votre agent ?

Elle était d'autant plus curieuse de le savoir qu'il ne lui en avait jamais parlé. Mais, à sa grande stupeur, il haussa les épaules et répondit :

— Je n'en ai pas. Le dernier à qui j'ai eu affaire m'a souverainement déplu. Je sais que je devrais me mettre en quête d'un galeriste. Mais rien ne presse, car je n'ai pas suffisamment de tableaux à proposer dans l'immédiat.

La pizza arriva enfin. Sylvia insista pour payer, malgré les protestations de Gray. Après tout, lui dit-elle, il avait réparé sa fuite. Ils s'installèrent dans la cuisine tout en continuant de bavarder tranquillement. Elle sortit la bouteille de vin du réfrigérateur, baissa l'éclairage et alluma des bougies, puis servit la pizza dans de jolies assiettes italiennes. Elle apportait à chaque chose une touche de grâce et d'élégance. Il remarqua qu'elle portait les mêmes bracelets en turquoise qu'en Italie.

Ils restèrent un long moment à parler de tout et de rien, simplement heureux d'être ensemble. Elle était ravie qu'il soit venu la dépanner. Mais, à dix heures, les effets du décalage horaire, combinés à ceux du vin, commencèrent à se faire sentir. Gray avait les paupières lourdes. Il se leva et l'aida à ranger les assiettes sales dans le lave-vaisselle, bien qu'elle insistât pour le faire elle-même. Elle était de toute évidence habituée à se débrouiller toute seule, exactement comme lui. Mais il trouvait agréable de faire ce genre de chose à deux. Il aimait sa compagnie et il la quitta à regret. Au moment de franchir la porte, lorsqu'il se retourna pour lui dire au revoir, il vit qu'elle le dévorait des yeux.

— Merci d'être venu me donner un coup de main, Gray. Sans vous, à l'heure qu'il est, je serais probablement en train de nager dans la cuisine.

— Je suis sûr que vous auriez eu l'idée de couper l'arrivée d'eau. Mais ça m'a donné une bonne excuse pour venir vous voir. Merci pour la pizza et l'agréable soirée.

Il la prit dans ses bras et l'embrassa sur les deux joues, puis marqua un temps d'arrêt et, sans la relâcher, la regarda dans les yeux. Voyant son hésitation, elle l'attira plus près et au même moment leurs lèvres se rencontrèrent, sans qu'il puisse dire si c'était lui ou elle qui avait fait le premier pas. Mais c'était sans importance, car ils étaient tout aussi attirés l'un par l'autre, après des semaines d'attente et des années de vide affectif. Ce fut un baiser long et passionné. Et lorsqu'il la prit à nouveau dans ses bras, elle posa sa joue contre la sienne.

— Ouah ! dit-elle. Je ne m'attendais pas à ce que ça se termine comme ça. Je pensais que tu étais juste venu pour réparer la fuite.

— Et c'est vrai, murmura-t-il. Mais je mourais déjà d'envie de t'embrasser quand nous étions en Italie, seulement je n'osais pas.

Elle acquiesça, songeant qu'il en allait de même pour elle. Elle avait envie de lui, mais savait qu'il était beaucoup trop tôt pour qu'ils couchent ensemble. Ils ne se connaissaient que depuis un peu plus d'un mois et ne s'étaient pas vus depuis plusieurs semaines. Chaque chose en son temps, se dit-elle en savourant leur premier baiser. À ce moment même, il l'embrassa à nouveau. Avec plus de fougue cette fois, et elle ne put s'empêcher de penser à toutes les femmes qu'il avait embrassées avant elle, toutes les folles qui l'avaient appelé à la rescousse pour le laisser tomber ensuite. Sa vie n'était qu'un enchaînement de liaisons avortées, alors qu'elle n'avait connu que deux hommes avant lui. Elle ne l'aimait pas encore, mais elle sentait que cela risquait d'arriver un jour. Quand elle le regardait, elle avait envie qu'il reste et ne s'en aille plus jamais.

— Je ferais mieux d'y aller, dit-il d'une voix chaude et sensuelle.

Elle acquiesça d'un signe de tête, même si, au fond d'elle-même, elle aurait préféré qu'il reste. Elle ouvrit la porte et il hésita.

— Si je remets l'eau en route demain, murmura-t-elle, reviendras-tu pour réparer la fuite ?

Elle leva vers lui un regard innocent, les cheveux légèrement défaits et les yeux pleins d'étoiles, et il rit tout doucement.

— S'il n'y a que ça, je peux ouvrir le robinet tout de suite et avoir ainsi une bonne excuse pour rester.

— Nous n'avons pas besoin d'une excuse, mais je crois que ce ne serait pas raisonnable, dit-elle sagement.

— Ah non ? dit-il en lui caressant doucement la nuque tout en laissant courir ses lèvres sur son visage.

Elle prit sa tête entre ses mains et l'attira à elle.

— Je pense qu'il y a certaines règles à observer dans une situation comme celle-là. Et notamment celle qui consiste à ne pas coucher ensemble le premier soir, après avoir mangé une pizza et réparé une fuite d'eau.

— Mince alors, si j'avais su, je n'aurais pas réparé la fuite ni mangé la pizza.

Il lui sourit et recommença à la couvrir de baisers. Jamais il n'avait autant désiré une femme et il voyait bien qu'il en était de même pour elle mais qu'elle s'interdisait de passer à l'acte. Elle était heureuse de savourer l'instant.

— On se dit à demain, alors ? murmura-t-elle.

C'était presque de la provocation, mais il trouvait excitante l'idée de devoir attendre et de se plier à son bon plaisir. Il patienterait aussi longtemps qu'elle le désirerait. Le jeu en valait la chandelle. Il y avait cinquante ans qu'il l'attendait.

— Chez toi ou chez moi ? demanda-t-il. Je serais ravi de t'accueillir à la maison, mais c'est un vrai capharnaüm. Il y a un mois que le ménage n'a pas été fait. Le week-end prochain peut-être. Mais je pourrais revenir ici demain, pour voir l'état de ton évier ?

Le lendemain était un jour férié et elle avait prévu de passer la journée chez elle à travailler.

— Je ne bougerai pas de la maison. Viens quand tu voudras. Je préparerai le dîner.

— Non, je m'en chargerai. Je t'appellerai demain matin.

Il l'embrassa à nouveau et partit. Une fois la porte refermée, elle resta un long moment sans bouger. C'était un homme exceptionnel et ils avaient passé une soirée délicieuse. Quand elle entra dans sa chambre, ce fut comme si elle la voyait pour la première fois et elle se demanda à quoi elle ressemblerait avec lui.

Une fois dans la rue, Gray héla un taxi. Il avait l'impression qu'en l'espace d'une soirée, sa vie tout entière avait changé.

6

Gray appela Sylvia à dix heures, le lendemain matin. Son appartement était dans un désordre épouvantable et il n'avait même pas pris le temps de défaire sa valise. La veille au soir, il s'était écroulé sur son lit en pensant à elle, et l'avait appelée dès qu'il s'était réveillé. Elle était en train de classer des papiers et sourit en l'entendant.

Tous deux voulurent savoir si l'autre avait bien dormi. Elle avait passé une bonne partie de la nuit à penser à lui, et lui avait dormi comme un bébé.

— Et comment va ton évier ?

— Bien, dit-elle en souriant.

— Je ferais peut-être mieux de venir m'en assurer.

Elle rit et ils bavardèrent quelques minutes. Il lui dit qu'il voulait mettre un peu d'ordre chez lui, mais qu'il pouvait venir chez elle à midi et demi avec le déjeuner.

— Je croyais qu'on se voyait pour le dîner ? s'étonna-t-elle.

Mais elle lui avait dit qu'elle serait chez elle toute la journée et il avait pris cela pour une invitation tacite.

— Je ne crois pas que je vais pouvoir attendre aussi longtemps, reconnut-il. Patienter encore neuf heures, alors qu'il y a cinquante ans que j'attendais de te rencontrer, me semble au-dessus de mes forces. Mais tu n'es peut-être pas libre pour déjeuner ? s'enquit-il nerveusement.

Elle sourit. Elle était libre et prête à tout avec lui. La veille au soir, lorsqu'il l'avait embrassée, elle avait décidé de le laisser entrer dans sa vie. Elle avait le sentiment qu'avec lui tout était possible et avait hâte de le revoir.

— Je suis à la maison. Tu peux passer quand tu veux.

— Puis-je apporter quelque chose ? Une quiche ? Du fromage ? Du vin ?

— J'ai deux-trois bricoles. Pas besoin d'apporter quoi que ce soit.

Il y avait tant de choses qu'elle avait envie de faire avec lui, marcher dans Central Park, flâner dans le Village, aller au cinéma, regarder la télé au lit, sortir dîner en ville, rester à la maison et mijoter des petits plats, aller voir son travail, lui montrer sa galerie, ou simplement lui faire un câlin. Elle venait tout juste de le rencontrer et, pourtant, elle avait le sentiment de le connaître depuis toujours.

Après avoir raccroché, Gray dépouilla son courrier, jeta un coup d'œil aux factures et défit sa valise. Il laissa traîner ses affaires sur le sol, avant de choisir ce qu'il allait porter. Puis il se doucha, se rasa, s'habilla, rédigea quelques chèques et fila les poster. En chemin, il s'arrêta chez l'unique fleuriste qu'il trouva ouvert pour acheter deux douzaines de roses. Après quoi, il héla un taxi et, à midi, il était à sa porte. Le plombier venait juste de partir, et elle écarquilla les yeux en voyant les roses.

— Oh, Seigneur ! Elles sont magnifiques… Gray, il ne fallait pas.

Elle était sincère. Elle savait qu'il ne roulait pas sur l'or et son geste n'en était que plus touchant. C'était un vrai prince charmant. Après avoir vécu presque toute sa vie aux côtés d'égoïstes, elle avait enfin trouvé un homme attentionné et sensible.

— Si je le pouvais, je t'enverrais des roses chaque jour. Mais je crains que le prochain bouquet ne doive attendre, confessa-t-il à regret.

Il n'avait pas encore payé son loyer ni sa note de téléphone, et son billet d'avion pour la France lui avait coûté les yeux de la tête. Charlie lui avait offert de le payer mais il avait refusé. Il avait espéré pouvoir faire le voyage dans l'avion privé d'Adam, mais celui-ci était parti directement de Las Vegas, puis ses enfants étaient venus le rejoindre et il était rentré avec eux.

— Si je t'ai apporté des roses aujourd'hui, c'est parce que c'est un jour spécial.

— Et pourquoi cela ? demanda-t-elle en serrant le bouquet dans ses bras, tout en levant vers lui de grands yeux à la fois ravis et anxieux.

— Parce que aujourd'hui marque le début… le début de notre… À partir d'aujourd'hui plus rien ne sera plus jamais pareil pour toi et moi.

Il la regarda au fond des yeux, puis, lui prenant l'énorme bouquet des mains, le déposa sur une table voisine et l'enlaça tendrement pour l'embrasser.

— J'ai envie de te rendre heureuse, lui dit-il doucement. J'ai envie que nous soyons heureux ensemble.

Il s'était promis de lui faire oublier toutes les déceptions et les peines qu'elle avait vécues. Il voulait en finir avec l'absurdité de sa propre vie. Cette rencontre était une chance de bonheur pour tous les deux.

Elle alla mettre les roses dans un vase, puis les posa sur la table du salon.

— Tu as faim ? lui lança-t-elle en retournant à la cuisine.

Il la suivit et s'arrêta à la porte en souriant. Elle était belle. Elle portait un chemisier blanc et un jean. Sans un mot, il s'approcha d'elle et commença à déboutonner son corsage. Elle le laissa faire sans protester. Il fit glisser tout doucement son chemisier le long de ses épaules, puis le jeta sur une chaise, avant de la regarder en l'admirant, comme une œuvre d'art. Elle était parfaite. Sa peau était souple et lisse et son corps était ferme et musclé. Il y avait longtemps que personne ne l'avait admirée ainsi, longtemps qu'elle n'avait pas vu cette flamme s'allumer dans le regard d'un homme. Elle avait l'impression d'avoir connu mille ans de solitude avant qu'il n'entre enfin dans sa vie. C'était comme embarquer avec lui vers une destination inconnue, mais en toute confiance.

Il la prit par la main et l'entraîna sans rien dire jusqu'à la chambre. Ils s'étendirent sur le lit et commencèrent tout doucement à se déshabiller l'un l'autre. Une fois nue, elle laissa ses mains puis ses lèvres partir à la découverte de son corps, et il fit de même. Lentement, patiemment, il laissa parler son désir avec des gestes et des caresses qui l'auraient mise au supplice s'ils n'avaient pas coïncidé exactement avec ce qu'elle attendait. Elle avait l'impression qu'il la connaissait depuis toujours. Il savait exactement quoi faire pour la satisfaire, et ils se mouvaient en rythme, avec un ensemble parfait, pour ne plus former qu'un. Le temps suspendit son vol jusqu'à s'accélérer et les emmener tous les deux vers l'extase. Puis elle se blottit entre ses bras et se mit à l'embrasser en souriant.

— Merci, dit-elle dans un murmure en se pelotonnant tout contre lui.

Ils étaient étroitement enlacés et se souriaient.

— Il y a une éternité que je t'attendais, murmura-t-il. Je ne savais pas où tu te cachais… Mais j'ai toujours su que je finirais par te trouver un jour.

Elle n'avait pas eu le même espoir. Elle avait renoncé depuis des années à le rencontrer, convaincue qu'elle passerait seule le reste de sa vie. Gray était un cadeau du ciel, un cadeau qu'elle avait depuis longtemps cessé d'attendre, au point qu'elle ne savait plus qu'elle le désirait. Et voilà qu'il avait fait irruption dans sa vie, dans son cœur, dans son lit, et dans chaque fibre de son être. Gray faisait à tout jamais partie de son être.

Peu à peu, ils sombrèrent dans le sommeil et ne se réveillèrent que plusieurs heures plus tard, apaisés, sereins et heureux. Ils allèrent à la cuisine pour préparer le déjeuner. Une fois le repas prêt, ils retournèrent dans la chambre pour le manger au lit en bavardant. Entre eux, tout était simple, amusant, sans manières.

Plus tard, ils se douchèrent, puis sortirent faire une longue balade dans SoHo. Ils s'arrêtaient devant chaque vitrine, chaque galerie d'art. Ils achetèrent une glace à l'italienne qu'ils partagèrent. Il était six heures quand ils rentrèrent à la maison, après avoir loué deux films. Ils retournèrent au lit pour les regarder, puis firent à nouveau l'amour et, à dix heures, Sylvia se leva pour préparer le dîner.

— Je veux que tu viennes chez moi demain, lui dit-il quand elle revint avec le plateau.

Elle avait fait des œufs brouillés au fromage sur des toasts, le repas idéal pour conclure cette journée qu'ils n'oublieraient jamais. Et il leur restait beaucoup à découvrir l'un de l'autre.

— J'ai hâte que tu me montres tes dernières œuvres, lui dit-elle tandis qu'ils mangeaient de bon appétit.

— C'est pour cela que je veux que tu viennes à la maison.

— Si tu veux, nous pourrions y aller ensemble demain matin. Je dois être à la galerie à midi, mais cela nous laisse le temps de faire un saut chez toi.

— C'est une excellente idée, répondit-il en souriant.

Le dîner achevé, ils éteignirent le téléviseur et s'enlacèrent tendrement.

— Merci, Gray, répéta-t-elle dans un murmure.

Il était à demi assoupi et il se contenta de sourire en hochant la tête. Elle déposa un baiser sur sa joue et se serra contre lui. Quelques minutes plus tard, tous deux dormaient à poings fermés, comme deux enfants comblés et heureux.

7

Le lendemain matin, Sylvia se réveilla de bonne heure. En voyant Gray endormi à ses côtés, elle eut un petit mouvement de surprise, puis se blottit contre lui en souriant. Si leur relation devenait sérieuse, pour elle qui n'avait pas eu de vrai compagnon depuis des années, sa vie s'en trouverait changée. Et celle de Gray encore plus, lui qui n'avait connu que des femmes névrosées.

Pendant qu'il dormait, elle glissa tout doucement hors du lit pour aller prendre une douche et préparer le petit déjeuner. Puis elle revint dans la chambre avec un plateau et le réveilla. Les rôles étaient inversés par rapport aux femmes qu'il avait connues. Ce n'était plus lui qui dorlotait, nourrissait, maternait. Il leva vers Sylvia des yeux incrédules, tandis qu'elle déposait le plateau sur le lit et l'embrassait. Il était beau et désirable, malgré ses cheveux ébouriffés. Il dégageait une force et une virilité qui le rendaient très attirant.

— Suis-je au paradis ou est-ce un rêve ?

Il croisa ses bras derrière sa tête et la contempla en souriant.

— Je ne me rappelle pas avoir jamais petit-déjeuné au lit.

Elle avait même posé un petit vase avec une rose sur le plateau. Elle voulait le gâter. Il y avait si longtemps qu'elle n'avait pas eu l'occasion de choyer quelqu'un ! En fait, depuis qu'elle s'était séparée de son mari, et que ses enfants étaient partis vivre de leur côté. C'était tellement excitant d'avoir à nouveau un homme dans sa vie !

— Je suis désolée de te réveiller, s'excusa-t-elle.

Il était dix heures et elle avait envie qu'il l'emmène voir son atelier avant de se rendre à la galerie. Gray jeta un coup d'œil au réveil.

— Mince ! À quelle heure t'es-tu levée ?

— À sept heures. Je fais rarement la grasse matinée.

— Moi aussi. Mais j'ai dormi comme un bébé.

Il lui sourit, puis se leva. Quelques minutes plus tard, après s'être donné un coup de peigne, il s'installait à nouveau confortablement dans le lit, le plateau devant lui.

— À force de me gâter, tu vas me rendre gros et paresseux !

Mais Sylvia doutait que cela puisse arriver. Elle avait simplement envie de savourer sa compagnie et de lui faire plaisir. Elle lui tendit le journal qu'elle avait déjà lu à la cuisine en prenant son café, accompagné d'une tranche de pain grillé. Il y jeta un coup d'œil distrait et le posa. Il préférait discuter avec elle.

Ils bavardèrent tranquillement pendant qu'il prenait son petit déjeuner, puis il se leva et se prépara. Ils quittèrent l'appartement à onze heures, main dans la main. Elle avait l'impression d'avoir à nouveau quinze ans et savourait le bonheur d'être avec lui. Elle souriait lorsqu'ils se retrouvèrent dans le soleil de septembre.

Gray héla un taxi, et ils arrivèrent rapidement à son atelier. Pendant qu'ils gravissaient les quatre étages, il s'excusa d'avance pour le désordre.

— Je suis parti tout un mois et, pour être honnête, ce n'était pas terrible avant mon départ, dit-il avec un grand sourire, légèrement essoufflé alors qu'ils atteignaient son palier.

Son appartement était sens dessus dessous, exactement à l'image de la vie qui avait été la sienne des années durant, mais il ne jugea pas utile de le lui dire. Comparé aux femmes qu'il avait connues, il faisait figure de roc, mais à côté de Sylvia, il donnait l'impression d'être totalement désorganisé. Elle était à la tête d'une galerie très réputée, avait eu deux liaisons stables, élevé deux enfants, et vivait dans un appartement superbe et parfaitement entretenu, ce qui n'était pas le cas du sien. Lorsqu'il ouvrit la porte, c'est à peine s'ils purent entrer. Une de ses valises bloquait le passage et il y avait des caisses de provisions un peu partout. Un monceau de courrier gisait pêle-mêle sur le plancher. Les factures qu'il avait réglées la veille s'étalaient au petit bonheur sur une table. Le canapé était couvert de vêtements et les plantes vertes étaient mortes. Tout dans son appartement semblait usé et fatigué, mais il s'en dégageait une impression de confort typiquement masculin. Hormis les fauteuils qui laissaient à désirer, les meubles étaient en bon état. Une table ronde occupait un coin du salon. C'était là qu'il réunissait ses amis quand il les invitait à dîner, et au-delà, dans la pièce qui servait autrefois de salle à manger, il avait installé son atelier, objet de la venue de Sylvia.

Elle s'y dirigea aussitôt, tandis qu'il s'efforçait vainement de mettre de l'ordre. Finalement, il y renonça et la suivit pour voir comment elle réagissait en découvrant ses toiles. Trois d'entre elles étaient posées sur des chevalets, en état d'achèvement plus ou moins avancé. L'une d'elles était pratiquement terminée, une autre avait été commencée juste avant son départ. Quant à la troisième, n'en étant pas satisfait, il envisageait de la jeter. À part cela, une bonne dizaine de tableaux étaient contre les murs. Elle fut éblouie par la puissance et la beauté qui s'en dégageaient. C'était de la peinture figurative, dans des tons sombres avec d'extraordinaires effets de lumière. L'un était un portrait de femme vêtue comme au Moyen Âge, exécuté à la façon des grands maîtres. C'était magnifique et elle se tourna vers lui, pleine d'admiration. Cela n'avait rien à voir avec les toiles ultrabranchées et avant-gardistes qu'elle exposait. Elle avait une passion pour les jeunes artistes, et les œuvres qu'elle exposait étaient pleines de fraîcheur. Certains d'entre eux avaient acquis une grande notoriété, mais aucun n'avait le savoir-faire, la technique, le talent de Gray. Elle savait que ce dernier était un grand peintre, et les toiles qu'elle avait à présent sous les yeux le prouvaient. Debout à côté de lui, elle contemplait ses œuvres, s'en imprégnant et ne pouvant s'en détacher.

— Ouah ! C'est tout simplement prodigieux !

Elle comprenait à présent pourquoi il ne peignait pas plus de deux ou trois toiles par an. Même en travaillant sur plusieurs à la fois, comme la plupart des peintres, il lui fallait des mois, voire des années, pour les achever.

— Je n'en reviens pas.

L'une des peintures représentait un lac sur lequel jouait la lumière du soir. Elle donnait envie de rester à la contempler à jamais. Sylvia se dit qu'il lui fallait absolument un agent, quelqu'un d'important, mais pas elle. Il savait qu'elle était spécialisée dans l'art moderne, mais il avait tenu à lui montrer son travail, car il avait un grand respect pour son jugement et pour ses connaissances. Et elle ne pouvait pas lui faire plus beau compliment qu'en réagissant comme elle l'avait fait.

— Il faut absolument que tu aies un agent, dit-elle avec gravité.

Il lui avait confié qu'il n'avait plus personne pour le représenter depuis trois ans. Il vendait ses toiles à des gens qui lui en avaient déjà acheté, ou à des amis, comme Charlie, qui en possédait plusieurs et appréciait beaucoup son travail.

— C'est un crime de laisser ces tableaux ici, à l'abri des regards.

Il y en avait des tas retournés face au mur.

— Le problème, c'est que tous les marchands d'art à qui j'ai eu affaire n'étaient intéressés que par l'argent et se moquaient éperdument du reste. Je n'ai pas envie de leur confier mon travail. Pour moi, ce n'est pas l'argent qui compte.

Il suffisait de voir comment il vivait pour s'en convaincre.

— D'accord, mais il faut bien manger, lui fit-elle remarquer gentiment. Et puis tous les galeristes ne sont pas des filous et des ignares. Beaucoup sont de vrais connaisseurs. Ainsi, moi, je ne vends peut-être pas des œuvres de cette qualité, mais je crois malgré tout aux artistes que j'expose. Pour moi, ils ont beaucoup de talent. Simplement, ils l'expriment d'une façon différente de la tienne.

— Je sais que tu respectes les artistes. Cela se voit. C'est pour cela que je voulais te montrer mon travail. Si tu étais comme les autres, je ne t'aurais pas invitée chez moi. Mais il est vrai que si tu étais comme eux, je ne serais pas non plus tombé amoureux de toi.

C'était un aveu déconcertant après seulement une nuit passée ensemble et, l'espace d'un instant, elle resta sans voix. Elle adorait sa compagnie et avait très envie d'apprendre à le connaître, mais elle n'était pas certaine d'être déjà amoureuse. C'était beaucoup trop tôt. Mais tout allait trop vite, beaucoup plus vite que l'un et l'autre ne l'avaient prévu. Et le fait qu'il lui ait dévoilé ses œuvres et ouvert son cœur le lui rendait encore plus attirant. Elle posa sur lui un regard plein de tendresse. Il la prit alors dans ses bras et l'embrassa.

— J'aime ton travail, Gray, murmura-t-elle.

— Tu n'es pas mon agent, la taquina-t-il. Tout ce que tu dois aimer, c'est moi.

— Je suis en train de tomber amoureuse, reconnut-elle en toute honnêteté. Et même plus vite que prévu.

— Moi aussi, répondit-il sans ambages.

Elle se plongea à nouveau dans la contemplation de ses toiles, pendant un long moment, l'esprit en pleine ébullition.

— Je vais te trouver un agent. J'ai déjà une petite idée sur la question. Nous pourrions aller en voir quelques-uns cette semaine, et tu me diras ce que tu en penses.

— Ce que j'en pense n'a pas la moindre importance. C'est ce qu'eux pensent de mon travail qui compte. Mais je ne veux pas que tu t'occupes de ça. Tu as déjà suffisamment à faire. Et puis je n'ai pas assez de toiles pour une exposition, avoua-t-il pudiquement.

Il ne voulait pas se servir d'elle. Sa relation avec elle était d'ordre strictement privé et n'avait rien à voir avec sa peinture ou une quelconque recommandation de sa part, et elle le savait.

— Comment cela, pas assez de toiles pour une exposition ? lança-t-elle avec force, comme si elle s'adressait à l'un de ces jeunes artistes pas encore conscients de leur talent et qu'il fallait tirer de l'avant.

C'était le cas de la plupart d'entre eux. Ceux qui plastronnaient étaient généralement moins doués.

— Regarde-moi tout cela, ajouta-t-elle en déplaçant doucement les peintures serrées les unes contre les autres, pour pouvoir les admirer.

Elles étaient tout simplement magnifiques, aussi belles, sinon plus, que celles qui étaient sur les chevalets. Toutes semblaient illuminées de l'intérieur, par la flamme d'une bougie ou d'un feu. Il s'en dégageait une impression de lumière qu'elle n'avait vue dans aucune œuvre récente. On aurait dit le travail d'un maître de la Renaissance avec un je-ne-sais-quoi de contemporain qui les rendait tout à fait uniques. Elle savait qu'il avait étudié à Paris et en Italie, comme sa fille, et acquis de très bonnes bases, et trouvait ses tableaux brillants et profondément inspirés.

— Gray, il faut absolument que nous te trouvions un agent, que tu le veuilles ou non.

Elle se comportait avec lui comme lui avec les femmes qu'il avait connues, les aidant à trouver un agent, un boulot, le plus souvent en pure perte. Jamais personne ne lui avait proposé de l'aider, sauf peut-être Charlie. Mais Gray avait horreur de mettre les gens à contribution, en particulier ses amis et tous ceux qui lui étaient chers.

— Je n'en ai pas besoin, Sylvia, honnêtement.

— Mais imagine que j'en trouve un qui te convienne. Accepteras-tu de lui montrer ton travail ?

Elle le poussait dans ses derniers retranchements et il ne l'en aimait que davantage, car il savait qu'elle n'avait rien à y gagner personnellement. Tout ce qu'elle voulait, c'était l'aider. Exactement comme il l'avait fait pour d'autres, pendant des années. Il finit par hocher la tête en souriant. Elle savait déjà qui elle allait appeler. Elle avait au moins trois marchands d'art en vue. Et peut-être qu'en réfléchissant bien, elle en trouverait d'autres, dans les quartiers chics, qui exposaient des œuvres comme les siennes. Ses toiles avaient besoin d'un cadre que les galeristes branchés de SoHo, comme elle, ne pouvaient leur offrir. Elle allait également prospecter à Londres. Les bonnes galeries travaillaient en réseau et avaient des contacts dans toutes les capitales. Et c'était là qu'il devait exposer. Elle en était convaincue.

— Ne t'inquiète pas de ça, lui dit Gray gentiment. Tu as déjà suffisamment à faire avec ta propre galerie pour ne pas en plus te mettre un nouveau projet sur le dos. Je ne veux pas te donner plus de travail, mais simplement être avec toi.

— Moi aussi, répondit-elle dans un sourire.

Mais elle voulait l'aider, il le méritait. Elle connaissait assez les artistes pour savoir qu'ils étaient généralement nuls en affaires et incapables de vendre leurs toiles. C'était la raison pour laquelle il leur fallait des agents. Et Gray n'était pas différent des autres. Elle allait donc lui donner un coup de pouce, tout en vivant, elle l'espérait, une histoire d'amour avec lui. Mais que ce souhait se réalise ou non, elle le mettrait en rapport avec les bonnes personnes. Elle connaissait pratiquement tout le monde dans le milieu de l'art new-yorkais. Sa réputation d'honnêteté et d'intégrité n'était plus à faire et toutes les portes s'ouvraient pour elle. Une fois qu'elle lui aurait ouvert la bonne porte, elle le laisserait se débrouiller. Elle ne voulait pas jouer d'autre rôle que celui-là, même si leur aventure tournait court et se transformait en simple amitié.

Sylvia jeta un coup d'œil à sa montre. Il était presque midi et il fallait qu'elle file à la galerie. Il l'embrassa en lui promettant de la rappeler plus tard, avant qu'elle s'élance dans l'escalier.

— Merci ! lui cria-t-il.

Elle releva la tête et lui fit un grand sourire, puis agita la main et disparut.

Au bureau, régnait le chaos habituel. Deux artistes survoltés avaient appelé pour savoir où en était leur prochaine exposition. Un client énervé ne comprenait pas pourquoi la toile qu'il avait achetée ne lui avait pas encore été livrée. Un autre voulait faire le point sur une commande. Son installateur venait de lui annoncer qu'il s'était fracturé les bras dans un accident de moto et ne pourrait pas monter la prochaine exposition. Elle avait rendez-vous l'après-midi même avec le maquettiste de la brochure. Un magazine d'art lui réclamait de toute urgence le cliché de la sculpture devant figurer dans l'encart publicitaire que le photographe ne lui avait toujours pas livré. Jusqu'à seize heures elle ne trouva pas le temps de souffler. Mais dès qu'elle eut un moment de répit, elle en profita pour passer quelques coups de fil pour Gray. Les choses se passèrent beaucoup mieux qu'elle ne l'avait espéré. Les agents la connaissaient et savaient qu'elle avait un goût très sûr, un œil exercé et beaucoup de flair. Deux d'entre eux lui réclamèrent des diapos. Le troisième rentrait de Paris le soir même, aussi lui laissa-t-elle un message lui demandant de la rappeler. Dès qu'elle eut raccroché, elle appela Gray. Elle avait sa voix de femme d'affaires et, en l'entendant, il ne put s'empêcher de rire. Elle était une vraie tornade. Elle lui demanda s'il avait des diapos, et lui indiqua que, s'il n'en avait pas, elle lui enverrait un photographe.

— Mais j'en ai en pagaille, lui répondit-il.

— C'est parfait, alors, nota-t-elle, ajoutant qu'elle lui envoyait un coursier pour passer les prendre.

— Eh bien, on peut dire que tu ne perds pas de temps.

— Surtout pas quand il s'agit de faire connaître un artiste de ta valeur… Sans compter que…

Elle devint soudain plus grave. Gray n'était pas son client, il était l'homme dont elle était amoureuse.

— J'ai envie qu'il ne t'arrive que des bonnes choses.

— C'est déjà fait, depuis Portofino.

— Du bonheur, on n'en a jamais assez, dit-elle avec conviction, ce qui le fit rire.

— À vos ordres, donc.

Il était touché d'être l'objet d'une telle attention. C'était une chose à laquelle il n'était pas habitué. Il ne voulait pas abuser de sa gentillesse, mais il était fasciné par son efficacité, par la façon dont elle menait sa barque. Ce n'était pas le genre de femme à se décourager ou à accepter aisément la défaite. Elle remontait ses manches et se mettait au travail, chaque fois que nécessaire.

À seize heures trente, le coursier se présenta à la porte de Gray. Et il était un peu plus de dix-sept heures quand elle récupéra les diapos pour les envoyer avec une lettre de recommandation aux galeristes qu'elle avait avertis. Elle quitta la galerie à dix-huit heures et, dès qu'elle arriva chez elle, Gray l'appela pour lui proposer de dîner dans un petit restaurant italien de son quartier. Elle était aux anges. L'endroit était charmant et intime, et la cuisine exquise. Elle fut soulagée de voir que les prix étaient raisonnables, car elle ne voulait pas qu'il se ruine pour elle, mais ne voulait pas davantage le blesser en lui proposant de régler l'addition. Après dîner, il la raccompagna chez elle et resta.

Le lendemain matin, ils préparèrent ensemble le petit déjeuner et il le lui apporta au lit, déclarant que c'était son tour. Elle n'avait encore jamais eu cette chance, mais cette fois, elle avait trouvé quelqu'un qui lui ressemblait. Ils se dorlotaient, se choyaient et étaient pleins d'attentions l'un pour l'autre. Tout était si parfait entre eux qu'elle n'osait pas se projeter dans l'avenir, de crainte de placer trop d'espoir dans une relation qui risquait de tourner court. Pour l'instant tout allait bien, y compris sur le plan sexuel, car ils étaient tous les deux mûrs et expérimentés et n'étaient égoïstes ni l'un ni l'autre. Au contraire, ils prenaient plaisir à se donner du plaisir. C'était comme de boire un vin qui se serait bonifié avec l'âge, un nectar capiteux et vigoureux. Jamais Sylvia ne s'était sentie aussi heureuse. Et Gray non plus.

Les deux galeristes à qui elle avait envoyé les diapos l'appelèrent le même jour. Tous deux étaient intéressés et voulaient voir les tableaux de Gray. Quant à celui qui revenait de Paris, il appela deux jours plus tard et lui tint le même discours. Sylvia en parla aussitôt à Gray, pendant le dîner.

— Je crois que tu vas avoir des offres, dit-elle, enchantée.

Gray était subjugué. En l'espace de quelques jours, elle avait réussi à le tirer de sa torpeur et à lui ouvrir des portes.

— Tu sais que tu es une femme étonnante, lui dit-il avec un regard plein d'amour.

— Et toi un homme étonnant et un artiste extraordinaire.

Ils convinrent d'aller voir les trois galeristes le samedi suivant, avec quelques-unes de ses toiles. Elle lui proposa de passer le prendre avec sa camionnette. Et comme promis, au jour et à l'heure dite, elle se présenta chez lui en sweat-shirt et jean, pour l'aider à charger ses tableaux. Il leur fallut deux heures pour tout descendre de l'atelier. Gray était terriblement embarrassé de la mettre ainsi à contribution. Elle avait déjà joué les bonnes fées pour lui, il ne pouvait tout de même pas exiger d'elle qu'elle joue en plus les chauffeurs-livreurs ! Mais elle passa outre à ses protestations.

Elle avait apporté un pull et des chaussures de ville pour se changer, avant de faire la tournée des galeristes chez qui ils avaient rendez-vous. À cinq heures, tout était terminé. Il avait reçu des offres de la part des trois agents, visiblement très impressionnés par la qualité de son travail. Gray n'arrivait pas à y croire, et même Sylvia dut reconnaître qu'elle était ravie.

— Je suis si fière de toi, dit-elle avec un sourire radieux.

Ils étaient épuisés, mais fous de joie. Il leur fallut encore deux heures pour tout remonter à l'atelier. Gray ne savait pas encore quelle galerie il allait choisir. Mais ce soir-là, il prit le temps d'y réfléchir et quand il lui fit part de sa décision, elle l'approuva. C'était une importante galerie de la 57e Rue, qui avait une succursale à Londres et une autre à Paris. C'était exactement ce qu'il lui fallait et elle était enchantée.

— Je ne sais pas comment te remercier, dit-il en lui souriant.

Il ne savait pas s'il devait rire ou pleurer, tant il était touché par ce qu'elle avait fait pour lui. Ils étaient assis côte à côte sur le canapé du salon, au beau milieu d'un capharnaüm encore plus indescriptible que celui de la semaine passée. Poussé par son énergie, il avait passé toute la semaine à peindre et n'avait pas pris la peine de ranger. Mais Sylvia n'en avait cure. On aurait dit qu'elle ne l'avait pas remarqué. C'était une chose qu'il appréciait énormément chez elle, une chose de plus. Elle était la femme idéale, et il voulait être à la hauteur et lui donner tout ce qu'elle n'avait jamais reçu et dont elle avait besoin. Il n'avait pas grand-chose d'autre à lui offrir que sa présence et son amour, mais c'était ce qu'elle souhaitait.

— Je t'aime, Sylvia, murmura-t-il en la regardant dans les yeux.

— Moi aussi, je t'aime, répondit-elle tout bas, presque malgré elle.

Les jours et les nuits qu'ils avaient passés ensemble commençaient à compter. Elle aimait sa façon de penser et ce en quoi il croyait, tout comme son intégrité et son travail. Ils n'avaient pas besoin de s'interroger sur leur avenir, ni de faire de projets. Il leur suffisait de prendre la vie comme elle venait. Et c'était presque trop simple, pour eux qui avaient eu des vies si compliquées jusque-là.

— Tu veux que je prépare à dîner ? demanda-t-elle.

Chez qui dîner et passer la nuit étaient les seules décisions qu'ils avaient à prendre. Tous deux préféraient dormir chez elle, son appartement à lui étant beaucoup trop mal rangé et inconfortable, ce qui n'empêchait pas Sylvia de venir lui rendre visite de temps en temps, pour voir où en était son travail.

— Non, répondit-il. Je veux t'emmener dîner dehors, pour fêter ça. Grâce à toi, j'ai trouvé une galerie formidable. Jamais je n'y serais parvenu tout seul. Je serais resté là, à attendre bêtement, sans même songer à lever le petit doigt.

Il n'était pas paresseux, loin de là, simplement il péchait par excès de modestie. Et elle connaissait suffisamment d'artistes pour savoir que la plupart avaient besoin que quelqu'un fasse le premier pas et jette les ponts à leur place. Elle était heureuse d'avoir pu lui rendre ce service.

Il l'emmena dîner dans un petit restaurant français de l'Upper East Side. La cuisine et le vin y étaient excellents, c'était l'endroit idéal pour fêter la nouvelle galerie et toutes les bonnes choses à venir. Dans le taxi qui les ramenait à la maison, ils parlèrent de Charlie et Adam. Gray n'avait pas revu Adam depuis son retour et ne l'avait même pas appelé, pas plus que Charlie, même si ce dernier n'était pas encore rentré à New York. Il pouvait se passer un certain temps avant qu'il les contacte, en particulier quand il était absorbé par son travail. Mais ses amis avaient l'habitude, et c'étaient eux qui faisaient le premier pas quand il ne se manifestait pas. Ce soir-là, il décrivit à Sylvia la magnifique amitié qui les unissait tous les trois. Ils parlèrent de Charlie qui ne s'était jamais marié et d'Adam qui s'était juré de ne jamais se remarier. Sylvia fut désolée d'apprendre que Charlie avait perdu ses parents et sa sœur. Une perte irréparable et d'autant plus douloureuse qu'elle semblait l'avoir découragé de trouver un jour l'âme sœur.

— Il affirme vouloir se marier, mais je doute qu'il le fasse un jour, conclut Gray, philosophe.

Tous deux s'accordèrent pour dire que le cas d'Adam était très différent. Amer et furieux contre Rachel et sa propre mère, tout ce qu'il cherchait, c'étaient des bimbos et des nymphettes qui auraient pu être ses filles.

— Une vie terriblement vide et solitaire, fit remarquer Sylvia.

— Et pourtant, c'est un type bien, dit Gray, défendant son ami.

Mais Sylvia n'était pas convaincue. Autant les qualités de Charlie sautaient aux yeux, autant Adam lui était insupportable. Intelligent, sûr de lui, suffisant et riche, il ne considérait les femmes que comme des objets sexuels ou des potiches décoratives. Jamais il n'aurait songé à sortir avec une femme de son âge. Bien qu'elle n'en dît rien à Gray, elle avait un profond mépris pour ce genre d'individus. Pour autant qu'elle pouvait en juger, il avait besoin de se faire soigner. Un bon coup de pied aux fesses et une bonne leçon étaient ce qu'il méritait. Et elle espérait de tout cœur qu'une de ses petites amies finirait par les lui donner un jour. Elle était d'ailleurs persuadée que ce jour-là n'allait pas tarder à arriver. Gray ne voyait pas les choses sous cet angle. Pour lui, Adam était un type formidable qui avait eu le cœur brisé quand sa femme l'avait quitté.

— Ce n'est pas une raison pour se servir des gens et manquer de respect aux femmes.

Sylvia aussi avait eu le cœur brisé, plus d'une fois même, mais elle ne traitait pas pour autant les gens comme des Kleenex. Au contraire. Elle s'était repliée sur elle-même, pour soigner ses blessures et essayer de comprendre le pourquoi et le comment des choses, avant de renouer à nouveau avec le monde. Mais elle était une femme, et les femmes ne fonctionnaient pas comme les hommes. Celles qui avaient été échaudées avaient tendance à se replier sur elles-mêmes, alors que les hommes criaient vengeance et sautaient sur toutes les proies qui s'offraient à eux. Sans doute Gray avait-il raison d'affirmer qu'Adam était plein d'attentions pour les femmes avec qui il sortait. Mais le problème était qu'il ne les respectait pas. Un homme tel que lui ne pouvait pas comprendre la profondeur des sentiments qui unissaient Gray et Sylvia. Il s'en méfiait comme de la peste et n'était pas près de baisser la garde. Pour finir, elle en vint à se dire que c'était un miracle que Gray et elle se soient rencontrés.

Ce soir-là, dans le lit, quand elle se pelotonna contre lui, elle se sentit en sécurité, rassérénée et heureuse. Et elle se dit que, même si lui aussi partait un jour, ils auraient malgré tout vécu des moments magiques. Elle savait qu'elle survivrait, quoi qu'il arrive. C'était une qualité que Gray appréciait par-dessus tout chez elle. Sylvia était une battante, tout comme Gray du reste. Les déceptions amoureuses qu'ils avaient vécues l'un et l'autre les avaient rendus meilleurs, plus sages et plus patients. Ils n'avaient envie de faire du mal à personne. Ils avaient en commun leurs rêves, leurs espoirs, leur besoin de tendresse et de caresses, et quoi qu'il puisse advenir, ils savaient qu'ils étaient liés désormais par une solide amitié et qu'ils devaient apprendre à s'aimer.

8

Sans nouvelles de Gray depuis plusieurs semaines, Charlie commençait à se faire du souci et décida de l'appeler à son atelier.

— Je suis à New York. J'ai tenté de te joindre à plusieurs reprises, mais à chaque fois je suis tombé sur ton répondeur, grommela-t-il dans le combiné.

Gray songea qu'il se trouvait probablement chez Sylvia quand Charlie avait essayé de l'appeler, mais il ne lui en parla pas, pas plus qu'il ne fit allusion au merveilleux week-end que Sylvia et lui venaient de passer ensemble.

— Je vais bien, répondit Gray tout guilleret. J'ai beaucoup travaillé ces temps-ci.

Il ne lui dit rien concernant Sylvia, même si elle et lui avaient décidé qu'il était temps d'annoncer la nouvelle à ses deux amis, alors qu'elle préférait attendre un peu avant d'en parler à ses enfants. Il y avait bientôt un mois qu'ils se voyaient régulièrement, et leur histoire semblait bien partie pour durer. Mais elle craignait que Charlie et Adam ne la rejettent car, avec une femme dans sa vie, Gray risquait de ne plus voir ses copains aussi souvent. Gray avait beau lui affirmer que non, elle n'était pas convaincue.

Lorsqu'il annonça à Charlie qu'il avait trouvé un agent, ce dernier laissa échapper un sifflement admiratif.

— Comment est-ce arrivé ? Je n'arrive pas à croire que tu aies trouvé le culot d'aller en chercher un. En tout cas, il était temps.

Charlie était sincèrement heureux pour lui.

— Je me suis fait la même réflexion.

Il ne lui dit pas que c'était grâce à Sylvia, mais se promit de le faire la prochaine fois qu'ils se verraient. Il ne voulait pas lui en parler au téléphone.

— Ça te dirait qu'on déjeune ensemble, un de ces jours ? proposa Charlie. Ça fait longtemps qu'on ne s'est pas vus.

Gray s'enfermait parfois plusieurs semaines d'affilée et n'était pas facile à joindre, contrairement à Adam avec qui Charlie avait prévu d'aller au concert en fin de semaine. Toujours est-il que Gray avait l'air de très bonne humeur. Et s'il avait passé un contrat avec une galerie de renom, c'est que tout marchait bien pour lui.

— Excellente idée, acquiesça aussitôt Gray. Quand ?

Il se montrait rarement aussi empressé, quand on lui proposait de sortir. La plupart du temps, il fallait remuer ciel et terre pour le persuader de quitter sa tanière et de laisser son chevalet. Mais Charlie ne fit pas de commentaire, songeant que l'enthousiasme de Gray était dû au fait qu'il avait trouvé un agent.

Il consulta rapidement son agenda et vit qu'il avait quantité de réunions et de déjeuners d'affaires, mais il était libre le lendemain pour déjeuner.

— Demain, au Yacht Club ? suggéra-t-il.

C'était l'un de ses restaurants préférés. Et bien que Gray trouvât l'endroit terriblement guindé, il accepta de bon cœur.

— Rendez-vous à treize heures, confirma Charlie.

Le lendemain matin, Gray annonça à Sylvia qu'il allait déjeuner avec Charlie. Elle le dévisagea un instant, puis demanda, l'air anxieux :

— C'est une bonne ou une mauvaise nouvelle ?

— Bonne, bien sûr.

Il prit place face à elle, de l'autre côté de la table, devant une assiette de pancakes, qu'il avait préparés. Il avait été décidé qu'il s'occupait du petit déjeuner, et elle du dîner lorsqu'ils ne sortaient pas. Ils s'entendaient à merveille et avaient adopté un modus vivendi qui leur convenait parfaitement à tous les deux. Le matin, il retournait travailler à l'atelier, où il n'avait pas dormi depuis une éternité, tandis qu'elle se rendait à la galerie. Puis ils se retrouvaient chez elle, le soir, vers six heures. En général, il apportait une bouteille de vin ou un sac de provisions. Le dernier week-end, il avait acheté des homards qui leur avaient rappelé les bons moments passés sur le bateau. Bien qu'il n'ait pas officiellement emménagé chez elle, Gray y dormait chaque soir.

— Tu vas lui parler de nous ? s'enquit-elle prudemment.

— Oui. À moins que tu n'y voies une objection ?

Connaissant son caractère indépendant, il ne voulait pas la froisser.

— Non, non. Aucune. En revanche, je ne suis pas certaine qu'il saute de joie quand il apprendra la nouvelle. Tant que je n'étais qu'une vague connaissance à Portofino, je ne le dérangeais pas, mais lorsqu'il découvrira que je fais partie de ton quotidien, il risque d'avoir un choc.

Il y avait quatre semaines maintenant que Gray habitait quasiment chez elle et qu'ils filaient le parfait amour.

— Ne sois pas bête. Il va être ravi pour moi. Il s'est toujours intéressé aux femmes que j'ai connues.

Sylvia rit et lui servit une autre tasse de café.

— Oui, parce qu'elles ne présentaient pas de danger pour lui. Il pensait sans doute qu'elles finiraient en prison ou à l'hôpital avant de semer la zizanie entre vous.

— Parce que tu as l'intention de semer la zizanie ? demanda Gray, intrigué et un brin amusé.

— Pas du tout. Mais Charlie risque de le penser. Il y a dix ans que vous êtes inséparables, tous les trois.

— Oui. Et je ne vois pas pourquoi nous cesserions de nous voir, sous prétexte que je suis avec toi.

— Très bien, dans ce cas, attendons de voir comment réagira Charlie. On pourrait peut-être l'inviter à dîner. C'est une idée qui me trotte dans la tête depuis quelque temps. Et Adam aussi, si tu veux, même si je ne te cache pas que je n'ai pas spécialement envie de dîner avec des femmes qui ont l'âge de mes enfants. Mais je ferai comme tu voudras.

Sylvia entendait ainsi faire preuve de diplomatie.

— Dans ce cas, on pourrait commencer par inviter Charlie tout seul, suggéra Gray, conciliant.

Sachant qu'elle n'aimait guère Adam, il ne voulait pas insister. Tout au moins pas pour le moment, même s'il avait envie de l'intégrer à son petit groupe d'amis. Car elle faisait partie de sa vie désormais, au même titre que Charlie et Adam. Et même s'ils y prenaient beaucoup de plaisir, ils ne pouvaient pas passer tous leurs week-ends main dans la main, devant la télé ou à faire l'amour. Il fallait qu'ils s'ouvrent au monde et voient des amis, il en allait de l'avenir de leur couple. Parfois, Sylvia avait le sentiment qu'il existait un code particulier que tout le monde connaissait sur le bout des doigts, sauf elle. Ils avaient commencé par coucher ensemble, puis il était resté pour passer la nuit, et maintenant il venait dormir chaque soir. Elle savait que, tôt ou tard, elle allait devoir songer à lui céder un coin de penderie, car ses vêtements ne pouvaient pas rester éternellement accrochés à des cintres près de la machine à laver. Ensuite, viendrait le moment où ils s'échangeraient les clés – mais pour cela, ils devaient être sûrs de n'avoir personne d'autre dans leur vie, afin d'éviter les situations embarrassantes. En réalité, elle lui avait déjà donné la sienne, ne pouvant décemment pas le laisser attendre devant la porte quand il rentrait avant elle. Mais ensuite, quelle était la marche à suivre ? Faire les courses ensemble, partager les factures, répondre au téléphone ? Non, pas encore. Et certainement pas avant que ses enfants soient au courant de l'existence de Gray. Lui proposer de venir vivre avec elle, de changer d'adresse, d'apposer son nom sur la boîte aux lettres ? Mais alors, cela supposait qu'ils fassent la connaissance de leurs amis respectifs. Et des enfants. Une idée qui n'avait pas l'air d'emballer Gray, même si elle était certaine que tout se passerait bien. Car Emily et Gilbert étaient adorables et voulaient avant tout le bonheur de leur mère ; et lorsqu'ils verraient combien Gray la gâtait, ils l'accueilleraient à bras ouverts.

Mais ils n'en étaient pas encore là et ils allaient devoir franchir un certain nombre d'obstacles avant d'y parvenir. Ainsi, par exemple, elle ne savait pas comment Adam et Charlie allaient réagir quand ils apprendraient que Gray et elle étaient ensemble. Et puis il y avait les enfants, le talon d'Achille de Gray, qui ne voulait pas plus d'enfants qu'il ne voulait entendre parler de ceux des autres. Il n'avait pas l'air de réaliser que les siens étaient des adultes parfaitement autonomes. Il était terrorisé à l'idée de devoir tisser des liens avec des enfants quels qu'ils soient, alors qu'il avait passé sa vie à materner des femmes complètement folles. C'était une crainte tout à fait irrationnelle pour Sylvia, mais pour Gray elle était bien réelle.

Il l'aida à faire la vaisselle du petit déjeuner puis partit à l'atelier. Elle avait quelques coups de fil à passer avant d'aller à la galerie. Elle voulait appeler Emily et Gilbert, qui étaient difficilement joignables le soir, en raison du décalage horaire. Elle ne leur avait pas encore parlé de Gray, mais elle avait tout son temps, car elle ne les attendait pas avant Noël, ce qui lui laissait trois mois pour voir comment évoluait leur relation. Malheureusement, ni sa fille ni son fils n'étaient chez eux, et elle leur laissa des messages pleins de tendresse sur leurs répondeurs. Elle avait toujours été très proche de ses enfants.

Quand elle quitta enfin son appartement pour se rendre à la galerie, Gray était déjà au Yacht Club avec Charlie. Ils étaient assis à sa table préférée. L'endroit était vaste et élégant, avec des plafonds voûtés, des portraits de capitaines célèbres et des maquettes de bateaux exposées dans des vitrines. Gray trouva Charlie particulièrement en forme, bronzé, mince et reposé.

— Eh bien, comment s'est finie la croisière ? s'enquit-il tandis qu'ils commandaient deux salades du chef.

— Très bien. Mais je n'ai guère bougé après votre départ. J'avais du travail, et le bateau avait besoin d'un petit toilettage. Mais c'était plus agréable d'être sur le yacht qu'ici.

Il trouvait son appartement affreusement triste et solitaire ces derniers temps.

— Et toi, parle-moi de la galerie avec laquelle tu as signé. Wechsler-Hinkley, c'est bien cela ? Ce sont eux qui t'ont découvert ? Ou le contraire ?

Charlie décocha un large sourire à Gray, il était heureux pour son ami et impatient de connaître le fin mot de l'histoire.

— En fait, j'ai bénéficié d'une recommandation, dit ce dernier prudemment.

C'était idiot, mais depuis qu'il avait parlé avec Sylvia, il craignait la réaction de Charlie. Il était mal à l'aise, et cela se voyait.

— De la part de qui ? demanda Charlie, qui trouvait cette histoire fumeuse sans savoir exactement pourquoi.

— Euh… d'une amie, lâcha Gray comme un gamin pris en faute.

— Voilà qui est intéressant, répondit Charlie, amusé. Quel genre de femme ? Je la connais ? Y a-t-il un nouvel oisillon blessé dans ton nid ? Un oisillon qui travaille dans une galerie et qui t'a donné un coup de pouce ? Si c'est le cas, tu t'es bien débrouillé.

Mais Charlie faisait fausse route. Il ne s'agissait nullement de la recommandation d'une quelconque secrétaire. Ce n'était pas un oisillon blessé qu'il avait pris sous son aile, mais tout le contraire : une fusée qui l'avait entraîné dans son sillage.

— Ce n'est pas tant de la débrouillardise que de la chance.

— La chance n'a rien à voir là-dedans, et tu le sais très bien, rétorqua Charlie, utilisant les mêmes mots que Sylvia. Tu as un talent fou et s'il y a quelqu'un qui a de la chance, c'est le galeriste. Mais tu n'as pas répondu à ma question.

Les yeux de Charlie rencontrèrent ceux de Gray, et il le dévisagea avec insistance.

— De qui s'agit-il ? C'est un secret ?

Peut-être était-ce une femme mariée. Il lui était déjà arrivé de rencontrer des femmes mariées qui prétendaient être séparées, sauf qu'elles ne l'étaient pas et que leurs maris avaient brusquement fait irruption chez lui en menaçant de le tuer. Il avait vécu les pires scénarios au cours de sa vie d'éternel célibataire. Parfois, Charlie se faisait du souci pour lui. Il craignait qu'un jour il ne se fasse trucider par l'un d'eux.

— J'espère que tu ne t'es pas fourré dans un guêpier ?

Gray secoua la tête en souriant.

— Non, pas du tout. Mais je vois que j'ai une réputation épouvantable et malheureusement méritée, soupira-t-il en secouant la tête. Mais pas cette fois. Il y a effectivement une femme dans ma vie. Mais elle est complètement différente.

— Qui est-ce ? Je la connais ? s'enquit Charlie, de plus en plus intrigué.

En tout cas, qui qu'elle puisse être, Gray avait l'air de nager dans le bonheur. Il semblait détendu et heureux.

— Tu l'as déjà rencontrée, l'informa Gray d'un ton énigmatique.

— Eh bien ? Qu'est-ce que tu attends ? Un roulement de tambour ? plaisanta Charlie.

— À Portofino, lâcha-t-il enfin avec une certaine nervosité.

— Vraiment ? Quand cela ?

Charlie n'avait pas souvenir que Gray ait eu une quelconque aventure durant leur séjour. Le seul des trois qui en avait eu était Adam, à Saint-Tropez, en Corse et à Capri.

— Sylvia Reynolds, dit Gray calmement. Elle faisait partie du groupe avec qui nous avons sympathisé et que nous avons revu en Sardaigne.

— Sylvia Reynolds ? répéta Charlie, abasourdi. La galeriste ?

Mais oui, bien sûr. Gray et elle s'entendaient si bien qu'Adam l'avait même taquiné, lui disant qu'elle n'était pas son type, qu'elle n'était pas assez folle, et même pas folle du tout. Charlie s'en souvenait parfaitement à présent. Il l'avait trouvée charmante. Et Gray aussi, apparemment. Mais il avait du mal à croire qu'ils sortaient ensemble.

— Quand est-ce arrivé ? demanda-t-il, l'air surpris.

— Quand je suis rentré. Il y a déjà un mois que nous sommes ensemble. C'est une femme adorable. Dès qu'elle a vu mon travail, elle a insisté pour me présenter à Wechsler-Hinkley et à deux autres galeristes. Je n'ai pas eu le temps de dire ouf que j'avais déjà signé un contrat. Elle n'a vraiment pas les deux pieds dans le même sabot, dit-il, un sourire radieux aux lèvres.

— En tout cas, tu as l'air heureux, constata Charlie, tout en réalisant que jamais Gray n'avait parlé en ces termes d'aucune femme. Ne le prends pas mal, mais je suis bien obligé de reconnaître qu'Adam avait raison. Je ne pensais pas que c'était ton type de femme.

— Et c'est vrai, approuva Gray avec un petit rire penaud. Mais c'est plutôt une bonne chose. Je ne suis jamais sorti avec une femme qui ne veut rien d'autre de moi que prendre du bon temps.

— Vraiment ? s'étonna Charlie.

Il allait avoir des tas de choses à raconter à Adam, le lendemain soir, lorsqu'il le verrait.

— Non. En réalité, c'est beaucoup plus sérieux que ça. Nous nous voyons tous les soirs.

Charlie eut l'air choqué.

— Comment ? Vous ne sortez ensemble que depuis un mois et tu t'es déjà *installé* chez elle ? N'est-ce pas un peu précipiter les choses ?

C'était comme si la roue avait tourné et que Gray se retrouvait dans le rôle des oisillons aux ailes brisées qu'il avait l'habitude de recueillir.

— Je ne me suis pas installé, répondit celui-ci calmement. Je ne fais que dormir là-bas.

— *Tous les soirs ?*

Voyant l'air désapprobateur de Charlie, il se sentit comme un garnement pris en faute.

— Il me semble que tu vas un peu vite en besogne. J'espère que tu ne vas pas quitter ton atelier, ajouta Charlie, l'air soudain paniqué.

— Jamais de la vie. Je ne fais rien d'autre que prendre un peu de bon temps avec une femme merveilleuse, dont j'apprécie énormément la compagnie. Tu n'as pas idée comme elle est intelligente, efficace, honnête, drôle, généreuse, tendre. Je ne sais pas où elle se cachait jusque-là, mais en l'espace d'un mois, ma vie a complètement changé.

— Est-ce ce que tu veux ? insista Charlie. À t'entendre, j'ai l'impression que tu as complètement baissé la garde. Mais attention, elle risque de se faire des idées.

— Quelles idées ? Tu penses sincèrement qu'elle aurait envie de venir s'installer dans mon atelier pourri ou de me chiper mes vieux trucs ? Elle a une bibliothèque infiniment mieux garnie que la mienne. Certes, elle pourrait me voler mes toiles. Mais mon canapé est complètement défoncé, alors que le sien est en parfait état ; toutes mes plantes ont crevé pendant que j'étais en Europe et je n'ai même pas une serviette de toilette convenable. Mis à part mes deux poêles à frire, mes six fourchettes et mes quatre assiettes, je ne vois pas ce qu'elle pourrait me soutirer. Mais si le cœur lui en dit, je me ferai un plaisir de les lui offrir. Je sais que les relations amoureuses sont pleines de dangers, mais crois-moi, Charlie, c'est la première fois que je rencontre une femme qui me semble normale.

— Je ne suis pas en train de dire qu'elle en veut à ton argent. Mais tu sais comment sont les femmes. Elles se bercent d'illusions. Leur vision du monde est radicalement différente de la nôtre. Tu les invites à dîner, et à peine sorties de table, elles se précipitent chez Tiffany pour déposer une liste de mariage. Je n'ai pas envie que tu te retrouves entraîné malgré toi dans une galère.

— Charlie, je peux te promettre que je ne suis pas dans une galère. Je me suis embarqué de mon plein gré dans cette aventure et je suis bien décidé à aller jusqu'au bout.

— Bon sang, ne me dis pas que tu vas l'épouser ? s'exclama Charlie, effaré, en levant les yeux au ciel.

— Je n'en sais rien. Je n'y ai pas encore songé. Mais je ne pense pas que ce soit ce qu'elle recherche. Elle a déjà été mariée et je doute qu'elle ait envie de renouveler l'expérience. Son mari l'a plaquée après vingt ans de mariage pour une jeunette de dix-neuf ans. Elle a des enfants et est trop âgée pour en avoir d'autres. Sa galerie marche du tonnerre. Elle gagne beaucoup plus d'argent que je ne peux espérer en gagner un jour. Elle n'a pas besoin de moi pour ça. Et je n'ai pas envie de me servir d'elle. Nous pouvons parfaitement subvenir à nos besoins, et elle mieux que moi. Elle a un appartement magnifique à SoHo et un métier qu'elle adore. Elle n'a eu qu'un seul homme dans sa vie depuis son divorce et il s'est suicidé il y a trois ans. Depuis, elle n'a eu personne. Nous ne cherchons rien de plus que ce que nous avons déjà. Vais-je l'épouser un jour ? C'est possible. Si elle est d'accord, évidemment. Mais pour l'heure, notre seul souci est de savoir où aller dîner chaque soir, et qui va préparer le petit déjeuner le lendemain matin. Elle ne m'a même pas encore présenté ses enfants, dit-il calmement, devant Charlie stupéfait et complètement abasourdi.

Ils s'étaient quittés un mois auparavant, et Gray lui annonçait aujourd'hui qu'il vivait avec une femme et qu'il allait peut-être l'épouser. En voyant sa mine effarée, Gray réalisa que Sylvia avait peut-être raison. Charlie était manifestement contrarié du tour qu'avaient pris les événements.

— Mais tu ne supportes pas les enfants, lui rappela Charlie. Pourquoi en irait-il différemment avec les siens ?

— Je ne sais pas. Il se peut que ce soit un obstacle insurmontable pour moi, à moins que ce ne soit elle qui se lasse la première. Ses enfants vivent à des milliers de kilomètres et ils sont tous les deux majeurs. Rien ne me dit que, même à cette distance, je vais pouvoir les supporter. Mais toujours est-il que j'ai envie d'essayer. On verra bien. Tout ce que je peux t'assurer, c'est que, pour l'instant, tout baigne et que nous sommes heureux comme des poissons dans l'eau. Maintenant, ce qu'il adviendra demain… Je ne suis pas prophète. Si ça se trouve, je serai mort la semaine prochaine. En attendant, je nage dans le bonheur et je suis le plus heureux des hommes.

— J'espère bien que non ! s'exclama Charlie, l'air sombre, en faisant allusion à sa mort. Mais il se pourrait bien qu'elle se révèle tout autre que ce que tu crois et que tu te retrouves pris au piège. Auquel cas, tu regretteras de ne pas être mort.

Il avait l'air tellement inquiet que Gray ne put s'empêcher de sourire. Charlie était littéralement paniqué et Gray n'était pas certain que ce soit à cause de lui. De toute façon, il avait tort de s'en faire, car il ne se sentait nullement menacé. Pour l'heure, il était simplement heureux.

— Je ne suis pas pris au piège, affirma-t-il. Je n'habite pas chez elle. Je ne fais qu'y dormir. C'est une sorte d'essai. Et si ça ne marche pas, je retournerai vivre dans mon atelier.

— Ça ne marche jamais comme ça, assura Charlie d'un air docte. Il y a des femmes qui s'accrochent. Elles deviennent hystériques, t'accusent, te menacent et te traînent en justice. Elles prétendent que tu leur as fait des promesses que tu n'as pas tenues. Elles finissent par te mettre le grappin dessus, et du jour au lendemain tu te retrouves à leur merci.

Charlie était sincèrement inquiet pour son ami. Il en avait vu plus d'un se faire piéger et ne voulait pas que Gray se laisse prendre. Il pouvait être tellement naïf, parfois.

— Crois-moi, ni Sylvia ni moi n'avons l'intention de nous faire piéger. Elle est beaucoup plus équilibrée que tu ne le crois. Si elle s'est séparée de son mari après vingt ans de mariage sans jeter un regard en arrière, ce n'est pas pour me harponner et me garder prisonnier. De nous deux, c'est elle qui a le plus de chances de s'en aller la première.

— Tu veux dire qu'elle a peur de s'engager ? Si c'est le cas, elle risque de te briser le cœur.

— Ce ne sera pas la première fois. Mais, Charlie, soyons sérieux, la vie est faite de blessures et nous passons notre temps à les panser. Je doute qu'à New York il y ait un type qui se soit fait plaquer aussi souvent que moi. J'ai survécu, et je survivrais si cela devait m'arriver encore. Et elle a probablement aussi peur que moi de s'engager. D'accord, je n'ai pas envie de voir ses enfants, j'ai peur d'avoir le cœur brisé ou de trop m'attacher, mais c'est la première fois de ma vie que je suis prêt à prendre le risque de souffrir, parce que je sais que le jeu en vaut la chandelle. Nous ne nous sommes rien promis. Nous n'avons pas parlé de mariage. Pour l'instant, tout ce qui nous importe, c'est savoir où aller dîner. Nous ne craignons rien.

— On ne craint jamais rien quand on est amoureux, fit remarquer Charlie avec une moue contrariée. Simplement, je ne veux pas que tu souffres.

Au fond, ce n'étaient pas tant les défauts rédhibitoires de ses conquêtes qui lui posaient problème que la crainte de souffrir. Depuis qu'il avait perdu ses parents, Charlie avait une peur bleue de prendre des risques. Mais pas Gray, pour qui son histoire avec Sylvia était un extraordinaire pas en avant. Cependant, Charlie y voyait une menace. C'était comme si une sonnette d'alarme s'était déclenchée. L'un des membres du club des célibataires venait de déserter. Tout ce que Sylvia avait prédit se réalisait. Elle était beaucoup plus lucide qu'il ne se l'était imaginé. Il y avait dans les yeux de Charlie une lueur de défiance et de désapprobation mêlées de peur panique. Elle l'avait parfaitement cerné. Et Adam aussi, sans doute. La réaction de Charlie donnait à Gray le sentiment qu'il était un traître doublé d'un amoureux transi complètement idiot. Une gêne palpable s'installa entre les deux hommes, tandis que Charlie réglait l'addition. Du point de vue de Gray, ce déjeuner avait été un fiasco.

— Sylvia et moi espérions que tu viendrais dîner un de ces soirs à la maison, proposa-t-il.

Charlie reposa le stylo qu'il tenait à la main et leva les yeux vers lui.

— Non mais, tu sais à quoi tu me fais penser, quand tu parles comme ça ? répondit-il en le regardant avec colère.

Gray secoua la tête. Il n'était pas sûr d'avoir envie de l'entendre.

— À un homme marié. Et tu ne l'es pas.

— Et d'après toi, c'est la pire chose qui pourrait m'arriver ? se rebiffa Gray, déçu par l'intransigeance de Charlie.

Il aurait voulu que Sylvia se soit trompée. Mais elle avait vu juste, hélas.

— Moi, je pense qu'un cancer de la prostate est infiniment pire.

— Parfois, on peut se le demander, lâcha Charlie avec cynisme. Il y a des relations si malsaines qu'elles vous transforment en un être auquel aucun homme sain d'esprit ne voudrait ressembler.

Il avait dit cela avec une telle conviction que Gray soupira. Pendant toutes ces années, ils avaient gardé jalousement leur liberté. Mais à quel prix ? À force de s'accrocher à leur indépendance, ils allaient finir seuls et oubliés de tous. Depuis qu'il avait rencontré Sylvia, il avait pris conscience que cette liberté n'était finalement peut-être pas aussi enviable qu'il se l'était imaginé.

Il le lui avait d'ailleurs avoué quelques jours plus tôt. Il avait réalisé qu'il ne voulait pas mourir seul dans son coin, qu'un jour viendrait où les femmes cesseraient de s'intéresser à eux. Les beautés du célibat commençaient à prendre des allures de cauchemar pour Gray.

— Tu as vraiment l'intention de passer tes vieux jours en ma compagnie ? s'enquit Gray en regardant Charlie droit dans les yeux. C'est vraiment ça que tu veux ? Il y a mieux comme spectacle qu'une paire de jambes velues quand on vogue sur le *Blue Moon*, tu ne crois pas ? Tu es mon meilleur ami, mais je sais qu'un jour viendra où je serai vieux et malade et que je n'aurai d'autre envie que de me blottir au fond de mon lit avec quelqu'un pour me tenir la main. Alors, à moins de vouloir finir tes jours avec Adam ou moi, tu ferais bien d'y réfléchir sérieusement.

— Qu'est-ce qui te prend ? Cette fille t'a jeté un sort, ma parole ! Elle t'a donné un euphorisant ou quoi ? Qu'est-ce que c'est que cette histoire de vieux jours ? Tu as cinquante ans. Tu as encore trente ans devant toi avant de songer à tout cela. Et Dieu seul sait ce qui pourra nous arriver d'ici là.

— C'est précisément là que je veux en venir. J'ai cinquante ans. Tu en as quarante-six. Il serait peut-être temps de grandir. Adam a encore le temps, il est beaucoup plus jeune que nous. Mais, en ce qui me concerne, j'ai besoin de changer. J'en ai assez de jouer au bon Samaritain. Et pour combien de temps, d'ailleurs ? Et Adam, pendant combien de temps a-t-il l'intention d'offrir de nouveaux seins à ses petites copines ? Et toi, à encore combien de filles de bonne famille trouveras-tu des défauts rédhibitoires ? Je crois que tu devrais songer sérieusement à te caser une fois pour toutes.

— Ce sont là les paroles d'un traître, répondit Charlie en levant son verre et en faisant mine de trinquer.

Il finit son verre d'un trait puis le reposa.

— Je ne sais pas ce qu'il en est pour toi, mais moi, ce genre de conversation me sape le moral. Peut-être que tu as l'impression de courir contre la montre, mais pas moi. Et je ne vais pas m'embarquer dans une relation bancale avec une femme sous prétexte que je ne veux pas mourir seul. Pas question de me laisser passer la corde au cou tant que je n'aurai pas trouvé la femme de ma vie.

— Ça n'arrivera jamais, fit remarquer Gray tristement.

La conversation l'avait déprimé, lui aussi. Il avait espéré que Charlie sauterait de joie, mais il se comportait au contraire comme si Gray l'avait trahi.

— Pourquoi dis-tu cela ? demanda Charlie, visiblement contrarié.

— Parce que tu n'en as pas vraiment envie. Et tant qu'il en sera ainsi, aucune femme ne trouvera grâce à tes yeux. Tu ne veux pas trouver de compagne. J'étais comme toi, note bien. Et puis, Sylvia est arrivée, et toute ma vie a basculé.

— J'ai l'impression que ta tête aussi a basculé. Tu ferais bien de prendre des antidépresseurs et de réfléchir calmement à cette liaison.

— Sylvia est le meilleur antidépresseur que je connaisse. Elle me stimule et me rend heureux.

— Dans ce cas, tant mieux pour toi, et j'espère que cela durera. Mais tant que tu n'en seras pas absolument certain, n'essaie pas de nous rallier à tes théories.

— Je m'en souviendrai, répondit Gray calmement.

Ils se levèrent et se dirigèrent vers la sortie. Une fois dehors, ils restèrent un moment à se regarder sans rien dire. Le déjeuner s'était mal passé et Gray était terriblement déçu. Il avait espéré que son ami manifesterait de l'enthousiasme, au lieu de quoi il n'avait reçu que des remarques acerbes.

— À bientôt, lui lança Charlie en lui tapotant amicalement l'épaule.

Puis il héla un taxi, visiblement pressé de partir.

— Je t'appelle... et félicitations pour la galerie ! cria-t-il en montant dans la voiture.

Gray resta sur le trottoir et le regarda s'éloigner en faisant un signe de la main. Puis il décida de marcher et de rentrer à pied à l'atelier. Il avait besoin de s'aérer un peu, et de réfléchir. C'était la première fois qu'il voyait Charlie ainsi, cassant et cynique. Mais Gray ne regrettait pas de lui avoir dit ce qu'il pensait de lui. Charlie ne voulait pas vraiment de femme dans sa vie. Il en était certain à présent. Et, contrairement à ce qu'il pouvait penser, Sylvia n'avait jamais cherché à le manipuler. Elle lui avait ouvert les yeux et avait apporté un rayon de soleil dans sa vie. Maintenant qu'il la connaissait, il réalisait qu'elle était tout ce qu'il avait toujours désiré. Grâce à elle, il était devenu l'homme courageux qu'il avait toujours rêvé d'être. Charlie n'en était pas encore là. Il y avait des années qu'il vivait replié sur lui-même. Depuis la mort d'Ellen et de ses parents, il avait eu beau suivre des thérapies, il n'avait jamais réussi à dépasser sa peur. Gray se rembrunit à l'idée qu'il n'y parviendrait peut-être jamais. D'une certaine façon, c'était un terrible gâchis. Il ne connaissait Sylvia que depuis six semaines, mais il lui avait ouvert son cœur, et sa vie tout entière s'en trouvait changée. Il avait été profondément blessé que Charlie, au lieu de partager avec lui son bonheur, l'ait traité de traître. C'était comme s'il lui avait donné une gifle et il y pensait encore quand son téléphone portable se mit à sonner.

— Alors, comment ça s'est passé ? lança Sylvia, toute joyeuse à l'autre bout du fil.

Elle avait fini par se dire que Gray connaissait Charlie mieux qu'elle et qu'il avait sûrement réagi comme il s'y attendait et non comme elle le craignait.

— Tu lui as dit ? Quelle a été sa réaction ?

— Terrible, répondit-il sans chercher à mentir. Lamentable. Tu ne vas pas me croire, mais il m'a traité de traître. Tout cela parce qu'il est terrorisé à l'idée de s'engager. Jusqu'ici, je ne l'avais pas compris, mais je suis bien obligé de reconnaître que tu avais raison. Ça s'est très mal passé.

— Mince. Je suis désolée. Et dire que tu avais fini par me convaincre que je me faisais des idées.

— Eh bien, non.

Il s'était rendu compte qu'elle se trompait rarement, qu'elle avait un bon jugement et qu'elle était très tolérante.

— Je suis désolée. Ça a dû être dur pour toi. Mais tu n'es pas un traître, Gray. Et je sais que tu aimes tes amis. Il n'y a aucune raison pour que tu ne continues pas à les voir tout en ayant une femme dans ta vie.

Elle ne cherchait pas à l'éloigner d'eux, contrairement à Charlie qui n'aurait pas hésité à le faire si Gray lui en avait laissé la possibilité.

— À condition qu'ils veuillent encore de moi. En tout cas, je n'ai pas mâché mes mots.

— À quel sujet ?

— Quand j'ai dit à Charlie qu'il était en train de gâcher sa vie et qu'il allait finir ses jours seul.

— C'est bien possible, mais cela ne regarde que lui. Et puis, c'est peut-être ce qu'il veut. Il en a le droit, en tout cas. D'après ce que tu m'as dit, il n'a pas eu beaucoup de chance en amour depuis la mort des siens. On ne se remet pas facilement d'un tel traumatisme. Tous ceux qu'il a aimés dans son enfance sont morts. Il doit être difficile pour lui de croire que celle qu'il va aimer ne va pas l'abandonner à son tour, ou mourir. Il est normal qu'il s'arrange toujours pour partir le premier.

— C'est ce que je lui ai dit.

Sylvia et lui savaient que c'était la vérité, tout comme Charlie, bien qu'il ne fût pas prêt à l'admettre, même devant son meilleur ami. Il lui était plus facile de trouver des défauts aux femmes dont il s'éprenait.

— J'imagine qu'il n'a pas apprécié de se l'entendre dire.

— Non, reconnut Gray. Mais je n'ai guère apprécié ses remarques nous concernant, toi et moi.

— Bah, il finira par revenir à la raison. Et à ce moment-là, nous l'inviterons à dîner. Mais laisse-lui le temps de réfléchir. Tu n'y es pas allé de main morte. D'abord, tu lui annonces que nous sommes ensemble, puis tu lui assènes ses quatre vérités.

— C'est vrai. Je pense qu'il a été profondément troublé d'apprendre que nous sortions ensemble. La dernière fois que nous nous sommes vus, lui et moi, c'était sur le bateau. À l'époque, nous formions un club de célibataires endurcis. Et voilà que dès qu'il a le dos tourné, je le lâche. C'est du moins ainsi qu'il voit les choses.

— Et toi, comment les vois-tu ? s'enquit-elle, soudain inquiète.

— Moi ? Je pense que je suis l'homme le plus heureux de la terre. Et je le lui ai dit. Mais je ne pense pas qu'il m'ait cru. Il est persuadé que tu m'as drogué.

Gray éclata de rire en disant cela.

— Si c'est le cas, par pitié, ne me sèvre pas. Je suis trop bien.

— Moi aussi, dit-elle.

Il entendit à sa voix qu'elle avait retrouvé le sourire. Comme un client l'attendait, elle lui dit qu'elle devait raccrocher et qu'ils se retrouveraient plus tard, à l'appartement.

— Essaie de ne pas trop y penser, lui répéta-t-elle. Il est sincèrement attaché à toi. Il finira par se calmer.

Mais Gray n'en était pas sûr. Tout en regagnant son atelier, il songea au déjeuner raté. Les propos de Charlie lui revenaient sans cesse... *Ce sont là les paroles d'un traître...*

Dans le taxi qui le ramenait au centre-ville, Charlie se remémorait lui aussi son déjeuner. Il se rendait au centre pour enfants que la fondation avait créé en plein cœur de Harlem. Il n'avait pas encore digéré les propos de Gray, même s'il était bien forcé d'admettre qu'il avait mis le doigt sur un point sensible. Ces derniers temps, il avait souvent songé à la mort. Mais bien qu'il redoutât de finir seul, il ne se sentait pas prêt à en discuter avec ses amis. Adam était trop jeune pour comprendre, mais pas Gray. À quarante et un ans, Adam était en pleine ascension professionnelle et travaillait comme un fou. Charlie et Gray, en revanche, avaient atteint leur sommet et commençaient à amorcer la descente de l'autre versant de la vie. Et Charlie n'était plus certain de vouloir s'engager seul sur cette pente abrupte. Mais il n'avait peut-être pas le choix. Il enviait Gray, bien plus qu'il ne voulait le reconnaître, d'avoir trouvé une compagne pour cheminer à ses côtés. Encore fallait-il que leur relation dure. Ce qui n'était pas certain. Rien ne durait jamais.

Il était en train de songer à tout cela et à ce qu'il allait dire à son psy, la prochaine fois qu'il le verrait, quand le taxi s'arrêta à l'adresse qu'il lui avait indiquée.

— Vous êtes sûr que vous ne craignez rien ? s'enquit le chauffeur, inquiet.

Avec sa cravate Hermès, sa montre en or et son costume de marque, Charlie avait plus l'air de quelqu'un qui fréquentait les boutiques de luxe de la Cinquième Avenue que les bas quartiers de Harlem.

— Oui, oui, le rassura-t-il en le gratifiant d'un sourire et d'un généreux pourboire.

— Vous voulez que je vous attende ? Ou que je revienne vous chercher ? insista-t-il, manifestement soucieux de sa sécurité.

— C'est inutile, vraiment. Mais merci tout de même.

Il lui sourit à nouveau, en s'efforçant de chasser de ses pensées la conversation qu'il avait eue avec Gray. Puis il leva la tête vers l'immeuble. Il avait besoin d'un sérieux toilettage. Le million de dollars qu'ils avaient consenti à l'association tombait à point nommé.

Malgré lui, en se dirigeant vers la porte, il continuait de penser à Gray. Le plus dur à admettre était qu'il avait le sentiment que Sylvia lui avait ravi son meilleur ami. Il avait beau se défendre d'être jaloux, il savait qu'il l'était. Il ne voulait pas perdre son ami à cause d'une arriviste, simplement parce qu'elle avait des relations dans le monde de l'art. Il était évident qu'elle avait vu à qui elle avait affaire et cherchait à profiter de lui. Et si elle était assez habile, elle risquait de faire voler en éclats leur amitié et de l'éloigner définitivement de Charlie. L'idée de perdre son ami lui était insupportable. C'était comme si elle avait déjà commencé son travail de sape. Charlie ne faisait aucune confiance à cette femme qui semblait déjà avoir complètement envoûté Gray. Elle l'avait déjà transformé. Mais le pire de tout, c'est que certains des propos qu'il lui avait tenus étaient sensés. Un peu trop du reste. Sans doute Sylvia les lui avait-elle soufflés. Car ça ne ressemblait pas à Gray de s'exprimer ainsi. De toute évidence, elle l'avait manipulé. Et Charlie était furieux.

Après avoir sonné, il resta un long moment à attendre à la porte du centre avant qu'un jeune homme barbu, en jean et t-shirt, vînt lui ouvrir. C'était un Afro-Américain, au sourire éclatant, avec de beaux yeux bruns. Lorsqu'il parla, Charlie nota qu'il avait une pointe d'accent créole.

— Bonjour, puis-je vous aider ? demanda-t-il en dévisageant Charlie comme s'il était tombé d'une autre planète.

Au centre, on n'avait pas l'habitude de recevoir des gens aussi élégants. Réprimant un petit sourire, il le fit entrer.

— J'ai rendez-vous avec Carole Parker, l'informa Charlie.

C'était la directrice, une jeune femme très compétente, qui avait d'abord étudié à Princeton, puis obtenu sa maîtrise de sociologie à Columbia et qui préparait à présent un doctorat. Elle s'était spécialisée dans la protection infantile.

Le centre avait été spécialement créé pour accueillir des enfants et des mères maltraités, mais contrairement aux autres établissements du même type, on donnait la priorité aux enfants. Une femme battue sans ses enfants ou dont les enfants n'avaient pas été maltraités n'était pas admise à y séjourner. Charlie savait que le centre effectuait un travail de prévention en collaboration avec l'université de New York. Plutôt que de soigner

146

les blessures, on s'efforçait de les anticiper. Il y avait dix employés à plein temps et six autres à temps partiel pour effectuer les gardes de nuit, pour l'essentiel des étudiants. Ils travaillaient en étroite collaboration avec deux psychiatres, ainsi qu'avec de nombreux volontaires issus des quartiers difficiles, qui avaient eux-mêmes subi des violences dans leur enfance. Il s'agissait là d'un concept nouveau : prendre des adolescents qui avaient été maltraités pour aider des enfants victimes des mêmes sévices. C'est Carole Parker qui en avait eu l'idée, trois ans plus tôt, après avoir décroché sa maîtrise. Elle voulait devenir psychologue, spécialisée dans les problèmes liés aux milieux défavorisés. Mais le centre manquait cruellement de moyens. Elle avait réussi à récolter plus d'un million de dollars pour acheter l'immeuble et ouvrir l'établissement, et maintenant, c'était la fondation de Charlie qui allait prendre le relais avec un autre million de dollars. D'après le dossier qu'on lui avait remis, c'était une jeune femme de trente-quatre ans, très brillante. Il ne lui avait parlé qu'une seule fois au téléphone et ne savait pas à quoi elle ressemblait. Elle lui avait semblé très professionnelle et rigoureuse, tout en paraissant chaleureuse et ouverte. Elle l'avait invité à venir voir le centre et lui avait promis de lui en faire faire elle-même le tour. D'un point de vue administratif, tout était en règle. Bien que très jeune pour ce poste, Carole Parker était parfaitement compétente. Ses références étaient irréprochables – certaines émanaient même de personnalités new-yorkaises très influentes. Elle était non seulement à la hauteur, mais jouissait en outre de relations très haut placées. Elle avait d'ailleurs une lettre de recommandation du maire lui-même.

Apparemment, elle avait rencontré un tas de gens importants et les avait ralliés à sa cause.

Le jeune homme conduisit Charlie jusqu'à une petite pièce à l'aspect décrépit et lui offrit un café. Mais Charlie refusa. Il en avait déjà bu un avec Gray et ne s'était toujours pas remis de ce qu'ils s'étaient dit.

La porte étant restée ouverte, il aperçut des femmes avec de jeunes enfants et des adolescents dont les t-shirts indiquaient qu'ils étaient des travailleurs bénévoles. Dans la cour, des adolescents jouaient au basket et il remarqua une affiche invitant les femmes du quartier à venir s'informer deux fois par semaine, pour lutter contre l'enfance maltraitée. Il n'était pas sûr que cela ait beaucoup d'effet, mais au moins mettaient-ils leurs théories en pratique. Tandis qu'il regardait les enfants, une porte s'ouvrit et une jeune femme blonde parut. Elle portait un jean, des tennis et un t-shirt de l'association. Lorsqu'il se leva pour lui serrer la main, il réalisa qu'elle était presque aussi grande que lui. Elle mesurait environ un mètre quatre-vingts, avait une allure de star, et de très beaux traits. Elle ressemblait plus à un top model qu'à une assistante sociale. Elle lui sourit, mais avec retenue et même une certaine froideur. Le centre avait besoin d'argent, mais ce n'était pas une raison pour qu'elle se mette à genoux devant lui. Toutefois, elle ne savait pas ce qu'il attendait d'elle. Elle lui parut sur ses gardes et légèrement sur la défensive lorsqu'elle le fit entrer dans son bureau.

Les murs étaient couverts de plannings, de notes, d'autocollants et d'affiches de sécurité. On y voyait également les numéros de téléphone d'urgence des centres antipoison et de SOS Suicide, ainsi qu'un dessin expliquant comment pratiquer le bouche-à-bouche.

Il y avait une bibliothèque débordante de livres. La table était enfouie sous des tonnes de paperasse. La corbeille pour le courrier était pleine à ras bord et il y avait des photos d'enfants éparpillées sur le bureau – d'anciens pensionnaires du centre, probablement. C'était de toute évidence un lieu de travail. Charlie savait qu'elle dirigeait tout elle-même, à l'exception des femmes battues, pour lesquelles une intervenante bénévole avait été formée exprès, et des tâches ménagères et de la cuisine, encore que son curriculum indiquât qu'elle l'avait déjà fait. C'était une de ces femmes qui étaient intéressantes sur le papier mais intimidantes quand on les rencontrait. Elle était assurément très belle, songea Charlie lorsqu'elle prit place derrière son bureau en lui adressant un grand sourire. Elle avait de grands yeux bleu pervenche et un regard profond.

— Alors, monsieur Harrington, vous êtes venu faire votre tour d'inspection ? demanda-t-elle, sachant que pour un million de dollars c'était son droit le plus strict.

La fondation leur avait consenti la somme de neuf cent soixante-quinze mille dollars, soit le montant exact qu'elle avait sollicité et qui correspondait à ce qu'elle avait pu réussi à obtenir par elle-même au cours des trois dernières années. Lorsqu'elle avait appris que sa demande avait reçu un avis favorable, elle en était restée pantoise. Elle s'était adressée simultanément à une dizaine d'autres fondations, mais sans succès. C'était chaque fois la même réponse : ils voulaient se donner un an pour juger de l'efficacité du dispositif mis en place par l'association avant d'envisager une quelconque dotation. Aussi lui était-elle profondément reconnaissante, même si elle avait l'impression de jouer les chiens savants chaque fois qu'elle devait discuter avec un homme d'affaires. Son travail consistait à sauver des vies humaines et à porter secours à des enfants maltraités, et rien d'autre. Trouver de l'argent ne lui apportait aucun plaisir. Elle ne supportait pas de devoir faire des ronds de jambe pour soutirer des fonds, alors qu'à ses yeux, voir le dénuement des gens dont elle s'occupait suffisait pour être convaincu du bien-fondé de sa demande. Les nantis avaient-ils seulement idée de ce qu'on faisait endurer aux enfants, comme cette petite de cinq ans à qui on avait jeté du chlore dans les yeux et qui avait définitivement perdu la vue ? Ou ce petit garçon dont la joue portait la brûlure du fer à repasser de sa mère ? Ou encore cette adolescente de douze ans, qui avait été violée par son père et brûlée à la cigarette ? Que fallait-il dire de plus à ces gens pour les convaincre que ces enfants avaient besoin d'eux ? Charlie ignorait ce qu'elle allait lui dire, mais il vit à son regard qu'elle désapprouvait son costume parfaitement coupé, sa cravate Hermès et sa montre en or. Sans doute y voyait-elle de l'argent jeté par les fenêtres et dont elle aurait fait bon usage, si on le lui avait donné. Ayant deviné ses pensées, il regretta de n'avoir pas mis une tenue plus discrète.

— Je ne suis pas vêtu en conséquence, s'excusa-t-il. Mais j'avais un déjeuner d'affaires avant mon rendez-vous avec vous.

Ce n'était pas vrai, mais il savait qu'il n'aurait pas été admis au Yacht Club s'il avait porté, comme elle, un jean, un t-shirt et des Nike. Sur ces mots, il se débarrassa de sa veste et retroussa les manches de sa chemise. Puis il ôta sa cravate et la mit dans sa poche. Le résultat n'était guère convaincant, mais du moins faisait-il l'effort de la mettre à l'aise. Elle sourit.

— Désolée, dit-elle, l'air confuse. Les relations publiques ne sont pas mon fort. Je n'ai pas l'habitude de dérouler le tapis rouge pour recevoir des personnalités. D'abord, je n'en ai pas, et même si j'en avais eu un, je n'aurais pas eu le temps de le dérouler.

Ses longs cheveux étaient noués en tresse dans son dos. Elle ressemblait à une belle Suédoise. Elle n'avait vraiment rien d'une travailleuse sociale, même si son curriculum affirmait qu'elle l'était. Se souvenant qu'elle était allée à Princeton, il lui dit pour briser la glace qu'il y était allé, lui aussi.

— Je me sentais plus à l'aise à Columbia, répondit-elle l'air dégagé. L'atmosphère y est beaucoup moins guindée. À Princeton, j'ai souvent croisé des étudiants imbus d'eux-mêmes. C'est un lieu chargé d'histoire, mais j'ai eu l'impression que l'enseignement y était passéiste et guère tourné vers l'avenir.

— Je n'ai jamais vu les choses comme cela, rétorqua Charlie.

Néanmoins, sa remarque l'avait impressionné. Par certains côtés, cette femme l'intimidait, car elle ne mâchait pas ses mots. Mais en même temps, il la trouvait chaleureuse.

— Vous faisiez partie d'un club ? demanda-t-il, espérant trouver un point commun avec elle.

— Oui, reconnut-elle, l'air embarrassée. J'étais au Cottage.

Elle marqua une pause, puis lui décocha un sourire entendu. Elle connaissait les aristocrates comme lui, qui pullulaient à Princeton.

— Et je suppose que vous étiez à Ivy ?

À l'époque, c'était un club qui n'acceptait pas les femmes et elle détestait les garçons qui le fréquentaient. Mais aujourd'hui, avec le recul, tout cela n'était qu'un mauvais souvenir, des chamailleries de pota-ches. Elle lui sourit et il hocha la tête.

— Je ne vais pas vous demander comment vous avez deviné, dit-il, conscient que cela devait sauter aux yeux pour quelqu'un comme elle. Mais puis-je espérer me faire pardonner ?

— Oui, dit-elle en riant.

Et soudain elle lui sembla plus jeune. Elle n'était pas maquillée, trop occupée pour songer à ce genre de détails.

— Les neuf cent soixante-quinze mille dollars que j'ai reçus de votre fondation m'autorisent à vous par-donner à peu près tout, du moment que vous ne mal-traitez pas vos enfants.

— Je n'en ai pas. Alors voilà qui est réglé.

Voyant qu'il ne lui était pas sympathique, il décida de relever le défi et de retourner la situation à son avantage. Bardée de diplômes ou pas, c'était une très belle femme. Et rares étaient les femmes qui pouvaient résister au charme de Charlie, lorsqu'il s'était mis en tête de les séduire. Il n'était pas certain que Carole Parker en valait la peine. D'une certaine façon, elle avait l'air irrécupérable. Elle était politiquement cor-recte jusqu'au bout des ongles, alors que lui ne l'était pas. Elle fut surprise d'apprendre qu'il n'avait pas d'enfants, puis se souvint vaguement qu'il n'était pas marié. Était-il gay ? Si Charlie avait deviné ses pen-sées, il aurait été profondément vexé. Mais ce qu'il était n'avait pas la moindre importance. Tout ce qu'elle voulait, c'était son argent pour soigner les enfants du centre.

— Voulez-vous faire le tour des locaux ? proposa-t-elle en se levant.

Si elle avait porté des talons, elle aurait été aussi grande que lui. Charlie mesurait un mètre quatre-vingt-cinq. Leurs yeux étaient de la même couleur, de même que leurs cheveux. Il réalisa subitement qu'elle ressemblait à sa sœur, puis chassa aussitôt cette pensée dérangeante.

Elle le précédait dans le couloir et ne vit pas son air embarrassé. Après lui avoir fait visiter chaque pièce, chaque bureau, chaque couloir, elle le mena sur le toit-terrasse où les enfants avaient aménagé un jardin, et elle lui présenta quelques-uns de ses pensionnaires. Parmi eux se trouvait Gabby, dont le chien d'aveugle avait été acheté grâce à l'argent de la fondation. La fillette avait appelé le labrador noir Zorro. Charlie se baissa pour tapoter la tête de l'animal, afin que Carole ne voie pas qu'il avait les larmes aux yeux. Les histoires qu'elle lui avait racontées, lorsqu'ils étaient seuls, lui avaient brisé le cœur. Ils restèrent quelques instants à observer un groupe en thérapie et il fut vivement impressionné. En temps normal, c'était Carole qui animait la séance, mais elle avait pris son après-midi pour le recevoir, même si elle considérait que c'était une perte de temps.

Elle le présenta ensuite aux bénévoles qui encadraient divers ateliers, dont un de lecture pour les jeunes qui ne savaient ni lire ni écrire, alors qu'ils étaient en âge d'aller au lycée. Il se souvint d'avoir lu un article consacré à cette activité, dans la brochure de présentation du centre. Les résultats obtenus étaient si bons que le centre s'était vu décerner une récompense par les pouvoirs publics. Tous les pensionnaires savaient lire et écrire après une année de soutien scolaire. Et les adultes étaient eux aussi vivement encouragés à suivre les programmes d'alphabétisation et les thérapies de groupe.

Après lui avoir fait visiter l'établissement, elle lui présenta son assistant, Tygue, le jeune homme qui lui avait ouvert la porte. Carole expliqua à Charlie qu'il était boursier de l'université Yale, où il préparait un doctorat. Elle avait réussi à mettre sur pied une équipe vraiment extraordinaire, constituée en grande partie de gens qu'elle avait rencontrés à l'université. Ainsi, Tygue et elle avaient obtenu leur maîtrise de sociologie la même année. Après quoi, elle avait fondé le centre et il était allé à Yale pour poursuivre ses études. Il était originaire de Jamaïque et Charlie adorait son accent. Ils parlèrent un petit moment ensemble, puis elle ramena Charlie dans son bureau. Il était épuisé.

— Je ne sais que vous dire, avoua-t-il humblement, si ce n'est que vous faites un travail formidable.

Il était sincèrement impressionné par ce qu'il avait vu, et bien qu'elle se soit montrée quelque peu guindée et méprisante au début, force lui était de reconnaître qu'il avait affaire à une femme hors du commun. À trente-quatre ans, elle avait réussi à créer un lieu de la deuxième chance, capable d'accueillir un nombre non négligeable d'adultes et d'enfants.

Il avait été tellement absorbé par ce qu'elle lui avait dit et montré qu'il en avait complètement oublié de faire son numéro de charme. C'était elle qui l'avait envoûté, non pas à cause de sa beauté physique ou de sa distinction, mais par son dévouement à une noble cause. Si décrépit soit-il, il se dégageait du centre une atmosphère extraordinaire.

— C'est un rêve d'enfant que j'ai réalisé, lui confia-t-elle en toute simplicité. Depuis l'âge de quinze ans, j'ai mis tout ce que j'ai pu gagner de côté. J'ai servi dans des restaurants, tondu des pelouses, vendu des journaux, donné des cours de natation. J'ai mis toute mon énergie dans la création de ce centre, et j'y suis parvenue. J'ai réussi à économiser trois cent mille dollars, y compris en jouant en Bourse. Quant au reste, je l'ai obtenu par des dons jusqu'à réunir une somme suffisante pour acheter l'immeuble. Au début, c'était une entreprise risquée. Mais plus maintenant, grâce à votre aide, reconnut-elle, pleine de reconnaissance. Je vous prie de m'excuser de n'avoir pas été très accueillante. J'ai horreur de devoir me justifier. Je sais que nous faisons du bon travail, mais les gens extérieurs au centre n'ont pas toujours l'air de s'en rendre compte. Quand j'ai vu votre costume et votre montre en or, j'ai eu une réaction stupide de rejet. Je crois que j'ai des préjugés contre les gens de Princeton, y compris moi-même. Nous sommes tellement privilégiés que nous n'en avons même pas conscience. Ce que je vois ici, au quotidien, c'est la vraie vie. Le reste n'existe pas. Pour moi, en tout cas.

Il hocha la tête, ne sachant quoi lui répondre. Il était profondément impressionné. Soudain, il regretta sincèrement d'être venu en costume et montre en or.

— Je vous promets de la jeter par la fenêtre lorsque je rentrerai chez moi, jura-t-il en désignant sa montre.

— C'est inutile, assura-t-elle en éclatant de rire. Un de nos voisins se chargera probablement de vous en délester. Je vais dire à Tygue de vous raccompagner, sans quoi vous n'atteindrez jamais le coin de la rue.

— Je suis plus intrépide que j'en ai l'air, répondit-il en lui souriant.

Elle avait révisé son jugement le concernant et semblait plus détendue. Après tout, Princeton ou pas, cet homme lui avait donné un million de dollars et elle ne pouvait que lui en être reconnaissante. Elle regrettait de s'être montrée aussi sèche au départ, mais elle ne supportait pas les gens comme lui, qui ne connaissaient rien de la vie. D'un autre côté, il dirigeait une fondation qui soutenait des causes très nobles et ne pouvait donc pas être foncièrement mauvais. Elle se serait étranglée d'indignation si elle avait su qu'il possédait un yacht de quatre-vingts mètres de long.

— Moi aussi, dit-elle. Mais il n'empêche que c'est un quartier dangereux. Si vous revenez, pensez à mettre un sweat-shirt et des baskets.

Elle avait remarqué qu'il portait des chaussures et un costume faits sur mesure.

— Promis, assura-t-il, sincère.

Il ne voulait pas la contrarier. Il n'avait pas oublié le regard de glace qu'elle lui avait lancé lorsqu'il était entré dans son bureau et préférait mille fois la voir détendue et souriante comme elle l'était à présent. Les choses semblaient s'être arrangées entre eux, et l'idée de revenir au centre ne lui déplaisait pas. Il lui en fit part lorsque Tygue et elle le raccompagnèrent jusqu'à la sortie.

— Revenez quand vous voudrez, l'encouragea-t-elle avec un sourire chaleureux.

Au même instant, Gabby, guidée par Zorro, fit son apparition dans l'escalier. Elle tenait fermement le harnais de son chien et avait reconnu les voix de Tygue et de Carole.

— Qu'est-ce que tu fais ici ? demanda Carole, surprise.

Les enfants ne descendaient jamais du premier, sauf pour prendre leurs repas ou jouer dans la cour. Tous les bureaux se trouvaient au rez-de-chaussée, une mesure de précaution destinée à empêcher les parents malveillants de s'approcher des enfants. Placés sous la garde de Carole par les tribunaux, les petits étaient plus en sécurité dans les étages.

— Je suis venue voir le monsieur avec la gentille voix. Zorro voulait lui dire au revoir.

Cette fois, Carole vit les larmes briller dans les yeux de Charlie. Heureusement, Gabby ne pouvait pas les voir. La fillette était adorable et le cœur de Charlie se serra lorsqu'elle s'approcha d'eux, un grand sourire aux lèvres.

— Au revoir, Zorro, dit Charlie en caressant le chien, puis en tapotant affectueusement la tête de la fillette.

Il lui sourit mais elle ne pouvait pas le voir et il comprit que quoi qu'il puisse faire, il ne pourrait jamais réparer le tort qui lui avait été fait, ni en effacer le souvenir. Il n'avait pu que lui offrir un chien d'aveugle. Une bien faible compensation, en vérité.

— Prends bien soin de lui, dit-il. C'est un très beau chien.

— Je sais, sourit-elle en se baissant pour embrasser la truffe de Zorro. Vous reviendrez nous voir ? Vous êtes très gentil.

— Merci, Gabby. Toi aussi tu es très gentille, et très jolie. Et je reviendrai te voir, je te le promets.

Tout en disant cela, il regarda Carole, qui hocha la tête. En dépit de ses préjugés à son encontre, elle le trouvait sympathique. Il semblait un type bien, même s'il était riche et affreusement gâté. Toute sa vie, elle avait fui ce genre d'hommes. Mais du moins celui-ci faisait-il un effort. Un effort d'un million de dollars. En outre, il s'était donné la peine de venir jusqu'ici. Mais ce qui l'avait le plus touchée, c'était la façon dont il avait parlé à Gabby. Dommage qu'il n'ait pas eu d'enfants.

Tygue lui avait trouvé un taxi. Il revint pour lui dire que la voiture l'attendait dehors.

— Coiffez votre heaume, lui dit Carole en blaguant. Et cachez votre montre.

— Je crois que je peux arriver jusqu'au taxi sans risques.

Il lui sourit à nouveau et la remercia pour la visite. Il redit au revoir à Gabby, puis se retourna une dernière fois pour les regarder, elle et son chien. Il serra la main de Tygue et, jetant sa veste sur son épaule, ses manches toujours remontées, il se glissa à l'intérieur du taxi et donna son adresse au chauffeur. Tout au long du trajet, il songea à sa visite au centre, la gorge serrée chaque fois qu'il pensait à Gabby et à son chien.

Sitôt rentré chez lui, il appela Gray sur son portable. Beaucoup de choses s'étaient éclaircies cet après-midi, et il savait maintenant ce qui comptait réellement et ce qui était sans importance.

Gray décrocha à la deuxième sonnerie. Il était chez Sylvia, en train de préparer le dîner, et venait justement d'évoquer à nouveau son déjeuner avec Charlie et de lui raconter la réaction de son ami lorsqu'il lui avait appris qu'ils sortaient ensemble. Aussi fut-il surpris d'entendre Charlie.

— Je te demande pardon, dit celui-ci sans préambule. Je me suis comporté comme un imbécile, à midi. Je sais que c'est difficile à croire, mais en fait j'étais jaloux.

Sylvia vit la bouche de Gray s'arrondir de surprise. Elle ignorait qui était son interlocuteur et ce qu'il lui disait, mais il avait l'air complètement abasourdi.

— Je ne veux pas te perdre, mon vieux. Je crois que j'ai paniqué à l'idée que plus rien ne serait comme avant. Mais après tout, si tu l'aimes, c'est à moi de faire un effort.

En disant cela, il sentit à nouveau les larmes lui monter aux yeux. L'après-midi qu'il venait de passer l'avait tourneboulé tout en lui faisant comprendre qu'il aimait son ami comme un frère et qu'il ne voulait pas le perdre.

— Tu ne me perdras pas, répondit Gray, stupéfait.

Il n'en croyait pas ses oreilles. Charlie était bien tel qu'il l'avait toujours connu. En fin de compte, Sylvia l'avait mal jugé.

— Je sais, dit Charlie. C'est ce que j'ai compris cet après-midi. Après quoi, je suis tombé amoureux.

— Sans blague ! s'exclama Gray en souriant jusqu'aux oreilles. De qui ?

— D'une petite aveugle de cinq ans et de son guide, un labrador nommé Zorro. C'est un amour de fillette. Sa mère lui a jeté du chlore dans les yeux et elle a définitivement perdu la vue. C'est nous qui avons financé l'achat de son chien.

Les deux hommes restèrent un moment silencieux, tandis que les larmes ruisselaient sur les joues de Charlie. Il savait qu'il ne parviendrait jamais à la chasser de ses pensées et que chaque fois qu'il penserait au centre, l'image de Gabby et Zorro s'imposerait à lui.

— Tu es formidable, Charlie, rétorqua Gray d'une voix enrouée par l'émotion.

Il avait cru avoir perdu son ami. Charlie avait eu l'air tellement furieux et aigri, quand il l'avait traité de traître. Mais quelques heures avaient suffi pour qu'il revienne à la raison et lui pardonne.

— Toi aussi, affirma Charlie tout en regardant son appartement vide et en songeant à Gray et Sylvia. Invitez-moi à dîner, un de ces jours. J'espère qu'elle cuisine mieux que toi. La dernière fois, j'ai cru mourir. Surtout, ne lui fais jamais ton goulasch.

— Je sais que tu ne vas pas me croire, mais c'est justement ce que je suis en train de lui mijoter.

— Un bon conseil, mon vieux. Si tu ne veux pas voir ta belle histoire partir en fumée, jette tout à la poubelle et appelle le traiteur chinois.

— Homme de peu de foi… Elle en a déjà mangé. Et elle a adoré.

— Elle ment. Crois-moi, personne ne peut adorer ton goulasch. De deux choses l'une, ou elle est folle ou elle est amoureuse.

— Elle est peut-être les deux. Et j'espère que tu dis vrai.

— Ce n'est pourtant pas dans mon intérêt, reconnut Charlie prudemment. Mais je me réjouis pour toi. Tu mérites d'être heureux. Et moi aussi, d'ailleurs. Il ne me reste plus qu'à trouver la femme.

Il hésita, puis reprit :

— Tu m'as dit des choses très justes, aujourd'hui. Je ne sais pas ce que je veux, ni avec qui. Ma vie est beaucoup plus simple comme ça.

Mais aussi beaucoup plus solitaire. Il en avait récemment pris conscience. En particulier depuis son retour à New York.

— Tu la trouveras, si tu le veux vraiment. Et ce jour-là, tu n'auras aucune hésitation. Ça m'est arrivé. Un beau jour, une femme débarque dans ta vie et c'est comme si tu recevais un grand coup sur la tête.

— Je l'espère.

Ils bavardèrent encore quelques minutes, jusqu'à ce que Gray lui dise que le goulasch était en train de brûler. À quoi Charlie répondit que c'était une bénédiction.

Puis ils raccrochèrent. Charlie repensa alors à sa visite au centre et à Gabby et Zorro… Puis à Tygue, le jeune Jamaïcain, boursier de Yale… Et, enfin, à Carole Parker. Des gens étonnants. Son regard se perdit dans le vide et il songea à la façon dont elle l'avait dévisagé, lorsqu'il était entré dans son bureau. Aussitôt qu'elle avait vu son costume et sa montre en or, elle l'avait pris en aversion. Et malgré cela, il avait ressenti de la sympathie pour elle. C'était une femme remarquable, extraordinairement intelligente et courageuse. Il ne savait pas quand, pourquoi ni comment, mais il avait envie de la revoir. Car il avait le sentiment qu'elle avait beaucoup à lui apprendre, non seulement sur le centre, mais sur la vie en général. Et il espérait qu'un jour, avec un peu de chance, et malgré tout ce qui les séparait, ils réussiraient à être amis.

9

Adam passa prendre Charlie dans une immense limousine pour l'emmener au concert que donnait l'une de ses célèbres clientes. L'avocat était d'humeur particulièrement joviale, car cette soirée venait clore une tournée qui s'était avérée épuisante d'un point de vue juridique. La star, Vana, était une des chanteuses les plus connues d'Amérique, pour ne pas dire du monde. Un nom singulier. Une femme singulière. Ce soir-là, au Madison Square Garden, tous ses fans seraient là. Ce n'était pas le genre de faune que Charlie avait l'habitude de fréquenter, mais Adam avait réussi à le convaincre de l'accompagner, lui assurant qu'ils allaient bien s'amuser.

Les entrées se négociaient entre quatre et cinq mille dollars au marché noir. Les fans avaient fait la queue pendant deux ou trois jours pour pouvoir être là à l'ouverture des guichets. C'était le concert le plus attendu de l'année et Adam avait conseillé à son ami de venir en jean, pour éviter qu'il ne se fasse prendre à partie s'il venait en costume. Il allait être déjà suffisamment occupé durant la soirée pour ne pas avoir en plus à veiller à la sécurité de Charlie. Bien sûr, Adam avait non seulement des passes pour se rendre dans les coulisses, mais également des places au premier rang. La soirée promettait d'être mémorable et il priait le ciel pour que tout se déroule bien. Ses trois téléphones portables n'arrêtaient pas de sonner et c'est à peine s'il parvint à échanger deux mots avec Charlie, pendant le trajet.

— Après ça, mon toubib s'étonne que j'aie dix-huit de tension ! s'exclama-t-il en souriant lorsqu'il eut un moment de répit.

Charlie regardait, amusé, son ami faire des grands gestes tout en hurlant dans le téléphone.

— Ce métier aura ma peau. Et Gray, comment va-t-il ? Il ne m'appelle pas.

Mais il est vrai qu'avec la tournée de Vana et ce concert de clôture, il n'avait guère eu le temps de l'appeler non plus.

— Il va bien, répondit tranquillement Charlie. Il est amoureux.

— Ah, je vois. Je suppose qu'il est allé la chercher au centre de désintoxication ou aux urgences, soupira Adam en riant.

— Non, à Portofino, répondit Charlie avec un grand sourire.

Il savait qu'Adam n'allait pas en croire ses oreilles. Et d'ailleurs, lui-même n'en était pas encore tout à fait revenu.

— Comment ça, à Portofino ? demanda celui-ci, pensant à autre chose.

Il avait l'air subitement stressé et absent. L'une de ses assistantes venait de l'appeler pour lui dire que la coiffeuse qui devait apporter les perruques de scène n'avait toujours pas donné signe de vie et que Vana était en train de piquer une crise. Ils avaient immédiatement envoyé quelqu'un chercher les postiches à l'hôtel, mais malgré cela, le spectacle risquait d'avoir du retard. Il ne manquait plus que ça. L'équipe technique, entraînée par les syndicats, allait une fois de plus crier au scandale. Adam n'était pas producteur, mais il savait qu'une seule entorse au contrat risquait de déclencher des procès en cascade. Son rôle consistait à raisonner Vana, pour lui éviter cela. Elle était célèbre pour ses emportements et ses annulations de dernière minute.

— Gray l'a rencontrée à Portofino, répéta calmement Charlie.

Adam le regarda sans comprendre.

— Qui, à Portofino ?

En voyant son air stupéfait, Charlie ne put s'empêcher de rire. Le moment était visiblement mal choisi pour discuter de la vie amoureuse de Gray. Ils étaient pris dans les embouteillages et Adam bouillait littéralement d'impatience. Il fallait qu'il arrive au plus vite au Madison Square pour empêcher Vana de commettre l'irréparable.

— La femme dont il est amoureux, poursuivit Charlie. Il dort chez elle, mais ne vit pas avec elle. Apparemment, il y a une différence.

— Bien sûr qu'il y a une différence, répondit Adam, un brin irrité. Il dort chez elle parce qu'il est trop épuisé pour rentrer chez lui après avoir fait l'amour. Un réflexe de paresseux. Et puis, il y a l'âge. Il serait fou de vouloir vivre avec elle, alors qu'il peut en profiter comme ça. S'il décide de s'installer avec elle, c'en sera fini. Il devra descendre la poubelle, passer chercher ses affaires au pressing, faire la popote.

— Pour ce qui est du pressing et de la poubelle, je ne sais pas, mais il fait déjà la tambouille.

— Il ne devrait pas. S'il ne fait que dormir, il n'a ni placard ni clé. Et il ne répond pas au téléphone. Il a une clé ?

— Je ne lui ai pas demandé, répondit Charlie en riant.

Ils attendaient que le feu passe au vert et Adam semblait à deux doigts de la crise de nerfs. Au moins, parler de Gray l'aidait à se changer les idées. Il semblait parfaitement au courant des règles à respecter selon que l'on dormait ou que l'on vivait chez quelqu'un. Charlie était fasciné. Personnellement, il n'avait jamais été très loin, sauf une fois où il avait eu la clé.

— Mais qui est-ce ?

— Sylvia Reynolds, la galeriste que nous avons rencontrée à Portofino. Apparemment, Gray et elle se sont découvert des atomes crochus, pendant que tu courtisais sa nièce.

— Oh, tu veux parler de cette fille au visage d'ange et au QI d'Einstein ? Ces nanas-là, il n'y a pas moyen de les culbuter. Elles ne veulent que discuter. Elle avait des jambes superbes, soupira Adam, nostalgique.

Il regrettait toujours les femmes qu'il n'avait pas eues et mettait un certain temps à les oublier. Contrairement aux autres.

— La nièce ? demanda Charlie en essayant de se souvenir, car il ne se rappelait que son visage.

— Non, Sylvia. La galeriste. Non mais, explique-moi ce qu'elle fiche avec Gray ?

— Elle aurait pu plus mal tomber, reconnut Charlie.

Adam acquiesça.

— Il est fou d'elle, et j'espère que c'est réciproque. Mais si elle apprécie son goulasch, il y a des chances pour que ce soit le cas.

Il passa sous silence les échanges acides que Gray et lui avaient eus durant leur déjeuner au Yacht Club. Il s'était bêtement laissé emporter et regrettait encore amèrement son manque de tact. Gray, quant à lui, semblait s'en être remis, et Adam n'avait apparemment pas l'air catastrophé d'apprendre qu'il « séjournait » chez Sylvia. Il avait bien d'autres soucis en tête, comme de voir Vana leur claquer la porte au nez si on ne retrouvait pas ses perruques. Il en résulterait une série de procès qui, vu l'importance du concert, risquaient de le tenir occupé pendant au moins dix ans.

— Ça ne durera pas, commenta Adam. Elle est trop normale. D'ici une semaine, il en aura assez.

— Ce n'est pas l'impression que j'ai eue. Il dit que c'est précisément ce qu'il aime en elle et qu'il n'a pas envie de finir ses jours seul.

— Il est malade ? s'enquit Adam, l'air soudain sincèrement préoccupé.

Charlie secoua la tête.

— Non, mais je suppose qu'il lui arrive de se demander ce qu'il fait de sa vie. En tant que peintre, il est très solitaire. Et puis, elle a réussi à le placer chez l'un des meilleurs galeristes de New York, ce qui n'est pas si mal, tout compte fait.

— C'est peut-être plus sérieux qu'on ne le pense, si elle a décidé de prendre sa carrière en main. Je vais tâcher de l'appeler. Il ne faudrait tout de même pas qu'il se sente obligé de faire le grand plongeon, juste à cause d'une paire de jambes.

Adam paraissait perplexe, tandis que Charlie hochait la tête.

— En tout cas, il m'a l'air bien parti pour. Je crois que nous ferions bien de le garder à l'œil, dit-il prudemment alors que la longue limousine noire entrait dans Madison Square. En voyant la foule compacte, Charlie eut un choc. Il leur fallut presque vingt minutes pour accéder à l'entrée, avec l'aide de la police. Deux policiers en civil les attendaient pour les mener jusqu'à leurs sièges.

Dès qu'ils furent installés, Adam s'éclipsa pour aller faire un tour en coulisses, tandis que Charlie observait la foule. Ce faisant, il remarqua une jolie fille qui portait un minuscule bout de jupe. Ses longs cheveux blonds balayaient ses reins d'une manière provocante. Elle portait des cuissardes de cuir noir à talons aiguilles et un blouson de cuir rouge vif. Elle était très maquillée et ne devait pas avoir plus de dix-sept ans. Elle lui demanda si le siège à côté du sien était libre, et lorsqu'il lui dit que non, elle s'éclipsa. Il la revit quelques instants plus tard, en train de faire le même manège un peu plus loin. Apparemment, elle racolait en faisant mine de chercher un siège. Pour finir, elle revint vers lui.

— Vous êtes sûr que ce siège est occupé ? demanda-t-elle avec insistance.

Cette fois, elle lui parut un peu plus âgée qu'il ne l'avait cru de prime abord. Elle était ravissante et possédait une silhouette de rêve, dont les courbes voluptueuses étaient révélées par son chemisier en mousseline noire transparente. Habillée comme elle l'était, n'eût été son visage angélique, elle aurait pu facilement passer pour une prostituée.

— J'en suis absolument certain, dit Charlie. Mon ami est allé en coulisses, mais il va revenir.

— Sans blague ! Votre ami connaît Vana ? s'exclama-t-elle.

C'était comme si elle lui avait demandé si Adam connaissait Dieu en personne. Charlie sourit en hochant la tête.

— Il travaille plus ou moins pour elle.

— Ça vous ennuie que je m'asseye à côté de vous jusqu'à ce qu'il revienne ? demanda-t-elle.

Il craignit qu'elle ne cherche à le séduire, mais elle avait juste envie de rencontrer Adam, maintenant qu'elle savait qu'il connaissait Vana.

— J'ai un siège au dernier rang et de là-bas on ne voit rien. Alors je me suis dit qu'avec un peu de chance, je trouverais une place vide par ici. Mais apparemment j'étais trop optimiste. J'ai dû faire la queue pendant deux jours. J'ai apporté un sac de couchage et j'ai campé. Mon amie et moi, on s'est relayées.

Il lui fit signe de s'asseoir, se sentant légèrement mal à l'aise lorsqu'elle prit place à côté de lui. Pourtant, elle n'était ni plus ni moins excentrique que la foule présente, même si, dans d'autres circonstances, elle ne serait pas passée inaperçue. Elle avait un faux air de Julia Roberts dans *Pretty Woman*, et était tout aussi attirante. Sa tenue y était pour beaucoup, en particulier ses hautes bottes à talons aiguilles, sans parler de sa jupe, qui ne cachait presque rien, et de son chemisier si léger qu'un simple éternuement aurait suffi à l'emporter.

Charlie ne put s'empêcher de l'imaginer en jean, sans maquillage et les cheveux attachés. Elle aurait été probablement encore plus à son avantage. Il se demanda si elle gagnait sa vie comme mannequin ou actrice, mais s'abstint d'engager la conversation, de peur qu'elle ne cherche à s'incruster. Quand Adam revint et la trouva sur son siège, il resta bouche bée. Il n'aurait jamais cru Charlie capable de draguer une fille comme elle aussi vite.

— Les perruques sont arrivées. La coiffeuse était à l'hôtel, complètement ivre, mais ils ont trouvé quelqu'un pour la remplacer, expliqua-t-il à Adam tout en examinant avec intérêt la fille assise à sa place. Puis-je savoir pourquoi vous avez pris mon fauteuil ? dit-il sans prendre de gants. Nous nous connaissons ? ajouta-t-il en plongeant les yeux dans son chemisier, avant de les lever vers son ravissant minois.

Cette fille était une bombe, exactement son type. C'était son jour de chance.

— Pas encore, répondit-elle. Mais je suis très mal placée et votre ami me disait que vous travaillez pour Vana. Ça doit être cool.

Elle posa sur lui des yeux de velours et lui décocha un grand sourire plein d'admiration.

— Parfois, mais pas toujours.

Lorsqu'il était allé retrouver Vana en coulisses, elle menaçait de déclarer forfait. Et puis on avait apporté ses perruques, trouvé une coiffeuse et elle s'était calmée. Mais il ne jugea pas utile d'expliquer tout cela à la fille. Il n'était d'ailleurs pas certain qu'elle aurait compris. Elle devait avoir un QI limité, ce qui était sans importance, du reste, vu la taille de ses seins.

— Je suis désolé de vous déranger et j'aurais adoré m'asseoir ici avec vous et bavarder, mais Vana va commencer dans cinq minutes alors vous feriez mieux de regagner votre place.

La fille en minijupe et bottes de cuir noir fit une moue, comme si elle allait éclater en sanglots. L'exaspération d'Adam était à son comble, mais il ne pouvait rien pour elle. Il n'y avait pas une seule place libre.

C'est alors qu'il eut une idée. Sans savoir pourquoi et tout en songeant qu'il risquait de le regretter, il la saisit par le bras, la tira hors du siège et lui fit signe de le suivre.

— Si vous me promettez de bien vous tenir, je peux m'arranger pour vous trouver une place en coulisses. Il y en a toujours une ou deux de libres en cas d'imprévu.

— Vous êtes sérieux ? dit-elle sans y croire, tandis qu'il l'entraînait au pas de course vers la scène.

Il montra son badge à l'agent de sécurité et on les laissa immédiatement passer. La fille réalisa alors qu'il ne plaisantait pas. Il y avait des années qu'elle n'avait pas eu pareil coup de chance. Son amie lui avait dit qu'elle était complètement folle de chercher un fauteuil d'orchestre, mais apparemment c'était son jour de veine. Lorsque Adam l'aida à se hisser sur le côté du podium, il eut un aperçu fabuleux de ses fesses. Après tout, si elle portait un machin aussi court, c'est qu'elle n'y voyait pas d'inconvénient.

— Au fait, comment vous appelez-vous ? lui demanda-t-il sans réfléchir tout en la menant vers une rangée de chaises pliantes installées à l'arrière de la scène.

Ils durent enjamber tout un tas de câbles et de boîtiers électriques, mais elle allait pouvoir profiter du concert comme personne, et elle leva vers lui des yeux pleins de reconnaissance.

— Maggie O'Malley.

— Vous êtes de New York ? lui demanda-t-il avec un grand sourire alors qu'elle s'asseyait en croisant les jambes.

Debout devant elle, il plongeait dans son chemisier. Il se demanda si elle était aussi délurée qu'elle en avait l'air ou si c'était juste une tenue de circonstance pour assister au concert. Contrairement à Charlie, il connaissait bien les femmes de cet âge et lui donnait vingt-deux ans.

— J'ai grandi dans le Queens, mais j'habite dans le centre. Dans le West Side. Je travaille au Pier 92.

C'était un bar chaud et mal famé, qui faisait également restaurant. Là-bas, toutes les serveuses s'habillaient comme elle. Les plus jolies montaient sur le bar pour émoustiller les clients et les pousser à la consommation. Adam supposa qu'elle devait se faire des pourboires en or. Certaines des filles qui y travaillaient étaient de jeunes comédiennes au chômage ayant besoin de joindre les deux bouts.

— Vous êtes actrice ? s'enquit-il avec intérêt.

— Non, je suis serveuse. Mais je danse un peu aussi. J'ai suivi des cours de claquettes et de danse classique, quand j'étais petite.

Elle ne lui dit pas qu'elle avait appris toute seule à danser, en regardant la télévision. Il n'y avait pas d'école de danse dans son quartier. Elle avait grandi dans la partie la plus misérable du Queens et était partie s'installer ailleurs dès qu'elle l'avait pu. L'immeuble dans lequel elle vivait à présent, dans l'Upper West Side, valait à peine mieux qu'un taudis, mais c'était un palais en comparaison de ce qu'elle avait connu. Elle leva vers Adam des yeux brillants de larmes.

— Merci pour la place, dit-elle. Si je peux faire quoi que ce soit pour vous, vous me trouverez au Pier 92. Je serai heureuse de vous payer un verre.

C'était tout ce qu'elle pouvait lui offrir, même s'il aurait préféré autre chose. Mais elle avait un air tellement innocent, en dépit de sa tenue outrancière, qu'il se sentit coupable d'avoir de telles pensées. Car elle avait vraiment l'air d'une gentille fille.

— C'est inutile. Amusez-vous bien. Maggie, c'est bien ça ?

— Mary Margaret, pour être tout à fait exacte, dit-elle en levant vers lui de grands yeux.

Il l'imagina en uniforme d'écolière. Mary Margaret O'Malley. Il avait du mal à comprendre comment une fille comme elle pouvait s'habiller ainsi. Elle avait un visage d'ange, et un corps de strip-teaseuse. Quand à sa tenue, elle était pitoyable. Elle aurait eu une classe folle avec une coiffure et une tenue décentes, mais sans doute n'avait-elle pas eu le choix. Heureusement, elle s'était plutôt bien débrouillée, ce soir. La pauvre petite fille du Queens qui travaillait au Pier 92 avait réussi à avoir un siège aux premières loges pour le mégashow de Vana.

— Je viendrai vous voir après le concert, lui promit-il sans savoir pourquoi.

Soudain, elle bondit de sa chaise et se jeta à son cou, comme une gamine. Elle avait les larmes aux yeux.

— Merci, oh merci. Jamais personne ne m'a fait autant plaisir.

En voyant son regard innocent, il se sentit coupable d'avoir eu d'autres pensées à son égard. L'installer en coulisses avait été un jeu d'enfant pour lui.

— Ce n'est rien, dit-il en tournant les talons.

Mais au même moment, elle le saisit par la manche.

— Comment vous appelez-vous ?

Elle voulait connaître le nom de son bienfaiteur. Il eut l'air surpris, songeant qu'ils ne se reverraient probablement jamais.

— Adam Weiss, dit-il avant de se hâter de regagner son fauteuil car les lumières de la salle commençaient à s'éteindre.

Deux minutes plus tard, il était à côté de Charlie, et le spectacle commençait. Juste avant que Vana entre en scène, son ami se pencha vers lui.

— Tu as pu lui trouver une place ? demanda-t-il.

— Oui, murmura Adam. Et elle m'a dit qu'elle voulait sortir avec toi, ajouta-t-il, mi-figue mi-raisin.

— Ça m'étonnerait, répondit Charlie en éclatant de rire. Tu as réussi à lui soutirer son numéro de téléphone, son groupe sanguin et son adresse ?

— Non, juste son tour de poitrine. Nettement plus impressionnant que son QI, rétorqua Adam avec un sourire espiègle.

— Ne sois pas mufle, le semonça Charlie. C'est une brave gamine.

— Oui, je sais. Peut-être que je l'inviterai à la fête que donne Vana après le concert.

Charlie se renfrogna. Il n'avait pas envie de prolonger la soirée au-delà du spectacle. Le showbiz n'était pas son univers, même s'il aimait bien la musique de Vana.

Ce soir-là, la chanteuse se surpassa et eut droit à sept rappels. Jamais elle n'avait été aussi extraordinaire. Maggie revint les voir pendant l'entracte, pour remercier à nouveau Adam. Lui passant un bras autour des épaules, il l'invita à assister à la fête qui aurait lieu après le concert. Elle se jeta alors à son cou pour le remercier et Adam sentit le contact moelleux de ses seins contre sa poitrine. Les siens étaient vrais, de même que son nez. Il y avait des années qu'il n'avait pas croisé une fille comme elle.

— Tu ne devrais pas, lui reprocha gentiment Charlie une fois qu'elle eut regagné sa place, juste avant la deuxième partie du spectacle.

— Pas quoi ? s'enquit Adam innocemment.

Il avait adoré sentir ses seins sur sa poitrine. Il connaissait des tas de belles filles, mais toutes étaient passées par les mains d'un chirurgien.

— Profiter de l'innocence des jeunes femmes. Malgré sa tenue provocante, on voit bien que c'est une gentille fille. Ne te comporte pas en salaud, Adam. Tu le regretteras un jour. Tu ne voudrais sûrement pas que ta fille soit traitée de la sorte.

— Si ma fille s'habillait comme elle, je la tuerais, et sa mère ferait de même.

Il avait voulu emmener ses deux enfants au concert, mais Rachel avait refusé. Ils allaient à l'école le lendemain et elle ne voulait pas qu'ils baignent dans une atmosphère comme celle-là. Ils étaient trop jeunes, arguait-elle.

— Peut-être que Maggie n'a jamais eu personne pour lui dire de ne pas s'habiller ainsi.

Elle semblait s'être donné un mal de chien pour se composer une tenue de soirée, mais s'était laissé emporter par son enthousiasme et avait tout gâché. Heureusement pour elle, elle avait un physique qui lui permettait de porter à peu près n'importe quoi. Et peut-être qu'un jour, quand elle aurait un peu mûri, elle apprendrait à s'habiller avec sobriété.

— Ça c'est sûr, répondit Adam sèchement. Surtout en étant serveuse au Pier 92.

Il était allé là-bas une fois et avait trouvé l'endroit exécrable. Tous les tordus de Broadway venaient pour se rincer l'œil et peloter les serveuses. Les filles n'étaient pas topless ou nues, mais c'était tout comme. Elles portaient des strings sous des minijupes et des brassières de satin minuscules qui ne dissimulaient quasiment rien de leurs formes.

— Cesse de t'en faire pour elle. Il y a pire. Elle aurait pu naître à Calcutta ou perdre la vue comme la gamine de Harlem dont tu m'as parlé. Cette fille est superbe et finira un jour par en prendre conscience. Si ça se trouve, un agent va la remarquer et en faire une star.

— Ça m'étonnerait, dit Charlie tristement.

Des filles comme elle, il y en avait en pagaille, et la plupart ne parvenaient pas à échapper au quotidien sordide qui était le leur, en particulier quand des types comme Adam cherchaient à en profiter. Il en était là de ses pensées quand la deuxième partie du spectacle commença.

Lorsque la représentation s'acheva, la foule se déchaîna. Les groupies, les fans, les photographes et la moitié de la salle tentèrent de monter sur scène pour approcher leur idole. Il fallut une dizaine de policiers pour évacuer Vana, et Adam ne parvint pas à retourner en coulisse. Il appela le régisseur avec son portable, et ce dernier l'informa que Vana était saine et sauve et ravie de son show. Il lui demanda de dire à la chanteuse qu'il viendrait à sa fête. Lorsqu'il raccrocha et se tourna vers Charlie pour lui parler, il vit Maggie. Elle avait failli perdre son chemisier et son blouson quand elle avait voulu descendre du podium, mais avait réussi à les récupérer. Une fois encore, elle se répandit en remerciements. Elle n'avait pas la moindre idée de l'endroit où se trouvait son amie, mais elle savait qu'il lui serait impossible de la retrouver parmi cette foule déchaînée.

— Vous voulez venir à la soirée ? lui demanda Adam.

Elle ne déparerait pas parmi les autres invités. Il n'était nullement embarrassé de l'avoir à ses côtés, contrairement à Charlie qui aurait sûrement été gêné de se montrer en public avec elle. De toute façon, Charlie voulait rentrer se coucher. Il avait beaucoup apprécié le spectacle, mais avait eu son content d'excitation. Contrairement à Adam, qui, lui, n'en avait jamais assez. Il adorait le côté un peu glauque de ce genre de fêtes et Maggie y serait comme un poisson dans l'eau. D'ailleurs, l'idée l'enchantait.

Il leur fallut une demi-heure pour sortir du théâtre, puis encore vingt minutes avant de monter dans la limousine. Ils prirent alors la direction de l'East Side, où une boîte avait été spécialement louée pour la soirée. Charlie savait qu'il allait y avoir des femmes, de l'alcool et de la drogue. Pas vraiment sa tasse de thé. Adam ne prenait pas de drogue, mais en revanche était amateur de femmes et d'alcool. Maggie prit place sur la banquette face à eux, une expression extasiée sur le visage. Adam lorgna sa jupe. Cette fille avait des jambes superbes et un corps incroyable. Charlie l'avait remarqué lui aussi, mais plutôt que de la déshabiller du regard, il préférait contempler le spectacle de la rue.

— Où allons-nous ? demanda-t-elle d'une voix excitée de gamine.

— Nous allons d'abord déposer Charlie chez lui. Puis nous irons peut-être boire un verre quelque part, avant d'aller à la soirée.

Et ensuite, avec un peu de chance, il la ramènerait chez lui. Il ne cherchait jamais à forcer la main d'une fille. Ce n'était pas nécessaire. Il en avait suffisamment dans sa vie pour ne pas être en manque. Et celle-là n'avait pas l'air d'être du genre à se faire prier. Des filles comme elle, il en avait dragué des dizaines à l'occasion de soirées comme celle-ci, et l'immense majorité avait fini dans son lit. Rares étaient celles qui refusaient de coucher avec lui. Et il était certain que Maggie serait partante. Charlie était du même avis.

Charlie prit gentiment congé d'elle lorsqu'ils le déposèrent au pied de son immeuble. Il lui dit qu'il espérait avoir le plaisir de la revoir, tout en songeant que cela n'arriverait probablement jamais. Mais que pouvait-il dire d'autre ? Bonne fin de soirée dans le lit d'Adam ? L'espace d'un court instant, il se prit à espérer qu'elle n'irait pas jusque-là. Car elle était une proie beaucoup trop facile. Elle méritait qu'on lui donne sa chance. Mais elle était tellement émerveillée par tout ce qu'Adam avait fait pour elle qu'elle ne lui refuserait probablement rien. Charlie aurait voulu lui dire d'avoir plus d'amour-propre. Mais c'était impossible. Il y avait des choses qu'on ne pouvait pas changer. Et puis, cela ne le regardait pas. C'était à Adam et à elle de se débrouiller. Même s'il l'avait voulu, il n'aurait pas pu la protéger. Il monta dans l'ascenseur, l'air pensif, puis, une fois chez lui, contempla un instant le parc plongé dans l'obscurité. La soirée s'était bien passée et il avait adoré le concert, mais il était fatigué et ne tarda pas à aller se coucher.

Adam emmena Maggie prendre un verre dans un bar, comme promis. Elle prit un verre de vin, tandis qu'il commandait une margarita, suivi d'un mojito dans lequel elle trempa ses lèvres. Elle trouva le goût agréable mais trop fort, ce qui surprit Adam. Et sa surprise redoubla quand elle lui dit qu'elle avait vingt-six ans. Il s'était imaginé qu'elle était beaucoup plus jeune. Elle lui confia qu'il lui arrivait d'être mannequin et qu'elle s'était constitué un petit press-book, mais que son principal gagne-pain était son emploi de serveuse au Pier 92, où elle se faisait d'énormes pourboires, ce qui ne l'étonna pas. Elle avait un corps qui valait de l'or.

Ils arrivèrent au club à une heure. La soirée venait juste de commencer. Adam savait qu'il y avait de la drogue à gogo : cocaïne, ecstasy, héroïne, crack, méthadone. Les convives avaient l'air nettement plus échauffés qu'à l'ordinaire et Adam ne tarda pas à comprendre que les choses risquaient de dégénérer, comme cela arrivait parfois après un concert. Maggie et lui dansèrent quelques minutes, puis il l'entraîna vers la sortie et la limousine. Il l'invita ensuite à venir prendre un verre chez lui, mais elle le regarda droit dans les yeux en secouant la tête.

— J'aime autant pas. Il est tard et je dois me lever demain, pour aller travailler. Mais merci quand même.

Il ne fit aucun commentaire et donna son adresse au chauffeur. Il fut horrifié de voir que la rue où elle habitait était un vrai coupe-gorge. Il avait du mal à imaginer à quoi pouvait ressembler la vie dans un quartier comme celui-là. Ce devait être une véritable lutte au quotidien pour une fille comme elle. Il en fut contrarié, mais pas autant que de ne pas pouvoir passer la nuit avec elle.

— J'espère que vous ne m'en voulez pas de ne pas aller chez vous, Adam, s'excusa-t-elle.

Elle se sentait coupable, après tout ce qu'il avait fait pour elle.

— Je ne fais jamais ce genre de choses, le premier soir.

Il leva vers elle des yeux surpris. Cette fille pensait-elle sincèrement qu'ils allaient se revoir ? Elle lui avait griffonné son numéro de téléphone sur un bout de papier qu'il avait fourré distraitement dans sa poche, en songeant qu'il le mettrait directement à la poubelle une fois rentré chez lui. Elle était sympa pour un soir, mais il n'avait pas spécialement envie de la revoir. Des filles comme elle, il pouvait en avoir des dizaines. Il n'avait pas envie de s'encombrer d'une serveuse du Pier 92, même avec un corps de déesse. Et il ne l'aurait pas traitée différemment si elle avait accepté de coucher avec lui.

— Non, non, pas de problème. Je vous raccompagne jusqu'à votre porte ? offrit-il.

L'immeuble avait l'air tellement glauque qu'il craignait qu'elle ne se fasse trucider avant même d'avoir pu regagner son appartement. Mais elle secoua la tête.

— C'est inutile, lui dit-elle avec un grand sourire. J'ai trois colocataires. Deux d'entre elles dorment dans le séjour. Et à l'heure qu'il est, elles ont sûrement éteint la lumière. Je ne voudrais pas les réveiller.

Il n'arrivait pas à croire que l'on pût vivre ainsi, et il n'avait aucune envie d'essayer. Il voulait juste la laisser là et l'oublier. Après tout, ce n'était pas son problème. Il n'aspirait plus qu'à une chose à présent : rentrer chez lui.

— Merci, Mary Margaret. Ce fut un plaisir de faire votre connaissance. À une prochaine fois, dit-il pour être correct.

— Je l'espère, répondit-elle spontanément tout en songeant que c'était peu probable.

Ce type avait une vie de rêve. Il connaissait des stars comme Vana, avait ses entrées partout, roulait en limousine, vivait dans un autre monde. Elle était innocente, mais pas aussi stupide qu'il se plaisait à l'imaginer. Au lieu de bonsoir, il aurait mieux fait de dire : « Je vous souhaite la meilleure vie possible. » Mais il savait que c'était un vœu pieux. Cette fille, si belle soit-elle, n'aurait jamais la vie facile. Car avait-elle seulement une chance de pouvoir un jour sortir de ce trou de misère ? Non, évidemment.

— Bonne nuit, lui lança-t-il lorsqu'elle fit tourner sa clé dans la serrure de l'immeuble.

Elle se retourna une dernière fois.

— À vous aussi. Et merci pour tout. J'ai passé une soirée fantastique.

Il lui sourit, regrettant de n'avoir pas réussi à la mettre dans son lit. Ç'aurait été autrement plus amusant que de rester planté sur ce trottoir infect, dans cette rue glaciale, à attendre qu'elle soit rentrée chez elle. Elle lui fit un dernier signe de la main puis disparut. Il se demanda si elle se sentait comme Cendrillon en regagnant son taudis. Une fois le bal terminé, la limousine allait se transformer en citrouille et le chauffeur en souris.

Il remonta en voiture et sentit son parfum. Un truc bon marché, mais agréable et qui lui allait bien. Il l'avait remarqué, quand ils avaient dansé ensemble. Et tandis qu'il regagnait son appartement dans l'East Seventies, il fut surpris de constater qu'il était déprimé. C'était triste de savoir qu'il y avait des gens qui vivaient dans de telles conditions, sans espoir de s'en sortir. Jusqu'à la fin de sa vie, Maggie O'Malley vivrait dans un quartier mal famé, à moins qu'elle n'ait la chance de rencontrer un gros type plein de bière qui l'emmènerait à nouveau vivre dans le Queens, loin de son gourbi de Manhattan et de la boîte sordide où les clients la tripotaient chaque soir. Et lui n'était pas différent. Il aurait volontiers couché avec elle, si elle s'était laissé faire, et le lendemain, l'aurait complètement oubliée. Pour la première fois depuis des années, il éprouva un profond dégoût de lui-même. Charlie avait raison. Comment aurait-il réagi, si un type avait traité Amanda de cette façon ? Ç'aurait pu arriver à n'importe qui. Sauf que cette fois, c'était arrivé à une fille nommée Maggie, qu'il ne connaissait pas et ne connaîtrait sans doute jamais. En rentrant chez lui, il se servit un verre de tequila et sortit sur la terrasse. Malgré lui, il se mit à penser à elle et se demanda comment se serait passée la soirée si elle avait été là. Sans doute se seraient-ils bien amusés, pendant quelques minutes, une heure ou une nuit. Une partie de jambes en l'air, un bon coup, c'était tout ce qu'il attendait d'elle. Il se déshabilla, en laissant traîner ses affaires par terre, et lorsqu'il se glissa entre les draps, Maggie avait disparu de ses pensées.

10

Bien que n'ayant aucune raison particulière de retourner là-bas, Charlie décida d'aller faire un tour au centre. Il acheta des beignets et de la glace pour les enfants, ainsi qu'un petit ours en peluche pour Gabby et des friandises pour son chien. Dès qu'il arriva, il comprit que ce n'était pas la petite aveugle qui l'avait attiré là, mais Carole. Son souvenir le hantait plus encore que celui de la fillette, et pour tout dire, il n'avait cessé de penser à elle pendant toute la semaine.

— Que nous vaut l'honneur de votre visite ? s'enquit-elle, intriguée, lorsqu'elle l'aperçut.

Il portait un jean, un vieux pull et des chaussures de sport. Juste au moment où elle sortait de réunion, elle l'avait reconnu dans la cour, en train de parler avec Tygue.

— Je voulais juste refaire un tour des locaux, dit-il.

Comme il n'avait pas prévenu, elle crut qu'il était venu pour les surveiller et se renfrogna. Mais lorsque Tygue lui expliqua qu'il avait apporté de la glace pour les enfants, un ours en peluche pour Gabby et des friandises pour Zorro, elle se radoucit.

— Ces enfants sont attachants, n'est-ce pas ? lui dit-elle en le menant jusqu'à son bureau.

Elle lui offrit une tasse de café.

— Non, merci, répondit-il. Vous êtes très occupée et je ne veux surtout pas vous déranger.

Il ne pouvait pas prétexter qu'il passait dans le quartier, car hormis le centre, il n'y avait ici que des taudis surpeuplés et des dealers de crack et d'héroïne postés à tous les coins de rue.

— C'est gentil à vous d'avoir pensé aux enfants. Ils adorent recevoir de la visite. J'aimerais tellement pouvoir faire davantage pour eux, mais malheureusement nous n'en avons pas les moyens. Tout l'argent des subventions passe dans les salaires, les factures de chauffage et les médicaments. Mais les gosses préfèrent de loin la crème glacée, confia-t-elle en souriant largement à Charlie, qui se réjouit d'être venu.

Il avait eu envie de la revoir, et maintenant il ne savait comment justifier sa présence. Il avait beau se dire qu'il admirait son travail, il savait que ce n'était pas tout. Il avait plaisir à parler avec elle et souhaitait la connaître, mais elle travaillait dans un centre d'éducation et il dirigeait une fondation. Maintenant que la subvention lui avait été accordée, il n'avait plus de raison de la revoir. Leurs vies étaient trop différentes pour qu'ils puissent entretenir des rapports autres que professionnels. Il savait qu'elle n'avait que mépris pour le genre de vie qu'il menait et le milieu dont il était issu. Elle avait choisi de mettre la sienne au service d'enfants battus qui devaient lutter pour survivre, alors que lui vivait dans le luxe et l'insouciance.

— Y a-t-il quelque chose que je puisse faire pour vous ? demanda-t-elle.

Il secoua la tête. Il n'avait pas la plus petite excuse à invoquer pour prolonger sa visite.

— Non, mais je reviendrai voir les enfants, si vous le voulez bien. J'aimerais prendre des nouvelles de Gabby.

— Gabby se débrouille très bien, maintenant qu'elle a Zorro. Le mois prochain, elle ira dans une école spécialisée. Nous pensons qu'elle est prête.

— Vous voulez dire qu'elle va quitter le centre ? s'enquit-il, l'air inquiet.

— Non, pas dans l'immédiat en tout cas. Plus tard, nous essaierons de la confier à une famille d'accueil, afin de préparer sa réinsertion. Mais les enfants handicapés comme elle ne sont pas faciles à placer, comme vous pouvez l'imaginer. Les familles d'accueil sont rarement prêtes à accueillir un enfant malvoyant et son chien.

— Et que fait-on alors ?

Pour la première fois, il réalisa que l'avenir de Gabby était bien sombre et que sa vie risquait de l'être tout autant.

— Si nous ne trouvons pas de famille d'accueil, nous la mettrons dans un établissement pour enfants. Il y en a beaucoup dans l'État de New York. Elle y sera très bien.

— J'en doute, dit-il, visiblement contrarié.

C'était comme si, brutalement, il venait de découvrir l'existence d'un autre monde, où les gens n'avaient que des problèmes insolubles. En l'occurrence, il s'agissait d'enfants, des malheureux qui n'étaient nullement responsables de ce qui leur arrivait.

— Mais si, elle y sera aussi bien que n'importe quel autre enfant, assura Carole. Et peut-être mieux même, maintenant qu'elle a Zorro pour la seconder. Ce chien, grâce à vous, va considérablement améliorer sa vie.

— Ne vous arrive-t-il pas de vous demander ce que deviennent tous ces enfants, une fois partis ?

— Si, bien sûr, monsieur Harrington. Mais il arrive un moment où les choses nous échappent, répondit-elle sèchement, reprenant ses distances.

— Appelez-moi Charlie, je vous en prie, l'interrompit-il.

— Nous ne faisons pas de miracles. Parfois, nous avons l'impression de vouloir vider l'océan avec un dé à coudre, mais il y a aussi des contes de fées. Des enfants qui s'épanouissent dans leurs familles d'accueil. D'autres qui se font adopter par de braves gens, qui leur donnent tout l'amour dont ils ont besoin. D'autres qui subissent des opérations chirurgicales qu'ils n'auraient jamais pu avoir sans notre intervention. Il y a Gabby et son chien. Bref, des problèmes que nous parvenons à résoudre et d'autres pas. Il faut savoir se fixer des limites, si on ne veut pas avoir le cœur brisé.

C'était la première fois qu'il voyait aussi clairement à quoi était destiné l'argent de la fondation. Il n'avait jamais vu d'enfants comme eux, ni rencontré de femme comme Carole, qui consacrait sa vie à changer le monde pour une poignée de gamins issus des bas quartiers. Depuis qu'il était venu visiter ce centre, quelques jours plus tôt, sa vision du monde avait complètement changé. Et il en avait le cœur chamboulé.

— À la fac, les profs ne cessent de vous répéter que vous devez garder vos distances, ne pas vous investir affectivement. Mais ce n'est pas toujours possible. Parfois, quand je rentre chez moi le soir, je me mets au lit et je pleure.

Il la comprenait, car il lui était arrivé la même chose.

— Vous devez éprouver le besoin de vous changer les idées, de temps à autre, dit-il songeur.

Il aurait voulu l'inviter à déjeuner ou à dîner, mais ne s'en sentait pas le courage.

— Oui. Je vais au club de remise en forme, à la piscine ou au squash, quand je ne suis pas trop fatiguée.

— Moi aussi, lui confia-t-il en souriant, je joue au squash. On pourrait peut-être y aller ensemble, un jour.

Elle eut l'air surprise. Cela ne lui était pas venu à l'idée. Cet homme était le directeur d'une fondation qui leur avait fait don d'un million de dollars. Elle ne pouvait pas imaginer qu'ils deviennent amis, ses rapports avec lui ne pouvaient être que professionnels. Professionnels et courtois. Elle ne lui devait rien de plus qu'un livre de comptes bien tenu et ne voyait pas pourquoi il aurait voulu sympathiser avec elle.

Quelques minutes plus tard, elle le quitta pour aller animer une séance de thérapie. Après son départ, il resta un petit moment à parler avec Tygue et lui dit qu'il repasserait bientôt. Puis il sortit et héla un taxi. Gray et Sylvia l'avaient invité à dîner. Carole l'oublia dès qu'il fut sorti de son bureau.

Lorsqu'il arriva chez Sylvia, Gray était à la cuisine et c'est elle qui lui ouvrit la porte. Elle portait une jupe noire brodée et un chemisier blanc. Elle avait joliment dressé la table, avec des bougies blanches et un gros bouquet de tulipes au centre. Elle tenait à ce que tout soit parfait, car elle savait combien Charlie comptait pour Gray. Elle ne voulait pas briser leur amitié ou semer la zizanie dans leurs vies. Elle était certaine d'avoir sa place et la meilleure façon de le prouver était de recevoir Charlie le mieux possible. Elle posa sur lui un regard plein de gentillesse. Elle savait qu'il s'était montré méfiant, quand Gray lui avait parlé d'elle. Mais elle savait également qu'il n'avait rien contre elle personnellement. En fait, ils s'étaient très bien entendus à Portofino, simplement il craignait que leur relation n'empiète sur son amitié avec Gray. Exactement comme un enfant à qui l'on présente une nouvelle gouvernante, ou le nouveau petit ami de sa mère. Charlie et Gray s'aimaient comme deux frères, et le moindre changement risquait de tout faire basculer. Elle voulait les rassurer l'un et l'autre. Jamais elle ne chercherait à s'immiscer entre eux.

Avant de passer à table, Sylvia avait fait faire le tour de l'appartement à Charlie et il avait été impressionné par son élégance et les trésors qu'il renfermait. Sylvia avait un goût très sûr. Elle se mit le moins possible en avant, ce soir-là. Lorsqu'ils eurent entamé la deuxième bouteille, Charlie parla de Carole et du centre.

— C'est une femme étonnante, dit-il, sincèrement admiratif.

Il leur parla de Gabby et de son chien, ainsi que des autres enfants. Il savait que certains enfants étaient victimes de mauvais traitements, mais il était loin de s'imaginer jusqu'où les sévices pouvaient aller. Carole n'avait pas cherché à lui cacher la vérité. Elle était allée droit au but, contrairement à d'autres associations qui avaient tendance à embellir la réalité. Elle lui avait dit pourquoi elle avait besoin de son argent et avait même laissé entendre que ce n'était pas suffisant. Elle voulait développer le centre. Pour l'instant, elle n'avait d'autre choix que de faire avec les moyens du bord, mais elle avait en tête d'en ouvrir un autre encore plus grand, au cœur de Harlem. Elle ne lui avait pas caché qu'elle souhaitait aussi agir dans d'autres parties de la ville plus huppées, car la maltraitance ne sévissait pas que dans les quartiers pauvres. Il y avait également des enfants battus dans Park Avenue, sauf que la violence était beaucoup plus difficile à démasquer dans les foyers riches et dans les classes moyennes. Des enfants étaient victimes de sévices dans toutes les villes, tous les États et tous les pays, dans toutes les classes sociales. Elle s'était juré de combattre la pauvreté, la maltraitance, la négligence, l'hypocrisie et l'indifférence partout où elles se trouvaient. Elle avait vu trop de souffrances et n'avait pas de temps à perdre avec des gens qui, comme lui, vivaient dans l'indifférence, refusaient de voir la misère du monde, et dont l'unique souci était de savoir quel costume ils allaient porter pour se rendre à leur prochaine soirée. Tout ce qu'elle voulait, c'était aider son prochain et sauver les enfants. Charlie s'était enflammé en parlant d'elle. En lui dévoilant un monde qu'il ignorait, Carole avait embrasé son esprit et son cœur.

— Eh bien, quand l'invites-tu à dîner ? le taquina Gray tout en passant un bras autour des épaules de Sylvia.

Charlie passait une soirée agréable en leur compagnie. La cuisine était bonne pour une fois, et la conversation animée. Il fut surpris de constater que Sylvia était encore plus charmante qu'à Portofino. Et force lui fut de reconnaître qu'elle exerçait une excellente influence sur son ami. De plus, elle l'avait accueilli avec beaucoup de gentillesse.

— Probablement jamais, confessa Charlie avec un petit sourire peiné. Je suis le symbole même de ce qu'elle déteste. La première fois qu'elle m'a vu, elle m'a toisé parce que je portais un costume.

Il ne parla pas de la montre en or.

— Elle n'a vraiment pas l'air d'être une fille commode. Tu lui as donné un million de dollars, nom d'un chien. Elle ne s'attendait tout de même pas à te voir débarquer en short et en sandales ? s'offusqua Gray, contrarié pour son ami.

— Peut-être que si, répondit Charlie.

Pour lui, elle faisait beaucoup plus seule que lui avec tous ses millions et sa fondation. Il se bornait à signer des chèques, alors qu'elle agissait sur le terrain, aux côtés d'enfants qui devaient se battre pour survivre.

— Si elle n'a guère d'estime pour les gens comme nous, c'est parce que c'est une sainte, affirma Charlie d'un air convaincu.

Gray parut surpris.

— Tu ne m'avais pas dit qu'elle était allée à Princeton ? C'est probablement une fille de bonne famille qui cherche à racheter les péchés de ses ancêtres.

— Je ne crois pas. Elle a dû être admise là-bas en tant que boursière. Il y avait des tas de gens comme elle, à l'époque où j'y étais. Ce n'est plus aussi élitiste qu'avant. Et c'est tant mieux. D'ailleurs, elle m'a avoué avoir détesté Princeton.

Pourtant, le club dont elle faisait partie était l'un des plus huppés. Mais il y avait mille façons d'y entrer. Même Princeton avait cessé d'être le fief réservé d'une certaine élite. Le monde avait changé, en partie grâce à des gens comme Carole. Charlie appartenait à une époque révolue et vivait de la gloire héritée de ses prestigieux aïeux. Carole était une nouvelle race.

— Mais pourquoi ne l'invites-tu pas ? l'encouragea Gray. Elle est trop laide ?

Cela lui semblait difficile à croire. À voir la façon dont Charlie chantait ses louanges, ce ne pouvait être qu'une beauté. Il ne pouvait tout simplement pas imaginer Charlie s'enflammer pour un laideron. À moins que… Il l'avait décrite comme une mère Teresa.

— Non, elle est très belle, même si je doute qu'elle accorde la moindre importance à son physique. Elle n'a guère de temps à consacrer à ce qui n'est pas essentiel.

Et il savait qu'il ne l'était pas, même si elle ne lui avait pas vraiment donné sa chance et ne la lui donnerait sans doute jamais. À ses yeux, il n'était que le président d'une fondation.

— De quoi a-t-elle l'air ? s'enquit Sylvia, intriguée.

— Elle est grande, un mètre quatre-vingts, blonde, fine, a les yeux bleus, un corps de rêve, ne se maquille pas. Elle va à la piscine et joue au squash, chaque fois qu'elle le peut. Elle a trente-quatre ans.

— Célibataire ?

— Il me semble. Elle ne porte pas d'alliance, et je n'ai pas l'impression qu'elle soit mariée, même si je doute qu'elle soit seule.

Une femme comme elle ne pouvait pas l'être, ce qui rendait l'invitation à dîner encore plus problématique. Bien sûr, il pouvait prétexter un repas d'affaires, et tenter ainsi d'apprendre à mieux la connaître. C'était une ruse qui présentait certains avantages, même si le procédé était malhonnête. Finalement, Gray et Sylvia avaient peut-être raison quand ils lui conseillaient de tenter le coup.

— C'est toujours difficile de savoir à quoi s'en tenir avec les femmes comme elle, affirma Sylvia. Certaines sacrifient toute leur vie à leur cause. Si elle consacre autant d'énergie, de temps et de passion à son travail, c'est peut-être qu'elle n'a pas de vie privée.

— Il ne tient qu'à toi d'en avoir le cœur net, l'encouragea à nouveau Gray. Après tout, tu n'as rien à perdre.

Charlie regrettait presque de leur avoir parlé de Carole. Il se sentait comme un adolescent, vulnérable et niais.

Lorsque Gray apporta la bouteille de château-yquem que Sylvia avait achetée spécialement pour l'occasion, ils avaient presque réussi à convaincre Charlie. Mais, dès qu'il eut regagné son appartement, il réalisa qu'il n'oserait jamais inviter Carole à dîner. Il était trop vieux, trop riche et trop conservateur pour elle. Il était évident qu'elle ne s'intéressait pas aux gens comme lui. Elle était même allée jusqu'à se moquer de sa montre. Il ne s'imaginait pas lui avouant qu'il avait un yacht ! Malgré lui, il rit de lui-même en se couchant. Gray et Sylvia étaient pétris de bonnes intentions, mais ils n'avaient pas idée du genre de femme qu'était Carole. Elle ne leur ressemblait en rien et ses remarques acides sur les clubs de Princeton étaient on ne peut plus claires.

Il appela Gray le lendemain matin pour le remercier du dîner et lui dire combien la soirée avait été agréable. Il n'était pas certain que leur liaison durerait, mais quoi qu'il en soit, tous deux semblaient aux anges et, pour l'heure, c'est tout ce qui importait. Il avait été rassuré de voir que Sylvia ne cherchait pas à s'immiscer dans leur amitié et qu'elle ne cherchait pas non plus à l'écarter. Il en fit part à Gray, qui en fut heureux et lui proposa de revenir à nouveau très prochainement dîner chez eux.

— Tu as fait des progrès en cuisine, le taquina Charlie.

— Sylvia m'a donné un coup de main, avoua Gray en riant.

— Dieu soit loué.

— Au fait, n'oublie pas d'appeler Mère Teresa pour l'inviter à dîner, lui rappela Gray.

Charlie marqua une pause, puis partit d'un rire forcé.

— Je crois que nous étions tous un peu pompettes. L'idée était bonne hier soir, mais aujourd'hui, elle me paraît nettement moins géniale.

— Invite-la et tu verras bien. Qu'est-ce que tu risques ? insista Gray comme un grand frère dispensant ses conseils à son cadet.

Mais Charlie secoua la tête.

— Qu'elle me traite de crétin et me raccroche au nez. Et puis, je ne saurais plus comment me comporter la prochaine fois que je la verrais.

Il ne voulait pas se couvrir de ridicule, et bien qu'il n'ait rien eu d'autre à faire et pas de femme dans sa vie pour le moment, il était fatigué et commençait imperceptiblement à lever le pied. Partir en chasse n'était plus aussi divertissant qu'auparavant. Il préférait maintenant se rendre seul aux dîners et autres événements auxquels il était invité, ou passer des soirées entre copains, comme la veille, avec Gray et Sylvia. C'était plus agréable que de se mettre en quatre pour faire la cour à une femme en vue de l'attirer dans son lit. Il l'avait fait trop souvent et n'en avait plus envie.

— Et quand bien même ? répondit Gray à la remarque de Charlie sur le fait qu'il risquait de se faire raccrocher au nez. Tu as vécu bien pire. Et puis, on ne sait jamais, c'est peut-être la bonne.

— Oui, bien sûr. Je pourrais vendre le *Blue Moon* et avec l'argent faire construire le centre d'accueil dont elle rêve à Harlem. Et alors, peut-être daignerait-elle sortir avec moi.

Gray éclata de rire.

— Quand on aime, on ne compte pas.

— Oh, ça va. À quoi as-tu été obligé de renoncer pour Sylvia ? Aux cafards de ton appartement ?

— Appelle-la.

— Bon, bon, on verra, dit-il pour avoir la paix.

Ils parlèrent encore quelques minutes, puis raccrochèrent.

Charlie avait finalement décidé de ne pas l'appeler, ce qui ne l'empêcha pas de penser à elle tout l'après-midi. Il se rendit au bureau, puis alla jouer au squash avec un ami. Il voulut appeler Adam pour le remercier du concert, mais ce dernier était en réunion. Charlie laissa un message sur son répondeur, tout en se demandant comment la soirée s'était finie avec Maggie. Sans doute Adam lui avait-il sorti le grand jeu et fait boire des litres de champagne pour la persuader de grimper dans son lit. Chaque fois qu'il pensait à cette fille, son cœur se serrait. En dépit de sa tenue provocante, elle avait quelque chose d'innocent qui le touchait profondément. Par moments, l'attitude d'Adam vis-à-vis des femmes le révulsait. Mais chaque fois qu'il lui en faisait la remarque, ce dernier répliquait qu'il n'avait rien à se reprocher, dès lors qu'elles étaient consentantes. Il n'en avait drogué aucune pour la violer. Elles acceptaient de bon cœur et ce qui arrivait ensuite ne regardait qu'eux. Cependant, Charlie n'était pas certain que Maggie fût aussi adulte qu'elle en donnait l'air, ni aussi rompue au jeu de la séduction qu'Adam. Elle ne cherchait pas à se faire payer des implants mammaires ou un nouveau nez. Elle ne voulait qu'un fauteuil bien placé pour le concert. Charlie ne put s'empêcher de se demander si elle avait payé de sa personne. En sortant du club, dans le taxi qui le ramenait à la maison, il se dit qu'il commençait à vieillir. Jusqu'ici, la conduite immorale, ou plus exactement amorale, d'Adam ne l'avait jamais dérangé. Et, comme le disait si bien Adam lui-même, quand il était question de plaisir et de sexe, tous les coups étaient permis. Mais était-ce vraiment le cas ? Curieusement, ce jeu du chat et de la souris avait cessé de l'amuser.

Il était presque dix-huit heures quand il rentra chez lui et interrogea son répondeur. Il se demanda si Carole était toujours au bureau ou en train de diriger une thérapie de groupe, ou si elle était rentrée chez elle. Il se souvint qu'il avait rangé sa carte de visite dans son portefeuille. Il la sortit, la contempla un long moment en silence, puis composa son numéro. Il se sentait idiot et terriblement intimidé. C'était la première fois qu'une femme le faisait se sentir coupable. Il avait envie de lui demander pardon pour tous ses caprices et ses privilèges, ceux-là mêmes qui lui avaient permis de lui donner un million de dollars pour qu'elle continue de sauver le monde. Il se sentait aussi nerveux qu'un collégien lorsque la sonnerie retentit à l'autre bout de la ligne. Il pria soudain le ciel pour qu'elle ne soit pas là et allait raccrocher quand elle répondit, d'une voix légèrement essoufflée.

— Allô ? dit-elle sans se présenter, mais il reconnut immédiatement sa voix.

Il l'avait appelée sur sa ligne privée.

— Carole ?

— Oui.

Elle ne l'avait pas reconnu.

— C'est Charlie Harrington. Je vous dérange, peut-être ?

— Non, non, pas du tout, mentit-elle en se frottant le tibia.

Elle s'était cogné la jambe en courant pour décrocher le combiné.

— Je sors à l'instant d'une thérapie de groupe, et j'étais dans l'escalier quand j'ai entendu le téléphone.

— Désolé. Comment va ma petite amie ?

Il faisait référence à Gabby, comme Carole l'avait deviné. Elle sourit et lui dit qu'elle se portait à merveille. Lorsqu'il lui demanda si tout allait bien au centre, elle se raidit. Avait-il l'intention de l'appeler tous les jours pour l'interroger ? Ce n'était pas dans les habitudes

des dirigeants des fondations de se mêler ainsi des affaires des associations. Pourquoi l'appelait-il ?

— Je ne veux pas vous donner de faux espoirs, mais vous avez parlé d'autres programmes que vous vouliez mettre en place et j'ai pensé que nous pourrions peut-être en discuter. Que diriez-vous d'un déjeuner ou d'un dîner ?

Il s'était servi de la fondation pour l'appeler, mais au moins avait-il trouvé le courage de le faire. Il y eut un long silence.

— Pour être tout à fait franche, nous ne sommes pas encore en mesure de déposer de nouvelles demandes de subventions. Nous n'avons pas le personnel nécessaire pour la mise en place de nouveaux programmes. Mais je veux bien vous faire part de nos projets, pour que vous me disiez ce que vous en pensez.

Elle ne voulait pas gaspiller de l'énergie et du temps en se lançant dans une voie qui n'était pas du ressort de la fondation.

— Je serais ravi de vous écouter et de vous conseiller sur la façon d'obtenir des subventions. À l'avenir, bien sûr.

Il ne pouvait décemment pas mettre à nouveau le conseil d'administration à contribution, alors qu'il venait de lui attribuer un million de dollars. Mais parler n'engageait à rien.

— Nous ne pouvons plus rien vous offrir cette année. Mais ce serait une bonne chose que vous commenciez à songer à mettre un plan sur pied avant le début de l'année fiscale.

— Dans quel camp êtes-vous ? l'interrogea-t-elle en éclatant de rire.

Il rit à son tour et lui répondit avec une honnêteté qui la surprit :

— Le vôtre. Vous faites un travail formidable.

Il s'était pris d'amour pour son centre de protection de l'enfance et, s'il n'y prenait pas garde, il risquait de se prendre d'amour pour elle également. Pas pour longtemps, bien sûr, car, pour lui, l'amour ne durait jamais longtemps. La peur de perdre l'être aimé finissait toujours par l'emporter.

— Merci, dit-elle, touchée par sa sollicitude.

Il avait l'air sincère, et elle commença lentement à baisser la garde et à l'écouter, en songeant que c'était un allié précieux.

— Eh bien, quand voulez-vous que nous nous voyions ? demanda-t-il aussitôt, heureux de voir le tour que prenait leur conversation.

Il lui avait laissé le choix entre un déjeuner ou un dîner, de sorte qu'elle n'avait pas l'impression qu'il cherchait à lui forcer la main. C'était un bon début, mais peut-être n'y aurait-il pas de suite, car elle n'avait pas l'air de spécialement s'intéresser à lui. Mais il serait mieux à même d'en juger quand ils dîneraient ou déjeuneraient ensemble. Si elle ne manifestait pas d'intérêt, il n'insisterait pas ; il ne voulait pas se couvrir de ridicule. Mais, pour l'instant, tout allait bien.

— Je peux difficilement me libérer à l'heure du déjeuner, lui dit-elle. En général, je mange juste une banane. Le plus souvent, je suis en thérapie de groupe à ce moment-là et ensuite je reçois mes clients tout l'après-midi.

Elle avait fait une exception pour lui lorsqu'il était venu au centre, mais elle ne voulait pas que cela devienne une habitude.

— Dans ce cas, que diriez-vous d'un dîner ? proposa-t-il en retenant son souffle. Demain soir peut-être ?

Il était invité à un dîner mortel et se ferait une joie d'y renoncer pour pouvoir être avec elle.

— D'accord, répondit-elle, hésitante. Je ne suis pas sûre d'avoir le temps de mettre tous mes projets en ordre d'ici là. Tout est encore à l'état d'ébauche, mais je pourrai vous donner un bref aperçu.

C'était tout ce qu'il voulait. Il n'avait que faire des programmes qu'elle avait en tête, mais elle ne le savait pas.

— Eh bien, nous en parlerons et nous verrons ce qu'il en est. Parfois, on obtient de meilleurs résultats quand on n'est pas pris dans le carcan administratif. Rien de tel qu'une discussion autour d'un repas. Au fait, vous avez une préférence ?

Elle rit à sa question. Elle sortait rarement pour dîner. Le soir, en rentrant chez elle, elle était épuisée. La plupart du temps, elle n'avait pas l'énergie nécessaire pour aller au club de gym.

— Voyons. Quels sont mes plats favoris ? Les hamburgers de chez Mo au coin d'Amsterdam et de la 168ᵉ Rue... Les travers de porc grillés de chez Sally, dans la 125ᵉ Rue, à l'entrée du métro qui m'amène chez moi... Les sandwiches de chez Izzy, au coin de Columbus et de la 99ᵉ Rue Ouest... Je ne fréquente que les meilleurs traiteurs. Je ne me souviens pas d'avoir mis les pieds dans un restaurant digne de ce nom depuis longtemps.

Charlie avait envie de lui faire changer ses habitudes, et bien d'autres choses encore, mais pas en une seule soirée. Il devait y aller doucement, jusqu'à ce qu'il ait appris à mieux la connaître.

— Je ne suis pas certain de pouvoir rivaliser avec Mo ou Izzy. Dans quel coin habitez-vous, au fait ?

Elle eut une seconde d'hésitation, et il se demanda si elle vivait seule. Elle avait l'air de craindre que Charlie ne débarque chez elle à l'improviste.

— Dans l'Upper East Side.

C'était un beau quartier et il eut le sentiment qu'elle avait honte de l'avouer. Il se demanda alors si Gray n'avait pas raison quand il affirmait qu'elle venait d'un milieu plus aisé qu'elle ne voulait bien le reconnaître. Elle était très intransigeante sur les valeurs auxquelles elle croyait. Il s'était attendu à ce qu'elle lui dise qu'elle vivait dans l'Upper West Side, mais il n'insista pas et ne lui posa pas de questions, car il la sentait sur ses gardes. Charlie avait une grande expérience des femmes, mais Carole l'ignorait, tout comme elle ignorait ce qu'il avait en tête. Au moindre signe d'encouragement qu'elle lui donnerait – ce qu'elle n'avait pas encore fait –, il était prêt à changer sa vie.

— Je connais un petit restaurant italien agréable et tranquille, sur la 99e Est. Ça vous tente ?

— Parfait. Comment s'appelle-t-il ?

— Stella di Notte. Ce n'est pas aussi romantique que son nom, « Étoile de nuit », le laisse entendre mais c'est un jeu de mots. Stella est le nom de la patronne. C'est elle qui fait la cuisine et elle pèse dans les cent cinquante kilos. Mais ses pâtes fraîches sont divines. Elle les confectionne elle-même.

— Super. Je vous retrouverai là-bas.

Charlie fut légèrement pris de court. Il ne s'attendait pas à ce qu'elle dise cela et en conclut qu'il devait y avoir un homme dans sa vie. Si c'était le cas, il allait le savoir.

— Vous ne préférez pas que je passe vous prendre en voiture ?

— Non. Je préfère marcher. Je suis enfermée ici du matin au soir et puis j'habite tout près. J'ai besoin d'exercice, même si cela se résume à quelques centaines de mètres. Ça m'aérera la tête et me fera le plus grand bien.

Bien sûr, songea Charlie, d'autant que chez elle, il devait y avoir un beau mec de trente-cinq ans, vautré sur le canapé devant la télévision.

— Très bien, rendez-vous là-bas. À dix-neuf heures trente ? Cela vous laisse assez de temps ?

— Oui. Mon dernier groupe est à seize heures trente demain. Je devrais être rentrée chez moi à dix-huit heures trente. J'espère qu'il ne faut pas être habillée ? demanda-t-elle, l'air soudain affolée.

Elle ne sortait pour ainsi dire jamais et n'avait pas grand-chose à se mettre. S'attendait-il à la voir arriver en petite robe noire et rang de perles ? Elle n'avait ni l'une ni l'autre. Mais cela n'avait pas d'importance puisqu'ils se rencontraient pour parler travail. Elle n'allait pas se mettre sur son trente et un. Personnellement, elle aurait préféré aller dîner chez Mo. Elle ne voulait pas changer ses habitudes pour lui. Il y avait certaines choses qu'elle avait cessé de faire et qu'elle ne ferait plus jamais. Comme de s'habiller pour sortir.

— Non, c'est tout ce qu'il y a de décontracté, la rassura-t-il. Vous pouvez y aller en jean, si le cœur vous en dit.

Tout en disant cela, il espérait qu'elle ferait un effort, car il mourait d'envie de la voir en robe.

— J'aimerais autant, pour ne rien vous cacher. Je n'ai pas vraiment le temps de songer à m'habiller. Et puis, je n'en ai jamais l'occasion. Vous me verrez donc telle que d'habitude. En jean et baskets.

— Je ferai la même chose, dit-il doucement.

— En tout cas, vous pourrez porter votre montre sans crainte. Le quartier est bien fréquenté, affirma-t-elle, ce qui le fit rire.

— Dommage, je l'ai justement mise au clou hier.

— Et combien vous en a-t-on donné ?

Elle aimait bien le taquiner. Il avait l'air gentil. Et curieusement, elle était impatiente de dîner en tête à tête avec lui. Il y avait presque quatre ans qu'un homme ne l'avait pas invitée à dîner. Et c'était très bien comme ça. Elle ne voulait pas que cela change, sauf pour cette fois, exceptionnellement.

— Vingt-cinq dollars, répondit-il.

— Pas si mal. À demain soir, donc.

Dès qu'elle eut raccroché, Charlie se sentit transporté de joie et frissonna. Avait-il perdu la tête ? Se faisait-il des idées ? Se pouvait-il que cette belle grande jeune femme au cœur de Mère Teresa n'ait pas d'homme dans sa vie ? Et si elle était lesbienne ? À aucun moment il n'y avait songé. Et pourtant, de sa part, tout était possible.

Super, songea-t-il en replaçant la carte de visite dans son portefeuille. Il appela le restaurant pour réserver une table. Quoi qu'il en soit, il serait fixé le lendemain. Et d'ici là, il devrait prendre son mal en patience.

11

Charlie arriva au restaurant avant Carole. Il n'avait dit à personne qu'il dînait avec elle, pas même à Gray et Sylvia. Qu'aurait-il pu leur dire, de toute façon, si ce n'est qu'il avait réussi à l'attirer sous le prétexte fallacieux de discuter affaires ? Ce n'était en aucune façon un rendez-vous amoureux. Il était venu à pied jusqu'au restaurant. Ça faisait une trotte depuis chez lui, mais tout comme elle, il éprouvait le besoin de s'aérer la tête. Il avait passé la journée à penser à la soirée et en était venu à la conclusion qu'elle devait être homosexuelle, ce qui expliquait pourquoi elle n'avait pas réagi à ses avances. En général, les femmes répondaient d'une façon ou d'une autre, quand il leur tendait la perche. Mais pas Carole. Elle s'était comportée de façon strictement professionnelle les deux fois où ils s'étaient rencontrés, alors qu'elle s'était montrée plutôt chaleureuse avec les autres, en particulier les enfants. Il se souvint soudain de la complicité qui existait entre elle et Tygue. Peut-être était-ce lui, l'homme dans sa vie ? Charlie avait un nœud à l'estomac lorsqu'il atteignit le restaurant. Cette femme était une énigme pour lui, et peut-être le serait-elle encore après le dîner. Il n'était pas du tout certain qu'elle se confie à lui. Elle était totalement inaccessible, ce qui, ajouté à sa vive intelligence, la rendait encore plus attirante.

Elle était aux antipodes des femmes qu'il avait l'habitude de courtiser, qui s'habillaient avec élégance, aimaient danser et l'accompagner partout où il les emmenait. Elles jouaient au tennis et faisaient de la voile, mais il s'ennuyait copieusement avec elles. Carole, elle, ne semblait pas s'intéresser le moins du monde à lui, et il avait dû ruser pour qu'elle accepte son invitation. Bref, tout cela était complètement absurde.

Elle arriva cinq minutes après lui et vint le rejoindre à la table que Stella leur avait réservée dans un coin, un peu à l'écart. Elle était souriante et détendue lorsqu'elle poussa la porte du restaurant. Elle portait un jean blanc avec des sandales et un haut de même couleur. Ses cheveux fraîchement lavés et tressés à la hâte étaient encore légèrement humides. Elle ne portait ni maquillage ni vernis à ongles. Un pull bleu pâle était négligemment jeté sur ses épaules et, en la voyant ainsi, il songea qu'elle aurait été parfaite sur le *Blue Moon*. Elle avait une silhouette élancée de sportive et des yeux bleus assortis à son chandail. Elle avait tout à fait l'allure d'un mannequin Ralph Lauren, et elle aurait sans doute bondi s'il le lui avait dit, car elle devait davantage s'identifier à Che Guevara qu'à une gravure de mode. Dès qu'elle aperçut Charlie, elle lui fit un grand sourire.

— Je suis en retard, désolée, s'excusa-t-elle en s'asseyant, tandis qu'il se levait pour lui dire bonsoir.

Les cinq minutes qu'il avait passées à l'attendre lui avaient permis de se préparer mentalement. Il n'avait pas encore commandé de vin, préférant attendre qu'elle soit là pour décider de ce qu'ils allaient manger et boire.

— Mais non, mais non, de toute façon je n'avais pas remarqué, puisque, comme vous le savez, je n'ai plus de montre. J'ai décidé de mettre les vingt-cinq dollars qu'elle m'a rapportés dans ce dîner, dit-il en souriant.

Elle rit, songeant qu'il avait de l'humour.

Elle n'avait pas jugé utile de s'embarrasser d'un sac à main et avait tout simplement glissé sa clé dans sa poche. De plus, elle n'avait pas eu besoin d'emporter de quoi se refaire une beauté, puisqu'elle ne se maquillait pas et n'allait sûrement pas se mettre en frais pour lui.

— Et comment s'est passée la journée ? s'enquit-il.

— Trépidante, pour ne pas changer. Et vous ?

C'était la première fois depuis longtemps qu'une femme lui posait la question.

— Bien. Je l'ai passée à la fondation. Nous sommes en train d'évaluer l'enveloppe que nous consacrerons à l'aide internationale. Nous avons reçu d'excellents projets de pays en voie de développement. Le problème, c'est qu'ils ont beaucoup de mal à mettre les choses en route, une fois qu'ils ont reçu l'argent. Je me suis entretenu avec Jimmy Carter au téléphone, à ce sujet. Sa fondation fait un travail formidable en Afrique et il m'a donné quelques tuyaux pour circonvenir la bureaucratie.

— C'est encourageant, dit-elle en lui souriant. De tels projets me donnent l'impression que le nôtre est ridiculement petit. Notre rayon d'action ne s'étend pas au-delà du quartier. C'est triste, dans un sens.

Elle se renversa sur sa chaise en soupirant.

— Triste ? Non. Vous faites un travail extraordinaire, sans quoi nous ne vous aurions jamais accordé un million de dollars.

— Quel est le montant de l'enveloppe annuelle que vous consacrez aux œuvres caritatives ? demanda-t-elle, sa curiosité piquée au vif.

Sa fondation était très respectée des cercles philanthropiques, mais elle ne savait rien le concernant.

— Environ dix millions. Avec vous, nous sommes passés à onze. Mais le jeu en vaut la chandelle.

Il lui sourit et lui présenta la carte.

— Vous devez avoir l'estomac dans les talons, si vous n'avez rien mangé d'autre qu'une banane, à midi.

Il s'était souvenu de ce qu'elle lui avait dit. Tous deux choisirent des gnocchis, la spécialité de Stella. Ce soir-là, ils étaient accommodés d'une sauce à la tomate et au basilic, le plat idéal par cette chaude soirée d'été indien. Il commanda une bouteille de vin blanc, dont Carole prit une gorgée dès qu'il fut servi.

La cuisine était aussi exquise qu'il le lui avait affirmé et, jusqu'au dessert, ils parlèrent de ses projets. Elle avait de grands rêves et beaucoup de pain sur la planche si elle voulait les réaliser. Mais, après tout ce qu'elle avait accompli jusqu'ici, il était certain qu'elle finirait par y arriver. Surtout si elle était soutenue par une fondation comme la sienne. Il lui affirma que les autres fondations ne pouvaient qu'être emballées par son travail et qu'elle n'aurait aucun mal à obtenir des subventions l'année suivante, que ce soit auprès de lui ou des autres. Il était vraiment très impressionné par ce qu'elle faisait et par tous ses projets d'avenir.

— Vous avez de grandes idées, Carole. Vous allez réussir à changer le monde.

Il était sincère et croyait en elle à deux cents pour cent. C'était une jeune femme hors du commun. À trente-quatre ans, elle avait accompli bien plus que certains dans toute une vie. Et tout cela par elle-même. Le centre était ce qu'elle avait de plus cher, et une fois de plus, il eut envie d'en savoir davantage sur elle.

— Et vous ? À quoi passez-vous votre temps libre ? Je plaisante, naturellement, puisque vous n'avez même pas le temps de déjeuner. Trouvez-vous seulement celui de dormir ?

— À peine. Dormir me semble une perte de temps, répondit-elle en riant. Je ne fais rien d'autre que travailler, avec les enfants ou les groupes de soutien. Je passe presque tous mes week-ends au centre, même si, officiellement, je ne suis pas censée travailler. Mais le fait d'être sur place et de pouvoir intervenir en cas de besoin me tranquillise.

— C'est exactement comme moi avec la fondation, concéda-t-il. Mais vous devez tout de même penser à vous ménager quelques plages de temps libre et à vous distraire. Vous avez des passe-temps ?

— Mon passe-temps, c'est le travail. Je n'ai jamais été aussi heureuse que depuis que j'ai ouvert le centre. Je n'ai besoin de rien d'autre.

Elle était sincère et il en fut contrarié. Quelque chose clochait. Il n'y avait tout de même pas que le travail dans la vie.

— Pas d'homme, pas d'enfants, pas de projets de mariage ? C'est inhabituel à votre âge.

Il savait qu'elle avait trente-quatre ans et qu'elle était allée à Princeton et à Columbia, mais n'avait rien appris de plus pendant le dîner. Ils n'avaient fait que parler du centre et de la fondation. Son travail et le sien. Leurs missions respectives.

— Non. Pas d'homme. Pas d'enfants. Pas de projets de mariage. Je les ai éliminés de ma vie, il y a plusieurs années déjà. Et je m'en trouve très bien.

— Comment cela ?

Il était légèrement insistant, mais elle n'eut pas l'air de s'en formaliser. Il savait que, de toute façon, elle ne répondrait à ses questions que si elle en avait envie.

— Les enfants du centre sont mes enfants, confia-t-elle le plus tranquillement du monde.

— C'est ce que vous dites aujourd'hui, mais il se peut qu'un jour vous le regrettiez. Les femmes sont désavantagées, de ce point de vue. Elles doivent prendre certaines décisions à un certain âge. Un homme peut avoir des enfants à soixante ans et même plus, s'il le veut.

— Dans ce cas, j'en adopterai peut-être, quand j'aurai quatre-vingts ans.

Elle lui sourit, et pour la première fois il sentit qu'elle avait dû vivre une tragédie. Il connaissait bien les femmes et devinait qu'elle avait vécu des moments difficiles. Il ignorait pourquoi et comment, mais il en était certain. Elle était trop sûre d'elle, trop ferme dans ses décisions. Seul quelqu'un ayant eu le cœur brisé pouvait se montrer aussi sûr de soi et déterminé. Il était bien placé pour le savoir.

— Je n'y crois pas, Carole, rétorqua-t-il doucement.

Il ne voulait pas lui faire peur ni la voir se fermer à nouveau complètement.

— Vous aimez les enfants. Et je suis sûr qu'il y a un homme quelque part qui vous attend.

Rien de ce qu'elle lui avait dit ne laissait supposer qu'elle était homosexuelle, même s'il pouvait se tromper. Elle lui faisait plutôt l'effet de quelqu'un de renfermé.

— Non. Personne, répondit-elle simplement. Je n'en ai ni le temps ni l'envie. J'ai déjà donné, merci. Je vis seule depuis quatre ans.

Il fit un rapide calcul. Cela signifiait un an avant l'ouverture du centre. Etait-ce à la suite d'une déception amoureuse qu'elle avait pris une nouvelle direction et choisi de panser ses blessures en soignant celles des autres ?

— C'est long, pour quelqu'un de votre âge, dit-il doucement.

Elle lui sourit.

— À vous entendre, on dirait que j'ai vingt ans. J'en ai trente-quatre. Et cela me semble un âge canonique.

Il rit.

— Qu'est-ce que je devrais dire alors, moi qui en ai quarante-six !

— Effectivement.

Elle saisit l'occasion de détourner la conversation, pour ne plus être au centre de la discussion.

— Mais, vous non plus, vous n'êtes pas marié et n'avez pas d'enfants. Où est le problème ? Votre horloge biologique se serait-elle arrêtée ?

Bien que faisant beaucoup plus jeune que son âge, Charlie ressentait malgré tout le poids des ans. Depuis quelque temps, il avait l'impression d'avoir pris un coup de vieux. Mais du moins était-il bien conservé. Tout comme elle, on lui aurait facilement donné dix ans de moins. D'ailleurs, ils formaient un beau couple. Ils se ressemblaient beaucoup et auraient pu passer pour frère et sœur. C'est ce qui l'avait frappé la première fois qu'il l'avait vue : sa ressemblance avec sa sœur et sa mère.

— Mon horloge biologique ne s'est pas arrêtée, concéda-t-il. Simplement, je n'ai jamais rencontré la femme faite pour moi. Mais j'espère la trouver un jour.

— Faux ! rétorqua-t-elle en le regardant droit dans les yeux. Les hommes qui restent célibataires prétendent tous que c'est parce qu'ils n'ont jamais rencontré la femme idéale. Si, à quarante-six ans, vous n'avez pas trouvé la femme qui vous correspondait, c'est que vous n'avez pas vraiment voulu. Car ce ne sont pas les femmes qui manquent. C'est une mauvaise excuse. Cherchez-en une autre, affirma-t-elle le plus naturellement du monde en prenant une gorgée de vin sous les yeux stupéfaits de Charlie.

Elle avait mis le doigt là où le bât blessait, et le pire était qu'il savait qu'elle avait raison.

— D'accord, c'est vrai. Il y en a plusieurs qui auraient pu convenir, si j'avais accepté de faire quelques concessions. Mais je recherche la perfection.

— Et vous ne la trouverez jamais. Personne n'est parfait et vous le savez très bien. Alors, quel est votre problème ?

— J'ai peur, avoua-t-il franchement pour la première fois de sa vie.

Il fut si étonné de cet aveu qu'il faillit en tomber à la renverse.

— Ah, voilà qui est mieux. Mais pour quelle raison ?

Elle était habile à poser des questions, même s'il ne s'en rendit pas compte tout de suite. Elle avait l'habitude de fouiller les cœurs et les âmes. C'était son métier. Il sentit qu'elle ne cherchait nullement à le blesser et qu'il était en sécurité.

— Mes parents sont morts quand j'avais seize ans. C'est ma sœur aînée qui m'a élevé, puis elle est morte à son tour d'une tumeur au cerveau, quand j'avais vingt et un ans. Et voilà. Plus de famille. Je suppose que, depuis lors, je vis dans la hantise de voir disparaître ceux que j'aime. Résultat, je préfère partir le premier.

— C'est logique, observa-t-elle doucement.

Elle le regarda quelques instants en silence. Elle savait qu'il lui avait dit la vérité.

— Eh oui, les gens meurent, partent, disparaissent. Parfois prématurément. Mais si vous partez le premier, vous êtes sûr de rester seul. Ça vous est égal ?

— Plus maintenant.

Et le fait est que, depuis quelque temps, il voyait les choses différemment, même s'il répugnait à l'admettre.

— Quand on a peur de la vie, elle vous le fait payer cher, murmura-t-elle avant d'ajouter : Vous avez peur d'aimer. Remarquez, je ne suis pas très douée, moi non plus.

Elle avait décidé d'être franche avec lui, tout comme il l'avait été avec elle. En quelques mots, elle lui raconta son histoire, qu'elle gardait pour elle depuis des années.

— Je me suis mariée à vingt-quatre ans, avec un ami de mon père, le président d'une grosse firme, un homme brillant. Un chercheur qui avait fondé un complexe pharmaceutique. Mais il était complètement ravagé. Et il avait vingt ans de plus que moi. C'était – c'est toujours – un homme extraordinaire, mais narcissique, alcoolique, sadique, violent. Ce furent les six années les pires de ma vie. C'était un fou, mais tous me disaient que j'avais de la chance de l'avoir pour mari, parce que personne ne savait à quoi ressemblait notre vie de couple. J'ai eu un accident de voiture, un acte manqué, probablement. Je voulais mourir. Il ne cessait de me torturer, et si je le quittais, ne serait-ce que pour un jour ou deux, il s'arrangeait pour me faire revenir à la maison par la force ou la séduction. Les maris abusifs ne perdent jamais leur proie de vue. Mais mon accident m'a remis les idées en place. Je ne suis plus jamais retournée vivre à la maison. Je me suis cachée en Californie pendant un an. Là-bas, j'ai rencontré des gens formidables et j'ai compris ce que je voulais faire de ma vie. Lorsque je suis revenue vivre à New York, j'ai ouvert le centre et, depuis lors, j'ai tiré un trait sur mon passé.

— Que lui est-il arrivé ? Où est-il aujourd'hui ?

— Il est toujours là, en train de torturer une autre victime. Il a cinquante ans passés et il a épousé une jeune fille de bonne famille, l'année dernière. Je la plains. C'est un homme qui peut être aussi charmant qu'odieux. Il lui arrive de m'appeler, de temps à autre. Il m'a même écrit une lettre pour me dire qu'elle ne comptait pas pour lui, que c'était moi qu'il aimait. Je ne lui ai jamais répondu et ne lui répondrai jamais. Je prends soin de filtrer les appels. J'ai tourné la page et je n'ai aucune envie que cela recommence. Je suis quelqu'un qui fuit toute relation affective, dit-elle en souriant. Et je n'ai pas l'intention de changer. Plus jamais on ne me battra. Je n'ai rien vu arriver. Et personne ne pouvait s'en douter. Aux yeux de tous, c'était un homme beau, charmant et riche, issu d'une vieille famille. Et longtemps ma propre famille a cru que j'étais folle. Sans doute mes parents continuent-ils de le penser, même s'ils sont trop bien élevés pour me le dire en face. Ils pensent que je suis bizarre. Mais je suis en vie, et en bonne santé psychologiquement, ce qui n'était pas le cas le jour où j'ai embouti un camion sur l'autoroute. Croyez-moi, emboutir un camion m'a semblé infiniment moins douloureux et dangereux que ma vie à ses côtés. Il est totalement désaxé. Maintenant vous comprenez pourquoi j'ai fait une croix sur ma vie privée, de même que sur les escarpins, le maquillage, les petites robes de cocktail et les bagues de fiançailles. La bonne nouvelle, c'est que je n'ai pas eu d'enfants avec lui. J'en aurais probablement eu, si nous étions restés ensemble. Et maintenant, au lieu d'en avoir un ou deux, j'en ai quarante, et Gabby et Zorro. Et je suis infiniment plus heureuse que je ne l'ai jamais été.

Elle leva vers lui des yeux voilés par la tristesse. Elle avait connu l'enfer et s'en était sortie. C'était la raison pour laquelle elle se dévouait corps et âme aux enfants dont elle avait la charge. Elle avait eu une expérience similaire à la leur, quoique à un autre niveau. Il avait eu la chair de poule en l'écoutant raconter son histoire. Elle avait vécu un cauchemar et avait fini par se réveiller, même s'il lui avait fallu six ans pour cela. Charlie n'osait pas imaginer ce qu'elle avait enduré pendant toutes ces années. Il était désolé pour elle, mais en même temps il se disait qu'elle avait survécu, et qu'elle faisait un travail formidable. À l'heure qu'il était, elle aurait pu être bourrée de calmants, ou complètement ivre, ou même morte, alors qu'elle avait reconstruit sa vie, même si c'était au prix de grands sacrifices.

— Je suis navré, Carole. J'imagine que nous devons tous porter notre croix à un moment ou à un autre. La vie consiste ensuite à ramasser les morceaux et à les recoller.

Il était conscient de n'avoir jamais réussi à les recoller complètement.

— Vous non plus n'avez pas eu la vie facile. Perdre toute sa famille si jeune, c'est un coup terrible. On ne s'en remet jamais totalement. Ce qu'il faut, c'est ne pas perdre espoir. Je vous le souhaite, en tout cas, dit-elle doucement.

— Et moi aussi, je vous le souhaite, murmura-t-il en la regardant dans les yeux.

— J'aime la vie que je mène aujourd'hui. Simple, sans histoire, facile, répondit-elle en souriant.

— Et solitaire, acheva-t-il abruptement. Ne me dites pas le contraire. Je suis seul, moi aussi. Quand on choisit la solitude, personne ne peut vous faire de mal, mais le prix à payer est élevé. Vous n'avez pas de bosses ou de bleus visibles, mais quand vous rentrez chez vous le soir, vous n'entendez que le silence, et la maison est plongée dans le noir. Personne ne vous demande jamais comment vous allez. Et d'ailleurs, tout le monde s'en fiche, sauf les amis, naturellement. Mais les amis ne sont pas tout.

— Non, certes, reconnut-elle. Mais entre deux maux, il faut choisir le moindre.

— Peut-être qu'un jour, le silence vous semblera le pire. Cela m'arrive par moments.

En particulier ces temps-ci. Et le temps ne jouait pas en sa faveur. Ni en celle de Carole.

— Et que faites-vous pour y remédier ? s'enquit-elle, intriguée.

— Je choisis la fuite en avant. Je sors. Je voyage. Je vois des amis. Je vais à des soirées. J'invite des femmes à dîner. Il y a mille manières de combler ce vide, mais aucune n'est vraiment efficace, car où qu'on aille dans le monde, on trimballe ses fantômes avec soi.

Jamais il ne s'était confié avec autant de sincérité à quelqu'un, à part son psy. Mais il en avait assez de mentir et de faire comme si tout allait bien.

— Oui, je sais, dit-elle tout bas. Moi, je travaille jusqu'à tomber d'épuisement, en me disant que je le fais pour les enfants. Mais je sais bien que je le fais aussi pour moi. Et quand il me reste un peu de temps libre, je vais nager, jouer au squash ou faire de la gym.

— En tout cas, vous avez la ligne, constata-t-il en lui souriant. Nous sommes deux éclopés de la vie, en somme, qui échangeons nos recettes pour nous en sortir.

— Il y a pire que nous.

Elle le regarda avec attention, en se demandant pourquoi il l'avait invitée au restaurant. Elle n'était plus du tout certaine que ce soit pour discuter de ses projets.

— Soyons amis, lui dit-elle, désireuse de fixer les règles et les limites.

Il la considéra un long moment en silence avant de répondre. Il avait décidé d'être honnête avec elle.

— Je ne peux pas prendre un tel engagement, répondit-il tandis que leurs yeux du même bleu se rencontraient et se fixaient. Je n'ai pas l'habitude de faire des promesses que je ne peux pas tenir.

— Je ne dînerai plus jamais avec vous si vous refusez que nous ne soyons qu'amis.

— Dans ce cas, je vous emmènerai déjeuner. Je vous apporterai des bananes, ou bien nous irons chez Sally manger des travers de porc. Je ne suis pas en train de vous dire que nous ne pourrons pas être amis. Mais je pense que vous méritez mieux que cela. Vous savez, même les célibataires les plus endurcis ont des coups de cœur, parfois.

— C'était donc cela ?

Elle eut l'air stupéfaite. À aucun moment l'idée ne l'avait effleurée qu'il l'avait invitée pour autre chose que pour parler de la fondation. Mais maintenant qu'elle le connaissait un peu mieux, elle le trouvait sympathique et avait envie de le revoir.

— Je ne sais pas, confia-t-il vaguement, refusant de lui avouer qu'il lui avait menti et qu'il avait rusé pour qu'elle accepte de dîner avec lui.

Car, comme le disait Adam, quand il est question de sexe, tous les coups sont permis. Ou quelque chose dans ce genre. Et même s'il n'était pas question de sexe entre eux, du moins pas avant longtemps et peut-être même jamais, la soirée avait été agréable et instructive.

— Je ne sais pas. Tout ce que je peux vous dire, c'est que nous partageons les mêmes centres d'intérêt et que nous apprenons à nous connaître. Mais, la prochaine fois, j'aimerais que le dîner soit plus romantique.

Son aveu la contraria et elle resta sans voix. Elle avait envie de prendre ses jambes à son cou. Puis elle posa sur lui un regard angoissé.

— C'est impossible, affirma-t-elle.

— Hier, ça l'était, mais plus aujourd'hui, répliqua-t-il. Prenez le temps d'y réfléchir et décidez. Rien ne presse, de toute façon. Il n'est question que de dîner ensemble, pas de subir une opération à cœur ouvert.

Ses paroles étaient rassurantes, même pour elle.

— Et lequel de nous deux va claquer la porte le premier, d'après vous ?

— On peut tirer au sort. Mais je vous préviens, je ne suis plus aussi rapide que je l'ai été et il se peut que vous me battiez.

— Seriez-vous en train de vous servir de moi pour vous prouver que toutes les femmes vous quittent tôt ou tard, Charlie ? Ne comptez pas sur moi pour me prêter à ce petit jeu.

Il sourit.

— Je vais m'efforcer de ne pas le faire. Mais je ne peux rien vous promettre. Pour l'instant, il n'est question que d'une invitation à dîner, pas d'un engagement pour la vie.

Ou tout au moins, pas pour l'instant, se dit-il comme pour se mettre en garde. Car tout pouvait arriver, même si, dans l'immédiat, il n'aspirait à rien d'autre qu'à passer du temps en sa compagnie.

— Si c'est la femme idéale que vous recherchez, dîner en tête à tête avec une célibataire convaincue n'est peut-être pas la bonne solution.

— Peut-être pas, en effet. Je ne vous demande pas de jouer les psys, Carole. De ce côté-là, j'ai ce qu'il me faut. Juste d'être mon amie.

— Mais c'est déjà fait.

Ni l'un ni l'autre ne savaient ce que leur réservait l'avenir, mais c'était sans importance. Tout pouvait arriver, dès l'instant qu'elle était consentante.

Il régla l'addition, puis la raccompagna jusque chez elle. Il fut surpris de constater qu'elle vivait dans une élégante petite maison particulière. Elle ne l'invita pas à entrer, mais il ne s'attendait pas à ce qu'elle le fasse. Finalement, les choses s'étaient plutôt mieux passées que prévu.

Elle lui dit qu'elle habitait dans un studio situé sur l'arrière, qu'elle louait aux propriétaires de la maison. Elle ajouta que le loyer était ridiculement bas et qu'elle avait eu beaucoup de chance. Il se demanda si elle avait obtenu une pension alimentaire après son divorce, car elle avait dit que son mari était riche. Il le lui souhaitait, en tout cas, après tout ce qu'elle avait enduré.

— Merci pour le dîner, dit-elle gentiment, avant d'ajouter d'une voix ferme : Le dîner d'affaires.

— Oui, vous faites bien de me le rappeler, approuva-t-il en posant sur elle un regard espiègle.

Il portait une chemise bleue sans cravate, avec un jean et un pull de la même couleur que le sien, et était pieds nus dans des mocassins en crocodile. Tous deux étaient très beaux.

— Que diriez-vous d'un dîner, la semaine prochaine ?

— Je vais y réfléchir, dit-elle en glissant sa clé dans la serrure de la porte d'entrée, avant de disparaître.

— Bonsoir, murmura-t-il pour lui-même avec un petit sourire.

Puis il remonta la rue, songeur, en pensant à elle et à tout ce qu'ils s'étaient dit. Il ne se retourna pas et ne vit donc pas qu'elle l'observait depuis la fenêtre du premier étage. Elle se demandait à quoi il pensait. Charlie était heureux. Carole avait peur.

12

Deux jours après le dîner de Charlie avec Carole, Adam se rendit chez ses parents à Long Island, au volant de sa nouvelle Ferrari. Il savait qu'il allait en prendre pour son grade. Il leur avait promis d'être là pour les fêtes, comme chaque année, mais une des stars dont il s'occupait l'avait appelé, paniquée, au dernier moment. Sa femme s'était fait prendre en train de voler à l'étalage et son fils de seize ans avait reconnu faire du trafic de cocaïne. Yom Kippour ou pas, le quart arrière de l'équipe de football du Minnesota avait besoin de lui et se fichait comme d'une guigne de ses obligations religieuses ou familiales.

Adam avait obtenu que le gamin soit placé le matin même au centre de désintoxication d'Hazelden et, par chance, il connaissait le juge chargé de l'affaire de vol à l'étalage. Il avait négocié une peine de cent heures de travaux d'utilité publique pour l'épouse et la promesse de ne rien révéler à la presse. Son client, profondément reconnaissant, lui avait dit qu'il lui avait sauvé la vie et l'avait remercié du fond du cœur. Et maintenant, à dix-huit heures trente, Adam était en route pour Long Island. Il lui fallait une heure pour se rendre chez ses parents et il avait raté la cérémonie à la synagogue. Mais au moins arriverait-il à temps pour le dîner. Il savait que sa mère allait faire la tête et il s'en voulait. C'était le seul jour de l'année où il aimait se rendre à la synagogue, pour se faire pardonner ses péchés et honorer les morts. Le reste du temps, la religion ne comptait guère pour lui. Mais il aimait les grandes fêtes et se félicitait que Rachel élevât ses enfants dans la tradition. Jacob avait fait sa bar-mitsva l'été précédent, et Adam avait eu les larmes aux yeux quand son fils avait lu un extrait de la Torah en hébreu. Son cœur s'était gonflé d'orgueil et il s'était souvenu que son propre père avait pleuré, lui aussi, lors de la cérémonie qui avait marqué son entrée dans l'âge adulte.

Mais ce soir, il savait que l'humeur serait tout autre. Sa mère serait furieuse qu'il ne soit pas arrivé à temps pour le service religieux. Elle se moquait éperdument qu'il doive gérer les crises de ses clients. Depuis qu'il avait divorcé, son fils cadet était tombé en disgrâce. Elle avait continué à voir Rachel et était plus proche d'elle qu'elle ne l'avait jamais été de lui. Et il avait le sentiment qu'elle la préférait à lui.

Lorsqu'il arriva, Adam les trouva tous réunis dans le salon, de retour de la synagogue. Il avait mis une cravate et un costume bleu marine très chic, une chemise blanche faite sur mesure et des chaussures impeccables. N'importe quelle autre mère aurait fondu en le voyant. Il était beau et bien bâti, avec quelque chose de racé. Une fois, quand il était plus jeune et qu'elle était dans un de ses bons jours, elle lui avait dit qu'il ressemblait à un soldat israélien, laissant entendre ainsi qu'elle était fière de lui. Mais ce temps était révolu. Aujourd'hui, tout ce qu'elle trouvait à lui dire était qu'il avait vendu son âme au diable et qu'il menait une vie de débauché. Quoi qu'il fasse, c'était mal. Elle critiquait les femmes qu'il fréquentait, les gens qu'il défendait, ses déplacements à Las Vegas pour assister aux matchs de boxe ou aux concerts de ses clients. Même Charlie et Gray ne trouvaient pas grâce à ses yeux. C'étaient, disait-elle, une paire de losers qui resteraient célibataires jusqu'à la fin de leurs jours et qui ne fréquentaient que des femmes aux mœurs dissolues. Et chaque fois qu'elle voyait Adam en compagnie d'une femme dans un magazine à scandale à l'arrière-plan d'une photo de star, elle l'appelait pour le traiter de dévergondé. Il savait que ce soir, il allait, une fois de plus, avoir droit à la soupe à la grimace.

À ses yeux, manquer le service de Yom Kippour était gravissime. Sans compter qu'il avait également eu un empêchement le jour de Roch ha-Shana. Il avait été retenu à Atlantic City, où un chanteur qu'il représentait était monté sur scène en état d'ébriété et s'était effondré pendant le concert. Ses clients se moquaient des fêtes juives, mais pas sa mère. Son visage était de marbre lorsqu'il entra dans le salon. Il était tellement stressé et angoissé qu'il était livide. Dès qu'il mettait les pieds chez ses parents, il avait l'impression de retomber en enfance – une enfance dont il ne gardait pas de bons souvenirs. Depuis tout petit, ses parents le traitaient en intrus, lui laissant entendre qu'il les avait déçus.

— Salut, maman. Désolé d'être en retard, dit-il en s'approchant de sa mère et en se penchant pour l'embrasser.

Mais elle détourna la tête. Son père, assis sur le canapé, gardait les yeux baissés sur ses chaussures. Bien qu'il l'ait entendu entrer, il n'avait pas relevé la tête. Adam déposa un baiser sur la tête de sa mère et se redressa.

— Je vous prie de m'excuser. J'ai eu un empêchement. Une urgence avec un de mes clients. Son fils est dealer et sa femme a failli aller en prison.

Mais ses excuses laissèrent sa mère de glace, pire même, elles ne firent qu'apporter de l'eau à son moulin.

— Je vois que tu défends des gens on ne peut plus recommandables, dit-elle d'une voix tranchante comme un couperet. Tu dois être fier de toi.

Adam vit sa sœur et son beau-frère échanger un coup d'œil en biais, tandis que son frère détournait la tête avec une moue dédaigneuse. Il sentit qu'après cette soirée il aurait des brûlures d'estomac pendant plusieurs jours.

— Il faut bien gagner sa vie, répondit-il d'une voix qui se voulait dégagée en se dirigeant vers le bar pour se servir une vodka bien tassée avec de la glace.

— Tu ne peux pas attendre que nous passions à table pour commencer à boire ? Non seulement tu n'es pas fichu d'être à la synagogue le jour de Yom Kippour ou de saluer convenablement ta famille, mais tu te mets déjà à boire ? Un jour, tu finiras chez les Alcooliques Anonymes, Adam.

Que pouvait-il dire pour sa défense ? S'il avait été avec Charlie ou Gray, il aurait pu répondre par un trait d'esprit, mais ici, dans sa famille, la plaisanterie n'était pas de mise. Ils étaient assis, comme des statues de marbre, en attendant que Mae, la bonne, leur annonce que le dîner était servi. Mae était une Afro-Américaine qui était à leur service depuis trente ans, à la surprise d'Adam qui se demandait comment elle avait réussi à tenir aussi longtemps. Sa mère l'appelait la *Schwartze*, même en sa présence, alors que Mae comprenait parfaitement le yiddish. C'était la seule personne qu'Adam était heureux de voir quand il venait chez ses parents. Sa mère avait coutume de dire d'un ton plein de dédain que « Mae » n'était pas un nom.

— Comment s'est passée la cérémonie ? s'enquit-il pour essayer de lancer la conversation, tandis que sa sœur Sharon s'entretenait à voix basse avec sa belle-sœur Barbara, et que son frère Ben parlait golf avec Gideon, leur beau-frère, que personne n'aimait.

Dans cette famille, si vous n'étiez pas exactement comme on voulait que vous soyez, vous n'étiez rien. Ben était médecin, mais Gideon n'était que courtier en assurances. Qu'Adam soit sorti de l'université de droit de Harvard avec les félicitations du jury n'avait aucune importance aux yeux de sa mère, dès l'instant qu'il s'était fait plaquer par sa femme. S'il avait été un type bien, jamais une fille comme Rachel n'aurait demandé le divorce. Et maintenant, il fallait voir le genre de filles avec qui il traînait. Les reproches, toujours les mêmes, n'arrêtaient pas de pleuvoir. Il savait qu'à ce jeu-là il serait toujours perdant, mais malgré cela, il ne pouvait s'empêcher de tenter sa chance.

Mae entra enfin pour annoncer que le dîner était servi, et tous passèrent dans la salle à manger, où chacun prit sa place habituelle autour de la table. La mère d'Adam siégeait à un bout, son père à l'autre. Les enfants, qui n'étaient pas admis à dîner avec les grands, prenaient leur repas à la cuisine. Jusque-là, ils étaient restés dans le jardin, où ils avaient joué au basket et probablement fumé quelques cigarettes en cachette, et Adam n'avait pas encore vu les siens. En revanche, sa mère pouvait les voir chaque fois qu'elle en avait envie, puisqu'elle était en bons termes avec Rachel. Adam était assis entre son père et sa sœur. Il avait toujours droit au pied de la table, comme s'il avait été de trop et qu'on avait ajouté un couvert pour lui à la dernière minute. Ce n'était pas grave, au fond, mais il sentait bien que, depuis quelque temps, il n'avait plus sa place au sein de sa famille. En fait, depuis son divorce et sa promotion en tant que principal associé de son cabinet, on le traitait en paria. Pour sa mère, il était source de honte et de déception, et sa brillante réussite sociale n'y changeait rien. On le considérait comme un étranger et il avait hâte que le dîner s'achève pour pouvoir rentrer chez lui. Car ici, où tous lui battaient froid, il avait l'impression d'être un étranger.

— Eh bien, où étais-tu passé ces derniers temps ? lui demanda sa mère dès qu'il y eut un moment de silence, afin que chacun puisse l'entendre énumérer tous les lieux de débauche, grouillant de prostituées et de drogués, où il avait mis les pieds.

Comme il connaissait sa tactique par cœur et voulait éviter les chausse-trappes, il lui fit une réponse vague, avant de lui rappeler qu'il avait passé le mois d'août en Italie et en France. Il était inutile de lui parler d'Atlantic City, où il venait de se rendre en urgence pour résoudre encore un problème. Heureusement, comme elle ne s'attendait pas à ce qu'il soit là pour Roch ha-Shana, elle ne lui avait pas demandé où il était à ce moment-là. Il ne faisait l'effort de se joindre à sa famille que pour Yom Kippour. Il lança un coup d'œil furtif à sa sœur, qui lui répondit par un sourire. L'espace d'un court instant, il eut une hallucination et vit ses cheveux parsemés de mèches blanches se dresser sur sa tête et des crocs lui sortir de la bouche. Il l'avait toujours secrètement comparée à la fiancée de Frankenstein. Elle avait deux enfants qu'il voyait rarement et qui ressemblaient en tous points à leur mère et à Gideon. Il allait aux bar-mitsva des garçons et aux bat-mitsva des filles, mais à part ça, il ne les voyait jamais. Ses neveux et ses nièces lui étaient totalement étrangers, ainsi qu'il l'avait expliqué à Charlie et Gray, et c'était aussi bien ainsi. Il pensait que tous les membres de sa famille étaient des monstres, et c'était réciproque.

— Comment se sont passées vos vacances à Lake Mohonk ? demanda-t-il à sa mère.

Il ne comprenait pas pourquoi ses parents continuaient d'aller là-bas. En quarante ans, son père avait amassé une véritable fortune en jouant à la Bourse, et ils auraient pu s'offrir des vacances de rêve n'importe où dans le monde. Mais sa mère aimait faire comme s'ils étaient pauvres. Et comme elle détestait prendre l'avion, ils n'allaient jamais très loin.

— Très bien, dit-elle tout en réfléchissant à une remarque blessante.

Elle profitait généralement de ce qu'il disait pour le rabrouer, de sorte qu'il s'efforçait de circonvenir ses questions. Elle n'avait pour pâture que ce qu'elle lisait dans les magazines ou ce qu'elle voyait à la télévision. Elle lui envoyait des coupures de journaux particulièrement dévalorisantes, des photos sur lesquelles on le voyait en compagnie d'un de ses clients, menottes aux poignets en route pour la prison, avec des commentaires du style : « Au cas où cela t'aurait échappé… » Et quand les clichés étaient particulièrement nauséabonds, elle les lui expédiait en trois exemplaires, chacun dans une enveloppe séparée, avec un petit mot qui commençait toujours par : « Au fait, j'avais oublié de t'envoyer ceci… »

— Et toi, papa, comment vas-tu ? demanda Adam, histoire de dire quelque chose.

La réponse qu'il obtenait était chaque fois la même. Enfant, il avait toujours pensé que son père avait été enlevé par des extraterrestres et remplacé par un robot. Le robot en question souffrait d'un défaut de fabrication qui l'empêchait de s'exprimer correctement. Il était doté de la parole mais, pour le mettre en marche, il fallait le matraquer de questions, après quoi on réalisait que les piles étaient usées. Son père gardait toujours les yeux baissés sur son assiette et répondait « on fait aller », puis recommençait à manger. Se retrancher dans son for intérieur et ne jamais prendre part à la conversation était la seule façon qu'il avait trouvée pour survivre à cinquante-sept ans de mariage avec sa mère. Ben, le frère aîné d'Adam, allait fêter ses cinquante-cinq ans cet hiver, Sharon venait de souffler ses cinquante bougies, et Adam était né neuf ans plus tard, par accident. Et à ce titre, il ne méritait pas qu'on s'intéresse à lui ou qu'on lui adresse la parole, sauf pour le rabrouer.

Il n'avait pas souvenir que sa mère lui ait jamais dit qu'elle l'aimait, ni qu'elle ait eu une seule parole affectueuse à son égard. Il avait été, dès le départ, une épine dans le pied de ses parents. Finalement, il était heureux lorsqu'ils l'ignoraient, car le plus souvent ils l'accablaient de reproches, le dénigraient et le battaient. Et sa mère ne s'en était pas privée, aujourd'hui encore, bien qu'il eût quarante ans passés, elle continuait de le rabaisser.

— Eh bien, quelle est ta fiancée, ces temps-ci ? lui demanda sa mère au moment où Mae entrait avec la salade.

Elle lui en voulait de n'être pas allé à la synagogue et estimait sans doute qu'il était de son devoir de le fustiger, raison pour laquelle elle avait déjà sorti l'artillerie lourde. En général, elle attendait le dessert et le café. Il avait depuis longtemps compris qu'avec elle il n'y avait aucune bonne réponse et que lui dire la vérité, quelle que soit la question, n'aurait fait qu'aggraver les choses.

— Personne. J'ai trop de travail pour cela, répondit-il vaguement.

— En effet, conclut sa mère en se dirigeant d'un pas solennel vers la desserte.

Elle était mince et sèche, et en parfaite santé pour une femme de soixante-dix-neuf ans. Son père, à quatre-vingts ans, était encore vigoureux, physiquement tout au moins.

Elle prit un magazine, qui se trouvait sur le buffet, et le fit passer de main en main jusqu'à lui, pour que tout le monde puisse en profiter. Elle ne lui avait pas encore envoyé la photo qui s'y trouvait. Sans doute attendait-elle les fêtes pour la montrer à toute la famille. Le cliché avait été pris pendant le concert de Vana. Une fille se trouvait à ses côtés. La bouche ouverte, les yeux fermés, elle portait un blouson de cuir et un chemisier noir qui contenait à grand-peine son opulente poitrine. Sa jupe était si courte qu'on aurait dit qu'elle n'en portait pas.

— Qui est-ce ? réitéra sa mère sur un ton qui laissait entendre qu'il cherchait à leur cacher quelque chose.

Il observa un moment la photo en silence. Il n'en avait aucun souvenir. Puis, soudain, il se souvint. C'était Maggie. La fille à qui il avait obtenu une place dans les coulisses et qu'il avait ensuite raccompagnée jusqu'à son taudis. Il fut tenté de répondre à sa mère qu'elle n'avait pas à s'en faire, puisqu'il n'avait pas couché avec elle.

— C'est une fille qui se trouvait là au moment du concert, dit-il l'air absent.

— Ce n'était pas ta petite amie ? demanda-t-elle, à la fois soulagée et déçue.

Elle allait devoir trouver un autre angle d'attaque.

— Non, j'y suis allé avec Charlie.

— Qui ça ?

Elle feignait toujours de ne pas se souvenir du nom de ses amis.

— Charles Harrington.

— Ah. Ce *type*. Il doit être gay, j'imagine. Il ne s'est jamais marié.

Cette fois, elle venait de marquer un point. S'il disait qu'il n'était pas gay, elle lui demanderait comment il le savait, laissant ainsi planer un doute sur la nature de leurs relations. Et s'il abondait dans son sens, il lui tendrait les verges pour se faire battre. Aussi décida-t-il de tenir sa langue et fit-il un grand sourire à Mae, qui faisait passer les petits pains. La domestique lui décocha un clin d'œil complice. Depuis toujours, elle était sa seule alliée.

Lorsqu'ils se levèrent enfin de table, Adam avait l'impression d'avoir passé des heures à rôtir en enfer. Le nœud qui lui serrait l'estomac avait la taille d'un poing lorsqu'ils passèrent à nouveau au salon, chacun reprenant exactement la même place qu'avant le dîner. Il jeta un coup d'œil circulaire à la pièce. C'était au-dessus de ses forces. Il s'approcha de sa mère.

— Je suis désolé, maman, mais j'ai une migraine épouvantable. Et comme j'ai de la route à faire, je crois que je ferais mieux d'y aller maintenant.

Il n'avait qu'une envie, fuir au plus vite.

Elle le dévisagea pendant un long moment avec une moue pincée, puis hocha la tête. Il avait reçu la punition qu'il méritait pour n'être pas allé à la synagogue. À présent, il pouvait partir. Il avait rempli son rôle de souffre-douleur, un rôle que sa mère lui avait assigné dès le départ, pour le punir d'être entré dans sa vie à un moment où elle avait décidé de ne plus avoir d'enfants. Pour avoir eu l'outrecuidance de naître et de bousculer ses soirées mondaines et ses parties de bridge, il avait été sévèrement châtié, et l'était encore aujourd'hui. Il n'avait été que source de contrariétés pour elle, et les autres aussi l'avaient pris en grippe. Ben, qui avait quatorze ans quand Adam était né, avait eu honte de voir sa mère à nouveau enceinte. Et Sharon, qui en avait déjà neuf, n'avait pas supporté cette intrusion dans sa vie de petite dernière. Quant à son père, il passait le plus clair de son temps à jouer au golf et à le fuir. Pour se venger, ils s'étaient entièrement déchargés de son éducation en le confiant à une nurse, mais cette punition s'était avérée une bénédiction, car la femme qui l'avait élevé était une personne attentionnée et affectueuse, la seule qu'il ait eu l'occasion de côtoyer durant son enfance. Malheureusement, quand il avait eu dix ans, elle avait été licenciée sans ménagement et sans même pouvoir lui faire ses adieux. Parfois, il se demandait ce qu'elle était devenue. Elle était relativement âgée à l'époque et devait probablement être morte maintenant. Pendant des années, il s'était senti coupable de ne pas avoir cherché à la retrouver.

— Si tu ne buvais pas comme un trou et ne sortais pas avec toutes ces dévergondées, tu n'aurais pas la migraine, répliqua sa mère.

Il ne voyait pas le rapport entre son mal de tête et les filles en question, mais il s'abstint de tout commentaire.

— Merci pour le bon dîner, se contenta-t-il de dire, tout en ne se souvenant déjà plus de ce qu'il avait mangé.

Sans doute du rosbif. Quand il dînait chez ses parents, il était tellement impatient de sortir de table qu'il ne prêtait pas la moindre attention à ce qu'il y avait dans son assiette.

— Pense à appeler de temps en temps, dit-elle sur un ton de reproche.

Il réprima une furieuse envie de lui demander « pour quoi faire ? » et se contenta de hocher la tête. C'était encore une question qui n'avait pas de réponse. Et pourtant, il lui téléphonait chaque semaine religieusement, en priant le ciel pour qu'elle soit sortie. Et quand c'était le cas, il chargeait son père, avec qui il n'échangeait jamais plus de trois mots, de lui dire qu'il avait appelé.

Après avoir dit au revoir à tous, il passa voir Mae à la cuisine, puis il sortit et se glissa au volant de sa Ferrari avec un énorme soupir de soulagement.

— Seigneur ! pesta-t-il tout haut. Je les hais.

Après avoir ainsi exprimé ce qu'il avait sur le cœur, il se détendit un peu et démarra. Dix minutes plus tard, il roulait sur la voie express à une vitesse largement supérieure à celle autorisée, mais commençait à se sentir mieux. Il essaya d'appeler Charlie, ne serait-ce que pour entendre une voix amicale, mais il était sorti, et il lui laissa un message sur son répondeur. Tout en roulant vers New York, il se mit à penser à Maggie. La photo du magazine était hideuse. Elle était beaucoup mieux au naturel. Elle était même très jolie. De fil en aiguille, il se demanda s'il devait la rappeler. Sans doute pas, mais, après la soirée abominable qu'il venait de passer, il ressentait le besoin de faire quelque chose de gratifiant pour son ego. Il connaissait toute une brochette de filles qu'il pouvait appeler et c'est ce qu'il fit, dès qu'il fut chez lui. Mais toutes étaient sorties, comme il fallait s'y attendre un vendredi soir. Tout ce qu'il voulait, c'était un peu de chaleur, quelqu'un avec qui parler, échanger un sourire, un câlin. Ce n'était pas tant de sexe qu'il avait besoin que de quelqu'un qui lui fasse sentir qu'il était un être humain comme les autres. Chaque fois qu'il voyait sa famille, il avait l'impression d'étouffer, d'être dépossédé de sa personnalité, et ensuite il avait besoin de respirer et de revivre.

Adam feuilleta son carnet d'adresses. Il avait passé sept coups de fil, mais était tombé chaque fois sur un répondeur. C'est alors qu'il pensa à Maggie. Elle était sans doute au travail, mais il décida de l'appeler malgré tout, au cas où elle serait chez elle. Il fouilla toutes les poches du blouson qu'il portait le soir du concert et où il avait laissé le papier avec ses coordonnées. Enfin, il le retrouva. Maggie O'Malley. Il composa son numéro. Il savait que c'était ridicule, mais il fallait qu'il parle à quelqu'un. Sa mère l'avait mis hors de lui. Sa sœur était une garce. Il la détestait. Non, même pas. Il ne l'aimait tout simplement pas, pas plus qu'elle ne l'aimait. Elle n'avait rien fait de sa vie, à part se marier et avoir deux enfants. Il aurait aimé parler à Gray ou Charlie, mais Gray était certainement avec Sylvia, et de toute façon il était trop tard pour l'appeler. Quant à Charlie, il lui avait dit qu'il s'absentait pour le week-end. Finalement, il ne restait plus que Maggie. Il sentait la panique l'envahir, comme chaque fois qu'il revenait de chez ses parents et en plus, maintenant, il avait vraiment mal à la tête. Lorsqu'il les voyait, tous les mauvais souvenirs remontaient à la surface. Il laissa passer une dizaine de sonneries sans que personne ne réponde. Puis le répondeur se déclencha, déclinant les noms de plusieurs filles. Il laissa un message à Maggie en indiquant son nom et son numéro, tout en se demandant pourquoi il se donnait cette peine. Comme toutes les autres, Maggie était de sortie. Dès qu'il eut raccroché, il regretta de l'avoir appelée. C'était une parfaite inconnue. Comment aurait-il pu se confier à elle, lui parler des rapports exécrables qu'il entretenait avec sa famille et avec sa mère en particulier ? Elle n'était qu'une petite idiote, à qui il avait payé un verre un soir, faute de mieux. Ce n'était qu'une serveuse. C'est en voyant la photo du magazine, découpée à dessein par sa mère pour l'humilier, qu'il s'était souvenu d'elle. Et dans un sens, il était soulagé qu'elle ne soit pas chez elle. Ils n'avaient même pas couché ensemble et, s'il avait gardé son numéro, c'était uniquement parce qu'il avait oublié de le jeter.

Malgré les admonestations de sa mère sur les dangers de l'alcoolisme et la migraine qui lui martelait les tempes, il se servit un verre avant d'aller se coucher, pour essayer de se remettre du stress de la soirée. Il avait une sainte horreur d'aller chez ses parents. C'était une véritable torture et il lui fallait ensuite plusieurs jours pour s'en remettre. Pourquoi l'invitaient-ils, si c'était pour le traiter en paria ? Au bout d'un moment, il parvint tout de même à se calmer et à s'endormir.

Une heure plus tard, il était profondément endormi, quand le téléphone sonna. Il rêvait que des monstres émettant d'étranges bourdonnements cherchaient à le dévorer vivant, pendant que sa mère le regardait en riant et en lui jetant des magazines à la figure. Il enfouit sa tête sous les couvertures, rêvant qu'il courait en poussant des hurlements pour leur échapper. Brusquement, il réalisa que c'était le téléphone. Il décrocha et, encore à demi assoupi, approcha le combiné de son oreille.

— … lô…

— Adam ?

Il ne reconnut pas la voix et réalisa que sa migraine avait empiré.

— Qui est à l'appareil ?

En réalité, cela lui était complètement égal, et tout en disant cela, il roula sur le côté pour se rendormir.

— C'est Maggie. Vous avez laissé un message sur mon répondeur.

— Maggie ?

Il était trop endormi pour se souvenir.

— Maggie O'Malley. Vous m'avez appelée. Mais je vous réveille, on dirait ?

— Oui.

Il commençait à y voir un peu plus clair et il jeta un coup d'œil au réveil. Il était deux heures passées.

— Pourquoi m'appelez-vous à une heure pareille ?

À mesure qu'il émergeait, son mal de tête s'amplifiait. Et il savait que, s'il commençait à lui parler, il aurait beaucoup de mal à se rendormir.

— Comme vous m'avez appelée à minuit, j'ai cru que c'était important. Je viens seulement de rentrer à la maison. Je pensais que vous n'étiez pas encore couché.

— Eh bien, vous vous trompiez, dit-il.

Laisser un message à minuit n'était pas bien malin, mais ce n'était pas mieux de le rappeler à deux heures. C'était même pire. De toute façon, il était trop tard pour qu'ils se voient.

— Je peux savoir pourquoi vous m'avez appelée ? demanda-t-elle, d'une voix intriguée et légèrement décontenancée.

Elle avait été contente de faire sa connaissance et qu'il lui ait obtenu une place dans les coulisses, mais elle avait été déçue qu'il ne l'ait jamais rappelée. Lorsqu'elle en avait parlé à ses collègues du restaurant, toutes lui avaient affirmé qu'il ne le ferait jamais. Le fait qu'elle n'ait pas couché avec lui avait dû le rebuter.

— Je voulais savoir si vous étiez libre ce soir, répondit Adam d'une voix ensommeillée.

— À minuit ?

Elle avait l'air choquée, et il se sentit légèrement fautif. La plupart des femmes qu'il connaissait lui auraient raccroché au nez, sauf celles qui étaient vraiment en manque. Mais Maggie ne l'était pas et semblait vexée par son explication.

— Comment ça ? Vous m'avez appelée pour vous envoyer en l'air ?

Elle avait lâché le mot. Sauf que, dans ce cas précis, il cherchait un antidote au venin de sa mère et qu'il espérait qu'elle le lui fournirait. Il avait besoin d'une présence amicale, mais si elle lui offrait plus, il n'avait rien contre. Le seul problème était qu'il ne la connaissait pour ainsi dire pas.

— Non, non, vous n'y êtes pas du tout. Je me sentais seul. Et j'avais une migraine atroce.

— Vous m'avez appelée parce que vous aviez mal au crâne ?

— Oui, en quelque sorte, avoua-t-il, embarrassé. J'ai passé une soirée abominable chez mes parents, à Long Island. C'est Yom Kippour, aujourd'hui.

Avec un nom comme O'Malley, il y avait peu de chances qu'elle sache ce que c'était. Comme la plupart de ses copines, du reste.

— Eh bien, joyeux Yom Kippour, dit-elle avec une pointe de sarcasme.

— Ce n'est pas vraiment la formule qui convient pour le jour du Grand Pardon, l'informa-t-il.

— Comment se fait-il que vous ne m'ayez pas rappelée avant ? s'enquit-elle, légitimement suspicieuse.

— J'ai été très occupé.

Il regrettait amèrement son coup de fil, car maintenant il se trouvait obligé de se justifier. Ça lui servirait de leçon. Il y réfléchirait à deux fois lorsque l'envie le prendrait d'appeler une fille en pleine nuit.

— Oui, moi aussi, j'ai été très occupée. En tout cas, merci pour la place et pour la soirée. Vous n'aviez pas l'intention de me rappeler, n'est-ce pas ? interrogea-t-elle d'une voix triste.

— Apparemment si, puisque je l'ai fait. Il y a exactement deux heures, répondit-il avec humeur.

Il ne lui devait aucune explication, et sa migraine empirait. C'était chaque fois la même chose quand il allait à Long Island. Et au lieu de l'aider, Maggie faisait le contraire.

— Non, vous n'aviez pas l'intention de me rappeler. Mes copines me l'ont dit.

— Vous leur en avez parlé ?

Mince ! Elle n'avait tout de même pas alerté tout le quartier…

— Je leur ai simplement demandé leur avis. M'auriez-vous rappelée si j'avais couché avec vous ? demanda-t-elle, curieuse.

Adam poussa un grognement et ferma les yeux en roulant de côté.

— Mais enfin, comment voulez-vous que je le sache ? Peut-être. Peut-être pas. Tout dépend comment les choses se seraient passées.

— Pour être tout à fait franche, je ne suis pas sûre que vous me plaisiez. J'y ai réfléchi le soir où nous nous sommes rencontrés. Je pense que vous vous êtes moqués de moi, vous et votre ami Charlie, et que vous m'avez trouvée idiote.

Elle semblait furieuse. Avec sa limousine, il l'avait emmenée dans des endroits ultrasélects pour lui en mettre plein la vue. Les types comme lui n'hésitaient pas à profiter des filles comme elle. Et ensuite, ils ne les rappelaient jamais. C'est ce que lui avaient dit ses copines et elles avaient raison, car il ne l'avait pas rappelée. En tout cas, elle était contente de ne pas avoir couché avec lui. Elle avait hésité, puis décidé de s'abstenir. Elle ne le connaissait pas. Et elle n'était pas prête à payer de sa personne une place dans les coulisses.

— Charlie vous a trouvée charmante, mentit Adam.

En réalité, il n'avait pas la moindre idée de ce que son ami pensait d'elle. Ils n'en avaient jamais reparlé, après la soirée: Elle n'était qu'une ombre qui avait traversé leur vie un soir puis avait disparu dans la nuit. Et elle avait raison d'affirmer qu'il ne l'aurait pas rappelée. Jusqu'à cette maudite soirée à Long Island, dont il était revenu tellement anéanti qu'il aurait fait n'importe quoi pour ne pas se retrouver seul. Et maintenant, il était servi.

— Mais vous, Adam ? Comment m'avez-vous trouvée ?

Voilà qu'elle le poussait dans ses derniers retranchements. Il ouvrit à nouveau les yeux et fixa le plafond. Il se demandait pourquoi il lui parlait. C'était de la faute de sa mère. Il avait bu juste assez pour se convaincre que sa mère et Rachel étaient responsables de tout ce qui n'allait pas dans sa vie.

— Écoutez, je crois que nous perdons notre temps l'un et l'autre. Je ne vous connais pas. Vous ne me connaissez pas. J'ai un mal de tête épouvantable et des crampes d'estomac. Ma mère est persuadée que je suis alcoolique et elle a peut-être raison. Mais, alcoolique ou pas, je me sens dans le trente-sixième dessous. J'ai passé une soirée épouvantable et j'aurais mieux fait de rester à la maison. Je hais mes parents et ils me le rendent bien. Je ne sais pas pourquoi je vous ai appelée, mais je l'ai fait, et vous n'étiez pas chez vous. Alors restons-en là. Faites comme si vous n'aviez jamais reçu mon message. Je ne sais pas pourquoi je vous ai appelée. Je me sens toujours très mal chaque fois que je vois ma mère.

Il semblait énervé, alors que Maggie l'écoutait patiemment, à l'autre bout du fil.

— Je suis navrée, Adam. Mes parents n'étaient pas super non plus. Mon père est mort quand j'avais trois ans et ma mère était alcoolique. Je ne l'ai pas revue depuis l'âge de sept ans.

— Et qui vous a élevée ? demanda-t-il, sans comprendre pourquoi il poursuivait la conversation, mais ayant envie d'en savoir plus sur elle.

— C'est une de mes tantes qui m'a recueillie. Puis elle est morte quand j'avais quatorze ans et j'ai été placée en famille d'accueil jusqu'au bac. Depuis, je me débrouille toute seule.

Elle avait dit cela le plus naturellement du monde, et sans s'apitoyer sur elle-même.

— Ouah. Vous en avez bavé, dites donc.

Mais la plupart des femmes avec qui il sortait avaient vécu la même chose. Elles avaient rarement eu la vie facile. La plupart avaient été maltraitées et avaient quitté le domicile familial à seize ans, pour devenir actrices ou mannequins. Rares étaient celles qui avaient eu une enfance normale ou qui étaient issues de bonnes familles, comme les copines de Charlie. Maggie n'était pas différente. Elle avait juste l'air plus philosophe que les autres, et ne s'attendait manifestement pas à ce qu'il fasse quoi que ce soit pour elle. Quoi qu'il ait pu lui arriver, elle semblait avoir tiré un trait dessus.

— Vous n'avez pas de famille du tout ? s'étonna-t-il.

— Non. C'est un peu dur au moment des fêtes, mais je vois de temps en temps ma famille d'accueil.

— Eh bien, croyez-moi, affirma Adam cyniquement, vous ne connaissez pas votre bonheur. Vous n'auriez jamais voulu d'une famille comme la mienne.

Maggie n'était pas certaine d'être de son avis, mais elle n'avait pas envie d'en discuter à deux heures et demie du matin. Ils parlaient depuis une demi-heure et elle était persuadée qu'il l'avait appelée pour coucher avec elle, ce qu'elle trouvait terriblement insultant et humiliant. Elle se demanda à combien de femmes il avait téléphoné, et s'il aurait pris la peine de l'appeler si l'une d'elles avait répondu. Il avait fait chou blanc, apparemment, sans quoi il n'aurait pas été profondément endormi quand elle l'avait rappelé.

— Bien souvent, je me dis que j'aimerais avoir une famille, même nulle.

En dépit de l'heure tardive, elle était complètement éveillée et lui aussi maintenant.

— Vous avez des frères et sœurs ?

— Maggie, ça vous ennuierait qu'on remette cette conversation à demain ? Je vous raconterai toute ma vie. Promis.

Sur ce, elle entendit un bruit de chute, puis un grognement, suivi d'un juron. On aurait dit qu'il s'était fait mal.

— Que se passe-t-il ? demanda-t-elle, affolée.

— Je viens de me lever, je me suis cogné contre la table de nuit et le réveil m'est tombé sur le pied. Maintenant, non seulement je suis fatigué et énervé, mais en plus je suis blessé.

En l'entendant se plaindre comme un gosse prêt à fondre en larmes, elle réprima un éclat de rire.

— Vous avez la poisse, décidément. Vous feriez mieux de vous rendormir.

— Sans blague. Ça fait une demi-heure que je vous le dis.

— Arrêtez de vous en prendre à moi, riposta-t-elle. Vous êtes un mufle !

— On dirait ma mère. C'est le genre de chose qu'elle me balance. Et elle ne se gêne pas pour m'envoyer des coupures de presse découpées dans des magazines à scandale où on me voit à mon désavantage avec les clients que je défends. Et croyez-vous qu'elle prend des gants quand elle me traite d'alcoolique et se répand en louanges sur mon ex-femme, qui, soit dit en passant, m'a trompé et plaqué avant de se remarier avec un autre ?

L'exaspération reprenait le dessus et il hurlait presque, alors que Maggie l'écoutait, surprise.

— C'est de la méchanceté pure, répondit-elle, compatissante.

Ses paroles le calmèrent et il réalisa que c'était une gentille fille. Il s'en était rendu compte le soir du concert, mais il n'avait pas de place pour elle dans sa vie. Il ne cherchait rien d'autre que du plaisir, des paillettes et des sensations fortes, et elle n'était pas comme ça. Même si elle avait un corps de rêve, elle n'avait pas voulu coucher avec lui. Elle lui avait sorti un truc idiot, comme quoi il n'était pas convenable de faire ce genre de chose le premier soir. Pour lui, tout refus était définitif et il ne ferait pas de nouvelle tentative. Pourtant, il lui parlait toujours, alors qu'il était trois heures du matin, et il lui racontait même ses déboires avec sa mère. Elle n'avait pas l'air de s'en formaliser, bien qu'il fût évident qu'il l'avait appelée dans un tout autre but. Elle réprouvait ce genre de conduite, le lui avait dit, mais ne lui avait pas raccroché au nez pour autant.

— Vous ne devriez pas la laisser vous traiter ainsi, Adam, dit-elle gentiment.

Sa mère aussi était méchante. Et puis, un beau jour, elle était partie, sans même lui dire au revoir.

— Pourquoi pensez-vous que j'aie la migraine ? s'insurgea Adam en hurlant presque. Parce que je garde toutes mes angoisses pour moi, pardi.

Il réalisa soudain qu'il devait lui faire l'effet d'un fou furieux. C'était une véritable séance de thérapie par téléphone, et il n'était pas question de sexe. Il ne se souvenait pas d'avoir jamais eu conversation plus délirante. Il regrettait presque d'avoir décroché, tout en étant content de pouvoir lui parler.

— Il ne faut pas garder vos angoisses pour vous. Vous devriez essayer de lui parler un jour, et lui dire ce que vous ressentez.

Étendu sur le lit, Adam leva des yeux excédés. Cette fille raisonnait de manière simpliste. On voyait bien qu'elle ne connaissait pas sa mère. La veinarde.

— Vous avez pris quelque chose pour votre mal de tête ?

— De la vodka et du vin rouge chez ma mère. Et de la tequila en rentrant à la maison.

— Ce n'est pas l'idéal. Vous n'avez pas pris d'aspirine ?

— Je n'en ai pas, soupira-t-il.

Curieusement, il prenait plaisir à parler avec elle. C'était vraiment une gentille fille. Une autre qu'elle ne l'aurait sans doute pas écouté se plaindre de ses parents et déballer ses malheurs.

— Comment se fait-il que vous n'en ayez pas ? Votre religion vous l'interdit ?

Elle avait rencontré une fois un adepte d'une secte qui ne prenait aucun médicament et n'allait jamais chez le médecin. Il se contentait de prier. Et cela marchait, apparemment.

— Mais non, voyons. Souvenez-vous que ce soir j'ai célébré Yom Kippour. Je suis juif. C'est d'ailleurs pour ça que je suis allé dîner chez mes parents et que tout a commencé. Et je n'ai pas d'aspirine, parce que je ne suis pas marié. Il n'y a que les gens mariés pour avoir ce genre de truc chez eux. Au bureau, ma secrétaire m'en achète, mais je ne pense jamais à en rapporter à la maison.

— Dans ce cas, je vous conseille de filer chez le pharmacien dès demain matin, sans quoi vous allez encore oublier.

Elle avait une voix enfantine, mais apaisante. Et finalement, elle lui offrait ce dont il avait besoin, de la sympathie et une oreille compatissante.

— Je ferais bien d'essayer de dormir, répéta-t-il. Et vous aussi. Je vous rappellerai demain. Et je le ferai, cette fois.

C'était la moindre des choses, ne serait-ce que pour la remercier.

— Je ne pense pas, répondit-elle tristement. Je ne suis pas suffisamment sophistiquée à vos yeux, Adam. J'ai bien vu le genre d'endroits où vous m'avez emmenée, le soir du concert. Les filles avec qui vous sortez doivent être hyperbranchées.

Et elle n'était que serveuse au Pier 92. C'était un accident du destin qu'ils se soient rencontrés, qu'il l'ait ensuite rappelée en lui laissant un message sur son répondeur et qu'elle l'ait rappelé et réveillé en pleine nuit.

— Vous recommencez à parler comme ma mère. C'est exactement le genre de trucs qu'elle me dit. Elle m'en veut à mort. Elle pense que j'aurais dû me remarier avec une brave fille juive, depuis des années. Et à propos des filles avec qui j'ai l'habitude de sortir, je peux vous assurer qu'elles ne sont pas plus branchées que vous.

Leurs vêtements étaient peut-être plus chics, mais elles ne se les étaient pas achetés elles-mêmes, on les leur avait offerts. À bien des égards, même si sa mère n'aurait sûrement pas été de cet avis, Maggie était plus sérieuse que la plupart d'entre elles.

— Mais alors, pourquoi ne vous êtes-vous pas remarié ?

— Je ne sais pas. Ayant été échaudé une fois, je ne tiens pas à recommencer. Mon ex-épouse se comportait comme ma mère et je n'ai aucune envie de renouveler l'expérience.

— Vous avez des enfants ?

Elle ne lui avait pas posé la question le soir du concert, car l'occasion ne s'était pas présentée.

— Oui, deux. Amanda et Jacob ; ils ont quatorze et treize ans.

Maggie entendit à sa voix qu'il se détendait.

— Où avez-vous fait vos études ?

— C'est un interrogatoire ou quoi ? rétorqua-t-il, stupéfait de constater qu'il répondait docilement à ses questions. À Harvard, ajouta-t-il. Puis j'ai fait la fac de droit, d'où je suis sorti avec les félicitations du jury.

C'était un peu prétentieux de le lui dire, mais quelle importance au fond ?

— Je m'en doutais, dit-elle avec une pointe d'excitation dans la voix. J'étais sûre que vous étiez allé à Harvard ! Vous êtes un génie !

Enfin une bonne réaction. Il eut un large sourire.

— Mais non, pas du tout, reprit-il, plus modestement cette fois. Il y a des tas de gens qui vont à Harvard. La preuve, même mon ex-femme, l'affreuse, a décroché son diplôme avec les félicitations du jury. Et du premier coup.

Il était en train de lui confesser toutes ses faiblesses et ses fautes.

— Ça ne compte pas, si c'est une garce.

— C'est gentil à vous de dire ça.

Cela lui faisait plaisir. Sans même le vouloir, il s'était fait une alliée.

— Excusez-moi. Je n'aurais pas dû parler ainsi de la mère de vos enfants.

— C'est sans importance, et d'ailleurs, je le fais tout le temps. C'est ce qu'elle est. Et je la hais. Enfin, je ne la hais pas vraiment, mais elle me sort par les yeux.

Après tout, c'était le jour du Grand Pardon. Mais Maggie était probablement catholique et pouvait se permettre de tenir ce genre de propos.

— Vous êtes catholique, j'imagine ?

— Je l'étais, mais je ne le suis plus. Je vais à l'église de temps en temps pour allumer un cierge, mais c'est tout. Je ne crois plus en rien, alors qu'enfant je voulais être religieuse.

— Quel gâchis, une belle fille comme vous ! Heureusement que vous avez changé d'avis !

Il avait l'air sincère.

— Merci, Adam. C'est gentil à vous. Je crois qu'il est temps d'aller dormir, sans quoi votre migraine risque d'empirer.

En parlant avec elle, il avait fini par oublier son mal de tête. En jetant un coup d'œil au réveil, il constata qu'il était quatre heures du matin et que sa migraine s'était envolée.

— Ça vous dirait qu'on prenne le petit déjeuner ensemble, tout à l'heure ? À quelle heure vous levez-vous ?

— En général, à neuf heures, mais je vais faire la grasse matinée. Je suis en congé.

— Moi aussi. Je pourrais passer vous chercher à midi et vous emmener prendre un brunch dans un endroit sympa.

— Sympa comment ? demanda-t-elle, soudain affolée.

Elle n'avait pour ainsi dire rien à se mettre et empruntait la plupart de ses fringues à ses colocataires, comme le soir du concert – c'était la raison pour laquelle le chemisier noir était tellement serré. Elle n'en parla pas à Adam, naturellement, mais il devina qu'elle avait un problème de garde-robe. La plupart des filles avec qui il sortait étaient dans la même situation.

— Un endroit où on peut venir en jean, en petite jupe ou en short, répondit-il, s'efforçant de lui donner le choix.

— Je mettrai une jupe, alors, dit-elle, visiblement soulagée.

— Parfait. J'en mettrai une, moi aussi.

Ils rirent, puis il nota à nouveau son adresse sur le calepin qu'il gardait toujours à portée de main, au cas où un de ses clients l'appellerait en pleine nuit pour un problème. Dieu soit loué, ce coup de fil-ci était nettement plus réjouissant.

— Merci, Maggie. Parler avec vous m'a fait du bien.

Et probablement plus que s'il l'avait vue en chair et en os, car au téléphone il n'avait pas été tenté de jouer les séducteurs. Il ne pensait pas l'être demain, en la voyant. Ils risquaient plutôt de devenir amis. En tout cas, ils étaient bien partis pour.

— Moi aussi, ça m'a fait du bien. Je suis contente que vous m'ayez appelée, même si c'était pour me faire du gringue, le taquina-t-elle.

— Non, non, ce n'était pas mon intention, insista-t-il.

Mais elle ne parut pas convaincue, et lui non plus. C'était un coup de fil intéressé au départ, mais qui avait pris une tout autre tournure à l'arrivée. Et la migraine d'Adam avait disparu.

— Bon, passons, répondit-elle. Ça l'était. Passé dix heures du soir, tous les coups de fil sont intéressés et vous le savez très bien.

— On peut savoir d'où vous tenez cela ?

— De moi-même, dit-elle en éclatant de rire.

— Allez, au dodo. Si vous ne dormez pas tout de suite, vous allez avoir une tête de déterrée, demain. Enfin, non, peut-être pas. Vous êtes beaucoup trop jeune pour cela. Mais moi, si.

— Pas du tout, estima-t-elle. Je vous trouve très beau.

— Bonsoir, Maggie. Vous me reconnaîtrez à ma grosse tête, demain.

Depuis qu'elle lui avait dit qu'il était un génie et qu'elle le trouvait beau, il commençait à la trouver vraiment sympathique. Migraine ou pas, elle lui avait redonné confiance en lui. La soirée qui avait très mal commencé s'était plutôt bien finie. Elle lui avait fait oublier toutes les humiliations qu'il avait endurées à Long Island.

— À demain.

— À demain, murmura-t-elle avant de raccrocher.

En se glissant entre les draps, elle se demanda s'il allait tenir parole. Les hommes posaient souvent des lapins. Ils vous faisaient des promesses qu'ils ne tenaient pas. Elle se mettrait tout de même sur son trente et un. Et même s'il ne venait pas, ça lui avait fait du bien de parler avec lui. C'était un chic type au fond, et elle l'aimait bien.

13

Le lendemain, Maggie était assise sur le canapé du séjour à attendre Adam. Il était presque midi. C'était le premier samedi d'octobre et il faisait un soleil radieux. Elle portait une minijupe en jean avec un t-shirt moulant rose, emprunté à une des filles, et des sandales dorées. Ses longs cheveux tirés en arrière et retenus par un foulard rose lui donnaient l'air encore plus juvénile. Cette fois, elle ne portait pour ainsi dire pas de maquillage, car elle avait remarqué qu'il l'avait trouvée trop maquillée, le soir du concert.

Lorsqu'elle consulta à nouveau sa montre, il était midi cinq, et il n'était toujours pas arrivé. Toutes ses colocataires étaient sorties et elle commençait à se demander s'il allait donner signe de vie. Elle décida de lui donner jusqu'à une heure, après quoi, s'il n'était toujours pas là, elle irait faire un tour au parc. À quoi bon broyer du noir ? Elle n'avait dit à personne qu'il passait la prendre, de sorte que personne ne se moquerait d'elle. Au même moment, le téléphone sonna. C'était Adam. Elle sourit en entendant sa voix. Puis, presque aussitôt, elle se dit qu'il appelait peut-être pour se décommander, car il aurait déjà dû être en bas de chez elle.

— Bonjour, comment allez-vous, ce matin ? demanda-t-elle en s'efforçant de prendre l'air détaché pour ne pas montrer sa déception. Et cette migraine ?

— Quelle migraine ? J'ai oublié le numéro de votre appartement.

— Où êtes-vous ? demanda-t-elle, stupéfaite.

Il s'était finalement décidé à venir. Mieux valait tard que jamais. Et d'ailleurs il n'était que midi dix.

— Je suis en bas de chez vous.

Il l'avait appelée depuis son portable.

— Vous descendez ? J'ai réservé une table.

— J'arrive.

Elle raccrocha aussitôt et dégringola l'escalier quatre à quatre, de peur qu'il ne change d'avis. Elle avait rarement la chance que les gens fassent ce qu'ils disaient. Mais lui avait tenu parole.

Lorsqu'elle sortit de l'immeuble, elle le vit, telle une star de cinéma, au volant de sa Ferrari rouge flambant neuve. Il l'avait prise lorsqu'il s'était rendu à Long Island la veille, mais personne ne lui avait fait le moindre compliment. Ses parents avaient une Mercedes, de même que sa belle-sœur et son frère, tandis que son beau-frère roulait en BMW. Quant à sa sœur, elle ne conduisait pas et comptait sur les autres pour l'emmener. À leurs yeux, une Ferrari était d'une banalité et d'une vulgarité qui excluait tout commentaire. Mais Adam adorait sa voiture.

— Oh, non ! Dites-moi que je rêve ! s'écria Maggie, subjuguée et sautant d'enthousiasme.

Adam lui décocha un large sourire, lui ouvrit la portière et l'invita à monter. Jamais elle n'avait vu de voiture comme celle-là, sauf dans les films, et elle n'en croyait pas ses yeux. Elle aurait aimé qu'on la voie prendre place à bord de ce bijou.

— Elle est à vous ? demanda-t-elle, tout excitée.

— Non, je l'ai volée, répliqua-t-il en riant. Bien sûr qu'elle est à moi. Après tout, je suis allé à Harvard.

Ils éclatèrent de rire, et elle lui tendit un petit paquet.

— Qu'est-ce que c'est ?

— Un petit cadeau pour vous. Je suis passée à la pharmacie ce matin, et j'en ai profité.

C'était une boîte d'aspirine.

— C'est gentil d'y avoir pensé, lui dit-il avec un grand sourire. Je vais la garder pour la prochaine fois où j'irai voir ma mère.

Ils traversèrent Central Park, puis Adam bifurqua dans la Troisième Avenue et s'arrêta devant un restaurant avec une terrasse et un jardin sur l'arrière. Il commanda des œufs Bénédicte après qu'elle lui eut assuré qu'elle aimait ça. En réalité, elle n'en avait jamais mangé, mais la description qu'il lui en avait faite l'avait mise en appétit. Installés à la table qu'il avait réservée dans le jardin, ils déjeunèrent tranquillement, puis ils décidèrent de faire une promenade à pied. Elle était heureuse de faire du lèche-vitrine avec lui, tandis qu'il lui parlait des gens qu'il défendait. Il lui parla de ses enfants, de l'échec de son mariage, et de ses deux meilleurs amis, Charlie et Gray. À la fin de l'après-midi, elle avait l'impression de tout connaître de lui et lui avait même confié deux ou trois choses sur sa propre vie.

Maggie était plus réservée que lui et préférait l'écouter plutôt que le contraire. Elle lui raconta de petites anecdotes sur son enfance, sa famille d'accueil, les gens chez qui elle travaillait. Mais il était évident pour tous les deux que sa vie à elle était beaucoup moins palpitante que celle d'Adam. À part manger, dormir, aller au cinéma et travailler, elle ne faisait pas grand-chose. Elle ne semblait pas avoir beaucoup d'amis. Elle lui dit qu'elle n'avait pas le temps de les voir, car son travail de serveuse était très prenant, et elle resta dans le vague lorsqu'il lui demanda si elle avait d'autres occupations.

— Rien, à part le travail, lui répondit-elle en souriant.

Il fut surpris de constater qu'il prenait réellement plaisir à être en sa compagnie et à parler avec elle. Car bien que d'origine modeste et vivant simplement, elle semblait très avisée. À vingt-six ans, elle avait déjà beaucoup vécu, et pas toujours des choses faciles. Physiquement, elle faisait très jeune, mais dans sa tête elle était très mûre. Plus mûre que lui, à certains égards.

Il était six heures quand ils remontèrent en voiture. Maggy était triste de voir s'achever cette belle journée. Comme s'il avait lu dans ses pensées, il se tourna vers elle.

— Que dirais-tu d'une bonne grillade chez moi, sur la terrasse, Maggie ? proposa-t-il.

— Miam, répondit-elle, enthousiaste.

Il lui dit qu'il avait des steaks dans son réfrigérateur.

Des immeubles comme le sien, elle n'en avait vu qu'au cinéma. Le portier les salua et sourit à Maggie. Elle était jolie et attirait les regards. Dans l'ascenseur, Adam appuya sur le bouton du dernier étage et, lorsqu'ils entrèrent dans son appartement, elle resta sans voix. La vue était à couper le souffle.

— Dis-moi que je rêve, dit-elle, exactement comme elle l'avait fait pour la Ferrari. C'est dingue !

Il habitait au trente-deuxième étage et jouissait d'une terrasse panoramique avec jacuzzi, chaises longues et barbecue.

— J'ai l'impression d'être au cinéma, dit-elle en posant sur lui des yeux ébahis. Comment est-il possible que je sois ici ?

— Parce que tu as de la chance, affirma-t-il pour la taquiner.

En fait, maintenant qu'il la connaissait mieux, il avait de la peine pour elle. Après le dîner, elle retournerait dans son affreux gourbi. Elle méritait mieux que ce que le destin lui avait réservé. La vie était parfois vraiment injuste. Malheureusement il ne pouvait rien pour elle, hormis lui offrir une soirée agréable et un bon dîner. Après quoi elle retournerait dans le monde qui était le sien. Cette réalité ne semblait pas du tout l'affecter. Il n'y avait pas une once d'amertume en elle. Au contraire, elle se réjouissait de tout ce qu'il lui racontait sur lui.

Maggie était complètement différente des autres femmes qu'il avait connues. Extérieurement, elle leur ressemblait, mais sa personnalité était tout autre. Elle était gentille, attentionnée, drôle, et très naturelle. En outre, elle était intelligente et prenait plaisir à discuter avec lui. Et, pour couronner le tout, elle le considérait comme un dieu. Toutes les femmes qu'il avait rencontrées jusqu'alors cherchaient à profiter de lui. Elles voulaient renouveler leur garde-robe, se faire offrir des bijoux, des cartes de crédit, un appartement, une nouvelle voiture, des implants mammaires, une recommandation pour un nouveau boulot ou un rôle dans un film. Elles avaient toujours une idée derrière la tête. Maggie, elle, semblait ne rien vouloir de plus que passer un bon moment en sa compagnie. Elle respirait l'innocence, contrairement à toutes les femmes qu'il avait croisées ces dernières années.

Pendant qu'il sortait la viande du réfrigérateur et allumait le barbecue, elle prépara la salade. Les steaks étaient énormes et, après les avoir dévorés, ils s'offrirent des esquimaux qui fondaient à vue d'œil en dégoulinant. Ils éclatèrent de rire en voyant que Maggie avait de la glace à la fraise plein les pieds.

— Tiens, lui dit Adam en ôtant la bâche de protection du jacuzzi. Mets tes pieds là-dedans. Personne n'en saura rien.

Le bain bouillonnant était suffisamment grand pour contenir une dizaine de personnes. Elle s'assit sur le rebord et plongea les pieds dans l'eau chaude en riant.

— Tu dois donner de sacrées soirées chez toi, remarqua-t-elle.

Dans sa petite jupe en jean et son t-shirt rose, elle avait l'air d'une gamine.

— Qu'est-ce qui te fait dire ça ? répondit-il sur la défensive, pensant que Maggie allait l'interroger sur les femmes avec qui il sortait.

— L'endroit, dit-elle en montrant la terrasse. Bain à bulles, terrasse au dernier étage, barbecue, vue à tomber raide. Si je vivais dans un appartement comme celui-là, je passerais mon temps à recevoir des amis.

Elle ne réagissait pas du tout comme il l'escomptait.

— Cela m'arrive, concéda-t-il. Mais j'aime bien être ici tout seul. Je travaille dur, alors j'ai besoin de décompresser.

Elle acquiesça d'un hochement de tête. Quand elle rentrait chez elle, le soir, après le boulot, elle éprouvait la même chose.

— Tu sais, je suis très content que tu sois là avec moi, ajouta-t-il gentiment.

— Moi aussi, répondit-elle en toute simplicité. Mais comment se fait-il que tu n'aies jamais songé à te remarier ?

— Comment le sais-tu ? demanda-t-il, stupéfait.

— C'est toi qui me l'as dit, hier, au téléphone.

Il hocha la tête. Il était tellement endormi à ce moment-là qu'il avait oublié presque tout ce qu'il lui avait dit. Tout ce dont il se souvenait, c'est que leur conversation lui avait fait un bien fou.

— Tu n'aimerais pas avoir d'autres enfants ? Tu es encore jeune.

Chaque fois qu'une femme lui posait cette question, elle était déçue par sa réponse. Mais tant pis, il n'avait pas l'habitude de mentir.

— J'aime les deux miens et ils me suffisent. Je n'ai aucune envie de me remarier ni d'avoir d'autres enfants. Je préfère mille fois ma vie de célibataire à celle que je menais quand j'étais marié.

— Tu m'étonnes, lui dit-elle en riant. Avec tous les joujoux dont tu disposes, n'importe qui en dirait autant, à ta place.

C'était la première fois qu'une femme lui faisait cette réponse. La plupart étaient avides de le conquérir et de le convaincre de se remarier. Mais pas Maggie. Elle avait l'air de l'approuver, au contraire.

— C'est ce que je pense, dit-il. Pourquoi renoncer à tout cela pour une femme qui risque de vous décevoir et de vous rendre la vie impossible ?

En fait, il n'arrivait tout simplement pas à croire qu'il puisse y avoir une femme qui ne le fasse pas souffrir. Et, en un sens, c'était triste.

— Tu as beaucoup de maîtresses ?

Elle avait deviné la réponse. Il avait l'air d'un type qui collectionnait les filles. Il suffisait de voir sa Ferrari pour s'en convaincre.

— Je n'aime pas me sentir attaché, reconnut-il. J'aime trop ma liberté.

Elle hocha la tête. Elle appréciait qu'il ne cherche pas à lui mentir. Il était sincère et direct.

— Il m'arrive parfois de ne voir personne pendant un certain temps.

— Et en ce moment ? demanda-t-elle, l'air espiègle. C'est beaucoup, un peu, pas du tout ?

Il rit.

— C'est un interrogatoire, ma parole.

Elle lui avait déjà posé un tas de questions, la veille. C'était son habitude, apparemment.

— Disons qu'en ce moment, je ne vois personne en particulier.

— Tu fais passer des auditions ? le taquina-t-elle, sur un ton plus assuré.

C'était une très jolie fille. Maintenant qu'il l'avait vue en plein jour, il pouvait s'en faire une meilleure idée que le soir où il l'avait rencontrée.

— Pourquoi ? Ça t'intéresse ?

— Peut-être, répondit-elle sans ambages. Mais je n'en suis pas sûre.

— Et toi ? murmura-t-il. Tu as quelqu'un dans ta vie ?

— Non. Il y a un an que je ne suis pas sortie avec un garçon. Le dernier en date était un dealer, qui s'est retrouvé sous les verrous. Et pourtant, au début, il m'avait fait bonne impression. Je l'avais rencontré au Pier 92.

— Je ne deale pas, si ça peut te tranquilliser.

Il se leva pour aller mettre de la musique. La soirée semblait prendre un tour romantique. Lorsqu'il revint, elle lui posa une autre question qui lui tenait à cœur.

— Imagine qu'on sorte ensemble, un jour, toi et moi ? Est-ce que tu continuerais à voir d'autres femmes en même temps ?

— Possible. Mais je ne te ferais pas courir de risques, si c'est ce qui t'inquiète. Je fais attention, et j'ai récemment fait un dépistage du sida.

— Moi aussi, répondit-elle.

Elle s'était fait dépister après sa relation avec le dealer.

— Maintenant, si tu me demandes si je ne verrais personne d'autre que toi, Maggie, je te répondrai que je ne peux rien te promettre. Pas au début, en tout cas. Ensuite, je ne sais pas. J'aime bien me sentir libre. Et à ton âge, tu devrais faire de même.

Elle acquiesça. Même si elle n'aimait guère sa façon de voir les choses, elle le comprenait et au moins était-il honnête. Il n'était pas en train de lui faire des promesses qu'il ne tiendrait pas. Il ne s'attachait pas et elle devait faire de même.

— Même si nous sortions ensemble, je ne voudrais pas vivre en couple. Il y a onze ans que je mène une vie de célibataire et je n'ai pas l'intention de changer. Je ne veux pas m'investir dans une relation.

— À mon avis, c'est une erreur, répondit-elle le plus naturellement du monde. Mais cela ne regarde que toi. Personnellement, je n'ai pas envie de me marier avant plusieurs années. Je suis trop jeune. Il y a un tas de choses que j'ai envie de faire. Mais j'aimerais me marier un jour et avoir des enfants.

— Et tu as raison.

— Je voudrais leur donner tout ce que je n'ai pas eu la chance d'avoir. Une mère, pour commencer, avoua-t-elle.

— Je n'ai pas eu cette chance non plus, dit-il en s'approchant du jacuzzi où elle était assise, les pieds dans l'eau. Toutes les mères n'ont pas l'instinct maternel. En tout cas, pas la mienne. Je suis né presque dix ans après ma sœur et quatorze ans après mon frère. Et tout le monde m'en a voulu. Mes parents n'auraient jamais dû m'avoir.

— Eh bien, moi, je suis contente qu'ils t'aient eu, murmura-t-elle en souriant.

— Merci, répondit-il en se penchant vers elle pour l'embrasser.

Il proposa alors qu'ils aillent dans le jacuzzi ensemble. Il avait dans sa penderie toute une pile de maillots de bain pour femme et lui dit de choisir celui qu'elle préférait. C'était l'appartement du parfait célibataire, avec tout l'équipement nécessaire. S'il n'avait pas été honnête avec elle, elle se serait sentie trahie. Mais ce n'était pas le cas, car elle savait qu'il ne lui cachait rien.

Après avoir enfilé le maillot, elle se glissa dans l'eau chaude. Une minute plus tard, il arriva à son tour et entra dans le bain bouillonnant. Ils parlèrent et s'embrassèrent, puis ôtèrent leurs maillots tandis que la nuit tombait sur New York. Ils se prélassèrent encore un long moment dans l'eau, puis il l'enveloppa dans un drap de bain et la porta à l'intérieur. Il la déposa sur le lit avant d'ouvrir délicatement la serviette comme s'il s'agissait d'un bien précieux. Étendue nue sur le lit, elle était adorable. Jamais il n'avait vu de femme aussi parfaite.

Il lui fit l'amour, et ils découvrirent qu'ils s'entendaient à merveille et se donnaient mutuellement beaucoup de plaisir. Ils étaient à l'aise ensemble, riaient et s'amusaient. Ensuite, ils restèrent un moment étendus côte à côte, puis retournèrent dans le jacuzzi. Lorsqu'elle lui dit que c'était la plus belle nuit de sa vie, il n'eut aucun mal à la croire. Elle avait l'impression de vivre un rêve avant de retourner à sa vie de galère, dans son quartier misérable. Avec lui, elle partageait des moments de pur bonheur. Il savait qu'il lui ferait découvrir beaucoup de choses et la ferait progresser, s'ils continuaient à se voir.

Ils firent l'amour encore une fois. Ils s'entendirent si bien qu'ils furent surpris par la puissance de leur passion.

Il lui proposa de passer la nuit avec lui. En temps normal, il ne faisait jamais ce genre de chose, mais l'idée de la renvoyer dans son taudis l'insupportait. Il allait pourtant bien falloir qu'ils s'habituent à ce qu'elle reparte et que lui reste. Il ne lui offrait rien de permanent, juste un court répit, mais Maggie lui dit que c'était déjà beaucoup, puis ajouta qu'il valait mieux qu'elle rentre chez elle.

Il insista pour la raccompagner lui-même. Il ne voulait pas qu'elle prenne un taxi et coure le risque de se faire agresser dans le quartier où elle habitait. Elle s'était montrée gentille avec lui, il voulait lui rendre la pareille. Elle se sentit comme Cendrillon quand il la ramena chez elle dans sa Ferrari.

— Je ne t'invite pas à monter, lui dit-elle lorsqu'il l'embrassa.

— Parce que tu as un mari et dix gosses qui t'attendent à la maison ? questionna-t-il pour la taquiner.

Elle rit.

— Cinq.

— J'ai passé une merveilleuse soirée, murmura-t-il, sincère.

— Moi aussi, dit-elle avant de l'embrasser à nouveau.

— Je t'appellerai demain, lui promit-il.

Elle éclata de rire.

— Mais oui... Bien sûr...

Elle sortit de la Ferrari et courut jusqu'à la porte de l'immeuble. Puis elle lui fit au revoir de la main et disparut dans le hall. En regagnant son appartement, elle pensa à sa promesse, mais elle ne se faisait guère d'illusions, car elle savait depuis longtemps que rien n'était sûr dans la vie.

14

Adam rappela souvent Maggie, la semaine suivante. Elle venait d'être affectée à l'équipe de jour de Pier 92, ce qui tombait à pic pour Adam – et pour elle qui adorait passer la nuit avec lui. Tout semblait aller pour le mieux entre eux, chacun respectant ses engagements. Elle ne l'interrogeait pas sur l'avenir, n'ayant aucune raison de le faire, et lorsqu'ils ne dormaient pas ensemble, ni l'un ni l'autre ne posait de questions sur ce qu'ils avaient fait ou qui ils avaient vu.

En réalité, Adam était tellement sous le charme qu'il l'appelait même les soirs où il ne pouvait pas la voir. À deux reprises, il fut surpris, et même légèrement contrarié, de découvrir qu'elle était sortie. Mais il ne lui dit pas qu'il l'avait appelée et ne laissa pas de message sur son répondeur. Lorsqu'ils se revirent, elle ne fit aucune allusion à ce qu'elle avait fait ces soirs-là et, bien qu'il ne le montrât pas, il fut vexé de constater qu'elle n'était pas restée chez elle à attendre son coup de fil. Ils se voyaient tout en profitant pleinement de leur liberté. Mais Adam ne fréquentait aucune autre fille à part elle, il n'en avait pas envie. Seule Maggie lui importait. Il commençait à s'attacher à elle. Quant à elle, elle lui avait carrément dit qu'il n'y avait personne d'autre dans sa vie. Cependant, à mesure que les semaines s'écoulaient, il arriva qu'elle ne soit pas chez elle certains soirs où il l'appelait. Cela l'énerva tant qu'il se dit qu'il ferait mieux de recommencer à voir d'autres femmes, ne serait-ce que pour ne pas s'attacher trop à Maggie. Au moment d'Halloween, il réalisa qu'il n'était sorti avec personne d'autre depuis un mois. Cela ne lui était pas arrivé depuis des années.

Adam était contrarié que Charlie et lui ne se soient pas vus plus souvent depuis le retour de ce dernier. Mais chaque fois qu'il l'appelait, il avait un empêchement. Adam avait beau se dire que son ami avait un emploi du temps chargé, il était déçu. Mais d'un autre côté, cela lui laissait plus de temps pour voir Maggie, ce qui n'était pas désagréable. Il était de plus en plus épris et ne pouvait s'empêcher de se demander ce qu'elle faisait quand elle n'était pas avec lui. Chaque fois qu'il l'appelait et ne la trouvait pas chez elle, il était au supplice. D'autant qu'elle restait muette sur son emploi du temps, lorsqu'ils se revoyaient. Elle reparaissait fraîche et détendue, comme si de rien n'était, et ils allaient au lit et faisaient l'amour. Elle était toujours aussi heureuse de le voir et toujours aussi désirable. Sans même s'en douter, elle était en train de le battre à son propre jeu. Pire même, les grands principes qu'il lui avait énoncés au début de leur liaison semblaient se retourner contre lui car, à en juger par le nombre de fois où elle était absente, elle profitait bien plus que lui de sa liberté.

Quant à Gray, il le voyait encore moins, depuis qu'il filait le parfait amour avec Sylvia. Et chaque fois qu'il l'avait au téléphone, il déclinait ses invitations. Pour finir, Adam avait envoyé un e-mail à ses deux copains, et tous trois s'étaient mis d'accord pour se faire une soirée entre hommes, l'avant-veille d'Halloween.

Ils s'étaient donné rendez-vous dans un restaurant du centre, où ils avaient leurs habitudes. Adam arriva le premier et, quand ses deux amis le rejoignirent peu après, il fut frappé de constater que Gray avait pris du poids. Pas énormément, mais ses traits s'étaient épanouis et il semblait de très bonne humeur. Il leur dit que Sylvia et lui avaient pris l'habitude de se préparer des petits plats. Ils étaient ensemble depuis deux mois et avaient l'impression de se connaître depuis beaucoup plus longtemps. Ses deux amis s'en réjouirent pour lui, tout en songeant qu'il n'était qu'au début de sa relation et que rien n'était encore joué. Gray leur confia que Sylvia et lui s'entendaient à merveille et ne se querellaient jamais. Il ne rentrait plus dormir à l'atelier, préférant passer la nuit avec elle. Pour autant, cela ne voulait pas dire qu'ils vivaient ensemble. Adam et Charlie estimèrent que leur ami jouait sur les mots. Mais au fond, pourquoi pas, si cela l'aidait à se sentir mieux.

— Et toi ? demanda Adam à Charlie avec une pointe d'humeur. Où étais-tu passé depuis tout ce temps ?

— Je suis beaucoup sorti, répondit Charlie, évasif.

Gray sourit. Quelques jours plus tôt, Charlie lui avait avoué qu'il avait suivi son conseil et invité Carole Parker au restaurant. Rien d'extraordinaire ne s'était passé depuis lors, si ce n'est qu'ils dînaient régulièrement ensemble et apprenaient à mieux se connaître. Ils se voyaient plusieurs fois par semaine, mais jusqu'ici, il ne l'avait même pas ne serait-ce qu'embrassée. Ils avançaient lentement, et Charlie avait confié à Gray que l'un et l'autre avaient une peur bleue d'entamer une relation sérieuse.

Adam avait vu le regard entendu que les deux amis avaient échangé, et Charlie se sentit obligé de tout lui raconter.

— Bon sang, mais qu'est-ce qui vous prend, à tous les deux ? Gray est pratiquement en ménage avec Sylvia, et toi, tu es à deux doigts de sauter le pas. Messieurs, vous avez trahi la confrérie des célibataires.

Il avait dit cela sur le ton de la plaisanterie, car il était content pour eux. Ils étaient seuls depuis longtemps et étaient à la recherche de l'âme sœur, ce qui n'était pas son cas car, si stable que puisse paraître sa relation avec Maggie, il savait qu'elle ne les mènerait nulle part. Ils ne faisaient que sortir ensemble, tout en continuant de mener leurs vies comme ils l'entendaient, chacun de son côté. Mais quand ils se voyaient, elle le rendait fou et il adorait être avec elle.

Il avait l'impression de n'en être jamais rassasié et, en plus, il allait même jusqu'à prendre ombrage de son indépendance d'esprit. Cela ne lui était encore jamais arrivé. Jusqu'ici, il avait toujours été celui qui défendait bec et ongles sa liberté, mais Maggie semblait en avoir encore plus besoin que lui.

— Et toi ? s'enquit Charlie lorsqu'ils en furent au dessert. Tu ne nous as pas dit grand-chose de la façon dont tu occupais ton temps. Vois-tu quelqu'un ? Ou papillonnes-tu, comme d'habitude ?

Adam était connu pour ses nombreuses conquêtes, et sortait parfois avec plusieurs filles en même temps.

— Je sors avec la même depuis un mois, répondit-il, l'air détaché. Oh, rien d'extraordinaire. Elle sait que je ne veux pas me marier.

— Et elle ? Comment voit-elle les choses ? demanda Charlie, intrigué.

— Elle est trop jeune pour cela. Elle a tout son temps. C'est tout l'intérêt des femmes jeunes.

— Bon sang, dit Gray en levant des yeux effarés. Ne me dis pas qu'elle est mineure. Un de ces quatre, tu vas te retrouver derrière les barreaux.

Ils adoraient le taquiner à ce sujet et, chaque fois, Adam répliquait que c'était pure jalousie de leur part.

— Rassurez-vous, elle a vingt-six ans et c'est une fille adorable avec un corps de rêve.

Et la tête bien faite, mais il ne jugea pas utile de le mentionner, car il ne voulait pas qu'ils aillent s'imaginer qu'il avait complètement perdu le nord. Et le fait est que, lorsqu'il commençait à s'intéresser à ce qui se passait dans la tête d'une femme, il filait un mauvais coton. Comme eux tous, du reste, même si aucun des trois n'était prêt à le reconnaître. De toute façon, seul le temps pourrait dire si cela durerait. En général, leurs liaisons ne survivaient pas aux premiers problèmes, mais ils n'en étaient pas là.

Ils restèrent à bavarder et à plaisanter jusqu'à minuit passé, heureux de se retrouver. Tous trois avaient été tellement occupés par leur travail ou par les femmes avec lesquelles ils sortaient qu'ils n'avaient pas réalisé à quel point leurs soirées entre célibataires leur avaient manqué. Ils se promirent de se revoir plus souvent et, pour rattraper le temps perdu, se mirent à discuter de politique, de finance, d'investissements et de peinture en l'honneur de Gray et de son nouveau galeriste. Adam dit qu'il avait deux nouvelles stars dans sa clientèle, et Charlie se félicita des progrès enregistrés par sa fondation. Ils restèrent jusqu'à la fermeture du restaurant, qu'ils quittèrent à regret.

— Bien, dit Gray avant qu'ils se séparent et repartent chacun de leur côté. Quoi qu'il puisse advenir entre nous et les femmes que nous fréquentons, nous allons nous promettre de nous revoir chaque fois que nous le pourrons, ou au moins de nous parler au téléphone. Vous m'avez manqué, les amis. J'aime Sylvia et j'adore *passer la nuit* chez elle – il leur décocha à chacun un sourire espiègle – mais vous comptez aussi.

— Amen, approuva Charlie.

— D'accord, confirma Adam.

Peu après, chacun montait dans un taxi pour retourner à ses occupations. Dès qu'il fut de retour chez lui, et bien qu'il fût presque une heure du matin, Adam appela Maggie. En découvrant qu'elle n'était pas là, il entra dans une rage folle. Où était-elle ? Et avec qui ?

Deux jours plus tard, Charlie se rendit à la fête d'Halloween que Carole avait organisée pour les enfants du centre. Elle lui avait demandé de venir déguisé, et il lui avait promis d'apporter des gâteaux pour ses petits pensionnaires. Il l'avait invitée à déjeuner deux fois, chez Mo et chez Sally, mais la plupart du temps ils se voyaient pour dîner. Ils étaient plus détendus le soir, après le travail, et c'était plus discret. Ils hésitaient encore entre rester amis ou entamer une relation plus intime, et jusqu'à ce qu'ils se soient décidés, ils voulaient éviter les commérages. Adam et Gray étaient les seuls à être au courant. Carole l'ignorait et Charlie se garda de le lui dire lorsqu'il l'appela le lendemain matin. Il se contenta de lui confier qu'il avait passé une excellente soirée en compagnie de ses amis. Elle ne les avait jamais rencontrés mais savait qu'ils étaient sympathiques et intelligents, et que Charlie tenait beaucoup à eux. Il lui avait dit qu'il les considérait comme ses frères.

Les enfants étaient adorables dans leurs déguisements d'Halloween. Gabby portait un costume de Wonder Woman et Zorro arborait un t-shirt blanc avec un S sur le dos, pour Super Toutou. Il y avait des Minnie, des tortues Ninja et un Spiderman, ainsi que toute une ribambelle de sorcières et de fantômes. Carole portait une perruque verte sous un grand chapeau pointu, avec un pull à col roulé et un jean noirs. Elle lui expliqua qu'elle avait choisi de s'habiller simplement pour être libre de ses mouvements et pouvoir s'occuper des enfants. Elle avait néanmoins pris la peine de mettre du fond de teint vert et de se peindre les lèvres en noir. Charlie avait remarqué qu'elle avait pris l'habitude de se maquiller quand il l'emmenait dîner. La première fois qu'ils étaient sortis ensemble « en amis », il l'avait complimentée. Elle avait rougi, mais avait néanmoins continué de se maquiller.

Pour l'occasion, Charlie s'était déguisé en Zeke, le lion du *Magicien d'Oz*, un costume déniché par sa secrétaire dans une boutique spécialisée.

La fête était très réussie. Les gâteaux et la tonne de bonbons apportés par Charlie ravirent les enfants, qui ne pouvaient pas sortir quémander des friandises chez les gens, dans ce quartier malfamé. C'eût été beaucoup trop risqué, et la plupart étaient de toute façon trop jeunes. Il était presque huit heures quand Carole et Charlie se retirèrent. Ils avaient songé à aller dîner après la fête, mais ils étaient trop fatigués et trop gavés de sucreries pour cela. Charlie avait fait une orgie de barres chocolatées, et Carole de nounours à la guimauve.

— Je t'inviterais bien à venir à la maison, dit-elle prudemment, mais c'est un tel fouillis… Je n'ai pour ainsi dire pas mis les pieds chez moi de toute la semaine.

Ils avaient dîné ensemble tous les soirs, sauf la veille, quand il était sorti avec Adam et Gray.

— Ça te dirait de venir prendre un verre chez moi ? proposa-t-il.

Elle n'était jamais allée chez lui. Jusqu'ici, ils avaient toujours dîné dehors, au restaurant.

— Volontiers, acquiesça-t-elle avec un sourire. Mais je ne resterai pas longtemps. Je suis épuisée.

— Moi aussi, avoua-t-il.

Le taxi traversa la Cinquième Avenue et les déposa devant chez lui. Lorsqu'ils sortirent de la voiture, lui dans son costume de lion et elle déguisée en sorcière, le portier leur sourit et les salua comme s'ils avaient été en smoking et en robe du soir. Ils montèrent dans l'ascenseur en riant. Après avoir poussé la porte de son appartement, il alluma la lumière et entra. Elle le suivit en regardant avec curiosité autour d'elle et vit de magnifiques meubles anciens, dont il avait hérité pour la plupart, et quelques-uns qu'il avait achetés lui-même. Carole traversa lentement le salon et admira la vue imprenable sur le parc.

— C'est absolument sublime, Charlie.

— Merci, répondit-il.

C'était sans aucun doute un très bel appartement, mais depuis quelque temps il le trouvait déprimant. Tout ici lui semblait vieux et triste, sans parler du silence de mort qui l'accueillait chaque fois qu'il tournait la clé dans la serrure. Curieusement, il avait remarqué qu'il ne se sentait bien qu'à bord de son yacht. Et quand il était avec Carole, naturellement.

Pendant qu'il allait chercher une bouteille, Carole s'arrêta devant une table entièrement recouverte de photos. Il y en avait plusieurs de ses parents et de divers amis, ainsi qu'un superbe portrait d'Ellen. Elle remarqua également un cliché amusant de Gray, Adam et lui sur le bateau. Il avait été pris l'été précédent, à Porto Cervo, alors qu'ils étaient avec Sylvia, mais seuls les trois amis étaient visibles sur la photo. Il y en avait une autre représentant le *Blue Moon,* de profil, au mouillage dans le port.

— Quel beau bateau ! dit-elle lorsqu'il lui tendit son verre de vin.

Il ne lui en avait pas encore parlé, préférant attendre que l'occasion se présente, car il était gêné de lui avouer qu'il possédait un yacht. Au début, il avait craint de passer pour un m'as-tu-vu, mais maintenant qu'ils se voyaient régulièrement et étaient sur le point de sortir ensemble, il estimait qu'il était temps de le lui dire. D'autant que sa fortune n'était un secret pour personne.

— Chaque année, j'y passe le mois d'août avec Gray et Adam. Cette photo a été prise en Sardaigne, dit-il un peu tendu.

Elle hocha la tête en prenant une gorgée de vin, puis le suivit jusqu'au canapé.

— Et à qui appartient-il ? demanda-t-elle en toute simplicité.

Elle lui avait confié que ses parents étaient des fous de voile, et qu'elle en avait beaucoup fait dans sa jeunesse. Il espérait qu'elle aimerait le sien, même si ce n'était pas un voilier.

— Vous le louez ? demanda-t-elle.

Il eut envie de sourire lorsqu'elle tourna vers lui son visage peint en vert. Dans son costume de lion, assis nonchalamment sur le canapé, avec sa queue qui lui remontait dans le dos, il avait l'air tout aussi ridicule. Elle éclata de rire. Ils faisaient une drôle de paire, tous les deux.

— Non, non, répondit-il au bout d'un moment.

— Il est à Adam ?

Charlie lui avait dit que son ami avait réussi et que sa famille avait de l'argent. Il secoua la tête et prit sa respiration.

— Il est à moi.

Un silence de mort se fit dans la pièce, tandis qu'elle le regardait dans les yeux.

— À toi ? Mais tu ne m'en as jamais parlé, murmura-t-elle, abasourdie.

— Parce que je craignais que cela ne te choque. Je venais juste de rentrer de vacances, la première fois que nous nous sommes rencontrés. L'été, je passe trois mois sur mon yacht en Europe et l'hiver deux semaines dans les Caraïbes. C'est génial.

— Je n'en doute pas, acquiesça-t-elle, songeuse. En tout cas, il est magnifique.

C'était un signe extérieur de richesse en totale contradiction avec le style de vie, la façon de penser et de travailler de Carole. La fortune de Charlie n'était pas un secret pour elle, mais elle vivait sur un pied beaucoup plus modeste. Son univers à elle était le centre de Harlem et les gens qui l'habitaient, pas un yacht voguant sur les mers du Sud. Tout en étant conscient du genre de vie qu'elle menait, Charlie ne voulait pas qu'elle lui en veuille de son train de vie extravagant et qu'elle en vienne à le mépriser, ou même à prendre peur.

— J'espère que cela ne remet pas en cause notre relation, dit-il doucement. J'aimerais tellement t'en faire profiter un jour ! Il s'appelle le *Blue Moon*.

Il se sentait mieux, maintenant qu'elle était au courant, même s'il redoutait un peu sa réaction. Elle semblait légèrement abasourdie.

— Et il mesure combien ? s'enquit-elle avec curiosité.

— Quatre-vingts mètres.

Carole émit un sifflement d'admiration et prit une longue gorgée de vin.

— Seigneur... Je travaille à Harlem... Et toi, tu possèdes un yacht de quatre-vingts mètres... Tu ne trouves pas qu'il y a quelque chose qui ne va pas ? D'un autre côté, tu m'as donné un million de dollars pour mon centre. Je suppose que si tu n'avais pas autant d'argent, tu ne pourrais pas nous aider. Donc, nous sommes quittes.

— Tant mieux, parce que je ne voudrais pas qu'un bateau puisse gâcher notre amitié.

Elle le regarda avec gentillesse.

— Ça n'arrivera pas, dit-elle lentement. Enfin, espérons-le.

Charlie n'était pas du genre m'as-tu-vu, et elle voyait bien que son bateau comptait beaucoup pour lui. Mais c'était un très gros yacht.

— Trois mois l'été, c'est long, remarqua-t-elle, pensive.

— Que dirais-tu de venir avec moi, l'année prochaine ? lança-t-il, enthousiaste. Je ne suis pas obligé de rester aussi longtemps, tu sais. Cette année je n'avais rien qui me pressait, c'est pour cela que j'ai prolongé mon séjour. Parfois, je déprime à l'idée de revenir à New York. La solitude me pèse.

Tout en disant cela, il jeta un coup d'œil circulaire à l'appartement. Puis il la regarda à nouveau et ajouta avec le sourire :

— On s'éclate vraiment sur le yacht, quand on est tous les trois, Gray, Adam et moi. J'ai hâte que tu fasses leur connaissance.

Mais il était encore trop tôt pour cela. Carole et lui avaient d'abord besoin de consolider leur relation. Il lui passa alors un bras autour des épaules, chose qu'il avait envie de faire depuis longtemps.

— Et maintenant, tu connais mon plus noir secret. J'ai un yacht.

— C'est ce que tu as fait de pire ?

— Oui. Je ne suis jamais allé en prison. Je n'ai jamais été poursuivi pour crime ou autres méfaits. Je n'ai pas d'enfants, légitimes ou non. Je n'ai jamais fait faillite. Je ne me suis jamais marié et n'ai jamais volé la femme d'un autre. Je me brosse les dents chaque soir avant de me mettre au lit, même quand je suis ivre, ce qui ne m'arrive pas souvent. Je mets de l'argent dans les parcmètres. Quoi d'autre… Voyons…

Il fit une pause pour reprendre haleine, et elle rit. Sa queue de lion, droite comme une flèche, se dressait derrière lui.

— Tu as l'air carrément idiot dans ce costume.

— Mais toi, très chère, tu es absolument adorable avec ton teint vert.

Tout en prononçant ces mots, il se pencha pour l'embrasser. Quand il se redressa, elle le regarda, le souffle court. La soirée lui avait réservé bien des surprises, plutôt bonnes d'ailleurs, même si la taille du yacht lui semblait un peu trop grande. Pour elle, le *Blue Moon* ressemblait davantage à un paquebot qu'à un bateau de plaisance.

— Je rêvais depuis toujours d'embrasser une femme verte avec des lèvres noires, murmura-t-il.

Elle rit et il l'embrassa à nouveau. Cette fois, elle lui passa les bras autour du cou. Il éveillait des sensations qu'elle gardait enfouies au fond d'elle-même depuis des années. Elle s'était tellement investie dans son travail qu'elle avait fini par en oublier tout le reste. Mais à présent, dans les bras de Charlie, elle se souvenait combien il était doux d'échanger des baisers, et plus doux encore d'être aimée par un homme.

— Merci, murmura-t-elle tandis qu'il la tenait serrée contre lui.

Elle avait tellement redouté ce premier baiser, tellement craint de tomber à nouveau amoureuse... Et il l'avait aidée à franchir le pas et à pénétrer dans son jardin secret, sans la brusquer. Elle se sentait parfaitement en sécurité avec lui.

Il lui fit visiter l'appartement, lui montrant certains de ses trésors et les objets auxquels il tenait le plus. Les photos de ses parents et de sa sœur, les tableaux qu'il avait rapportés d'Europe, notamment un magnifique Degas, accroché au-dessus de son lit. Il lui laissa le temps de l'admirer, avant de l'emmener dans les autres pièces. Il était encore trop tôt pour qu'ils s'attardent dans la chambre, mais tandis qu'ils regardaient le Degas, ils en vinrent à parler de danse classique et elle lui confia qu'elle en avait fait pendant longtemps.

— Je songeais très sérieusement à devenir danseuse, et puis à seize ans j'ai tout arrêté, avoua-t-elle avec une pointe de regret.

Il comprenait mieux à présent pourquoi elle était si gracieuse et se tenait si bien.

— Pourquoi ?

— J'étais trop grande. On m'aurait reléguée au dernier rang du corps de ballet, répondit-elle avec un sourire mélancolique. Les étoiles sont petites, ou du moins l'étaient. Je crois qu'elles sont plus grandes maintenant, mais certainement pas autant que moi.

Il n'y avait pas que des avantages à être grande, apparemment, mais Charlie aimait sa taille élancée et souple. Elle était à la fois élégante et féminine, et comme il la dépassait d'une bonne tête, ce n'était pas un problème.

— Ça te dirait d'aller à l'Opéra ?

Ses yeux s'illuminèrent lorsqu'il lui posa la question, et il lui promit de l'emmener. Il y avait tant de choses qu'il avait envie de faire avec elle... Leur histoire ne faisait que commencer.

Elle resta jusqu'à minuit. Avant son départ, ils allèrent dans la cuisine, pour manger un morceau. Ils n'avaient pas encore dîné, juste avalé des tas de gâteaux et de bonbons à la fête. Ils se préparèrent des sandwiches qu'ils mangèrent sans façon, en bavardant gaiement.

— Je sais que ça peut paraître ridicule, confia Carole, mais je n'ai jamais pu supporter l'extravagance, le snobisme et l'arrogance des gens riches. Personnellement, je n'ai jamais voulu être quelqu'un de riche. Je veux simplement aider ceux qui sont pauvres, ceux qui n'ont pas de chance. Je me sens coupable quand je fais ou quand j'achète des choses que bien des gens ne peuvent pas faire ou s'offrir, alors je m'abstiens. Je pourrais, mais je ne veux pas.

Maintenant qu'il la connaissait, ses paroles ne le surprirent pas. Elle ne lui avait jamais parlé de ses parents, si bien qu'il ignorait s'ils avaient de l'argent ou non. Mais, à en juger par son mode de vie, il était peu probable qu'ils aient été riches. Rien en elle, hormis son allure aristocratique, ne laissait penser qu'elle venait d'une famille aisée. C'était sans doute des gens modestes qui s'étaient saignés aux quatre veines pour pouvoir l'envoyer à Princeton.

— Je comprends, dit-il doucement alors qu'ils finissaient de manger. Ça doit te choquer d'apprendre que j'ai un yacht ?

— Non, répondit-elle. Simplement, ce n'est pas le genre de chose que je m'offrirais, même si j'en avais les moyens. Mais tu as le droit de dépenser ton argent comme tu l'entends. Tu fais beaucoup par le biais de ta fondation. Pour ce qui me concerne, je crois que je donnerais tout aux autres.

— Il faut tout de même en garder un peu pour soi, ne serait-ce que pour pouvoir se faire plaisir de temps en temps.

— Cela m'arrive, mais j'ai du mal. Je me sens même coupable de toucher un salaire, alors que d'autres auraient certainement davantage besoin de cet argent que moi.

— Il faut bien manger, fit-il remarquer.

Il se sentait beaucoup moins coupable qu'elle. Il avait hérité d'une immense fortune alors qu'il était encore très jeune, et avait dû endosser seul les énormes responsabilités qui s'y rattachaient. Il se plaisait à vivre dans le luxe, entouré d'objets d'art, et par-dessus tout il chérissait son yacht. Il estimait n'avoir de comptes à rendre à personne, sauf peut-être à Carole. Leurs façons de voir étaient très différentes, mais il espérait qu'elles ne l'étaient pas trop.

— Sans doute suis-je un peu excessive, reconnut-elle. En menant une vie austère, j'ai l'impression de me racheter.

— Te racheter de quoi ? s'étonna-t-il. Tu me parais être quelqu'un d'exceptionnel et de merveilleux, qui consacre sa vie à soulager les misères du monde et qui travaille dur, du matin au soir. Prendre un peu de bon temps ne te ferait pas de mal.

— J'en prends avec toi, Charlie, dit-elle doucement. Je prends toujours beaucoup de plaisir, quand nous sommes ensemble.

— Et moi aussi.

Il sourit et l'embrassa à nouveau. Il adorait ça et mourait d'envie d'aller plus loin, mais n'osait pas. Pas encore. Il savait que Carole avait peur. Peur de s'attacher et de souffrir à nouveau. Et il était dans le même cas. Car il craignait à tout moment de découvrir chez elle la faille rédhibitoire qui l'obligerait à fuir. Mais chez Carole, la faille sautait aux yeux et n'était en aucune façon cachée. Elle venait d'un autre milieu que le sien. Elle était travailleuse sociale à Harlem et n'était pas à l'aise dans son monde à lui. Pourtant, bien que désapprouvant son mode de vie, elle l'appréciait. La seule vraie question pour lui était de savoir si elle parviendrait un jour à surmonter ses réticences et à l'accepter tel qu'il était. S'ils devaient vivre ensemble, il allait falloir qu'elle accepte leurs différences, et lui aussi. Pour l'instant, cela lui semblait possible. Mais en était-il de même pour elle ? Allait-elle lui pardonner ses extravagances et se retenir de prendre ses jambes à son cou ?

Il la raccompagna en taxi et l'embrassa avant de la laisser devant chez elle. Elle ne l'invita pas à entrer, lui ayant déjà expliqué que son studio était sens dessus dessous. Bien que ne l'ayant jamais vu, il imaginait aisément tous les problèmes qui se posaient quand on vivait dans une seule pièce et qu'on passait le plus clair de son temps à travailler.

Il l'embrassa sur le bout du nez avant de la quitter, et elle rit en voyant qu'il avait les lèvres vertes.

— Je t'appelle demain, lui promit-il en remontant dans le taxi. Et je vais essayer de trouver des places pour aller à l'Opéra, la semaine prochaine.

Elle lui fit au revoir de la main, puis poussa la porte et disparut.

De retour chez lui, son appartement lui parut vide. Carole lui manquait. Elle remplissait déjà sa vie, son espace et son cœur.

15

Le lendemain matin, sa secrétaire prévint Charlie qu'elle avait réservé deux places vendredi soir, pour *Giselle*, ballet sur lequel les critiques ne tarissaient pas d'éloges. Il laissa un message sur le répondeur de Carole pour l'avertir, puis s'installa à son bureau. Il venait de recevoir le nouvel annuaire des anciens de Princeton et, par curiosité, y chercha le nom de Carole. Sachant en quelle année elle avait obtenu son diplôme, retrouver son nom était facile. Il le feuilleta jusqu'à la bonne page et fronça les sourcils en constatant que son nom n'y était pas.

S'était-il trompé d'année ? Il recommença à feuilleter l'annuaire, mais elle n'y figurait pas. Ce ne pouvait qu'être une erreur. Il demanda à sa secrétaire d'appeler le bureau des anciens élèves pour leur signaler l'omission, afin d'épargner à Carole une perte de temps. Il lui donna le nom de Carole, ainsi que l'année où elle avait passé son diplôme.

Il était absorbé dans des rapports financiers quand sa secrétaire l'appela par l'interphone, en fin d'après-midi. Il décrocha d'une main distraite. Il était plongé dans des projections financières à long terme particulièrement complexes et dut faire un effort pour comprendre ce qu'elle lui disait.

— J'ai appelé Princeton, comme vous me l'avez demandé, monsieur Harrington. Je leur ai donné les noms et année de promotion de Mlle Parker, mais ils m'ont répondu que personne de ce nom n'était sorti de Princeton cette année-là. Je leur ai alors demandé de vérifier, et ils l'ont fait. Je ne pense pas qu'elle soit allée à Princeton. C'est peut-être une erreur. En tout cas, le bureau des anciens élèves est catégorique.

— Mais c'est absurde, voyons. Donnez-moi leur numéro. Je vais les appeler moi-même.

Une telle incurie était inconcevable, et Carole en aurait probablement été contrariée, elle aussi. Sur son CV, le nom de Princeton apparaissait en toutes lettres et il connaissait même le nom de son club.

Mais, lorsqu'il rappela, cinq minutes plus tard, il obtint la même réponse et sur un ton extrêmement désagréable. Il n'était pas dans leurs habitudes de commettre de telles erreurs. Aucune Carole Anne Parker n'était sortie de Princeton. Mieux, même, en consultant les archives, il ressortait que personne de ce nom n'y avait jamais fait ses études. Lorsqu'il raccrocha, Charlie fut pris d'un terrible pressentiment. Cinq minutes plus tard, il appela l'université Columbia et obtint la même réponse. Carole n'était pas allée non plus à Columbia. Il comprit alors qu'il avait trouvé la faille rédhibitoire. La femme dont il était épris était une menteuse. Si dévouée et consciencieuse fût-elle dans son travail, elle ne possédait aucun des diplômes qu'elle prétendait avoir et avait même réussi à escroquer un million de dollars à la fondation, en fournissant de fausses références et une réputation usurpée.

C'était presque un crime, sauf qu'elle n'avait pas détourné l'argent pour son usage personnel mais l'avait employé à des fins humanitaires. Il était tellement choqué qu'il ne savait que faire. Il lui fallait d'abord digérer la nouvelle.

Cet après-midi-là, lorsqu'elle l'appela au bureau, il refusa de prendre la communication. Mais, avant de disparaître de sa vie, il voulait une explication. Comme il l'emmenait voir *Giselle* deux jours plus tard, il décida de ne pas lui en parler d'ici là. Il la rappela donc en fin de journée pour lui dire que le conseil d'administration était débordé et qu'il ne pourrait pas la voir avant vendredi. Elle lui dit qu'elle comprenait parfaitement, car cela lui arrivait quotidiennement à elle aussi, mais elle fut surprise du ton glacial de sa voix. En réalité, il avait la gorge serrée et avait dû faire un effort pour retenir ses larmes. Il se sentait complètement floué. La femme qu'il avait tant admirée n'était en fin de compte qu'une menteuse.

Les deux jours suivants lui parurent très longs, et lorsqu'il passa la prendre le vendredi soir pour l'emmener voir *Giselle*, elle était particulièrement en beauté. Elle portait une ravissante petite robe noire, des escarpins et une veste en fourrure. Elle avait visiblement fait un effort, allant même jusqu'à mettre des boucles d'oreilles en perles qui avaient appartenu à sa mère, lui dit-elle. Sauf qu'il ne croyait plus un traître mot de ce qu'elle lui racontait, maintenant qu'il savait qu'elle n'était allée ni à Columbia ni à Princeton. Il se méfiait et son attitude s'en ressentait. Voyant qu'il était froid et distant, elle lui demanda s'il avait un problème. Mais, au même moment, le rideau se leva et il se contenta de secouer la tête. Dans le taxi qui les avait amenés au Lincoln Center, c'est à peine s'il lui avait adressé la parole. Carole lui avait trouvé une mine épouvantable et en était venue à la conclusion que quelque chose de grave s'était produit à la fondation.

À l'entracte, ils allèrent au foyer pour prendre un verre et, avant qu'ils ne regagnent leurs fauteuils, elle s'excusa pour aller aux toilettes. Juste au moment où elle s'apprêtait à s'y rendre, un couple arriva sans qu'elle puisse l'éviter. Elle détourna la tête en faisant mine de regarder ailleurs, comme si elle cherchait à se cacher. Charlie se raidit en voyant son manège. Tout ce qu'elle lui dit avant de disparaître fut qu'il s'agissait d'amis de ses parents, et qu'elle ne pouvait pas les souffrir. Lorsque la femme en question fondit sur lui, suivie de son époux, Charlie réalisa qu'il les connaissait, lui aussi, et qu'il ne les appréciait guère. C'étaient d'insupportables nouveaux riches.

La femme se mit à jacasser sans qu'on puisse l'arrêter, déclarant qu'elle avait préféré les représentations de l'année précédente et passant en revue tous les défauts des danseuses. Enfin, posant ses petits yeux perçants sur Charlie, elle dit sur un ton à la fois entendu et malveillant :

— Eh bien, mon cher, on peut dire que vous avez tiré le gros lot.

Sur le coup, Charlie ne comprit pas où elle voulait en venir et la regarda avec étonnement. Il lui tardait de voir revenir Carole. Car si furieux fût-il contre elle, il préférait mille fois l'avoir à ses côtés plutôt que cette odieuse bonne femme et son obséquieux époux qui lui collaient aux basques pour pouvoir être vus en sa compagnie.

— Il paraît qu'elle a presque fait une dépression nerveuse, quand son mari l'a quittée. De toute façon, je ne vois vraiment pas ce qu'elle pouvait lui trouver.

Les Van Horn sont infiniment plus riches que lui. Lui n'était qu'un arriviste, alors que les Van Horn sont l'une des plus vieilles familles d'Amérique.

Mais pourquoi diable lui parlait-elle des Van Horn ? Il connaissait Arthur Van Horn, certes, quoique vaguement, car c'était un ultraconservateur, un type coincé et assommant. Et qu'il fût riche à millions ne changeait rien.

— Les Van Horn ? dit Charlie sans comprendre.

Et tandis qu'elle continuait ses médisances, il en vint à se demander si elle n'était pas complètement folle. Pourquoi lui parlait-elle d'une femme – une Van Horn, apparemment – que son mari avait quittée ? De son côté, elle le dévisageait avec insistance, comme s'il était complètement idiot.

— Les Van Horn, oui. J'ai bien dit la fille Van Horn. C'est bien elle qui était avec vous quand je me suis approchée ?

Soudain, tout s'éclaira. En réalisant qu'elle parlait de Carole, Charlie resta interdit, comme s'il avait été foudroyé.

— Oui, euh, bien sûr. Excusez-moi. J'avais la tête ailleurs. Mlle Van Horn, en effet.

— Vous êtes ensemble ? demanda-t-elle sans le moindre tact.

Les femmes comme elle ne se gênaient pas pour poser des questions indiscrètes. Elles étaient constamment en quête de racontars, pour épater la galerie en répandant des ragots, laissant ainsi entendre qu'elles étaient dans le secret des dieux, alors qu'en réalité elles étaient méprisées de tous.

— Nous sommes amenés à nous voir pour le travail, répondit-il. Dans le cadre d'un projet commun entre ma fondation et son centre pour enfants. Ils font un excellent travail. Comment s'appelait son mari, déjà ?

— Je crois que c'était Mosley. Ou Mossey ? Un affreux bonhomme, mais qui a bâti une véritable fortune. Je crois qu'il a épousé une fille encore plus jeune que Carole, après leur divorce. La pauvre a été durement ébranlée.

— Il ne s'appelait pas Parker, par hasard ?

Charlie était prêt à tout, désormais. Il voulait connaître la vérité et peu lui importait que ce fût de la bouche de cette abominable arriviste.

— Non, non. Ça, c'est le nom de jeune fille de sa mère. La banque Parker, de Boston. Leur fortune n'est pas aussi colossale que celle des Van Horn, mais tout de même. Carole héritera des deux côtés. Il y en a qui ont de la chance, dit-elle.

Comme il hochait la tête en silence, Charlie aperçut Carole qui revenait. Avec ses escarpins, on la repérait facilement dans la foule. Il lui fit signe de rester là où elle était, puis salua son informatrice et fendit la cohue. Il venait de découvrir tant de choses contradictoires sur Carole, au cours des deux derniers jours, qu'il ne savait plus que penser.

— Je suis désolée de t'avoir abandonné aux griffes de cette horrible femme. Mais j'ai pensé que si je restais, il n'y aurait plus moyen de s'en dépêtrer. J'imagine qu'elle t'a rebattu les oreilles ?

— En effet, répondit-il sans entrer dans les détails.

— Elle ne peut pas tenir sa langue. C'est la plus grande concierge de New York. Tout ce qui l'intéresse, c'est de savoir qui a épousé qui, qui est le grand-père d'untel, quel sera son héritage. Je ne sais pas comment elle fait, mais en tout cas elle m'insupporte.

Il approuva d'un signe de tête, puis ils regagnèrent leurs sièges. Le rideau se leva presque immédiatement, et durant toute la deuxième partie, Charlie resta figé, perdu dans ses pensées. Il avait découvert la faille chez Carole. Elle n'était pas celle qu'il avait imaginée quelques jours plus tôt. Il ne lui en voulait pas de ne pas venir d'un milieu modeste. Non, le défaut rédhibitoire de Carole était somme toute très banal. C'était une menteuse.

Quand le rideau tomba, à la fin du spectacle, elle lui sourit et le remercia.

— J'ai passé un moment magique. Merci, Charlie. J'ai adoré ce spectacle.

— J'en suis heureux, répondit-il simplement.

Il lui avait promis de l'emmener souper après la représentation, mais il ne s'en sentait plus l'envie. Il avait des choses à lui dire, mais ne voulait pas le faire en public. Il lui proposa de regagner son appartement. Elle lui sourit, amusée, et lui proposa de lui préparer des œufs brouillés. Pendant le court trajet jusqu'à chez lui, c'est à peine s'il lui adressa deux mots. Carole avait remarqué qu'il n'était pas dans son assiette et se demandait pourquoi. Elle ne tarda pas à en connaître la raison.

Après avoir ouvert la porte de l'appartement, il alluma les lumières et se dirigea directement vers le salon. Puis, sans même prendre la peine de s'asseoir, il se tourna vers elle et la foudroya du regard.

— Et maintenant, parlons franchement. Que signifie cette mascarade ? Tu feins de ne pas supporter les mondanités, les clubs privés et les gens qui ont de l'argent. Tu joues les petites-bourgeoises qui cherchent à sauver les pauvres gens de Harlem, alors que tu es du même milieu que moi, que tu fais les mêmes choses que moi pour les mêmes raisons et que tu es aussi riche que moi, mademoiselle Van Horn.

— Puis-je savoir d'où tu tiens ces informations ? Et en quoi le fait que je sois riche ou non te concerne ? C'est justement là le problème, Charlie. Je ne veux pas qu'on m'admire, qu'on me courtise et qu'on me respecte simplement parce que je suis la descendante d'un homme illustre. Je veux être appréciée pour ce que je vaux réellement. Et c'est une chose impossible, quand on porte un nom comme Van Horn. C'est la raison pour laquelle j'ai pris le nom de ma mère. Et après ? As-tu l'intention de me poursuivre en justice ? Je ne te dois aucune explication.

Elle était manifestement aussi furieuse que lui.

— Je t'en veux de m'avoir menti. Tu aurais dû me dire la vérité. Comment pourrais-je te faire confiance, maintenant que je sais que tu m'as trompé sur ton identité ? Pourquoi n'as-tu pas été honnête avec moi, Carole ?

— Pour la même raison que tu ne m'as pas dit que tu avais un yacht, parce que tu craignais de me faire fuir, de me choquer ou de me rebuter. Ou peut-être simplement parce que tu avais peur que j'en veuille à ton argent. Eh bien, rassure-toi, ce n'est pas le cas. J'ai ce qu'il me faut. Et tout ce que je t'ai dit sur les mondanités est vrai. Je déteste le monde dans lequel j'ai grandi. Et toute la pompe, l'ostentation et la prétention qui vont avec. J'aime mon métier. J'aime les enfants dont je m'occupe. Et c'est tout ce qui m'importe dans l'immédiat. Je n'ai pas envie de vivre dans le luxe. Je n'ai jamais supporté les chichis et les salamalecs. J'ai tiré un trait dessus, il y a quatre ans, et je me sens beaucoup mieux depuis. Je ne retournerai plus jamais à ce style de vie, ni pour toi ni pour personne.

Elle était tellement hors d'elle qu'elle fulminait littéralement.

— Mais il n'empêche que c'est ton milieu, ton histoire familiale, que tu le veuilles ou non. Et dire que je me suis presque prosterné à tes pieds en te suppliant de me pardonner. Tu aurais dû m'épargner cette humiliation, au lieu de me faire passer pour un crétin. Avais-tu l'intention de me dire la vérité, un jour ? Ou entendais-tu continuer à jouer la sainte-nitouche jusqu'au bout ? Et d'ailleurs, maintenant que j'y pense, je ne suis pas sûr que tu vives dans un studio, comme tu l'as prétendu. J'ai même de bonnes raisons de croire que tu occupes la maison tout entière. Allons, avoue ! Cette maison est à toi, n'est-ce pas ?

Ses yeux jetaient des éclairs. Elle lui avait menti sur toute la ligne. Elle baissa brièvement la tête, puis le regarda dans les yeux.

— Oui, elle est à moi. Je voulais m'installer à Harlem quand j'ai ouvert le centre, mais mon père a refusé. Il a insisté pour que j'achète cette maison et je ne savais pas comment te le dire.

— Enfin, il y a au moins quelqu'un qui a la tête sur les épaules dans ta famille. Tu aurais pu te faire égorger à Harlem. Et cela risque encore de t'arriver. Tu n'es pas Mère Teresa, Carole. Tu es une gosse de riches, tout comme moi. Et que ceux qui trouvent à y redire aillent au diable. Je suis comme je suis, point final. Peut-être qu'un jour tu finiras toi aussi par accepter qui tu es, mais en attendant, ce n'est pas une raison pour raconter n'importe quoi et te faire passer pour ce que tu n'es pas. C'est complètement idiot. Sans compter que, par ta faute, je me suis couvert de ridicule. Car j'ai appelé Princeton, cette semaine, pour leur faire remarquer qu'une erreur s'était glissée dans l'annuaire des anciens élèves, parce que ton nom n'y figurait pas. Naturellement, quand je leur ai donné le nom de Parker, ils m'ont répondu que tu n'étais jamais allée à Princeton. Sur le coup, j'ai pensé que tu te faisais passer pour quelqu'un d'autre. Mais non, tu n'es qu'une menteuse. La moindre des choses, quand on sort avec quelqu'un, c'est de lui dire la vérité. Oui, j'ai un yacht. Oui, j'ai de l'argent. Et toi, tu es une Van Horn. Le problème, c'est que maintenant que je sais que tu m'as menti, je ne peux plus te faire confiance. Et même, je n'ai plus envie que nous nous voyions. En tout cas, plus jusqu'à ce que tu acceptes de regarder les choses en face et de grandir. Pour le moment, nous n'avons plus rien à nous dire.

Il était tellement furieux qu'il tremblait de la tête aux pieds. Et elle aussi. Elle était navrée qu'il prenne les choses ainsi et en même temps soulagée. Elle s'en voulait de lui avoir menti. Ne pas dire qui elle était aux gens du centre était une chose, mais ne pas le lui dire à lui en était une autre.

— Charlie, je voulais que tu m'aimes pour ce que je suis réellement, et non à cause du nom que je porte.

— Qu'est-ce que tu t'imagines ? Que j'en veux à ton argent ? C'est grotesque et tu le sais très bien. Tu as trahi notre relation, et je trouve très grave que tu m'aies menti.

— Je ne t'ai menti que sur mon nom et mes origines. Ce n'est pas important. Je suis toujours moi-même. Et je te fais mes excuses. Tu as raison, je n'aurais jamais dû te cacher ma véritable identité. Mais je l'ai fait. Peut-être simplement parce que je ne me sentais pas sûre de moi. Et puis, à partir du moment où tu me connaissais sous le nom de Carole Parker, il m'était difficile de t'expliquer qui j'étais vraiment. Il n'y a pas mort d'homme, bon sang. Et je ne t'ai pas volé ton argent.

— Non, mais tu m'as volé ma confiance, ce qui est bien pire.

— Charlie, je suis sincèrement désolée. Je crois que je suis en train de tomber amoureuse de toi.

Au même moment, des larmes roulèrent sur ses joues. Elle avait tout gâché et se sentait terriblement coupable. Elle aimait Charlie.

— Je ne te crois pas, lança-t-il. Si tu étais réellement amoureuse de moi, tu ne m'aurais pas menti.

— J'ai fait une erreur. Ce sont des choses qui arrivent. J'avais peur. Je voulais que tu m'aimes pour ce que je suis.

— Et j'ai bien failli tomber dans le panneau. Mais Dieu seul sait qui tu es vraiment. Je suis tombé amoureux d'une Carole Parker, une fille toute simple, sans argent et sans famille illustre. Et voilà que je découvre que je sors avec une héritière, nom d'un chien !

— Est-ce si terrible ? Ne pourras-tu jamais me pardonner ?

— Je n'en sais rien. Le mensonge est une chose terrible, Carole.

Tout en disant cela, il se dirigea vers la baie vitrée pour contempler le parc. Il resta ainsi, lui tournant le dos, pendant un long moment. Ils s'en étaient dit assez l'un et l'autre et n'avaient plus rien à ajouter.

— Tu préfères que je m'en aille ? demanda-t-elle d'une voix tendue par l'émotion.

Il y eut un petit moment de silence, puis il hocha la tête et déclara :

— Oui. Tout est fini entre nous. Je ne te ferai plus jamais confiance. Il y a deux mois que tu me mens. C'est beaucoup. Beaucoup trop.

— Je suis navrée, soupira-t-elle tout bas.

Il continuait de lui tourner le dos. Il ne voulait plus la voir. Il souffrait trop. Une fois de plus, la femme qu'il aimait avait un défaut fatal.

Elle sortit sans bruit de l'appartement et referma la porte derrière elle. Elle tremblait quand l'ascenseur la déposa au rez-de-chaussée. Toute cette histoire était absurde. Il lui reprochait d'être riche, alors qu'il était plus riche qu'elle. Mais non, ce n'était pas le problème, et elle le savait. Il lui reprochait de lui avoir menti.

Elle rentra chez elle en taxi. Elle espérait qu'il la rappellerait, mais il ne le fit pas. Ni ce soir là, ni les suivants. Elle interrogeait régulièrement son répondeur. Trois semaines plus tard, il ne l'avait toujours pas appelée et elle comprit qu'il ne la rappellerait plus jamais. Il lui avait dit la vérité. Tout était fini entre eux, car il ne pouvait plus lui faire confiance. Si bonnes que soient ses intentions, elle avait brisé ce qui les unissait. Il ne voulait plus jamais la voir ou lui adresser la parole. Entre-temps, elle s'était rendu compte qu'elle était amoureuse de lui, mais cela ne changeait rien. Elle avait perdu Charlie pour toujours.

16

Adam et Maggie étaient en train de passer une paisible soirée en tête à tête, quand cette dernière aborda le sujet de Thanksgiving. Ils se voyaient maintenant presque chaque soir, et elle souhaitait passer les fêtes avec lui, à condition, naturellement, qu'il n'ait pas projeté d'être avec ses enfants. Il ne les lui avait pas encore présentés, estimant qu'il était trop tôt pour cela. Car, bien qu'il prît beaucoup de plaisir à la voir, il lui avait dit clairement qu'ils étaient à l'essai et que leur relation n'en était qu'à ses débuts.

— Thanksgiving ? Pourquoi ? demanda-t-il en la regardant sans comprendre.

— Tu as l'intention de passer les fêtes en famille ?

— Non, Rachel emmène les enfants dans l'Ohio, chez sa belle-sœur. Nous les prenons à tour de rôle et, cette année, c'est elle.

Elle lui sourit, songeant que c'était plutôt une bonne nouvelle. Il y avait des années – depuis qu'elle était toute petite, en fait – qu'elle n'avait pas fêté Thanksgiving. Une fois, sa mère et elle avaient préparé une dinde. Mais avant même que la volaille soit cuite, sa mère était déjà complètement ivre. Laissant Maggie seule à table, elle était allée cuver son vin dans la pièce voisine.

— Qu'est-ce que tu dirais de passer les fêtes ensemble ? demanda-t-elle en se pelotonnant contre lui.

— Impossible, répondit-il, l'air maussade.

Maggie se contracta. Tout allait merveilleusement bien entre eux, et soudain il se montrait cassant et blessant.

— Et pourquoi ? s'enquit-elle.

— Parce que je dois aller chez mes parents et qu'il est hors de question que je t'emmène avec moi.

S'il lui disait qu'elle s'appelait O'Malley, sa mère allait avoir une attaque. Et d'ailleurs, cela ne la regardait pas.

— Pourquoi vas-tu là-bas ? Je croyais que ça s'était très mal passé à Yom Kippour.

Elle avait du mal à comprendre sa façon de raisonner.

— C'est vrai. Mais ce n'est pas le problème. Chez mes parents, il faut être présent, de gré ou de force, à toutes les fêtes. Et ça n'a rien à voir avec le plaisir. C'est une tradition et une obligation. Et si insupportables soient-ils, ce sont mes parents et je leur dois le respect. Ils sont trop vieux pour changer quoi que ce soit à leurs habitudes, c'est donc à moi de faire un effort.

Il avait l'air misérable. À l'idée de devoir bientôt supporter à nouveau les récriminations de sa mère, il souffrait déjà. Elle avait le don de gâcher toutes les fêtes. Par chance, ils célébraient Hanoukka et jamais Noël, de sorte qu'il pouvait emmener ses enfants en vacances et s'amuser un peu, ce qui ne se produisait jamais à Long Island.

— Et toi, où as-tu prévu de passer Thanksgiving ?

— Chez moi, toute seule. Les autres retournent chez elles.

Ce qui n'était pas son cas, naturellement.

— Je t'en prie, ne cherche pas à me culpabiliser, répondit-il en criant presque. J'ai déjà bien assez de ma mère pour me pourrir la vie. Je suis sincèrement désolé que tu n'aies rien de prévu, mais je n'y peux malheureusement rien.

— Il y a un truc qui m'échappe, dit-elle, l'air contrariée. Ils te traitent comme un moins que rien. C'est toi-même qui me l'as dit. Alors, pourquoi continues-tu de les voir ?

— Parce que c'est mon devoir, riposta-t-il avec humeur. Je n'ai pas le choix.

— Mais bien sûr que si.

— Non. Et puis je n'ai pas envie d'en parler. J'irai, un point c'est tout. En revanche, si ça te dit, nous pourrions nous voir pendant le week-end.

— Ce n'est pas le problème.

Elle était en train de le pousser dans ses derniers retranchements et il n'aimait pas ça. Mais elle avait envie de jouer avec le feu, apparemment.

— Si tu veux que notre histoire continue, poursuivit-elle au risque de tout casser, je veux que nous passions Thanksgiving ensemble.

— Maggie, tu vas trop loin. On a décidé de se voir de temps en temps, et rien de plus.

— Vraiment ? répondit-elle avec ironie. Et depuis quand es-tu le seul à décider ?

— Je t'ai prévenue d'entrée de jeu. Tu as ta vie et j'ai la mienne. Et nous nous voyons quand ça nous arrange. Il se trouve que je suis pris pour Thanksgiving. Malheureusement. Je ne plaisante pas. Je t'assure que je préférerais passer la soirée avec toi. Mais mes parents m'ont invité et je dois y aller. Je rentrerai avec une migraine atroce et des crampes d'estomac, contrarié au-delà de tout, mais il faut que j'y aille.

— C'est nul, dit-elle en faisant la moue.

— Je sais, dit-il. Autant pour toi que pour moi.

— Et puis je te trouve gonflé de dire qu'on ne se voit que quand ça nous arrange.

— C'est pourtant la vérité. Et d'ailleurs, je te ferais remarquer que nous nous voyons chaque week-end, ce qui n'est pas rien.

— En effet. Et c'est pourquoi je pense que nous vivons une véritable histoire d'amour, insista-t-elle, le poussant dans ses retranchements, contrairement à ses habitudes.

Elle était tellement contrariée qu'elle était prête à lui tenir tête et à braver les règles qu'il avait fixées.

— Une histoire d'amour, c'est bon pour les gens qui ont l'intention de se marier, ce qui n'est pas mon cas. Je te l'ai dit.

La discussion en resta là, et le lendemain matin elle rentra chez elle. Tout l'après-midi, il repensa à ce qu'il lui avait dit et se sentit coupable. Qu'il le veuille ou non, leur relation avait pris un tour sérieux. Il ne voyait personne d'autre, et elle non plus, apparemment. Et, bien qu'il lui en coûtât de l'admettre, il ne supportait pas l'idée de lui faire du mal, tout comme il ne supportait pas l'idée de passer Thanksgiving sans elle. Il se sentait minable. Il décida de l'appeler, mais elle était au restaurant, et il laissa un message tendre et gentil sur son répondeur.

Elle ne le rappela pas en sortant du travail. D'ailleurs, elle ne rentra pas chez elle. Et elle n'était toujours pas là quand il lui téléphona plus tard dans la soirée. Après cela, il l'appela toutes les heures, jusqu'à minuit. Il était persuadé qu'elle cherchait à le faire marcher, jusqu'au moment où l'une de ses colocataires décrocha et lui dit qu'elle n'était pas là. Quand il recommença, on lui dit qu'elle dormait. Elle ne l'avait pas rappelé en rentrant chez elle. Le lendemain, n'y tenant plus, il décida de l'appeler au travail, chose qu'il ne faisait que très exceptionnellement.

— Où étais-tu hier soir ? demanda-t-il en s'efforçant de garder une voix calme.

— Dis-moi si je me trompe, mais je croyais qu'on ne faisait que se voir, toi et moi, et qu'il était interdit de se poser des questions ?

— Écoute, je te demande pardon. J'ai réagi comme un imbécile. C'est parce que je m'en veux à mort de te laisser seule le soir de Thanksgiving.

— Et tu as raison de t'en vouloir, confirma-t-elle.

— Maggie, s'il te plaît. Essaie de comprendre. Je dois aller à Long Island. Je te jure que ça ne dépend pas de moi.

— Bien sûr que si. Ce serait pour passer les fêtes avec tes enfants, je pourrais le comprendre. Mais aller chez tes parents pour te faire incendier, franchement !

— Ce sont mes parents. C'est mon devoir. Écoute, viens à la maison, ce soir. Je vais te préparer un bon petit dîner et on va passer une soirée tranquille.

— Je suis prise ce soir. Je ne peux pas me libérer avant neuf heures, répondit-elle calmement.

— Tu fais quoi ?

— Ne pose pas de questions. Je passerai quand j'aurai fini.

— Qu'est-ce que tu as à faire ?

— Je dois aller à la bibliothèque, finit-elle par dire.

Il bouillait littéralement.

— S'il te plaît, arrête de me raconter des salades. On se voit ce soir. Tu n'auras qu'à venir quand tu pourras.

Sur ce, il raccrocha. Il avait été à deux doigts de lui dire de ne pas venir, mais il avait envie de la voir et voulait savoir ce qu'elle lui cachait. Deux soirs par semaine au moins, elle n'était pas chez elle quand il appelait. Si elle voyait quelqu'un d'autre, il fallait qu'elle le lui dise. C'était la première femme à laquelle il restait fidèle, depuis des années. Et il commençait à la soupçonner de le tromper.

Il était assis sur le canapé, en train de boire son deuxième verre, quand elle arriva enfin. Il était presque dix heures, et il avait passé la soirée à l'attendre en regardant sa montre. Elle lui jeta un coup d'œil navré.

— Je suis désolée. J'ai fait de mon mieux, mais ça m'a pris plus longtemps que prévu.

— Où étais-tu ? Dis-moi la vérité.

— Je croyais qu'on n'avait pas le droit de se poser de questions, répondit-elle, l'air embarrassée.

— Arrête ton cinéma ! hurla-t-il. Tu vois quelqu'un d'autre, c'est ça ? C'est vraiment le comble, tu avoueras ! Voilà onze ans que je collectionne les aventures, et pour la première fois que je suis fidèle à une femme, je découvre qu'elle me trompe.

— Adam, dit-elle doucement en plongeant ses yeux dans les siens. Je ne te trompe pas. Je te le jure.

— Dans ce cas, comment se fait-il que tu ne sois jamais là, le soir, quand je te téléphone ?

Ses yeux jetaient des éclairs et le sang lui battait les tempes. Il avait la migraine et la femme dont il était fou le trompait. Il hésitait entre se mettre à pleurer ou hurler. Ce devait être la justice divine, pour tout ce qu'il avait fait endurer aux autres femmes. En tout cas, il n'appréciait pas du tout ce qui lui arrivait.

— Où étais-tu ce soir ?

— Je te l'ai dit, répondit-elle calmement. J'étais à la bibliothèque.

— Maggie… S'il te plaît. Dis-moi la vérité.

En voyant son regard de chien battu, elle comprit qu'elle n'avait d'autre choix que de tout lui avouer. Elle aurait préféré ne rien dire, mais elle ne voulait pas qu'il s'imagine qu'elle avait un amant. Il avait le droit de savoir ce qu'elle faisait quand elle n'était pas avec lui.

— Je suis des cours, murmura-t-elle.

Il la regarda avec stupéfaction.

— Tu fais quoi ?

Il n'était pas certain d'avoir bien entendu.

— Je veux passer ma licence de droit, même si cela doit me prendre des années. Et je ne peux pas suivre plus de deux matières par semestre, car je n'ai réussi à décrocher qu'une demi-bourse.

Elle laissa échapper un long soupir. Elle était soulagée de lui avoir dit la vérité.

— J'étais à la bibliothèque. J'ai un devoir à rendre et j'ai des partiels, la semaine prochaine.

Il la fixa un moment sans rien dire, puis son visage s'illumina d'un grand sourire.

— Tu te paies ma tête ?

— Non, je te le jure. Ça va faire déjà deux ans que j'ai commencé.

— Mais pourquoi ne m'en as-tu rien dit ?

— Parce que j'avais peur que tu te moques de moi.

— Mais pourquoi fais-tu cela ?

— Parce que je n'ai pas envie de rester serveuse jusqu'à la fin de mes jours. Et comme je ne suis pas du genre à chercher un homme pour m'en sortir, il faut bien que je me débrouille par mes propres moyens.

Il était tellement ému qu'il en avait les larmes aux yeux. De toutes les femmes qu'il avait connues, Maggie était la seule qui ne lui demandait rien et ne cherchait pas à lui mettre le grappin dessus. Non seulement elle travaillait dur toute la journée, mais elle allait le soir à la fac pour suivre des cours. Elle ne lui avait jamais demandé un sou. Et bien souvent, elle arrivait avec de quoi préparer le dîner ou avec un petit cadeau pour lui. Elle était vraiment hors du commun.

— Viens un peu par ici, lui dit-il en lui faisant signe de s'approcher.

Elle se laissa tomber à côté de lui sur le canapé, et il l'enlaça.

— Je veux que tu saches que je te trouve fabuleuse. Tu es la femme la plus incroyable que j'aie jamais connue. Je m'en veux de m'être comporté comme un mufle et je te demande pardon de ne pas passer Thanksgiving avec toi. Je te promets de ne plus jamais te poser de questions idiotes. Et aussi, ajouta-t-il en prenant l'air dégagé, mais avec un regard plein de tendresse, je veux que tu saches que je t'aime.

— Moi aussi, je t'aime, murmura-t-elle doucement.

Il ne le lui avait encore jamais dit.

— Est-ce que cela signifie que les règles ont changé ? s'enquit-elle.

— Quelles règles ?

Il semblait hésitant.

— Eh bien, les règles. Est-ce qu'on continue de se voir quand ça nous arrange ou est-ce qu'on passe à quelque chose de plus sérieux ?

— Je t'aime, Maggie. Au diable les règles. Dorénavant, nous allons improviser.

— Sérieux ?

Elle semblait ravie.

— Tout ce qu'il y a de plus sérieux. Et la prochaine fois que je te parle de règles, envoie-moi balader. Au fait, c'est quoi le sujet de ton devoir ?

— Les dommages et intérêts.

— Mince. Tu me montreras ça demain, d'accord ? Je ne suis pas en état ce soir, après tout ce que j'ai bu.

Mais l'un et l'autre savaient qu'il n'était pas ivre. Il avait surtout envie de l'emmener au lit et de lui faire l'amour. Et il s'en sentait parfaitement capable.

— Tu vas vraiment m'aider ?

— Absolument. Tu vas passer ton concours puis décrocher ton diplôme en un rien de temps.

— C'est impossible, dit-elle, l'air grave. Je dois travailler.

Ce n'était pas un appel au secours, juste une constatation.

— Nous en reparlerons une autre fois.

Il la prit dans ses bras et la porta jusqu'à la chambre.

— Tu penses sincèrement ce que tu m'as dit ? demanda-t-elle lorsqu'il la déposa sur le lit. Ou étaient-ce des paroles d'ivrogne ?

— Non, Maggie. Je ne suis pas ivre, je suis sincère. Je t'aime. Simplement, il m'arrive d'être un peu lent à la détente.

Deux mois pour lui avouer son amour, pour un célibataire endurci comme lui, ce n'était pas si mal. Elle lui sourit, et il éteignit la lumière.

17

Quand Gray appela Charlie au bureau, une semaine avant Thanksgiving, ce dernier lui sembla d'humeur particulièrement morose.

— Tu as quelque chose de prévu pour Thanksgiving ?

— Non, répondit Charlie qui ne faisait jamais de projets en cette période de l'année.

Thanksgiving était une fête, mais pas pour lui. C'était un moment où les familles se retrouvaient mais, pour lui qui n'en avait plus, cela lui rappelait douloureusement les siens.

— Sylvia et moi aimerions t'inviter à partager la dinde traditionnelle, si tu es d'accord.

Charlie rit.

— C'est une excellente idée.

C'était toujours mieux que de passer les fêtes tout seul dans son coin, à broyer du noir.

— Et Carole est la bienvenue, naturellement.

— Je ne pense pas qu'elle viendra. Mais merci quand même, répondit Charlie d'une voix tendue.

— Elle a d'autres projets ? s'enquit Gray qui avait aussitôt senti que quelque chose n'allait pas.

— Oui. Enfin… Je n'en sais rien.

— Ça n'a pas l'air d'aller très fort ?

— Nous avons eu une grosse dispute, il y a quinze jours. Et nous avons rompu.

— Je suis désolé, mon vieux. Je suppose que tu as fait une découverte qui t'a déplu ?

Comme toujours, avec Charlie.

— En quelque sorte. Elle m'a menti. Je ne pouvais pas rester avec une femme en qui je n'ai plus confiance.

— Non, bien sûr.

Gray connaissait suffisamment son ami pour savoir qu'une fois la faille trouvée, rien ni personne ne pouvait le retenir. Gray lui dit que le dîner aurait lieu chez Sylvia et qu'ils l'attendaient là-bas à partir de dix-huit heures. Puis ils raccrochèrent. Ce soir là, Gray rapporta la nouvelle à Sylvia, qui en fut désolée.

— C'est plus fort que lui, affirma-t-il, profondément attristé. Il ne peut pas s'empêcher de chercher la petite bête, le détail qui lui prouve que la femme qu'il aime n'est pas une sainte. Et aussitôt, il part en claquant la porte. Il est incapable de pardonner leurs faiblesses aux femmes et de leur donner une deuxième chance. Il a tellement peur de souffrir qu'à la première anicroche, il s'arrange pour disparaître. Il est incorrigible.

— Je suppose qu'elle a fait un faux pas, remarqua Sylvia.

Bien qu'elle n'ait pas beaucoup vu Charlie, Gray lui avait tellement parlé de lui qu'elle avait l'impression de le connaître depuis toujours. Et, d'après ce qu'elle savait, Charlie craignait tellement d'être abandonné qu'il s'arrangeait toujours pour partir le premier.

— Il manque complètement de souplesse et, une fois qu'il s'est mis une idée en tête, il n'y a plus moyen de le faire revenir en arrière.

Sylvia et lui savaient par expérience qu'il fallait faire des compromis quand on vivait en couple.

— Il m'a dit qu'elle lui avait menti. Et quand bien même ? Ce sont des choses qui arrivent. Les gens ont parfois des réactions idiotes.

Sylvia partageait son avis.

— À propos de quoi lui a-t-elle menti ? demanda-t-elle.

— Je l'ignore, mais je suppose que ça a un rapport avec son passé. C'est probablement un détail sans importance, mais pour lui, c'est la preuve qu'elle aurait pu lui mentir à propos de quelque chose de beaucoup plus sérieux. Il se met alors à pester, à rager, à jurer ses grands dieux. Il « n'arrive pas à y croire »... Je connais son numéro par cœur. C'est désolant. Il va finir tout seul, si ça continue.

— C'est peut-être ce qu'il veut, hasarda Sylvia, pensive.

Gray lui sourit tristement.

— Ce serait vraiment dommage.

Il aurait voulu que son ami soit aussi heureux qu'il l'était lui-même. Entre Sylvia et lui, tout marchait si bien qu'il leur arrivait même de rire du fait qu'ils ne s'étaient jamais disputés. Ils savaient bien que cela finirait forcément par arriver, mais en attendant ils nageaient dans le bonheur. Leur entente était parfaite. Ils étaient toujours en pleine lune de miel.

Le soir de Thanksgiving, Charlie arriva à six heures tapantes, apportant avec lui deux très bonnes bouteilles de vin, une de Cristal Roederer et une de château-yquem. Leur petite soirée s'annonçait particulièrement réussie.

— Seigneur, Charlie, tu as apporté de quoi ouvrir une cave ! s'exclama Sylvia. Et quels grands crus !

— Quitte à avoir la gueule de bois, autant que ça en vaille la peine, non ?

Sylvia portait un pantalon de velours noir et un pull-over blanc. Elle avait rassemblé ses cheveux en un élégant chignon et mis de petites boucles en diamant à ses oreilles. Chaque fois que son regard croisait celui de Gray, elle lui souriait tendrement. Charlie, qui n'avait jamais vu son ami aussi heureux, en était tout ému. Finies les folles de toutes sortes qui menaçaient de le tuer. Sylvia était la compagne que tout homme rêvait d'avoir. Elle semblait comblée, elle aussi, et traitait Gray comme un prince. Charlie était heureux pour son ami, mais il ne pouvait s'empêcher de se sentir exclu. Et le fait de les voir si épris l'un de l'autre accentuait sa solitude, le rendant mélancolique. Sylvia et Gray avaient mis les petits plats dans les grands. La table était magnifiquement dressée, la nappe impeccable, et la décoration florale très réussie.

Pas une seule fois Charlie ne mentionna Carole. Mais, à la moitié du repas, Gray n'y tenant plus, aborda le sujet.

— Alors, que s'est-il passé avec Carole ?

Sylvia lui décocha un coup d'œil en biais. C'était une question délicate qu'il n'aurait peut-être pas dû poser. Mais il était trop tard. Voyant que Charlie ne répondait pas, il insista :

— À quel sujet t'a-t-elle menti ?

— Oh, trois fois rien. Elle m'a juste caché son vrai nom. Apparemment, elle préfère rester incognito et n'a pas jugé utile de me dire la vérité.

— Mince. Tu veux dire qu'elle cherche à échapper à un ex ?

Il voulait lui trouver des excuses. Il était sincèrement désolé qu'elle passe, elle aussi, à la trappe, alors que Charlie s'était montré si emballé dans un premier temps. Gray aurait voulu persuader son ami de lui donner une deuxième chance. Mais, à en juger par le ton glacial de Charlie, c'était peine perdue, et les bonnes intentions de Gray n'y changeraient rien.

— Non, dit Charlie lentement. Elle cherche à échapper à elle-même.

— Ça m'est arrivé, et à toi aussi. Il y a des gens qui le font toute leur vie.

— Je crois que c'est son cas. J'ai découvert le pot aux roses par accident. Tout d'abord, j'ai cru qu'elle m'avait fourni un curriculum bidon. Mais c'est plus compliqué que ça. Elle se cache sous une fausse identité. Elle fait mine d'être une fille toute simple, issue d'un milieu modeste, qui ne supporte pas les mondanités et ne respecte que les gens qui aident les déshérités à s'en sortir, sauf que, dans son cas, c'est du pipeau. Et elle s'est montrée si tranchante dans sa façon de voir le monde qu'elle a réussi à me culpabiliser de mes origines et de mon train de vie et que je n'osais pas lui avouer que j'avais un yacht.

— Et alors ? Ce n'est pas une fille toute simple ? C'est une princesse déguisée en mendiante ?

Pour Gray, ce n'était pas un péché mortel, mais pour Charlie si, apparemment.

— Il s'avère que c'est une Van Horn. Une héritière, comme moi, si l'on peut dire. Je n'ai pas pris la peine de le lui rappeler, mais il me semble que son grand-père possédait un yacht encore plus grand que le mien.

— Une *Van Horn* ? s'étonna Gray.

— Absolument, confirma Charlie d'un ton sans appel.

— Ouah ! Ce n'est pas rien, en effet. Les Van Horn, je veux dire. Mais enfin, Charlie, tu devrais être content. Ça te simplifie la vie. Tu n'es pas obligé de jouer les

Pygmalions. « On ne fait pas sortir de la farine d'un sac de charbon », comme on dit. Même si les gens sont nombreux à s'y essayer, ils y parviennent rarement. Ses origines sont peut-être encore meilleures que les tiennes. C'est ça qui te pose problème ? demanda Gray tandis que Sylvia grimaçait.

— Mais non, bien sûr. Ce ne sont pas ses origines qui me posent problème, mais le fait qu'elle m'ait menti. Elle m'a tourné en ridicule. Je faisais attention à tout, je me répandais en excuses, persuadé que mon train de vie la mettait mal à l'aise, et je découvre qu'elle a grandi dans le même milieu que moi. Car, qu'elle le veuille ou non, nous sommes du même monde. Et, pour parler crûment, je dirais qu'elle s'est fichue de ma gueule. Sous ses airs de sainte-nitouche, c'est un monstre d'orgueil.

Il avait l'air tellement furieux que Gray ne put s'empêcher de rire.

— Surtout ne te gêne pas pour nous dire ce que tu as sur le cœur, le taquina-t-il. Bon, admettons qu'elle fasse semblant d'être madame Tout-le-monde. Et alors ? Un nom comme le sien ne doit pas être facile à porter, quand on s'occupe des déshérités. Le tien non plus, d'ailleurs. Peut-être qu'elle ne veut pas avoir l'air de jouer les grandes dames qui condescendent à secourir les malheureux. Elle ne veut sans doute pas être différente des gens avec qui elle travaille et considère son nom comme un handicap. Tu ne peux pas lui en vouloir pour ça, Charlie.

— Si. Qu'elle mente à ses collègues, je m'en moque. Mais qu'elle me fasse le même cinéma, non. Elle m'a fait croire qu'elle vivait dans un minuscule studio, alors qu'elle vit dans l'Upper East Side, dans une maison de dix millions de dollars.

— Oh, vraiment, quelle horreur ! railla Gray. Et ton appartement sur la Cinquième Avenue, avec sa vue imprenable sur Central Park, il vaut combien, aujourd'hui ? Cinq ? Dix millions ? Et au fait, combien t'a coûté le *Blue Moon*, déjà ? Cinquante ou… soixante millions ?

— Ce n'est pas le problème, riposta Charlie, furieux. Ce qui me met hors de moi, c'est qu'elle m'ait menti sur son nom et ses origines, car cela veut dire qu'elle est capable de mentir sur autre chose, et l'a probablement déjà fait.

— Ce n'est pas sûr, contrecarra Gray.

Charlie était coutumier des tempêtes dans un verre d'eau. Cette fois, c'était Carole qui se retrouvait sur la sellette. Mais dans cette affaire, et bien qu'il n'en eût pas conscience, c'était Charlie le grand perdant. Gray, dont la vision du monde avait radicalement changé depuis qu'il avait rencontré Sylvia, en était convaincu.

— Je pense qu'elle avait envie de ressembler à tout le monde, argua-t-il. Et toi, ça ne t'arrive jamais d'avoir envie d'être quelqu'un d'autre que Charles Sumner Harrington ? Écoute, mon vieux, donne-lui sa chance. D'accord, tu t'es senti bête quand tu as découvert qui elle était vraiment. Mais est-ce vraiment si grave ? Es-tu sûr de ne pas pouvoir lui pardonner ? Es-tu sûr d'être toi-même irréprochable ?

— Je ne mens pas aux gens que j'aime. Je ne mens pas à mes amis. Je ne t'ai jamais menti.

— Oui, et c'est pour ça qu'on est si proches, toi et moi. Mais, quoi qu'il en soit, sache que je ne renoncerai pas à Sylvia pour t'épouser.

— Dommage, dit Charlie en riant. Je comptais dessus.

— Je veux bien le partager avec toi, répondit Sylvia sur le même ton. Je ne veux surtout pas me mêler de ce qui ne me regarde pas, mais je te comprends. Moi non plus, je n'aime pas qu'on me mente. Ça me donne l'impression qu'on cherche à me cacher quelque chose d'important que je vais finir par découvrir un jour, quand il sera trop tard. Mais j'aurais tendance à croire que Carole n'est pas quelqu'un de malhonnête. Gray a sans doute raison quand il affirme qu'elle voulait être comme tout le monde. Elle aurait dû te dire la vérité certainement plus tôt qu'elle ne l'a fait. Malheureusement, tu l'as découverte par hasard. Mais elle n'en reste pas moins une femme extraordinaire, d'après ce que tu nous en as dit, et vous avez beaucoup de points communs, elle et toi. Je crois qu'elle mérite que tu lui donnes une deuxième chance. Nous avons tous besoin, un jour ou l'autre, qu'on nous tende la perche. Après tout, ce n'est pas dramatique et nous devons tous faire des concessions. Personne n'est parfait, comme tu le sais. Et peut-être qu'un jour, c'est toi qui imploreras son indulgence. Il faut savoir accepter les autres comme ils sont, avec leurs bons et leurs mauvais côtés. L'important est de ne pas y perdre des plumes. Et d'ailleurs, avant cet incident, il me semble qu'elle te plaisait vraiment beaucoup.

Lorsqu'elle se tut, Charlie posa sur elle un regard plein de tristesse. Puis il détourna la tête, pour cacher les larmes qui lui montaient aux yeux.

— Je ne veux pas souffrir. La vie est déjà bien assez difficile comme cela.

Sylvia posa sa main sur la sienne.

— La vie est encore plus difficile quand on est seul, remarqua-t-elle, la gorge nouée par l'émotion.

Il la regarda et hocha la tête. C'était dur d'être seul, mais c'était encore plus dur de perdre quelqu'un qu'on aimait. Il savait qu'elle avait vécu cela, elle aussi, car Gray lui avait raconté que son ex s'était suicidé.

— Je ne sais pas, reconnut-il enfin. Tu as peut-être raison. J'étais en colère. Je me suis senti trahi. Et tellement bête, quand j'ai découvert la vérité. Elle déteste le monde auquel elle appartient. Est-ce normal ?

— Peut-être qu'elle n'a pas eu la vie facile, elle non plus, quand elle était enfant, plaida Gray. On a toujours tendance à croire que les autres sont plus heureux que nous, alors qu'on ignore s'ils ont été abandonnés, maltraités, humiliés, négligés ou battus. Nous avons tous, à un moment ou à un autre, vécu des moments difficiles qui nous ont laissé des traces. Si ça se trouve, sa vie à elle n'a pas toujours été rose. J'ai lu pas mal de trucs sur son père, un type important, mais qui ne me fait pas l'effet d'être un tendre. Écoute, Charlie. Tu as peut-être raison quand tu dis qu'elle s'est payé ta tête et qu'elle ne cherche qu'à te briser le cœur. Mais imagine que ce ne soit pas le cas ? Imagine que ce soit simplement une chic fille qui en a eu assez d'être l'une des héritières les plus riches de la planète ? C'est difficile à imaginer pour quelqu'un comme moi, mais toi, tu es bien placé pour savoir les responsabilités qu'engendre la fortune. Et pour être tout à fait franc, même si j'adore profiter de ton yacht en été, je ne suis pas certain que j'aimerais être à ta place le reste du temps. Parfois, j'ai l'impression que tu croules sous les obligations et que tu es très seul.

Jamais Gray ne lui avait parlé aussi franchement, et Charlie en fut touché.

— Tu as raison, j'ai un travail extrêmement prenant et une vie très solitaire. Mais je n'ai pas eu le choix. À un moment donné, j'ai dû reprendre le flambeau et poursuivre le chemin tracé, bon gré mal gré. Quand on est dans mon cas, on ne peut pas s'asseoir et regarder les autres s'activer. Il faut aller sur le terrain et donner le meilleur de soi-même. Et c'est probablement ce que Carole a fait, elle aussi, jusqu'au moment où elle a éprouvé le besoin de souffler un peu.

L'air pensif, Charlie triturait les miettes éparpillées sur la nappe, songeant que Gray et Sylvia avaient peut-être raison.

— La femme qui m'a dévoilé son identité m'a dit qu'elle était au bord de la dépression nerveuse quand son mariage a cassé. Carole me l'avait déjà laissé entendre. Il semblerait que son ex-mari ait été une vraie brute, doublé d'un fou. J'ai eu l'occasion de le rencontrer, et j'avoue qu'il ne m'a pas fait bonne impression. Il a amassé une fortune colossale, mais il ne vaut pas grand-chose. J'ai l'impression qu'il l'a épousée parce que c'était une Van Horn.

Gray avait raison. Sans doute avait-elle besoin de tirer un trait sur son passé. Après son divorce, elle avait vécu cachée pendant près de quatre ans. Elle se sentait davantage en sécurité dans les rues de Harlem que dans son propre milieu. C'était une vie peu enviable, dont il ne connaissait que ce qu'elle avait bien voulu lui dévoiler.

— Je vais y réfléchir, finit-il par dire, au grand soulagement de ses amis.

En parlant de Carole, tous avaient senti leurs vieilles blessures se rouvrir. La vie consistait à naviguer à vue en évitant les écueils et les bancs de sable pour ne pas s'échouer.

Après cela, ils abordèrent des sujets plus joyeux, faisant part de leurs projets et racontant des anecdotes amusantes. Charlie parla de la fondation, mais sans faire une seule fois allusion à Carole. Il était dix heures passées quand il se leva pour partir. Il était un peu triste et se sentait d'autant plus seul que ses amis nageaient dans le bonheur. Il n'arrivait pas à croire qu'il fût possible de tisser des liens aussi forts après avoir vécu, pendant des années, dans la solitude. Il aurait aimé pouvoir les imiter, mais redoutait l'échec. Que se passerait-il si l'un d'eux venait à mourir ou à tomber malade ? Ou s'ils finissaient par se lasser l'un de l'autre ? Tout cela semblait terriblement risqué.

Ce soir-là, alors qu'il était couché et pensait à Gray et Sylvia, il prit soudain le téléphone. C'était comme si une force mystérieuse le poussait malgré lui à composer le numéro de Carole. L'instant d'après, la voix de la jeune femme résonna à l'autre bout de la ligne, et il n'eut d'autre choix que de lui parler.

— Carole ?

— Charlie ?

— Je... je voulais juste te souhaiter un heureux Thanksgiving, dit-il en s'étranglant presque.

Elle n'en revenait pas. Ils ne s'étaient pas parlé depuis presque quatre semaines.

— Je ne pensais pas que tu rappellerais un jour, s'étonna-t-elle. Tu as un problème ?

— Non, non, tout va bien, affirma-t-il en fermant les yeux pour savourer le son de sa voix.

Il eut l'impression qu'elle tremblait. Et c'était vrai. Elle était tellement émue que sa voix chevrotait légèrement.

— Je suis allé dîner chez Sylvia et Gray.

Il savait que ce que lui avaient dit ses amis avait remué quelque chose en lui, sans quoi il ne l'aurait jamais rappelée. Pour la première fois de sa vie, il faisait un effort et acceptait de revenir sur ses pas.

— Nous avons passé une soirée très agréable. Et toi ?

Elle soupira et sourit. C'était tellement merveilleux de parler de choses sans importance.

— Comme d'habitude, en famille. Ils sont tous tellement imbus d'eux-mêmes qu'ils sont persuadés que la terre entière a les yeux fixés sur eux. Ils passent leur temps à s'autocongratuler et ne peuvent tout simplement pas s'imaginer qu'il y a des gens qui n'ont pas le millième de ce qu'ils ont et qui ne s'en portent pas plus mal. À leurs yeux, il n'y a qu'une chose qui compte : être des Van Horn. Mais j'en ai assez. L'année prochaine, c'est décidé, je passerai Thanksgiving au centre, avec les enfants. Je préfère manger des sandwiches à la dinde ou même au beurre de cacahuètes et à la confiture que de dîner en famille. Leur champagne et leur faisan me sont restés en travers de la gorge. Et puis, de toute façon, j'ai horreur du faisan.

Il sourit en l'entendant parler ainsi. Sylvia et Gray avaient peut-être raison lorsqu'ils affirmaient qu'il s'était trompé sur son compte. Manifestement, ce n'était pas facile, d'être une Van Horn. Elle voulait être comme tout le monde. Et lui aussi, parfois.

— J'ai une meilleure idée, répondit Charlie doucement.

— Et quoi donc ? demanda-t-elle en retenant son souffle.

Elle ne savait pas ce qu'il allait lui dire, mais elle adorait le son de sa voix. Et tout le reste de sa personne. Et cela, depuis le premier jour.

— Eh bien, l'année prochaine, on pourrait peut-être aller dîner tous les deux chez Sylvia et Gray. Leur dinde était parfaite.

Il sourit au souvenir de la soirée délicieuse qu'ils avaient passée tous les trois et regretta que Carole n'ait pas été là, elle aussi.

— Bien volontiers, dit-elle, les larmes aux yeux.

Puis elle décida de faire amende honorable. Elle y avait songé tout au long de ces quatre semaines. Elle savait qu'elle avait mal agi, même si elle avait eu de bonnes raisons. Si leur histoire reprenait et devenait sérieuse, comme elle l'espérait, elle devait lui dire la vérité, quoi qu'il lui en coûtât, et même s'il n'aimait pas ce qu'il entendrait.

— Je suis désolée de t'avoir menti, murmura-t-elle tristement. J'ai été stupide.

— Je sais. Ça nous arrive à tous. Moi-même, j'avais peur de t'avouer que j'avais un yacht.

Il avait péché par omission, mais cela revenait tout de même à lui cacher la vérité. Il était parfois difficile de se présenter aux autres tel qu'on était, sans tricher, car alors on s'exposait à leurs critiques. C'était un peu comme marcher dans la rue avec une cible peinte dans le dos. Apparemment, elle ressentait la même chose que lui. Il n'était pas aisé de vivre perpétuellement dans la transparence.

— J'aimerais bien voir ton bateau, un jour, suggéra-t-elle avec prudence.

Elle ne le disait pas pour le flatter, mais parce qu'elle lui était reconnaissante de l'avoir rappelée. Des larmes de joie roulèrent sur ses joues. Elle avait prié pour qu'il lui revienne et, pour une fois, ses vœux avaient été exaucés.

— Tu le verras, lui promit Charlie, heureux à l'idée de l'emmener sur le *Blue Moon*.

— Tu as quelque chose de prévu, demain ?

— Non, à part aller faire un tour au centre. Le bureau est fermé, mais les enfants sont là. Ils ne tiennent pas en place, au moment des fêtes. C'est une période difficile pour eux.

— Et pour moi aussi, dit-il avec franchise. C'est la période de l'année que j'aime le moins.

Pour lui, Thanksgiving ranimait toujours des souvenirs douloureux, et c'était encore pire à Noël.

— Dans ce cas, que dirais-tu d'un déjeuner en tête à tête ?

— Je serais ravie, dit-elle sans cacher sa joie.

— On pourrait passer au centre ensuite. Je ne mettrai pas ma montre en or, promis, la taquina-t-il.

— Tu devrais mettre ton costume de lion. Tu l'as mérité. Tu as fait preuve d'un grand courage, dit-elle, pleine d'admiration.

— C'est vrai, reconnut-il.

Il avait eu du mérite, en effet, car ça n'avait pas été facile pour lui de faire le premier pas. Et il savait qu'il le devait à Gray et Sylvia, car c'était grâce à eux qu'il avait trouvé le courage de la rappeler.

— Je passerai te prendre à midi.

— Je serai prête… et, Charlie…, merci.

— Bonne nuit, murmura-t-il d'une voix caressante.

18

Pris dans les embouteillages au volant de sa Ferrari, Adam n'avançait pas sur la voie express menant à Long Island. Il n'avait pas dormi avec Maggie, ne voulant pas subir ses remarques, si justes soient-elles, parce qu'il allait chez ses parents. La veille au soir, il l'avait déposée au pied de son immeuble. Il savait qu'elle allait passer la journée seule, mais il n'y pouvait rien. Ses parents passaient avant tout. Il leur devait obéissance et respect. En réalité, il n'était pas mécontent d'être pris dans les bouchons, car ainsi il passerait moins de temps avec eux. Pour tout dire, un pneu crevé l'aurait bien arrangé.

Il avait presque une demi-heure de retard quand il arriva. En guise de bienvenue, sa mère le foudroya du regard.

— Désolé, maman, mais il y avait une circulation monstre. J'ai fait de mon mieux.

— Tu aurais dû partir en avance. Je suis sûre que si tu avais eu un rendez-vous avec une femme, tu te serais débrouillé pour arriver à l'heure.

Et voilà, c'était parti, et ce n'était que le début. Mais il savait que toute tentative de riposte était inutile, car elle avait toujours le dernier mot.

Tous les autres étaient déjà là. Son père était enrhumé. Ses neveux et nièces étaient en train de jouer dans le jardin. Son beau-frère lui annonça qu'il avait trouvé un nouvel emploi. Son frère le chambra sur ses clients. Sa sœur geignait à tout propos et rien de ce que pouvaient dire les uns ou les autres ne l'intéressait. Sa mère avait lu dans le journal que Vana se droguait. Pourquoi diable acceptait-il de défendre une telle faune ? À croire qu'il n'avait pour clients que des drogués et des prostituées. Adam sentit comme d'habitude son estomac se nouer. Sa mère se plaignit de se sentir vieillir et de n'en avoir plus pour très longtemps. Sa sœur restait muette, les yeux dans le vide. Son frère déclara que les Ferrari étaient des voitures de tocards. Après quoi, sa mère se répandit en louanges sur Rachel. Son père somnolait, à cause de ses médicaments pour le rhume, expliqua sa mère avant d'en revenir à Rachel, pour reprocher à Adam de ne pas avoir été assez attentionné avec elle. Si cela avait été le cas, jamais elle ne l'aurait quitté pour un autre. Un chrétien, de surcroît. Comment pouvait-il supporter que ses enfants soient élevés par un chrétien ? Avait-il perdu toute dignité ? Il n'avait même pas été fichu d'arriver à l'heure le jour de Yom Kippour. Et dire qu'après tout ce qu'ils avaient fait pour lui, il ne se donnait même pas la peine d'assister aux fêtes religieuses. Tout ce qui l'intéressait, c'était sortir avec des prostituées. Mais peut-être voulait-il se convertir ? Adam l'écoutait sans rien dire, pensant à Maggie, entendant sa voix. Il l'imaginait se morfondant dans son appartement miteux. Soudain, au moment où Mae entrait pour annoncer que le déjeuner était servi, il se leva. Sa mère le regarda, interloquée.

— Qu'est-ce qui ne va pas ? Tu n'as pas l'air bien.

Il était livide.

— Je crois que je suis malade.

— C'est sans doute la grippe, affirma-t-elle en se détournant pour murmurer quelque chose à son frère.

Adam ne bougea pas et les fixa tour à tour. Maggie avait raison. Il le savait.

— Je dois partir, lança-t-il en regardant sa mère.

— As-tu perdu la tête ? Nous n'avons pas encore mangé, dit-elle en soutenant son regard.

Ce n'était pas Adam qu'elle regardait ainsi, mais le petit garçon qu'elle avait rejeté toute sa vie, parce qu'il avait bousculé ses plans et mis un coup d'arrêt à ses parties de bridge. Adam était devenu depuis longtemps un homme. Il avait eu son lot de réussites et d'échecs, de souffrances et de désillusions. Mais ses blessures n'intéressaient personne. Et quand Rachel l'avait quitté, tous avaient décrété que c'était de sa faute. Car à leurs yeux, ce serait toujours de sa faute. Il sortait avec des femmes qui s'habillaient comme des prostituées ? Et alors ? Elles le traitaient mieux que sa propre famille et ne lui faisaient jamais de reproches. Tout ce qu'elles voulaient, c'étaient des implants mammaires, un nouveau nez ou simplement se faire offrir un verre. Mais Maggie n'était pas comme ça. Tout ce qu'elle voulait, c'était lui. Son père se réveilla et jeta un regard hébété autour de lui. C'est alors qu'il aperçut Adam, debout au milieu du salon.

— Quoi ? Que se passe-t-il ?

Personne ne répondit. Tous regardaient Adam en silence. Celui-ci se tourna alors vers son père.

— Je m'en vais. Je ne supporte plus ces simagrées.

— Assieds-toi, lui intima sa mère comme si elle s'adressait à un gamin de cinq ans.

Mais il n'en fit rien. Il était trop tard pour cela. Maggie avait raison. Il n'aurait jamais dû venir. Il aurait dû arrêter de le faire depuis des années. Si ses parents étaient incapables de respecter l'homme qu'il était devenu, s'ils estimaient qu'il méritait tous les coups bas que Rachel lui avait portés jusqu'à aujourd'hui, alors ils n'avaient pas droit au titre de famille. Et il n'avait plus envie de les voir. À quarante et un ans, il était enfin devenu un homme. Il était temps.

— Désolé, papa, dit-il calmement. Mais je n'en peux plus.

— Comment cela ? demanda son père, l'air égaré.

Les médicaments pour le rhume l'avaient légèrement assommé, mais Adam voyait bien qu'il en rajoutait. Il avait parfaitement compris la situation, mais préférait jouer les idiots plutôt que devoir prendre parti. Comme toujours.

— Où vas-tu ?

— Je rentre chez moi, répondit Adam en les regardant tous, tour à tour, eux qui n'avaient jamais cessé de le rabaisser.

— Tu es malade, dit sa mère tandis que Mae, debout sur le seuil, hésitait à annoncer que le déjeuner était servi. Tu devrais voir un médecin. Un psychiatre. Tu es complètement malade, mon pauvre Adam.

— Seulement quand je viens ici, maman. Chaque fois que je quitte cette maison, j'ai un poids de cent kilos sur l'estomac. Je ne reviendrai plus. J'en ai assez de me rendre malade. Joyeux Thanksgiving à tous. Amusez-vous bien.

Sur ce, il tourna les talons et sortit de la pièce sans attendre que leurs reproches fusent. Il avait eu sa dose. Au passage, Mae lui décocha un clin d'œil. Personne ne chercha à le retenir. Tous se tenaient silencieux lorsqu'il franchit la porte. Ses neveux et nièces ne le connaissaient pas. Ses parents ne l'aimaient pas. Et lui aussi avait cessé de les aimer. En démarrant, il les imagina, se dévisageant les uns les autres, puis passant en silence dans la salle à manger sans prononcer une seule fois son nom.

Adam fonça pour rentrer. La circulation était plus fluide et, une demi-heure plus tard, il roulait sur la voie express. Pour la première fois de sa vie, il se sentait libre. Vraiment libre. Il se mit à rire aux éclats. Peut-être que sa mère avait raison, lorsqu'elle disait qu'il était fou. En tout cas, il ne s'était jamais senti aussi bien. Non seulement il n'avait pas mal à l'estomac, mais il avait une faim de loup. Et il ne désirait qu'une chose : voir Maggie.

En route, il s'arrêta dans un supermarché et y trouva tout ce qu'il cherchait. Une dinde déjà cuite qu'il suffisait de réchauffer, de la purée, des petits pois et une tarte pour le dessert. Tout y était, il avait un vrai repas.

Dix minutes plus tard, il sonna chez Maggie. Elle répondit d'une voix inquiète. Elle n'attendait personne et eut un choc en entendant la voix d'Adam dans l'interphone. Elle lui ouvrit aussitôt et il la trouva en chemise de nuit quand il arriva à sa porte. Elle semblait aller mal. Elle n'était pas coiffée et des traînées de mascara maculaient ses joues. Il était évident qu'elle avait pleuré.

— Que se passe-t-il ? demanda-t-elle en écarquillant les yeux. Pourquoi n'es-tu pas à Long Island ?

— Habille-toi, on va à la maison.

— Où ça ?

Il portait un costume gris anthracite, une chemise blanche et une cravate. Ses chaussures étaient parfaitement cirées. Il était tiré à quatre épingles mais avait des yeux de fou.

— Tu as bu ?

— Pas une goutte. Habille-toi, on s'en va.

— Mais où ? demanda-t-elle tandis qu'Adam jetait un coup d'œil à l'appartement.

C'était un vrai taudis, bien pire que ce à quoi il s'attendait. Jamais il n'aurait pu imaginer qu'elle vivait dans un endroit pareil. Il y avait deux petits lits défaits dans la chambre, et des sacs de couchage sur les deux vieux canapés du séjour. Les abat-jour étaient déglingués. Tout le mobilier était dépareillé et crasseux. Les stores des fenêtres étaient cassés. Une simple ampoule, suspendue à un fil électrique au milieu du plafond, éclairait la pièce, et la moquette était d'une saleté repoussante. Entre les canapés, une vieille caisse faisait office de table basse. Comment était-il possible d'avoir l'air présentable en sortant d'un lieu tel que celui-ci ? Il y avait du linge sale éparpillé dans la salle de bains et des piles d'assiettes sales dans l'évier. La cage d'escalier empestait le chat et l'urine. Dans sa vieille chemise de nuit en coton, Maggie avait l'air d'une petite fille. Le cœur d'Adam se serra dans sa poitrine.

— Combien paies-tu pour vivre ici ? demanda-t-il abruptement.

Il s'était retenu pour ne pas dire « dans ce cloaque ».

— Cent soixante-quinze dollars, répondit-elle, gênée.

Elle ne l'avait jamais laissé monter et il n'avait jamais demandé à voir son appartement, mais maintenant il se sentait coupable. La femme avec qui il dormait presque chaque nuit et qu'il prétendait aimer retournait vivre dans ce lieu quand ils se quittaient. C'était pire que Cendrillon. C'était un cauchemar. Et en plus, le reste du temps, elle devait supporter les clients du Pier 92.

— Je n'ai pas les moyens de m'offrir autre chose, ajouta-t-elle, embarrassée.

Adam sentit les larmes lui monter aux yeux.

— Viens, Maggie, murmura-t-il en la prenant dans ses bras pour l'embrasser. On rentre à la maison.

— Pourquoi ? Tu ne devais pas aller chez tes parents ?

Elle était persuadée qu'il était juste passé la voir en coup de vent avant de se rendre à Long Island. Dans ses rêves, elle s'imaginait qu'il la présentait à ses parents. Elle n'avait pas idée de l'accueil qu'elle aurait reçu.

— J'en reviens, lui dit-il. Je n'ai pas pu rester. Je suis parti. Je veux être avec toi. J'en ai assez de jouer la comédie.

Elle lui sourit. Elle était fière de lui et il lui était reconnaissant. Grâce à elle, il avait osé agir. Elle lui avait ouvert les yeux, lui rappelant que la décision n'appartenait qu'à lui seul.

— On sort déjeuner ? demanda-t-elle en se passant nerveusement une main dans les cheveux.

Elle ne s'attendait pas à le voir avant ce soir et ne s'était pas préparée.

— Non, c'est moi qui fais la cuisine. Allez, on y va.

Lorsqu'il s'assit sur l'un des canapés pour l'attendre, la banquette s'affaissa complètement sous son poids. Tout était tellement sale qu'il avait hésité à prendre place. Jamais il n'aurait pu imaginer qu'il existait des endroits aussi délabrés et encore moins que Maggie vivait dans l'un d'eux. Vingt minutes plus tard, elle reparut en jean et en pull, avec une veste en jean et des bottes. Elle s'était donné un coup de peigne et débarbouillée en vitesse, mais attendait d'être chez lui pour prendre une douche et se changer. Elle avait laissé là-bas quelques affaires propres auxquelles elle tenait et qu'elle ne voulait pas que ses colocataires lui empruntent. Certaines allaient parfois jusqu'à lui chiper ses chaussures. Adam songea que quiconque vivant dans de telles conditions devait faire des efforts surhumains pour avoir l'air présentable. Maggie était une magicienne, car elle avait toujours l'air fraîche comme une rose quand ils sortaient ensemble.

Il la suivit dans l'escalier et, deux minutes plus tard, la Ferrari démarrait dans un rugissement. Sitôt chez lui, elle alla se doucher, puis ils firent l'amour avant de déballer les provisions et de préparer le repas. Pendant qu'il découpait la dinde, elle mit la table. Leur déjeuner de Thanksgiving se déroula dans la cuisine, en peignoirs. Ensuite, ils retournèrent dans la chambre.

— Cette fois, on dirait que c'est sérieux, murmura-t-il en l'attirant tout contre lui.

— Qu'est-ce qui te fait dire ça ? demanda-t-elle en souriant.

— Eh bien, nous venons de faire un vrai repas de fête, toi et moi. C'est un peu comme d'inventer une tradition. En tout cas, l'année prochaine il faudra qu'on s'habille, car mes enfants seront là et il sera hors de question que je les emmène chez ma mère.

Il n'avait toujours pas décidé ce qu'il allait faire pour Hanoukka, mais c'était encore loin. Il ne voulait pas éloigner ses enfants de leurs grands-parents, mais il ne voulait plus se sacrifier et être mis au pilori. Il y avait une petite chance pour que son geste d'aujourd'hui leur serve de leçon, mais il en doutait. Tout ce qu'il voulait pour le moment, c'était être avec Maggie. Avec elle, il se sentait bien et son estomac ne le faisait pas souffrir, ce qui était énorme.

Il attendit le lendemain soir pour lui faire part de l'idée qui lui trottait dans la tête depuis la veille. Il savait qu'il prenait un risque, mais il ne supportait pas l'idée de la voir retourner dans son gourbi. Et puis ce n'était tout de même pas comme s'il lui avait fait une demande en mariage.

Ils avaient fini les restes de dinde à midi et s'étaient régalés. Le soir venu, ils avaient fait la vaisselle avant qu'il ne la raccompagne chez elle.

— Que dirais-tu de venir t'installer ici ? Histoire de voir si… euh… ça peut coller… toi et moi… et puis je pourrais t'aider à potasser tes cours…

Elle se tourna vers lui et le regarda un moment en silence. Elle semblait hésitante, même si sa proposition la touchait.

— Je ne sais pas, dit-elle enfin, l'air embarrassée. Je n'ai pas envie de dépendre de toi, Adam. Je ne peux pas m'offrir mieux que l'appartement que tu as vu et si, un jour, tu me mettais dehors, j'aurais du mal à revenir en arrière.

— Il n'est pas question que tu reviennes en arrière. Reste ici. Je ne vais pas te jeter comme une malpropre, Maggie. Je t'aime. Et pour l'instant, tout marche bien entre nous.

— « Pour l'instant », oui. Mais que se passera-t-il le jour où ce ne sera plus le cas, alors que je n'ai même pas les moyens de payer ma part du loyer ?

C'était une réponse pleine de tact et touchante.

— Ce n'est pas un problème, assura-t-il fièrement. Je suis propriétaire.

Elle lui sourit et l'embrassa.

— Je t'aime, mais je n'ai pas envie de profiter de toi.

— Je le sais. Mais moi, je veux que tu viennes vivre ici avec moi. Tu me manques quand tu n'es pas là, dit-il en prenant un air de chien battu. J'ai la migraine quand tu n'es pas avec moi.

En outre, et bien qu'il ne le dît pas, il voulait avoir l'assurance de savoir où elle se trouvait.

— S'il te plaît, ne me fais pas culpabiliser.

Elle le considéra un moment en silence, puis finit par hocher lentement la tête.

— D'accord... Mais laisse-moi garder mon appartement. Comme ça, si ça ne marche pas entre nous, j'aurai au moins un endroit où aller.

Ce n'était pas une menace, mais une remarque pleine de bon sens et il lui en savait gré.

Ce soir-là elle resta dormir et juste au moment où ils commençaient à sombrer dans le sommeil, elle lui tapota l'épaule. Il ouvrit les yeux. Elle avait la manie, à chaque fois qu'il s'apprêtait à s'endormir, de le réveiller pour discuter de choses sérieuses. Elle n'était pas la seule à agir ainsi et il se demandait si ce n'était pas une histoire de chromosomes. Les femmes voulaient toujours parler au moment où vous vouliez dormir.

— Oui ? Quoi ? grogna-t-il, endormi.

— On en est où, toi et moi ? demanda-t-elle d'une voix parfaitement éveillée.

— Hein ?

— Eh bien, si on vit ensemble et qu'on s'est offert un repas de fête, je suppose que c'est du sérieux, non ?

— Pour l'instant, on dort. J'ai sommeil... et toi aussi... Je t'aime... On en reparlera demain... On vit ensemble... Ça te va ?

— Oui, dit-elle en se souriant à elle-même.

Adam s'était rendormi et ronflait déjà.

19

Le vendredi suivant, Charlie passa prendre Carole à midi, pour l'emmener déjeuner à la Goulue, un restaurant branché de Madison Avenue, où l'atmosphère était animée et la carte excellente. Maintenant qu'il savait qui elle était, il ne se sentait plus obligé de l'emmener dans des gargotes. Après s'être régalés, ils allèrent flâner et faire du lèche-vitrine.

Pour la première fois, elle lui raconta son enfance. Gray avait vu juste : le sang bleu et les palaces n'étaient pas nécessairement synonymes de bonheur. Elle lui confia que ses parents étaient des gens froids et distants, même l'un envers l'autre, et que sa mère était un véritable iceberg. Dès son plus jeune âge, elle avait été confiée à une nurse. N'ayant ni frère ni sœur, elle avait grandi dans la solitude. Plus tard, lorsqu'elle avait annoncé à ses parents la voie qu'elle s'était choisie, ils en avaient été profondément mortifiés. Leur froideur et leur arrogance étaient telles qu'elle en était venue à haïr les gens de son milieu, les trouvant hypocrites, cupides et indifférents aux malheurs de ceux qui n'avaient pas eu la chance de naître riches. Mais lorsqu'elle avait quitté cet univers sans chaleur et égoïste, ça avait été pour se marier à un homme irascible et brutal, qui ne l'avait épousée que parce qu'elle avait un nom. Pour finir, il l'avait abandonnée et elle avait alors décidé de couper définitivement les ponts non seulement avec son mari, mais avec son milieu et toutes les valeurs qu'elle honnissait.

— Mais c'est impossible, voyons, dit Charlie avec douceur.

Il avait été parfois tenté d'en faire autant, mais jamais au point de tout rejeter, comme elle l'avait fait.

— Tu dois accepter tes origines. Tu fais un travail remarquable avec les enfants, mais ce n'est pas une raison pour t'interdire tous les plaisirs de la vie.

— Je n'ai jamais été heureuse dans mon enfance, déclara-t-elle sans ambages. Les enfants qui voulaient jouer avec moi le faisaient parce que j'étais Carole Van Horn, et les autres me fuyaient pour la même raison. Tout était beaucoup trop compliqué pour moi et je n'ai jamais vraiment su sur quel pied danser.

Il comprenait ce qu'elle avait vécu. Et tandis qu'ils descendaient l'avenue, discutant à cœur ouvert, son bras placé sous le sien, Charlie eut l'impression de ne l'avoir jamais quittée. Il avait le sentiment d'être fait pour elle et elle ressentait exactement la même chose.

— Tu vas probablement m'arracher les yeux, commença-t-il avec circonspection alors qu'ils traversaient la 72ᵉ Rue pour se diriger vers le nord.

L'air avait fraîchi, mais il faisait beau et sec. Carole portait un bonnet de laine avec une écharpe et des gants en cachemire, et Charlie avait remonté son col pour se protéger du froid.

— Je participe chaque année à un événement auquel tu ne voudras sans doute pas assister, compte tenu de tout ce que tu viens de me raconter. Mais toujours est-il que je tiens absolument à y aller. Cette année, les filles de deux de mes amis vont faire leurs débuts au bal des débutantes. C'est un gala de bienfaisance et c'est toujours très réussi, et je me demandais si tu accepterais de m'y accompagner ? demanda-t-il, le cœur battant.

Elle rit. Après tout ce qu'elle venait de lui dire, elle savait qu'il avait dû prendre son courage à deux mains pour oser l'inviter à un bal de débutantes. C'était une institution archaïque et snob, qui ne lui était d'ailleurs pas étrangère. Elle se tourna vers lui en souriant.

— Bien qu'il m'en coûte de l'admettre, j'ai fait mes débuts à ce bal. Mes parents y vont chaque année, sans moi, naturellement. Je n'y ai plus jamais mis les pieds depuis que je suis partie de chez eux. Mais cela risque d'être amusant si nous y allons ensemble. Sinon je n'irais jamais.

— Tu veux dire que tu es d'accord ? demanda-t-il dans un large sourire.

Il brûlait de l'emmener dans un lieu sélect et de la voir en robe longue. Non pas qu'il n'aimât pas la retrouver au centre, mais il avait envie de la voir dans son monde à lui. Il trouvait amusant de se mettre sur son trente et un de temps en temps. Et, pour ce bal, la tenue de soirée était exigée.

— Oui, confirma-t-elle. Quand est-ce ?

Elle allait devoir acheter une robe. Elle aurait pu en emprunter une à sa mère – elles étaient de la même taille –, mais elle ne voulait pas le lui demander. Elle avait envie de se faire belle pour Charlie et craignait que les robes de sa mère ne lui donnent l'air guindée.

— Je n'ai plus la date en tête, mais je sais que nous avons quelques semaines devant nous. Je demanderai à ma secrétaire.

Elle acquiesça. Aller au bal des débutantes avec lui représentait beaucoup pour elle, car c'était retourner à son ancienne vie. Mais dès lors que ce n'était que pour un soir, et à condition que cela ne devienne pas une habitude, elle était d'accord pour se prêter au jeu.

Ils se turent et continuèrent à marcher en silence jusqu'à la 91e Rue, avant d'obliquer vers la maison de Carole, transis. Le ciel s'était couvert et on aurait dit qu'il allait neiger. Lorsqu'ils arrivèrent devant chez elle, elle se tourna vers lui en souriant. Elle pouvait l'inviter, maintenant qu'il savait qu'elle ne vivait pas dans un minuscule studio sur l'arrière.

— Ça te dirait d'entrer ? demanda-t-elle tout en cherchant sa clé dans son sac.

— Si ça ne te dérange pas.

Elle fit non de la tête. Le soir était tombé et elle avait envie qu'il reste avec elle. Ils avaient du temps à rattraper. Pendant le déjeuner, ils s'étaient avoué combien ils s'étaient manqué l'un à l'autre. Il avait reconnu combien il aimait discuter avec elle, savoir ce qu'elle faisait, partager ses joies et ses soucis, et se confier à elle. Il avait pris goût à ses conseils avisés et avait cruellement ressenti son absence lorsqu'ils s'étaient séparés. Et il en allait de même pour elle.

Ils pénétrèrent dans l'entrée, petite et élégamment dallée de marbre noir et blanc. Au rez-de-chaussée, un petit salon donnait sur un superbe jardin et un autre salon était magnifiquement décoré, avec des meubles élégants et confortables disposés autour d'une cheminée. La maison était à l'image de sa propriétaire : distinguée, souriante et chaleureuse. Partout on voyait des objets auxquels elle était particulièrement attachée ; des bibelots réalisés par les enfants du centre, des souvenirs rapportés de voyage. Il y avait une grande et belle cuisine et une salle à manger aux murs tendus de toile rouge grenat, ornés de gravures qui avaient appartenu à son grand-père, représentant des scènes de chasse. Sa chambre, vaste et lumineuse, se trouvait à l'étage, ainsi que la chambre d'amis. Enfin, elle avait aménagé son bureau au dernier étage. Elle le lui fit visiter et, lorsqu'ils redescendirent à la cuisine, il se dit très impressionné.

— Je n'invite jamais personne, pour les raisons que tu sais, dit-elle tristement. Et pourtant, j'aimerais tellement pouvoir organiser des dîners, de temps à autre.

Elle faisait semblant d'être pauvre, ce qui l'obligeait à vivre cachée, et elle menait une vie solitaire, tout comme lui, mais pour des raisons différentes. Elle avait encore ses parents, mais ne les aimait pas. Lui n'avait plus les siens. Leurs chemins avaient été différents, mais les avaient menés au même point.

Elle lui offrit un chocolat chaud, et ils s'assirent confortablement dans la cuisine pendant qu'au-dehors la nuit tombait. Il lui dit à nouveau combien il haïssait et redoutait les fêtes de fin d'année. Elle ne lui demanda pas s'il avait des projets, estimant qu'il était trop tôt pour cela. Après tout, il n'était de retour dans sa vie que depuis quelques heures. Il lui proposa d'allumer un feu dans la cheminée, et ils s'installèrent dans le canapé du salon. Ils parlèrent pendant des heures. À mesure qu'ils se racontaient, ils avaient l'impression que leurs deux vies étaient comme les pièces d'un puzzle qui se seraient lentement emboîtées les unes avec les autres. Un morceau de ciel bleu ici, un arbre là, un nuage, une maison, un chagrin d'enfant, une peine de cœur, un animal favori, la douleur de voir mourir sa sœur qu'il adorait, la solitude qu'elle avait éprouvée petite fille. Le puzzle se constituait de lui-même, et mieux que l'un ou l'autre ne l'aurait espéré.

Il était plus de vingt heures quand elle lui demanda s'il avait faim. Il offrit de l'emmener dîner dehors mais, voyant qu'il avait commencé à neiger, ils décidèrent de rester au chaud et de se faire des pâtes et une omelette, qu'ils complétèrent avec du fromage et de la salade. À la fin du repas, ils étaient détendus et heureux, riant de ce qu'ils se racontaient. En regagnant le salon, il la prit dans ses bras et, au moment où il allait l'embrasser, il éclata de rire.

— Pourquoi ris-tu ? demanda-t-elle, soudain anxieuse.

— Je repensais à Halloween et à ta figure peinte en vert. Tu étais tellement drôle.

C'était la première fois qu'il l'avait embrassée. Ils s'en souvenaient parfaitement, car c'est peu après que les choses s'étaient gâtées entre eux.

— Pas aussi drôle que toi. Les enfants ont adoré ton déguisement, en particulier Gabby qui s'était agrippée à ta queue de lion pour pouvoir te suivre.

Ils n'étaient pas allés au centre de la journée et Carole lui annonça qu'elle y passerait le lendemain. Il lui demanda alors s'il pouvait l'accompagner. Les enfants lui manquaient. En particulier Gabby.

— Je lui ai dit que tu étais en déplacement.

Il hocha la tête en silence. Ils lui avaient tous manqué, mais pas autant que Carole. Et, lorsqu'il se pencha pour l'embrasser à nouveau, elle vit dans ses yeux une telle douceur qu'elle eut l'impression d'être enfin arrivée.

— Tu veux monter ? murmura-t-elle.

Il fit oui de la tête et la suivit silencieusement dans l'escalier. Une fois dans la chambre, il la contempla un long moment.

— Tu es sûre que tout va bien ?

Il ne voulait pas la brusquer. Il se souvenait de sa réticence, la première fois qu'il l'avait invitée à dîner. Mais beaucoup de choses s'étaient passées depuis, et durant ces quatre longues semaines de séparation, elle avait réalisé combien elle l'aimait et combien il lui avait manqué.

Elle acquiesça et ils s'allongèrent dans le grand lit, où elle avait l'habitude de dormir seule. Ils étaient si bien ensemble qu'ils avaient l'impression de se connaître depuis toujours. Ils s'aimèrent avec tendresse et passion, s'offrant mutuellement tout ce dont ils avaient besoin.

Et tandis que, dehors, la ville poudrée de neige prenait des allures de carte de Noël, ils s'endormirent, serrés l'un contre l'autre, comme dans un rêve.

20

Pour Sylvia et Gray, le week-end se passa tranquillement. Le samedi matin, elle se rendit à la galerie avant d'aller faire des courses, tandis que Gray retournait peindre à l'atelier. Ils passèrent le dimanche matin à paresser au lit, à faire les mots croisés du *New York Times*, à faire l'amour et à dormir.

Depuis le dîner de Thanksgiving, ils étaient sans nouvelles de Charlie et espéraient qu'il avait suivi leurs conseils. En se réveillant le dimanche, ils avaient constaté qu'il était tombé cinquante centimètres de neige. Le soir venu, pendant que Gray lisait, Sylvia prépara le dîner, puis ils passèrent à table. Ils étaient en train de bavarder tranquillement de choses et d'autres quand Gray lui demanda si ses enfants venaient passer les fêtes de Noël avec elle. Voyant son air anxieux, elle comprit qu'il avait peur de les rencontrer. Sans doute craignait-il qu'ils ne désapprouvent leur liaison.

— Ils ont prévu d'arriver quelques jours avant Noël, me semble-t-il. Gilbert a parlé du 23, mais Emily est restée vague. Telle que je la connais, elle va prendre l'avion à la dernière minute et débarquer ici comme un ouragan.

— C'est justement ce qui m'inquiète, répondit Gray, tendu. Sylvia, je ne suis pas certain que ce soit une bonne idée.

— Comment cela, pas une bonne idée !

Elle était complètement abasourdie. Il n'avait pas l'air de se rendre compte à quel point elle aimait ses enfants et était impatiente de les revoir. En tout cas, que Gray soit d'accord ou non, il était hors de question qu'ils ne viennent pas.

— Écoute, je crois qu'il vaut mieux que je reste à l'atelier pendant qu'ils seront là, expliqua-t-il calmement.

Elle lui avait pourtant dit qu'elle possédait un petit studio au rez-de-chaussée, qui lui servait de remise en temps normal, et qu'elle mettait à leur disposition quand ils venaient. Elle lui en avait parlé quelques semaines plus tôt. Aussi ne voyait-elle pas pourquoi Gray et elle n'auraient pas pu continuer à se voir.

— Je suis sûre qu'ils vont t'adorer, mon chéri, dit-elle pour essayer de dissiper ses angoisses.

— Tu sais que je ne suis pas à l'aise avec les enfants.

— Mais enfin, ce ne sont plus des enfants !

— C'est ce que tu crois. Moi je sais qu'adultes ou pas, les enfants restent des enfants. Si à cent ans tu avais un amant, je suis certain que ton fils de quatre-vingts ans te le reprocherait. C'est la loi de la nature.

Il semblait si sûr de lui en disant cela qu'elle se hérissa.

— Jamais de la vie. Gordon, l'homme avec qui j'ai vécu et qui s'est suicidé, n'a jamais eu le moindre problème avec eux, et pourtant ils étaient plus jeunes, à l'époque. Non, je t'assure, mes enfants sont des amours et je suis certaine que tu vas les adorer.

— Et si ce n'est pas le cas ?

— Que veux-tu dire ?

Elle se sentit soudain prise de panique. Elle savait qu'il avait un problème avec les enfants, mais pas à ce point.

— Je veux dire que tant que nous sommes tous les deux, tout va bien, mais dès qu'il est question d'enfants, rien ne va plus.

— Mais enfin, Gray, c'est absurde. Ils ne vont rester que quelques semaines.

Elle avait l'intention de les emmener skier avec elle après Noël et avait espéré que Gray se joindrait à eux. Lorsqu'elle leur avait annoncé qu'elle avait un homme dans sa vie, ils n'avaient pas paru contrariés. Bien au contraire, car ils savaient combien elle était seule depuis la mort de Gordon.

— Je pense que je vais disparaître de la circulation jusqu'à ce qu'ils soient repartis, répondit-il, campant sur ses positions.

Non seulement il n'en démordait pas, mais il semblait de plus en plus buté, ce qui rendit Sylvia furieuse. Elle était blessée et vexée par son attitude.

— En clair, maugréa-t-elle entre ses dents, tu es en train de me dire que tu n'as pas envie que je te présente mes enfants et que tu ne veux pas me voir tant qu'ils ne seront pas partis. C'est bien cela ?

— C'est bien cela. Mais tu pourras venir me voir quand tu voudras.

— Compte là-dessus, riposta-t-elle en arpentant rageusement la pièce. Je ne veux pas d'un homme qui n'accepte pas de rencontrer mes enfants. Je t'aime, Gray. Mais je les aime aussi. Ils font partie de moi. Tant que tu n'auras pas fait leur connaissance, tu ne sauras pas vraiment qui je suis.

— Mais si. Et moi aussi, je t'aime.

Il avait l'air complètement désarçonné, car il ne s'attendait pas à une telle réaction de sa part.

— Le problème, c'est que je ne veux pas me retrouver dans une situation que je ne pourrais pas assumer. Et je sais pertinemment que ce serait le cas. C'est plus fort que moi, j'en suis incapable. Je me connais. Je n'ai jamais voulu avoir d'enfants, et je ne veux pas de ceux des autres.

— Dans ce cas, ce n'est pas une femme comme moi qu'il te faut.

— Tu as peut-être raison, répondit-il en baissant les yeux et en regardant fixement ses pieds.

— Je peux savoir quand, au juste, tu as pris cette décision ?

Elle était outrée par tout ce qu'elle venait d'entendre et n'arrivait pas à croire qu'il pût se montrer à ce point déraisonnable.

— Lorsque tu m'as annoncé qu'ils venaient passer Noël avec toi, je me suis dit que je ferais mieux de m'éclipser pendant une semaine ou deux.

— Et j'imagine que tu feras la même chose cet été et que tu me laisseras partir seule en Europe voir mes enfants ?

Malgré son attachement pour lui, elle trouvait ses raisons grotesques, pour ne pas dire dérisoires. Il ne semblait pas prêt à faire le moindre effort pour rencontrer ses enfants et par là même pour partager sa vie.

— J'avais espéré que tu viendrais skier avec nous, dit-elle, déçue.

Elle avait loué tout exprès une superbe maison dans le Vermont.

— Je ne skie pas, répondit-il avec mauvaise foi.

— Moi non plus. Mais eux, si. Et on passe toujours des vacances formidables, quand on est ensemble.

— Et ce sera encore le cas cette année. Simplement, je ne serai pas là.

— Tu es vraiment trop nul ! hurla-t-elle en filant dans la chambre et en faisant claquer la porte derrière elle.

Lorsqu'elle en ressortit, deux heures plus tard, il était reparti chez lui. C'était la première fois depuis trois mois que cela se produisait et qu'il allait dormir à l'atelier. Lorsqu'elle l'appela, il lui répondit qu'il travaillait et n'avait pas envie de discuter.

— Ce n'est pas possible ! ragea-t-elle en marchant de long en large.

Elle ne savait comment faire pour le faire changer d'avis. Elle était consciente qu'il avait eu une enfance difficile et des parents totalement irresponsables. Il lui avait déjà dit qu'il n'était pas fait pour la vie de famille, mais elle ne s'attendait pas à ce qu'il lui oppose un refus aussi catégorique. Il affirmait ne vouloir voir personne à part elle. Pourtant, s'il persistait dans cette voie, leur histoire allait forcément s'en ressentir. Elle hésitait entre attendre et voir s'il revenait sur sa décision, ou réagir et lui fixer un ultimatum. Mais, quelle que soit l'issue, elle savait qu'elle courait le risque de le perdre.

Deux semaines avant Noël, les trois mousquetaires, ainsi que les surnommait Sylvia, se retrouvèrent pour dîner dans un restaurant chinois. Ils étaient stressés et débordés. Charlie avait mille choses à faire pour la fondation avant de partir en vacances sur le *Blue Moon*. Adam était lui aussi très occupé, et en plus de cela devait aller passer le week-end à Las Vegas pour assister au championnat du monde de boxe que disputait l'un de ses clients. Quant à Gray, il avait l'air déprimé.

— Alors, comment vont nos tourtereaux ? le taquina Charlie tandis qu'ils commençaient à dîner.

Voyant que Gray se contentait de secouer tristement la tête, il demanda :

— Qu'est-ce que cela signifie ?

— Que Sylvia et moi ne nous adressons quasiment plus la parole depuis Thanksgiving.

— Que s'est-il passé ? Tout semblait aller pour le mieux entre vous, quand je suis venu dîner.

Mieux même, ils avaient l'air de filer le parfait amour et de flotter sur un petit nuage.

— Les enfants, ça n'est pas mon truc.

— Je sais, sourit Charlie. Les gamines de vingt ans, c'est pour Adam. Sylvia est absolument adorable, mais elle n'est plus une enfant.

— Non, mais elle *a* des enfants et je ne veux pas les rencontrer. Ils viennent passer Noël avec elle, et je lui ai dit que je ne voulais pas les voir. C'est plus fort que moi, je ne supporte pas les réunions de famille, elles me rendent nerveux. Je déprime. Je l'aime, mais je ne veux pas entendre parler de ses enfants.

— Oh, zut. Et comment l'a-t-elle pris ? s'enquit Charlie, l'air contrarié.

— Très mal. Elle est furieuse. Je crois bien que je l'ai blessée. Et j'ai l'impression que si je ne fais pas le premier pas, elle ne voudra plus jamais me parler. Mais je n'ai pas l'intention de céder. C'est une question de principe et de dignité. Je connais mes limites. J'ai des problèmes. J'ai grandi dans une famille de fous, entouré de gens qui se droguaient. Ma sœur s'est convertie au bouddhisme. Je n'ai pas revu mon frère depuis des lustres et n'ai aucune envie de le revoir. Je suis allergique à toute idée de famille.

— Même à la sienne ? avança prudemment Charlie.

— Oui. Après le réveillon, elle va partir skier avec ses enfants dans le Vermont, dit-il comme s'ils devaient s'envoler vers une autre planète.

— Ça devrait être super.

— Ça m'étonnerait. Ils ne sont probablement pas aussi charmants qu'elle le croit. Et, même s'ils le sont, ça ne m'intéresse pas. Il n'y a qu'elle qui me plaît.

Le cœur de Charlie se serra. Il savait combien Sylvia était attachée à ses enfants, et combien elle était amoureuse de Gray.

— J'espère sincèrement que vous allez trouver un terrain d'entente, soupira-t-il.

Puis, de but en blanc, il leur annonça qu'il s'était réconcilié avec Carole.

— J'ai suivi votre conseil, dit-il fièrement. Gray, j'espère que tu suivras le mien et mettras un peu d'eau dans ton vin. Sans quoi, tu risques de le regretter.

— Je le sais, répondit celui-ci, résigné.

Il savait qu'il risquait de la perdre, mais semblait préférer cette éventualité plutôt que faire connaissance avec ses enfants.

Ce fut alors à Adam de créer la surprise.

— J'ai une nouvelle, moi aussi, lança-t-il. Tu te souviens de Maggie, au concert de Vana ? demanda-t-il à Charlie. Eh bien, figure-toi qu'elle vient de s'installer chez moi.

Ses deux amis écarquillèrent des yeux incrédules.

— Elle a fait *quoi* ? s'exclama Charlie, abasourdi.

Il se souvenait parfaitement de Maggie. Elle lui avait fait l'effet d'être une gentille fille, malgré sa tenue extravagante.

— *Toi ?* Monsieur Je-veux-ma-liberté-ne-me-parlez-plus-jamais-de-mariage ? Tu as fait quoi ?

Elle ne lui avait pourtant pas donné l'impression d'être du genre intéressée, mais elle avait dû bien manœuvrer pour le faire changer d'avis.

— Comme elle prépare sa licence de droit, je me suis dit que je pourrais peut-être l'aider à réviser, dit-il sur un ton faussement détaché qui déclencha l'hilarité de ses copains.

— À d'autres. Tu ne t'imagines tout de même pas que tu vas nous faire gober un truc pareil.

— Bon, d'accord, je le reconnais... Je suis, euh... vraiment mordu. Mais tout est arrivé si vite. On est sortis ensemble et, bing, le lendemain je ne supportais plus de la savoir loin de moi. Je ne le lui ai pas encore dit, mais je vais l'emmener à Las Vegas avec moi, ce week-end. Elle n'y est jamais allée.

En fait, Maggie n'était jamais allée nulle part, mais, avec lui, cela allait changer.

— Tu lui as parlé du réveillon ? demanda Charlie.

Adam devait s'envoler pour Saint-Barth le 26 décembre, pour rejoindre Charlie sur son bateau, après avoir passé Noël avec ses enfants.

Adam secoua la tête en prenant l'air dégagé.

— J'ai l'intention de lui en toucher un mot, la semaine prochaine.

Il espérait qu'après leur week-end à Las Vegas, elle accepterait facilement qu'il parte sans elle dans les Caraïbes, lorsqu'il le lui annoncerait.

— Je ne peux tout de même pas changer tous mes plans pour elle. Il y a dix ans que nous partons à Noël. Au fait, tu en as parlé à Carole ?

— Non, mais je vais le faire. Il est hors de question que je l'emmène, déclara Charlie d'un ton ferme.

— Et moi, il est hors de question qu'elle m'impose ses enfants, dit Gray d'un ton tout aussi décidé.

— Que dirais-tu de venir avec nous à Saint-Barth ? suggéra Charlie. Après tout, si tu ne pars pas avec Sylvia...

— Impossible. Je me suis juré de ne plus jamais remettre les pieds dans les Caraïbes, avoua-t-il avant d'éclater de rire. Décidément, nous sommes incorrigibles.

Mais, d'un autre côté, ils n'avaient pas eu la vie facile et n'en étaient pas arrivés là par hasard.

— Et moi, pas question que je me marie, renchérit Adam.

— On en reparlera l'année prochaine, dit Charlie en riant. Mince, alors, si je m'attendais à ce qu'une femme s'installe chez toi ! Mais, au fait, où sont passées toutes tes conquêtes ?

Jusque-là, Adam avait souvent eu plusieurs femmes à la fois dans sa vie.

— J'ai tiré une croix dessus, répondit-il, l'air contrit. Je n'avais pas envie qu'elle me fasse la même chose. Mais j'ai cru que c'était le cas, jusqu'à ce qu'elle m'avoue qu'elle suivait des cours du soir. J'ai failli devenir fou et c'est là que j'ai compris que j'étais vraiment amoureux. Je suis heureux de vivre avec elle.

— Sylvia et moi, on se voit mais on n'habite pas ensemble, précisa Gray.

— Ce qui signifie que tu passes ton temps à courir d'un appartement à l'autre et à chercher tes chaussettes, traduisit Adam. Et d'ailleurs, quand ses enfants seront là, tu ne la verras plus. Enfin, je le suppose. En tout cas, je comprends qu'elle te fasse la gueule. Personnellement, si la femme que j'aime m'annonçait qu'elle ne voulait pas voir mes gamins, je romprais sans hésiter.

Gray savait que son ami avait raison, mais il n'en secoua pas moins la tête.

— Tes enfants ont rencontré Maggie ? demanda Charlie, intrigué.

— Pas encore. Mais je vais les lui présenter, certainement avant les fêtes. Et d'ailleurs, à ce propos, moi, ce sont les mères que je ne supporte plus, et en particulier la mienne. Je suis allé chez mes parents pour Thanksgiving et, juste au moment de passer à table, j'en ai eu tellement assez de les entendre me critiquer que je suis parti. J'avais toujours pensé que ma mère aurait une attaque si je lui faisais un coup comme ça. Mais pas du tout. Mieux même, elle est beaucoup plus gentille maintenant, quand je l'ai au téléphone.

— Et ton père, comment a-t-il réagi ?

— Il s'est endormi.

Ils passèrent le reste de la soirée à parler politique et affaires, ainsi que de l'exposition que Gray préparait pour le mois d'avril ; il leur annonça qu'il avait déjà vendu trois toiles. Sylvia avait changé sa vie et il lui en était infiniment reconnaissant. Mais pas suffisamment, apparemment, pour accepter de rencontrer ses enfants. Adam et Charlie se réjouissaient de passer deux semaines sur le *Blue Moon*. Ils tentèrent de convaincre Gray de se joindre à eux, mais il refusa, prétextant que sa future exposition l'accaparait trop.

Comme toujours, ils furent les derniers à quitter le restaurant, après avoir bu plus que de raison. Ce n'était pas le cas quand ils étaient seuls, mais quand ils se retrouvaient, ils avaient tendance à se laisser aller.

Ce soir-là, Gray retourna dormir chez lui, seul. En rentrant, Adam trouva Maggie déjà endormie. Charlie souriait en regagnant ses pénates, heureux d'aller bientôt passer quelques semaines sur son yacht. Il ne connaissait pas meilleure façon pour faire comme si Noël n'existait pas.

21

Le lendemain matin, Maggie sauta de joie quand Adam lui annonça qu'il l'emmenait avec lui à Las Vegas. Elle avait pris son week-end pour pouvoir étudier, car elle avait un devoir à rendre, mais elle lui dit qu'elle le ferait pendant qu'il serait occupé. Elle se jeta à son cou, folle de bonheur, avant de le regarder, effarée.

— Je n'ai rien à me mettre.

Depuis qu'elle avait emménagé chez lui, elle ne pouvait plus piocher dans la garde-robe de ses colocataires, qui, de toute façon, n'auraient rien eu de convenable à lui proposer. Mais Adam avait pensé à tout. Il sortit une carte de crédit et la lui offrit en souriant.

— Va t'acheter ce qui te fait plaisir.

Elle resta un instant interdite, puis lui rendit sa carte.

— Il n'en est pas question. Je sais bien que je ne roule pas sur l'or, mais ce n'est pas une raison pour me faire entretenir.

Elle savait que c'était le cas des femmes qu'il avait connues avant elle, mais jamais elle n'accepterait de faire la même chose. Un jour, elle gagnerait suffisamment d'argent pour s'offrir ce qu'elle voudrait, mais en attendant, elle se contenterait de son salaire de serveuse.

— Merci, c'est très gentil à toi. Mais je vais m'arranger autrement.

Il savait qu'elle allait devoir remuer ciel et terre pour trouver une solution, et il en fut bouleversé. La vie ne lui avait vraiment pas fait de cadeaux. Il voulait l'aider davantage, mais elle ne lui en laissait pas la possibilité, et il devait respecter son choix. Maggie était vraiment différente de toutes les femmes qu'il avait connues jusque-là.

Le décollage était prévu le vendredi après-midi et elle était tellement excitée qu'elle ne tenait pas en place. Elle se jeta à son cou et le remercia de tout cœur. Il adorait lui faire plaisir. Il avait hâte de lui faire découvrir Las Vegas et de la choyer, pour lui faire oublier tous les moments difficiles qu'elle avait passés. Quand il la gâtait, elle lui témoignait toujours sa reconnaissance et ne prenait pas ses cadeaux comme allant de soi.

Lorsqu'ils revinrent de Las Vegas, il lui annonça qu'il voulait fêter Hanoukka avec elle et ses enfants, le week-end suivant, et appela sa mère pour lui dire de ne pas compter sur eux. Une page était définitivement tournée.

Quand Charlie passa prendre Carole pour l'emmener au bal des débutantes, il resta sans voix quand il la vit. Elle portait une robe de satin rose, des escarpins argent, et ses cheveux étaient rassemblés en un élégant chignon. Elle avait emprunté une veste en vison blanc à sa mère et acheté la robe chez Bergdorf – où elle n'avait pas mis les pieds depuis des années. Des boucles d'oreilles et un bracelet en diamants qui avaient appartenu à sa grand-mère complétaient l'ensemble, ainsi qu'un petit sac à main argenté et une paire de longs gants blancs en chevreau.

Charlie, lui, arborait un smoking noir et une cravate blanche. Ils formaient un couple tout à fait extraordinaire ; Carole avait un air de Grace Kelly et d'Uma Thurman et Charlie était entre Gary Cooper et Cary Grant.

Ils firent sensation lorsqu'ils entrèrent au Waldorf-Astoria. Carole ressemblait à une princesse et n'avait plus rien à voir avec la fille en jean et baskets du centre, ou la sorcière d'Halloween grimée en vert. Mais il l'aimait sous toutes ses facettes et était heureux et fier qu'elle soit à ses côtés.

Ils avancèrent au milieu de tous et Carole lui confia qu'elle était morte de trac, lors de son premier bal, mais qu'au bout d'un moment elle avait réussi à se détendre et même à s'amuser.

— Tu devais être ravissante, mais certainement pas autant qu'aujourd'hui, dit-il en l'entraînant sur la piste de danse tandis que l'orchestre entamait une valse lente.

Tous deux dansaient parfaitement. Leur éducation, les nombreux bals et soirées auxquels ils avaient participé transparaissaient dans leurs mouvements. Ce soir, elle avait exceptionnellement accepté de se prêter au jeu, et Charlie savait que cela ne se reproduirait pas souvent. Mais c'était sans importance. Lui-même commençait à se lasser des sorties mondaines, même s'il aimait s'y rendre de temps à autre.

Peu avant le dîner, ils aperçurent les parents de Carole et se dirigèrent vers leur table pour les saluer. Ils étaient avec le Tout-New York, et le père de Carole se leva dès qu'il les aperçut. C'était un homme de haute taille, à l'allure distinguée. Il tendit la main à Charlie une fois que Carole eut fait les présentations. Ses traits semblaient taillés dans de la glace. Charlie l'avait déjà rencontré, des années auparavant, mais doutait que le vieil homme se souvînt de lui.

— J'ai connu votre père, lui confia Arthur Van Horn d'un ton lugubre. Nous étions ensemble à Andover. J'ai été désolé d'apprendre sa disparition tragique.

C'était un sujet douloureux pour Charlie, et Carole s'efforça de faire diversion. Son père avait le chic pour refroidir l'atmosphère. Elle se tourna alors vers sa mère pour lui présenter Charlie. Hautaine, celle-ci lui tendit la main, hocha la tête et ce fut tout. Peu après, Carole et Charlie regagnèrent leur table.

— On ne peut pas dire qu'ils se soient montrés très chaleureux, constata-t-il.

Cela fit rire Carole, qui s'empressa de le rassurer. Ses parents étaient des caricatures de la haute société new-yorkaise et se comportaient ainsi avec tout le monde, pas uniquement avec Charlie.

— Et pourtant, je suis sûre qu'à leurs yeux ils l'ont été. Je n'ai pas souvenir que ma mère m'ait jamais embrassée ou prise dans ses bras. Elle venait à la nursery comme elle serait allée au zoo, craignant de se faire mordre si jamais elle s'attardait un peu trop, de sorte qu'elle ne restait jamais bien longtemps. Si j'ai des enfants un jour, je jouerai avec eux sans crainte de me salir, je les embrasserai et les serrerai dans mes bras jusqu'à les faire crier de joie.

— Ma mère se comportait avec ma sœur et moi exactement comme ça.

Elle leur répétait sans cesse combien elle les aimait, Ellen et lui. Quant à son père, il avait été son mentor et son meilleur ami. Son héros. C'était un homme jovial qui ressemblait à Clark Gable et adorait les yachts. C'était vraisemblablement pour cela que, après sa mort, Charlie avait décidé d'acheter son premier bateau. Chaque fois qu'il faisait un choix, il espérait que son père l'aurait approuvé. C'était étrange, dit-il à Carole, comme ce genre de détails vous poursuivait jusqu'à l'âge adulte, et même tout au long de votre existence.

— Je suppose qu'on cherche toute notre vie à plaire à nos parents, dit-il.

Ils se levèrent à nouveau pour aller danser, jusqu'à ce qu'on servît le dîner.

Ils s'amusèrent beaucoup ce soir-là. Les débutantes ouvrirent le bal en valsant avec leurs pères, ravissantes dans leurs longues robes blanches, un bouquet à la main. C'était un peu comme un mariage. À l'origine, ce genre de bal était justement destiné aux jeunes filles de la haute société qui cherchaient un mari, mais cette époque était révolue. Aujourd'hui, elles venaient là pour s'amuser et, une fois la soirée terminée, enfilaient une minijupe et sortaient danser en boîte avec leurs amis.

— En principe, je suis contre ce genre d'événement, lui confia Carole dans la limousine qui les ramenait chez elle. Mais ça ne fait de mal à personne et ça laisse de bons souvenirs. Alors, pourquoi pas ?

Charlie fut soulagé de voir qu'elle prenait les choses de cette façon. Ils avaient passé une excellente soirée et s'étaient bien amusés.

— Merci, dit-elle en lui souriant lorsqu'il se pencha vers elle pour l'embrasser.

Il songea qu'elle était la plus belle femme du monde et il était fier d'être avec elle, même si ses parents l'avaient horrifié. Il n'arrivait tout simplement pas à s'imaginer ce que pouvait être la vie d'un enfant entre deux êtres aussi froids. Heureusement, Carole n'était pas du tout comme eux, et c'était même un miracle qu'elle soit aussi naturelle et spontanée. Elle était chaleureuse, douce, prévenante et d'une grande simplicité, alors que ses parents étaient horriblement guindés.

— J'ai hâte de passer Noël avec toi, lui confia-t-elle en souriant. J'adore les fêtes. Nous pourrions aller acheter un sapin demain et le décorer.

Il blêmit et la regarda, embarrassé. Un silence gênant s'installa brièvement entre eux. Il devait lui dire la vérité, exactement comme il l'avait exigé d'elle. Sans quoi il serait un menteur.

— Je ne serai pas là, finit-il par dire à regret.

— Demain ?

— Non, à Noël. Je ne supporte pas ces périodes. Je ne réveillonne jamais. C'est trop dur pour moi. Je préfère être sur mon yacht. Je serai absent trois semaines.

Elle le regarda un long moment sans un mot, abasourdie.

— Quand pars-tu ? balbutia-t-elle comme si le ciel venait de lui tomber sur la tête.

Elle semblait assommée et il s'en voulait de la faire souffrir. Mais il ne pouvait pas faire autrement, c'était au-dessus de ses forces.

— La semaine prochaine, dit-il, triste mais résolu.

— Avant Noël ?

— Oui. Je vais à Saint-Barth avec Adam. C'est une tradition. Chaque année, nous nous retrouvons là-bas.

Il avait dit cela comme s'il s'agissait d'une obligation, mais elle n'était pas dupe et savait que ce n'était qu'une excuse.

— Il ne fête pas Noël avec ses enfants ? dit-elle d'une voix pleine de reproche.

Elle ne pouvait concevoir un tel égoisme de la part d'un père.

— Si, il vient me rejoindre après. Je le devance toujours d'une semaine.

— Dans ce cas, pourquoi ne pars-tu pas en même temps que lui, pour que nous puissions passer Noël ensemble ?

Cela lui semblait un compromis acceptable, mais Charlie fit non de la tête.

— Je ne peux pas. Je me connais. C'est impossible. Il faut que je quitte New York avant que la fièvre de Noël ne s'installe. C'est une fête pour les gens qui ont une famille, des enfants. Je n'ai ni l'un ni l'autre.

— Mais moi, j'existe, dit-elle avec tristesse.

En fait, et bien qu'ils aient entamé une relation sérieuse, elle ne se sentait pas le droit de lui demander de rester. Car si Noël revêtait pour elle une grande importance, il n'en allait pas de même pour lui.

— Nous ferons une grande fête à mon retour, lui promit-il pour la consoler.

Mais elle avait détourné les yeux et regardait à travers la vitre, l'air absent.

— Je ne pourrai pas me libérer, dit-elle en se tournant à nouveau vers lui. Je n'avais pas l'intention de faire quelque chose d'extraordinaire. Je voulais juste être avec toi. Je ne pourrai pas laisser les enfants et prendre des vacances à ton retour, sous prétexte que tu ne veux pas passer Noël avec moi.

— Je ne le fais pas pour te fuir. Simplement, je ne supporte pas les réveillons. J'ai l'impression qu'on a inventé Noël exprès pour rendre les gens malheureux et pour qu'ils se sentent exclus. Même les enfants. Tu remarqueras qu'on ne leur offre jamais les cadeaux qu'ils attendent. Leurs parents leur font croire au Père Noël et, lorsqu'ils découvrent qu'il n'existe pas, c'est une grosse déception. C'est idiot et injuste. Je refuse de me prêter à cette mascarade.

— Et moi, je commence à me dire qu'au fond l'amour n'est peut-être qu'une supercherie, dit-elle en le regardant droit dans les yeux.

— Je pensais que tu me comprendrais, plaida-t-il lorsque le chauffeur s'arrêta devant chez elle.

— Et moi, j'espérais que nous passerions Noël ensemble.

L'idée d'être avec ses parents pour les fêtes la déprimait, aussi avait-elle prévu d'être le plus possible au centre et aussi avec Charlie. Et voilà que tous ses projets tombaient à l'eau.

Il l'aida à descendre de voiture, puis l'accompagna jusqu'à sa porte. Il s'en voulait d'avoir gâché la soirée et n'osait même pas l'embrasser. Car, même si elle ne l'avait pas dit explicitement, il avait l'impression qu'elle venait de rompre. Mais, malgré cela, il était incapable de transiger.

— Je t'appellerai demain, lui dit-il doucement.

Il ne lui demanda pas de rester, et elle ne le lui proposa pas. Elle était beaucoup trop en colère. Pourquoi continuer avec lui s'il refusait de passer Noël comme le jour de l'An avec elle, puisqu'il avait prévu de s'absenter trois semaines ? Une fois de plus, elle allait se retrouver seule pour les fêtes.

— Bonsoir, murmura-t-elle en effleurant sa joue d'un baiser rapide.

L'instant d'après, il était parti. Dans la limousine qui le ramenait chez lui, les paroles de Carole résonnaient dans sa tête : *Au fond, l'amour n'est peut-être qu'une supercherie.* C'était un constat douloureux mais non dénué de fondement. Maintenant, l'un et l'autre étaient amèrement déçus. Il avait espéré qu'elle le comprendrait, et elle qu'il resterait pour elle. Mais c'était au-dessus de ses forces. Même par amour pour elle, et quelles qu'en soient les conséquences.

22

Le week-end à Las Vegas fut génial et Maggie adora tout. Les spectacles, les boutiques, les lumières, les machines à sous, les gens, et même le match de boxe. Adam lui avait offert une robe et une petite veste en fourrure et elle les avait mises pour le match. Elle avait gagné cinq cents dollars aux machines à sous. Dans l'avion d'Adam qui les ramenait à New York, elle se sentait comme une reine et il souriait de la voir aussi heureuse.

— Je suis content que tu te sois bien amusée, lui dit-il.

Il aimait la gâter, être avec elle et être vu avec elle. Elle était absolument divine dans sa nouvelle robe et sa veste en fourrure.

Une fois de plus, elle le remercia avec effusion, et lui dit qu'elle avait passé deux jours inoubliables.

Ils étaient en train d'atterrir quand, sans raison particulière, elle lui dit qu'elle aurait bien aimé passer le Nouvel An à Las Vegas.

— Oui, un jour peut-être, répondit-il vaguement.

— Pourquoi pas cette année ? suggéra-t-elle, enthousiaste.

Il lui avait dit qu'il s'y rendait fréquemment et, comme il avait un avion, ils pouvaient aller où ils voulaient quand ils voulaient. Pour elle, c'était une nouveauté, et elle se sentait pousser des ailes.

— C'est impossible, dit-il en faisant mine de regarder par le hublot.

Puis, songeant qu'il allait devoir lui avouer la vérité tôt ou tard, il décida de se jeter à l'eau.

— Chaque année, je pars retrouver Charlie au moment des fêtes.

— Pour passer des vacances entre hommes ? Faire une partie de chasse ?

Elle semblait amèrement déçue.

— En quelque sorte, répondit-il en espérant qu'ils en resteraient là.

Mais Maggie repartit à la charge.

— Et où allez-vous ?

— À Saint-Barth, sur le yacht de Charlie.

Elle lui lança un regard outré.

— Comment ? Tu vas faire une croisière sur un *yacht* dans les *Caraïbes* ? Tu te moques de moi ?

— Mais non, c'est la vérité. Comme il ne supporte pas les fêtes, il part une semaine avant moi et je le rejoins après avoir fêté Noël avec mes enfants. C'est comme ça tous les ans.

— Ah, et pour faire quoi ? Passer de bons moments avec toutes les jolies filles des Caraïbes ?

— Avant de te connaître, oui. Mais plus maintenant, répondit-il calmement.

Il n'avait pas envie de se quereller avec elle. Ses vacances avec Charlie étaient un rite et il était hors de question qu'il y renonce.

— Et je suppose que tu n'as nullement l'intention de m'emmener avec toi ? reprit-elle en le regardant comme si elle s'apprêtait à lui jeter quelque chose à la tête.

Par chance, elle n'avait rien à portée de main.

— Maggie, c'est impossible. Ce sont mes vacances avec Charlie, et il sera seul.

— Et moi, je sais ce que font les hommes quand ils sont seuls. Ils se comportent exactement comme tu l'as fait quand tu m'as rencontrée.

— Tu te trompes. Charlie n'est pas comme ça et, en plus, il a une petite amie, maintenant.

— Et elle est invitée ? demanda Maggie, suspicieuse.

Adam secoua la tête.

— Non. Il n'y aura que lui et moi.

— Tu seras parti combien de temps ?

— Deux semaines.

— *Deux semaines !* Et tu t'imagines que je vais rester deux semaines à t'attendre sagement, pendant que toi, tu en profiteras ?

— Pas de menaces, s'il te plaît. Je comprends que cela te contrarie, mais je ne peux pas faire faux bond à Charlie. Et je ne peux pas non plus lui demander de t'inviter.

— Très bien, dans ce cas, passez un joyeux Nouvel An entre hommes. Et surtout n'oubliez pas d'échanger un baiser sous le gui. Mais, j'y pense, ce ne serait pas plutôt ça, le problème ?

— Pour l'amour du ciel, Maggie, arrête ! Charlie et moi sommes de très bons amis et nous avons pris l'habitude de partir en vacances ensemble, deux fois par an. Je suis navré de te laisser pour le Nouvel An, mais quand nous l'avons décidé, je ne te connaissais pas encore.

— Et tu crois qu'il en ira autrement l'année prochaine ?

— Peut-être. Je n'en sais rien. Je ne peux pas faire de promesses à si long terme. Nous verrons bien.

Il s'efforçait d'avoir l'air plus calme qu'il ne l'était en réalité. De plus la migraine le gagnait. Une migraine atroce.

— Ah oui, eh bien, c'est tout vu. Tu ne veux pas m'emmener en vacances pour pouvoir être seul avec tes copains, soit. Mais, dans ce cas, fais-moi grâce de tes prétendues règles de conduite. Personnellement, j'estime que deux personnes qui vivent ensemble doivent passer ensemble les fêtes de fin d'année.

— Merci pour l'info.

Il se tenait la tête à deux mains, mais elle ne s'en rendait pas compte. Elle était hors d'elle.

— Écoute, dit-il pour essayer de la calmer, on vient de passer un week-end fantastique à Las Vegas. Ce serait idiot de tout gâcher simplement parce que je suis obligé de m'absenter pendant deux semaines. Je veux te présenter mes enfants, la semaine prochaine. Je t'aime et j'ai envie que ça marche entre nous. Tu ne vas pas en faire une montagne ?

— Parle pour toi. Quand on est trop gentil, on finit toujours par se faire avoir. Et d'ailleurs, tu n'es nullement « obligé » de t'absenter. Au fait, qu'en dit la petite amie de Charlie ?

— Pas la moindre idée, répondit-il, abattu.

— Je doute qu'elle saute de joie.

Ils se disputèrent tout au long de la semaine suivante. Maggie se calma tout de même un peu lorsque Adam lui présenta ses enfants, qui, après une première approche prudente, décidèrent qu'elle était tout simplement adorable. Il en alla de même pour elle, ce qui rendit Adam fou de joie. Ils allèrent tous ensemble à la patinoire, puis Maggie emmena Amanda faire les magasins et acheter un cadeau de Noël pour son père. De retour à la maison, elle lui montra comment se maquiller, et aida Jacob à confectionner des petits gâteaux tout en lui donnant deux ou trois trucs pour draguer les filles. Les enfants tombèrent sous le charme. Elle était suffisamment jeune pour les comprendre et suffisamment mûre pour se faire respecter d'eux. Adam, qui s'était attendu à des réticences de leur part, n'en revenait pas. Mais, une fois qu'ils furent partis, la guerre reprit. Le cessez-le-feu n'avait duré que le temps d'un week-end.

Après le bal des débutantes, Charlie et Carole dînèrent deux fois ensemble. Un froid sensible s'était installé entre eux et, la deuxième fois qu'ils se rencontrèrent, elle lui demanda s'il avait changé d'avis. Il secoua la tête.

— C'est impossible, Carole.

Elle accueillit sa réponse en silence. Il avait espéré passer la nuit avec elle, mais n'osa pas le lui demander et retourna tristement chez lui. Il avait l'impression que, s'il partait pour Noël, leur histoire serait terminée lorsqu'il reviendrait. Elle ne comprenait pas pourquoi il tenait absolument à partir une semaine avant Noël au lieu d'attendre le 26 pour s'envoler avec Adam. Mais il avait renoncé à le lui expliquer, préférant remettre cette discussion à son retour. À condition qu'elle accepte alors de lui adresser la parole, naturellement.

Adam l'appela au bureau, la veille de son départ. Charlie lui dit qu'il devait boucler une pile de dossiers avant les vacances, et son ami lui confia qu'il en était de même pour lui.

— C'est à croire que tous mes clients se sont donné le mot, cette année. Il y a ceux qui ont décidé de divorcer, ceux qui dépriment parce que leur maîtresse leur fait des scènes, ceux dont les gamins font des bêtises et se retrouvent en cabane. Ceux qui refusent de se produire sous prétexte que leur contrat n'est pas assez élevé. J'en passe et des meilleures. J'adore cette époque de l'année !

— Moi aussi, ironisa Charlie, qui, en dépit de la réaction de Carole, avait hâte de partir. Mais, dis-moi, j'espère que tu ne m'appelles pas pour te décommander. Tu viens toujours à Saint-Barth, n'est-ce pas ?

Il s'agissait d'une question de pure forme mais, à sa grande surprise, il y eut un silence à l'autre bout du fil. Quand Adam prit la parole, il avait une drôle de voix.

— Rien ne va plus entre Maggie et moi, finit-il par admettre. Elle est persuadée que nous allons là-bas pour nous éclater et chasser tout ce qui porte un jupon. Elle est furieuse.

Charlie se mit à rire avant de se ressaisir rapidement.

— En fait, même si elle ne me l'a pas dit en ces termes, Carole est furieuse, elle aussi. Elle avait espéré que nous passerions les fêtes ensemble et, quand je lui ai expliqué que je ne célébrais jamais Noël, elle est montée sur ses grands chevaux. Nous sommes à deux doigts de la rupture.

Mais, malgré cela, il refusait de revenir sur sa décision. Tant pis pour elle si elle ne l'acceptait pas.

— Mince, compatit Adam. J'ai bien peur que Maggie ne veuille rompre, elle aussi. Mais pourquoi ne veulent-elles pas comprendre ? C'est incroyable comme les femmes attachent de l'importance aux fêtes. Pour elles, ça passe avant tout.

— C'est vrai, reconnut Charlie.

Il était contrarié, car depuis qu'il lui avait annoncé qu'il partait, Carole lui en voulait. S'il la laissait dans cet état pendant trois semaines, alors qu'ils venaient juste de se réconcilier, il était pratiquement certain que tout serait terminé entre eux à son retour. Cette idée lui était insupportable, mais pas suffisamment pour qu'il décide de rester. Sa phobie à lui était aussi forte que son désir à elle de passer les fêtes avec lui.

— Et, pour compliquer encore un peu plus les choses, je lui ai présenté mes enfants ce week-end, et ils sont tombés sous le charme. Mais, pour être tout à fait franc, Charlie, je n'ai pas envie de la contrarier. Et encore moins de lui faire du mal.

— Es-tu en train de me dire que tu ne peux pas venir ? questionna Charlie, consterné.

— Je ne sais pas. Plus rien n'est comme avant. Pour moi, en tout cas, les choses ont changé.

Il ignorait où en était Charlie avec Carole et n'était pas sûr que Charlie le savait lui-même. Mais Maggie et lui habitaient ensemble, avec tout ce que cela impliquait.

— Laisse-moi y réfléchir et je te rappelle.

— Appelle-moi sur mon portable. Je serai en réunion tout l'après-midi. Tu ne vas pas le croire, mais un de mes clients vient de se faire arrêter et je dois trouver un moyen de le sortir de prison.

— Veinard ! lui lança Charlie avant de raccrocher.

Il était presque cinq heures quand il rappela Adam. Tous deux étaient épuisés. Adam avait passé l'après-midi à faire le tampon entre la presse et son client. Quant à Charlie, il voulait à tout prix boucler ses dossiers avant la fin de l'année. Mais, surtout, il s'inquiétait de sa relation avec Carole. Il avait longuement réfléchi à ce que lui avait dit Adam et en était arrivé, comme lui, à la conclusion que plus rien n'était comme avant. S'il voulait que sa vie change, il devait changer, lui aussi. Il se sentait comme quelqu'un qui va se jeter du haut d'une falaise. Il ne lui restait plus qu'à prier le ciel de ne pas se fracasser sur le sol.

— Bon, dit Charlie avec autant d'entrain que s'il s'apprêtait à sauter d'un avion sans parachute. Je suis d'accord.

— D'accord pour quoi ? demanda Adam, surpris.

Il était au dépôt, en plein brouhaha, et essayait de refouler les journalistes.

— Pour que tu amènes Maggie avec toi, sur le bateau. Tu l'aimes, elle t'aime. Je peux faire un effort, si l'avenir de votre relation en dépend.

Il voyait bien qu'Adam était dos au mur et ne voulait pas être tenu pour responsable de leur rupture.

— Si tu veux qu'elle vienne, il n'y a pas de problème. Quant à moi, je vais inviter Carole.

— Charlie ?

— Oui ?

— Tu es un héros. Que dis-je ? Un prince ! Je vais le lui annoncer dès ce soir. Et toi ?

— Moi aussi, et tant pis si je mets la charrue avant les bœufs. Je vais inviter Carole. J'aurais préféré qu'elle accepte que je parte sans elle, mais je n'ai pas envie de la perdre. Je ne suis pas certain que je m'en remettrais.

Il y avait tant de franchise, de sincérité, d'amour et d'espoir dans sa relation avec Carole qu'il ne voulait pas tout gâcher.

— Sans blague, rit Adam. Non, mais qu'est-ce qui nous arrive !

— Je préfère ne pas y penser, soupira Charlie.

— Moi non plus. Mais chapeau ! Et au moins, on n'aura pas besoin de draguer ni de faire appel aux filles du coin !

Charlie éclata de rire.

— Ce n'est pas le genre de truc que je dirais à Maggie, si j'étais toi.

— Blague à part, quand comptes-tu partir ?

— Demain matin.

— Dans ce cas, bon voyage. Et au 26. Au fait, il y a une place pour Carole dans mon avion, si ça peut la dépanner. Donne-lui mon numéro et dis-lui de m'appeler.

— D'accord. Merci.

— Non, merci à toi.

Ils raccrochèrent, et Charlie resta une minute à rêvasser, les yeux perdus dans le vague. Adam avait raison. Plus rien n'était comme avant.

Il quitta le bureau à cinq heures et demie et prit un taxi. Une demi-heure plus tard, il était au centre, juste au moment où Carole s'apprêtait à partir. Elle eut un choc en le voyant et se demanda s'il y avait un problème. Un de plus. Tout semblait aller de travers, ces temps-ci. Noël. Le jour de l'An. Il allait partir trois semaines, sans même avoir vu son sapin de Noël.

— Charlie ? Que se passe-t-il ?

Elle avait les traits tirés, la journée avait été harassante.

— Je suis venu te dire au revoir, dit Charlie en entrant dans son bureau.

— Tu pars quand ?

— Demain.

Elle accueillit sa réponse avec un hochement de tête résigné. Qu'aurait-elle pu dire ? Elle savait que tout serait fini entre eux lorsqu'il reviendrait. Pour elle, en tout cas. Car elle lui en voulait autant qu'il lui en avait voulu lorsqu'elle lui avait caché sa véritable identité. Pour elle, quand on s'aimait, on passait les fêtes ensemble, point final. Mais lui ne voyait pas les choses sous cet angle. Elle avait besoin d'un homme capable de se laisser aller à ses émotions, pas de quelqu'un qui s'interdise d'aimer par crainte de souffrir. La vie n'était pas toujours rose, mais il fallait la vivre. Et si possible à deux.

— Dans ce cas, bon voyage, dit-elle en ouvrant un tiroir pour y ranger un dossier.

— Toi aussi, dit-il tout doucement.

— Moi aussi quoi ?

Elle n'était guère d'humeur à plaisanter.

— Bon voyage à toi aussi.

— Mais je ne vais nulle part, répondit-elle en se redressant et en le regardant droit dans les yeux.

— Mais si, enfin, du moins, je l'espère… Je voudrais bien que… bredouilla-t-il en s'efforçant de soutenir son regard. Si tu es d'accord, je serais ravi que tu viennes me rejoindre avec Adam et Maggie, le 26. Nous avons tout arrangé aujourd'hui.

— Et tu veux que je vienne, moi aussi ? dit-elle, un sourire stupéfait aux lèvres. Tu es sérieux ?

— Absolument. Je serais ravi que tu viennes toi aussi. Qu'en dis-tu ? Tu penses pouvoir te libérer ?

— Je vais essayer. Mais j'espère que tu ne t'imagines pas que j'ai cherché à te forcer la main. Je voulais juste que nous passions Noël ici, tous les deux.

— Je le sais, mais j'en suis incapable. Pour l'instant, en tout cas. Un jour, peut-être. Mais si tu peux venir, nous aurons deux semaines entières, rien que pour nous.

C'était une idée fantastique et il était heureux qu'Adam l'ait appelé.

— Je ne pense pas pouvoir me libérer plus d'une semaine. Enfin, je vais voir.

— Fais pour le mieux, dit-il en l'embrassant.

Elle lui rendit son baiser et ils échangèrent un regard plein de tendresse. Puis ils prirent un taxi pour rentrer chez elle et passer la nuit ensemble avant son départ, le lendemain. Et cela lui permit de voir son sapin.

Ce soir-là, en rentrant à la maison, Adam trouva Maggie plongée dans ses livres de droit. Il s'approcha et déposa une carte de crédit sous son nez.

— Qu'est-ce que cela signifie ? demanda-t-elle sans lever les yeux.

Elle lui en voulait toujours. La guerre avait repris de plus belle entre eux, après la courte trêve du week-end passé avec les enfants.

— Tu vas devoir songer à te constituer une garde-robe, dit-il en se débarrassant de sa cravate et en la jetant sur un fauteuil.

— Pour quoi faire ? Je ne veux pas de ton argent et tu le sais très bien, répondit-elle en lui jetant rageusement sa carte de crédit à la figure.

Il la rattrapa au vol et la lui tendit à nouveau.

— Il va tout de même falloir que tu t'en serves, cette fois, affirma-t-il en la reposant sur le bureau.

— Pourquoi ?

— Parce que tu vas avoir besoin d'un tas de choses. Maillots de bain, paréos, sandales… Je te laisse te débrouiller.

— Me débrouiller pour faire quoi ?

Elle n'avait toujours pas compris.

— Acheter ce qu'il te faut pour partir en vacances.

— Quelles vacances ? Où allons-nous ? demanda-t-elle, songeant qu'il voulait l'emmener à nouveau à Las Vegas, en guise de lot de consolation.

— Sur le yacht de Charlie, à Saint-Barth, expliqua-t-il comme si elle avait oublié.

Elle fixa sur lui des yeux incrédules.

— Mais c'est *toi* qui es invité sur le yacht de Charlie, pas moi.

— Il m'a appelé aujourd'hui, pour me dire que tu pouvais venir, dit-il doucement.

Elle posa son stylo et le regarda bouche bée.

— Tu es sérieux ?

— On ne peut plus sérieux. Et lui aussi. Je lui ai dit que je ne voulais pas te contrarier et je crois qu'il n'a pas non plus envie de contrarier Carole. De sorte qu'il va l'inviter, elle aussi.

— Oh, non ! Oh, mon Dieu ! Mais je rêve !

Elle se mit à courir et à sauter de joie dans la pièce. Puis elle se jeta dans ses bras et l'embrassa.

Il éclata de rire.

— Alors ? Plus fâchée ?

Apparemment non !

— Je n'arrive pas à y croire. Toi et moi, sur un yacht, dans les Caraïbes ! Oui, oui, oui, mille fois oui ! Adam, dit-elle, l'air soudain grave, je t'aime. Je n'aurais pas cessé de t'aimer de toute façon, mais ça m'a vraiment fait mal.

— Je sais, dit-il en l'embrassant à nouveau.

— Je t'aime, répéta-t-elle en se serrant tendrement contre lui. J'espère que tu le sais.

— Oui, je le sais, ma chérie… Et moi aussi, je t'aime…

23

Rien n'allait plus entre Gray et Sylvia. Il rentrait dormir à l'atelier presque chaque soir et elle ne cherchait pas à le retenir. Elle était beaucoup trop fâchée pour cela et voyait bien qu'il ne faisait aucun effort pour surmonter ses angoisses. Gilbert devait arriver dans quarante-huit heures et Emily le jour d'après, mais Gray refusait toujours de les rencontrer.

« Moi, à ta place, j'irais consulter un psy ! » s'était-elle écriée, excédée, la dernière fois qu'ils s'étaient querellés.

C'était un sujet brûlant et à présent ils se disputaient quasi quotidiennement.

« À quoi bon te gaver de livres de psychanalyse, si tu es infichu de surmonter tes phobies ?

— Je fais de mon mieux, mais je connais mes limites, ripostait-il, maussade. Et il se trouve que j'ai la famille en horreur.

— Mais tu ne connais même pas la mienne.

— Et je n'ai aucune envie de la connaître ! » répliquait-il avant de partir en claquant la porte.

Sylvia était terriblement déçue par l'attitude de Gray. Cela faisait plusieurs semaines maintenant qu'ils se chamaillaient à tout propos et leur relation s'en ressentait. Quand Gilbert arriva, deux jours avant Noël, elle était sans nouvelles de Gray depuis quarante-huit heures. Quand son fils lui demanda comment ça allait avec lui, elle essaya de lui expliquer la situation, sans vraiment y parvenir, car toute cette histoire lui paraissait idiote. Comme elle l'avait fait remarquer à Gray, à leur âge, on était censé être équilibré. Mais, apparemment, il faisait exception à la règle, car au lieu d'essayer de vaincre sa névrose, il s'y complaisait.

Le seul aspect positif de l'affaire, pour lui, était que cela l'incitait à travailler. Il était tellement contrarié qu'il peignait comme un forcené et avait déjà achevé deux toiles depuis Thanksgiving, à la grande satisfaction de son agent. Ses dernières œuvres étaient superbes. Il avait coutume de dire qu'il ne donnait vraiment le meilleur de lui-même que dans les périodes de déprime. Et c'était vrai. Il n'arrivait plus à trouver le sommeil, depuis que Sylvia et lui ne dormaient plus ensemble. Aussi peignait-il sans relâche. Nuit et jour.

Un soir, tard, alors qu'il était encore à son chevalet, la sonnerie de l'interphone retentit. Croyant que c'était Sylvia qui revenait pour essayer de le faire changer d'avis, il appuya pour la laisser entrer, sans même demander qui était là. Il entrebâilla la porte et retourna à sa toile, tout en se préparant mentalement à affronter la tempête. Elle lui avait encore récemment demandé de rencontrer ses enfants, mais il avait refusé. Le ton était monté et maintenant ils étaient pris dans un cercle vicieux. Aucun d'eux ne voulait céder.

En entendant s'ouvrir la porte, il leva la tête, s'attendant à la voir. Mais, à sa grande surprise, il vit un jeune homme très maigre.

— Je suis désolé... La porte était ouverte... Je ne voulais pas vous interrompre. Vous êtes Gray Hawk, n'est-ce pas ?

— Oui, c'est moi, répondit Gray, stupéfait.

Le jeune inconnu semblait malade. Il avait le teint blême, les cheveux ternes et les yeux creux, profondément enfoncés dans leurs orbites. On aurait dit qu'il souffrait d'un cancer ou d'une maladie incurable. Gray ne savait pas qui il était ni ce qu'il faisait là. Il aurait voulu le lui demander mais c'était lui qui lui avait ouvert la porte pour le laisser entrer.

Le jeune homme semblait hésiter. Il resta un moment sans bouger, puis dit dans un souffle, comme s'il n'avait pas la force de s'expliquer davantage :

— Je suis Boy.

— Boy ? balbutia Gray, abasourdi.

Il lui fallut quelques secondes avant de réagir, assommé par cette révélation.

— Boy !

Cela faisait si longtemps qu'ils ne s'étaient pas vus ! Gray s'avança lentement vers lui, les larmes aux yeux. Ils n'avaient jamais été proches, vingt-cinq ans les séparaient, mais Gray n'était jamais parvenu à l'oublier, et aujourd'hui encore, il continuait de le hanter comme un fantôme. Il était tellement bouleversé qu'il se demanda s'il n'était pas en proie à une hallucination. Boy était le fantôme des Noëls passés. Gray le serra contre lui et tous deux fondirent en larmes. Ils pleuraient sur ce qui aurait pu être et avait été, sur tout ce qu'ils avaient vécu, chacun de leur côté, marqués pour les mêmes raisons, par le même passé.

— Mais que fais-tu ici ? finit-il par demander d'une voix étranglée par l'émotion.

Gray n'avait jamais cherché à le retrouver et ne l'aurait jamais revu s'il n'était pas venu frapper à sa porte.

— Je voulais te revoir, répondit Boy simplement. Je suis malade.

Gray l'avait tout de suite deviné. Boy n'avait que la peau sur les os et son teint était presque translucide.

— Qu'est-ce que tu as ? s'enquit Gray, soudain submergé par le passé.

— J'ai le sida. Je vais bientôt mourir.

Gray ne lui demanda pas comment il l'avait contracté. Cela ne le regardait pas.

— Je suis désolé, dit-il.

Il sentit son cœur se déchirer quand leurs regards se croisèrent.

— Tu habites à New York ? Comment as-tu fait pour me retrouver ?

— J'ai cherché ton nom dans l'annuaire. Je vis à Los Angeles. Je voulais juste te revoir... une dernière fois... Je repars demain.

— Le jour de Noël ?

— Je suis sous traitement. Je ne peux pas m'absenter trop longtemps. Je sais que c'est idiot, mais je voulais te dire au revoir.

Gray songea qu'ils ne s'étaient jamais dit bonjour et en fut bouleversé. La dernière fois qu'il l'avait vu, Boy n'était qu'un bébé. Puis il l'avait croisé aux funérailles de leurs parents. Après cela, il n'avait pas cherché à garder le contact. Il avait passé sa vie à garder verrouillée la porte de son passé. Et Boy venait de l'entrebâiller, puis de l'ouvrir.

— As-tu besoin d'argent ou d'autre chose ? offrit Gray.

Le jeune homme secoua la tête.

— Non, non, tout va bien.

— Tu as faim ? demanda-t-il.

Il avait envie de l'aider, de faire quelque chose pour lui, et il lui proposa de sortir manger un morceau.

— C'est une bonne idée. J'ai retenu une chambre dans un hôtel pas loin.

Gray alla chercher sa veste, et quelques minutes plus tard, ils marchaient dans la rue, vers un café. Il commanda un sandwich et un Coca pour Boy et un gâteau et un café pour lui. Après quoi, tout doucement, ils commencèrent à évoquer le passé. Ils avaient vécu deux vies complètement différentes. Leurs parents étaient déjà âgés quand ils avaient adopté Boy. Les années passant, ils n'avaient plus autant la bougeotte, même s'ils étaient toujours aussi extravagants. Après leur mort, Boy était retourné vivre dans la réserve où il était né, puis à Albuquerque et, pour finir, il avait échoué à Los Angeles. Il lui confia qu'il s'était prostitué à l'âge de seize ans. Sa vie avait été un cauchemar, car ses parents ne lui avaient rien laissé et avaient totalement négligé son éducation. Gray en vint à se dire que c'était un miracle qu'il soit toujours en vie, après tout ce qu'il avait enduré. Ils se connaissaient à peine, mais ils s'aimaient. Boy lui prit la main et la serra fort, en le regardant intensément.

— Je ne sais pas pourquoi, mais je tenais absolument à te revoir. Je crois que je voulais qu'au moins une personne se souvienne de moi quand je ne serai plus là.

— Je ne t'ai jamais oublié, même si tu n'étais qu'un enfant, la dernière fois que je t'ai vu.

Jusque-là, Boy n'avait été qu'un nom pour lui, mais à présent, c'était un visage, une âme, un être dont il allait pleurer la disparition. Il ne l'avait pas cherché, mais Boy était venu à lui. La vie lui avait fait ce cadeau. Cet homme avait parcouru six mille kilomètres pour lui dire adieu.

— Je ne t'oublierai pas, murmura Gray en le fixant comme pour graver son visage dans sa mémoire.

Et c'était ce qu'il faisait, car il savait qu'un jour il ferait son portrait, et il le lui dit.

— C'est une idée qui me plaît, approuva Boy. Ainsi les gens pourront me voir éternellement. Je n'ai pas peur de mourir, même si j'aimerais mieux rester en vie, mais je sais que tout se passera bien. Tu crois au paradis ?

— Je ne sais pas en quoi je crois, répondit Gray en toute franchise. Peut-être en rien, peut-être en Dieu. Pour moi, tout cela est abstrait.

— Moi, je crois au paradis. Et je crois que les gens se retrouvent après la mort.

— J'espère bien que non ! s'exclama Gray en éclatant de rire. Il y a trop de personnes que je n'ai pas envie de revoir, comme nos parents, par exemple. Si tant est qu'on puisse les appeler ainsi.

— Es-tu heureux ? demanda Boy.

Il était si maigre et éthéré que Gray avait l'impression de flotter dans un rêve. En fait, il ne savait que lui répondre. Jusqu'à tout récemment, il avait connu un bonheur sans nuages. Mais, depuis sa dispute avec Sylvia, il s'en voulait. Il raconta tout à Boy.

— Pourquoi as-tu peur de faire leur connaissance ?

— Imagine que je leur déplaise. Ou le contraire. Sylvia m'en voudrait à mort. Et si nous nous attachions les uns aux autres ? Qu'adviendrait-il si leur mère et moi nous séparions ? Je ne pourrais plus les voir, ou alors ce serait sans elle. Et puis, qu'arrivera-t-il si ce sont des gosses pourris gâtés prêts à tout pour nous empoisonner la vie ? Toute cette histoire est tellement compliquée que j'en ai la migraine.

— Et quand bien même tu aurais la migraine ? Songe à ce que serait ta vie sans elle. Tu vas la perdre, si tu refuses de les rencontrer. Elle les aime. Et elle t'aime toi aussi, apparemment.

— Et moi aussi, je l'aime. Mais je n'aime pas ses enfants et je n'ai pas envie de les aimer.

— Et moi, tu m'aimes ? lui demanda alors Boy de but en blanc.

Sa question lui rappela brusquement celle du Petit Prince de Saint-Exupéry et, sans même réfléchir, Gray lui répondit.

— Oui. Mais je viens seulement d'en prendre conscience. Jusqu'ici je ne te connaissais pas et n'avais pas envie de te connaître. En fait, je me rends compte que j'avais peur. Mais plus maintenant.

Il avait eu peur de l'aimer, parce que les liens familiaux le terrorisaient. Pour Gray, la famille ne pouvait être que source de chagrin et de déception. Et pourtant, Boy ne l'avait pas déçu, au contraire. Il avait fait tout ce chemin exprès pour le voir, pour lui témoigner son affection. C'était une preuve d'amour comme personne ne lui en avait jamais donné ; un geste à la fois douloureux et merveilleux. C'était de l'amour pur.

— Mais pourquoi m'aimes-tu ? Parce que je vais mourir ? questionna Boy en plongeant ses yeux dans ceux de Gray.

— Non. Je t'aime parce que tu es mon frère, reconnut Gray, soudain submergé par l'émotion.

Il venait d'ouvrir les vannes de son cœur et en éprouvait un immense soulagement.

— Tu es tout ce qu'il me reste, ajouta-t-il en lui prenant les mains.

— Je ne serai bientôt plus là, murmura Boy, prosaïque. Et quand je serai parti, il ne te restera plus qu'elle. Et ses enfants.

Ce qui était peu pour un homme de son âge. Ses parents, si excentriques soient-ils, avaient été plus entourés. Ils avaient adopté trois enfants. Et même s'ils avaient échoué, ils avaient tout de même essayé de faire leur bonheur. Et puis ils vivaient ensemble et avaient rencontré des tas de gens, au cours de leur vie. D'ailleurs, les toiles de Gray reflétaient d'une certaine façon ce qu'ils étaient et ce qu'ils lui avaient légué. En fait, il se rendait compte maintenant qu'ils avaient fait beaucoup plus pour lui qu'il ne voulait l'admettre. Quant à Boy, il avait fait l'effort de venir jusqu'à lui, alors que lui avait fait de sa vie un désert, jusqu'à ce qu'il rencontre Sylvia. Et voilà qu'une fois encore, il était prêt à disparaître et à la faire souffrir, par peur de souffrir lui-même.

— Je t'aime, Boy, murmura Gray en serrant les mains du jeune homme au-dessus de la table.

Peu lui importait ce que pouvaient penser les gens. Brusquement, il avait cessé d'avoir peur de tout ce qui le terrorisait jusqu'ici. Boy était le dernier témoin de la famille que Gray avait fuie pendant des années.

— Moi aussi, je t'aime, répondit Boy.

Il semblait épuisé et transi, lorsqu'ils se levèrent pour sortir. Voyant qu'il grelottait, Gray lui donna sa veste. C'était la plus belle de sa modeste garde-robe. Il l'avait prise au hasard en quittant l'appartement. Et à présent, il lui semblait naturel de la donner à son frère, ce frère mourant et qu'il n'avait jamais vraiment connu. Il regretta de n'être pas allé le voir plus tôt. Cela ne lui était jamais venu à l'esprit. Ou plutôt si, mais il n'en avait pas eu le courage. Aujourd'hui, il réalisait qu'il avait passé sa vie à fuir, parce qu'il avait peur de souffrir. Mais Boy, par sa seule présence, était en train de chasser au loin toutes ses craintes.

— Pourquoi ne resterais-tu pas dormir à la maison, ce soir ? suggéra Gray. Je dormirai sur le canapé.

— Je peux retourner à l'hôtel, répondit Boy.

Mais Gray insista. Après être passés prendre ses affaires à l'hôtel, ils regagnèrent l'atelier. Boy lui dit qu'il devait partir à neuf heures le lendemain, pour prendre l'avion.

— Je te réveillerai, lui promit Gray après l'avoir bordé et avoir déposé un baiser sur son front.

Il se sentait presque comme un père pour lui. Boy le remercia et s'endormit aussitôt.

Gray peignit toute la nuit. Il réalisa des dizaines de croquis de Boy, car il voulait garder en mémoire chaque détail de son visage. Puis il commença son portrait. Il avait l'impression de s'être engagé dans une course contre la mort. À huit heures, sans avoir fermé l'œil de la nuit, il réveilla son frère et lui prépara des œufs brouillés. Celui-ci en mangea la moitié, but un peu de jus de fruit, puis dit qu'il devait partir. Gray lui proposa de l'accompagner et Boy lui répondit par un sourire plein de reconnaissance. Son avion décollait à onze heures et il devait se présenter à l'embarquement avant dix heures.

Ils restèrent ensemble jusqu'au moment du départ. Boy parut alors affolé et Gray le prit dans ses bras pour le réconforter. Ils pleuraient tous deux, versant des larmes sur le présent, mais aussi sur le passé envolé, les années perdues, et toutes les occasions manquées qu'ils avaient tenté de rattraper en une seule soirée.

— Tout ira bien, lui dit Gray.

Mais l'un et l'autre savaient que ce n'était pas vrai, à moins que les théories de Boy sur le paradis ne se révèlent exactes.

— Tu m'appelleras ?

— Oui, acquiesça Boy.

Mais Gray n'était pas sûr qu'il pourrait. C'était peut-être la dernière fois qu'ils se voyaient, la dernière fois qu'ils s'étreignaient. Et maintenant qu'il lui avait ouvert son cœur, il savait qu'il allait souffrir et que ce serait atroce quand la mort les séparerait.

— Je t'aime ! lui cria Gray tandis que Boy se dirigeait vers la zone d'embarquement.

Il le lui répéta plusieurs fois, jusqu'à ce que Boy atteigne la porte. À ce moment-là, il se retourna et lui sourit. Puis il lui fit un dernier signe de la main et disparut. Gray resta à pleurer en silence, les yeux perdus dans le vide.

Il erra ensuite pendant un long moment dans l'aéroport. Il avait besoin de se reprendre et de réfléchir. Que serait-il advenu si Boy n'était pas né et n'avait pas fait le voyage jusqu'à New York ?

Il était midi quand Gray appela Sylvia depuis son portable. Il ne lui avait pas parlé depuis deux jours et n'avait pas dormi de la nuit.

— Je suis à l'aéroport, marmonna-t-il d'un ton bourru.

— Moi aussi, répondit-elle, surprise. Mais où es-tu au juste ?

Il le lui dit et elle lui indiqua où elle se trouvait. Elle attendait Emily, dont l'avion allait se poser. On était la veille de Noël.

— Quelque chose ne va pas ?

Oui. Non. Tout allait bien. Enfin, non, pas vraiment. Pour la première fois de sa vie, il avait l'impression de vivre pleinement.

— Mais qu'est-ce que tu fais à l'aéroport ? s'enquit-elle, soudain paniquée à l'idée qu'il avait décidé de rompre et était sur le point de partir.

— Je suis venu accompagner mon frère.

— Ton frère ? Mais tu n'as pas de frère.

C'est alors qu'elle se souvint. Mais tout lui semblait confus.

— Mais si, Boy. Mais nous en reparlerons. Où es-tu exactement ?

Elle le lui dit et il raccrocha.

Peu après, elle l'aperçut. On aurait dit un épouvantail dans son vieux jean élimé avec un blouson tout juste bon à jeter. Boy avait emporté sa belle veste. Gray avait insisté pour la lui donner. Il avait l'air d'un fou ou d'un artiste, avec ses cheveux en bataille comme s'il ne s'était pas peigné depuis une semaine. Soudain, il l'enveloppa de ses bras en lui disant qu'il l'aimait et tous deux fondirent en larmes. Ils étaient toujours enlacés quand Emily arriva. Dès qu'elle aperçut sa mère, elle lui décocha un grand sourire.

Sylvia fit les présentations. Gray semblait nerveux, mais il lui serra la main en lui demandant si elle avait fait bon voyage et il insista pour porter sa valise. Ils quittèrent l'aéroport, Gray un bras autour des épaules de Sylvia, et Emily tenant sa mère par la main, et retournèrent à l'appartement. Là, Gray fit la connaissance de Gilbert, pendant que Sylvia préparait à déjeuner.

Ce soir-là, lorsqu'ils allèrent se coucher, il lui parla de Boy. Ils discutèrent pendant plusieurs heures, et le lendemain matin, ils s'échangèrent leurs cadeaux. Gray était venu les mains vides, mais Sylvia s'en moquait. Les enfants le trouvèrent excentrique mais gentil. Et, à sa grande surprise, il les trouva sympathiques. Boy avait dit vrai.

Le soir de Noël, Gray reçut un coup de fil lui annonçant que Boy était mort. L'ami qui l'appela lui dit qu'il allait lui expédier son journal intime et quelques affaires. Le lendemain matin, quand Sylvia et ses enfants se mirent en route pour le Vermont, Gray était avec eux.

Un après-midi qu'il marchait dans la neige en contemplant les montagnes, il eut l'impression de sentir Boy à ses côtés et d'entendre sa voix. Comme la journée touchait à sa fin, il revint tranquillement au chalet où Sylvia l'attendait. Debout sur le seuil, elle le regardait en souriant. Ce soir-là, alors qu'ils regardaient le ciel et les étoiles, il songea à Boy et au Petit Prince.

— Il est là-haut quelque part, dit-il tristement.

Elle se serra contre lui et il l'enlaça, puis ils rentrèrent.

24

Maggie, Adam et Carole s'envolèrent ensemble pour Saint-Barth. C'était la première fois qu'ils se voyaient et le premier contact s'avéra un peu délicat. Mais, très vite, la glace se brisa, et pendant qu'Adam faisait un somme, Carole et Maggie discutèrent comme de vieilles amies. Carole parla de son centre pour enfants à Maggie, qui lui confia ses débuts difficiles, les années passées en famille d'accueil, les cours du soir, son travail de serveuse et la chance qu'elle avait eue de rencontrer Adam. Sa franchise, sa spontanéité, sa gentillesse et son intelligence conquirent Carole. Il eût été impossible de ne pas tomber sous son charme, et il en alla de même pour Maggie. Elles rirent de bon cœur en se racontant leur fureur vis-à-vis de Charlie et d'Adam lorsqu'ils leur avaient annoncé qu'ils partaient en vacances sans elles.

— J'étais folle de rage ! avoua Maggie.

— Et moi donc… renchérit Carole. Mais pour finir, il m'a fait de la peine, quand il m'a avoué qu'il ne fêtait jamais Noël. C'est tellement triste.

Elles parlèrent de Charlie, de la disparition brutale de sa famille, et de l'amitié très forte qui unissait les trois hommes. Maggie se dit ravie de la connaître enfin. Elle savait que Carole et Charlie avaient momentanément rompu, mais se garda d'y faire allusion. Elle lui parla des enfants d'Adam et du bonheur d'avoir pu passer le jour de Noël avec eux. En janvier, ils les emmèneraient faire du ski, tout un long week-end.

Lorsque Adam se réveilla, ils étaient sur le point d'atterrir.

— Eh bien ? s'enquit-il dans un bâillement. Qu'est-ce que vous complotez toutes les deux ?

— Rien du tout, affirma Maggie avec un sourire coupable.

Elle avoua alors qu'elle espérait ne pas avoir le mal de mer, n'ayant jamais mis les pieds sur un bateau. Ce n'était pas le cas de Carole qui avait fait beaucoup de voile. Après tout ce qu'Adam lui avait dit sur les origines de Carole, Maggie ne s'attendait pas à trouver une jeune femme aussi simple et spontanée. Lui aussi avait été subjugué par sa beauté, sa douceur et sa gentillesse. Cette fois, Charlie avait visé juste, et Adam espérait qu'il n'allait pas tout gâcher. Il se réjouissait qu'ils passent les vacances tous les quatre. C'était un grand changement.

Il avait reçu un coup de fil de Gray juste avant le départ. Ce dernier lui avait annoncé qu'il partait dans le Vermont avec Sylvia et ses enfants. Ainsi donc, il avait accepté de les rencontrer. Adam ignorait comment c'était arrivé, mais Gray lui avait dit qu'il lui raconterait tout lorsqu'ils se verraient à leur retour.

Charlie était venu les attendre à l'aéroport, en compagnie du capitaine. Il était déjà tout bronzé. Il avait l'air heureux et détendu, et ravi de revoir Carole. Lorsqu'ils montèrent à bord, Maggie n'en crut pas ses yeux. Elle visita le bateau dans ses moindres recoins, s'émerveillant de chaque détail, posant mille questions aux membres d'équipage. Et, lorsqu'elle découvrit leur cabine, elle eut l'impression d'être en plein conte de fées. Elle déclara que c'était une vraie lune de miel et Adam lui décocha un coup d'œil assassin.

— Oh, mais ne t'inquiète pas, se moqua-t-elle. Je n'ai aucune envie de me marier. J'ai juste l'intention de m'installer à vie sur ce bateau. Je devrais peut-être songer à épouser Charlie.

— Il est trop vieux, rétorqua Adam en l'attirant contre lui et en la faisant basculer sur le lit.

Lorsqu'ils remontèrent sur le pont, plusieurs heures plus tard, ils trouvèrent Charlie et Carole en train de se prélasser sur des chaises longues. Carole semblait tout à fait dans son élément. Elle avait emporté la garde-robe idéale : jeans et shorts blancs, t-shirts et chemisiers de coton. Maggie était à la fois subjuguée et anxieuse, n'ayant apporté que des tenues habillées, en plus de quelques bikinis et d'un short. Mais Carole la rassura. Elle était si jeune et ravissante qu'elle aurait pu s'affubler d'un sac-poubelle et avoir l'air d'une reine. Bien qu'aux antipodes de celui de Carole, elle avait son style à elle, original et sexy, mais nettement plus sage qu'à l'époque où elle avait rencontré Adam. Ses vêtements ne provenaient pas de chez un grand couturier, mais elle les avait payés de sa poche et en était fière.

Après avoir nagé, ils se retirèrent dans leurs cabines pour se changer avant le dîner, puis se retrouvèrent sur le pont arrière, pour l'apéritif. Adam prit une tequila, Charlie un gin-martini, et Carole et Maggie un verre de vin. Charlie leur annonça qu'ils partiraient pour

Saint-Kitts le lendemain, une fois que les jeunes femmes seraient allées faire un peu de shopping sur le port. Ce soir-là, ils allèrent danser et revinrent épuisés mais heureux à l'idée qu'ils allaient pouvoir faire la grasse matinée.

Le lendemain, après le petit déjeuner, Charlie et Adam se préparèrent pour faire de la planche à voile, tandis que Carole et Maggie prenaient la direction des boutiques. Maggie se contenta de regarder, tandis que Carole achetait des paréos chez Hermès. Lorsqu'ils levèrent l'ancre en fin d'après-midi, ils s'entendaient si bien tous les quatre qu'ils avaient l'impression de se connaître depuis toujours. Seul petit nuage, Maggie souffrit du mal de mer et Charlie lui conseilla de s'allonger sur le pont. Elle était encore passablement barbouillée lorsqu'ils arrivèrent à Saint-Kitts, mais elle était tout à fait remise au moment du dîner et put admirer avec les autres le coucher de soleil. Tout se passait à merveille et leur seul regret était que le temps filait trop vite. Comme toujours. La fin des vacances arriva trop vite. Ils passèrent la dernière soirée à bord, et Charlie taquina Maggie sur son mal de mer, tout en reconnaissant qu'elle allait mieux depuis quelques jours. Adam lui avait donné ses premiers cours de voile. Quant à Charlie, il avait montré à Carole comment se servir d'une planche à voile. Tous étaient tristes que la croisière touche à sa fin.

Tout comme Carole, Adam et Maggie n'avaient pu se libérer plus de huit jours. Ils allaient devoir retourner travailler, à l'exception de Charlie qui restait encore une semaine. Ayant remarqué qu'il était un peu taciturne, Carole attendit qu'Adam et Maggie soient partis se coucher pour l'interroger.

— Quelque chose ne va pas ?

Ils s'étaient installés sur des chaises longues, au clair de lune, et il fumait un cigare. Le capitaine avait jeté l'ancre dans la baie, plutôt que dans le port, où il y avait de l'animation et du bruit toute la nuit. Carole appréciait elle aussi ce calme.

— Non, tout va bien, dit-il en balayant la mer du regard comme un seigneur inspectant son domaine.

Elle comprenait à présent pourquoi il aimait tant son bateau. À bord du *Blue Moon*, tout était parfait, les cabines, la nourriture, l'équipage trié sur le volet. Tout ici n'était que luxe, calme et volupté, loin de la vraie vie et de tous ses problèmes.

— J'ai passé des vacances merveilleuses, lui confia-t-elle en souriant, détendue.

Il y avait des années qu'elle ne s'était pas sentie aussi bien. Elle avait adoré sa semaine avec lui. Il était le compagnon de ses rêves, l'amant parfait, l'ami idéal. Il la contempla un moment à travers la fumée de son cigare. Il avait un drôle d'air, comme quelqu'un qui a une idée derrière la tête.

— Je suis heureux que le bateau te plaise, lui dit-il, l'air songeur.

— À qui ne plairait-il pas !

— Il y a des gens à qui ça ne réussit pas. Comme cette pauvre Maggie, qui souffre du mal de mer.

— Elle a fini par s'y habituer, fit remarquer Carole en prenant la défense de sa nouvelle amie.

Elles devaient se revoir bientôt. Maggie lui avait promis de venir au centre. Elle lui avait confié qu'elle voulait se spécialiser dans le droit des mineurs, lorsqu'elle serait avocate.

— En tout cas, toi, tu as le pied marin, dit Charlie, et tu as tout de suite compris comment diriger une planche à voile.

Elle apprenait vite. Elle avait fait de la plongée avec lui et avec Adam. Tous avaient profité au maximum des possibilités que leur offrait le bateau.

— J'adorais faire de la voile quand j'étais gamine, dit-elle, mélancolique.

Elle était triste à l'idée de devoir le quitter. Cela avait été un tel bonheur de partager la cabine avec lui, de se réveiller à ses côtés et de s'endormir chaque soir dans ses bras. Il allait lui manquer, le lendemain, lorsqu'elle serait de retour à New York. Surtout qu'elle avait horreur de dormir seule. Charlie aussi semblait avoir apprécié ces quelques jours de vie commune.

— Quand rentres-tu exactement ? s'enquit Carole.

Il lui avait dit qu'il comptait rester encore une semaine.

— Je ne sais pas, répondit-il vaguement.

Il semblait préoccupé en la regardant à nouveau. Il avait passé la semaine à réfléchir. À bien des égards, Carole lui semblait parfaite. Elle venait d'une très bonne famille, avait reçu une excellente éducation, était intelligente, belle, gentille, avait de l'humour. De plus, il adorait faire l'amour avec elle. En fait, il n'y avait rien en elle qu'il n'aimait pas, pas le moindre défaut rédhibitoire. Et c'était là tout le problème. Il n'avait aucune excuse pour fuir et il craignait maintenant de ne pas être à la hauteur. Mais, s'il refusait de s'impliquer, il risquait de lui faire du mal et de s'en faire aussi. Or, il ne voulait pas lui faire de peine. Mais il ne voulait pas non plus souffrir et ce serait inévitable si leur relation prenait un tour plus sérieux.

— Toi, tu me caches quelque chose, murmura doucement Carole.

Il hésita pendant un long moment, puis hocha la tête. Il avait toujours été honnête avec elle.

— J'ai longuement réfléchi, dit-il d'un ton grave.

En voyant son expression torturée, Carole craignit le pire.

— À quel sujet ? demanda-t-elle.

Il lui sourit à nouveau. Il ne voulait pas l'affoler, mais il avait du mal à cacher son désarroi.

— Je n'arrête pas de me demander ce que deux échaudés comme toi et moi faisons ensemble. En fait, j'ai peur que l'un de nous n'y laisse des plumes.

— Pas si nous faisons attention à ménager les susceptibilités de l'autre, dit-elle.

Elle connaissait désormais ses points faibles. Par exemple, lorsqu'elle sentait qu'il éprouvait le besoin d'être seul, elle quittait la cabine. De même qu'elle s'esquivait lorsqu'elle le voyait s'affairer sur le pont. Elle prenait toujours garde de ne pas empiéter sur son territoire.

— Imagine que je ne veuille pas me marier ? demanda-t-il sans ambages.

Il n'était sûr de rien. Parfois il se disait que c'était trop tard. À presque quarante-sept ans, il n'était pas certain de pouvoir s'adapter à la vie de couple. Il avait passé sa vie à rechercher la femme idéale, et maintenant qu'il l'avait trouvée, il se demandait s'il était à la hauteur.

— J'ai été mariée, dit-elle en souriant tristement. Et franchement, ce n'était pas le pied.

— Mais un jour viendra où tu voudras avoir des enfants.

— Peut-être. Peut-être pas. Les enfants, ce n'est pas ce qui manque au centre. Parfois, je me dis qu'ils me suffisent. Quand j'ai divorcé, je me suis juré de ne plus jamais me remarier. Je ne suis pas obsédée par le mariage, Charlie. Personnellement, je trouve que nous sommes très bien ainsi.

— Tu as tort. Tu mérites mieux.

Craignant de ne pouvoir lui donner ce qu'elle méritait, il estimait n'avoir pas le droit de la retenir. Il avait beaucoup réfléchi ces derniers temps. Et, comme toujours, il était enclin à prendre la fuite.

— N'est-ce pas à moi de décider ce qui est bon pour moi ? Si j'ai un problème, je te le ferai savoir. Mais dans l'immédiat, tout va bien.

— Et ensuite ? On se fera du mal, toi et moi. Je pense qu'il vaut mieux faire quelque chose avant qu'il ne soit trop tard.

— Mais enfin, de quoi parles-tu, Charlie ? demanda-t-elle, soudain prise de panique.

Elle tenait de plus en plus à lui, surtout après cette semaine. Et voilà qu'il laissait entendre qu'il voulait tout arrêter.

— Je ne sais pas, avoua Charlie en écrasant son cigare dans le cendrier. Allons nous coucher.

Une fois au lit, ils firent l'amour, puis s'endormirent.

Le lendemain matin arriva trop vite. Ils devaient se lever à six heures et Charlie dormait encore quand Carole sortit du lit. Elle se doucha, puis se prépara. Elle était déjà habillée quand il se réveilla. Allongé, il la contempla un long moment sans rien dire. L'espace d'un instant, elle eut l'horrible sentiment qu'elle le voyait pour la dernière fois. Elle avait pourtant veillé à ne pas le froisser durant la croisière. Elle n'avait pas cherché à l'accaparer, ne s'était pas montrée envahissante. Elle s'était simplement laissé porter par le cours des événements. Mais elle lisait de la peur dans ses yeux, ainsi que du chagrin et de la culpabilité.

Charlie se leva pour être prêt pour leur dire au revoir. Il enfila un short et un t-shirt et alla sur le pont, tandis qu'on mettait le canot à la mer. Il mettrait le cap sur Anguilla le jour même, dès qu'ils seraient partis. Il embrassa Carole avant qu'elle ne monte dans le canot et la regarda au fond des yeux. Elle eut l'impression qu'il cherchait à lui dire quelque chose. Elle ne lui avait pas demandé quand il comptait rentrer à New York, sentant qu'il fallait le laisser, et elle avait bien fait. Car elle avait le sentiment qu'il se tenait au bord d'un gouffre.

Il donna une bourrade à Adam, puis embrassa Maggie. Tous trois le remercièrent, puis le canot s'éloigna.

Carole se retourna pour le regarder une dernière fois. Elle avait l'horrible pressentiment en le voyant agiter la main dans leur direction qu'elle ne le reverrait plus jamais. Elle mit ses lunettes noires pour qu'on ne voie pas qu'elle pleurait.

25

De retour à New York, la vie reprit son rythme fou pour Adam et Maggie. Entre ses trois nouveaux clients, ses enfants qui insistaient pour le voir plus souvent depuis qu'ils avaient fait la connaissance de Maggie, et son père qui avait eu une crise cardiaque, Adam ne savait plus où donner de la tête. Sa mère lui téléphonait près de dix fois par jour. Pourquoi ne venait-il pas plus souvent ? N'avait-il aucun respect pour son père ? Son frère, lui, prenait la peine de passer les voir chaque jour. Adam, excédé, lui fit remarquer que son frère habitait à deux pas de chez eux.

Maggie, prise entre son travail de serveuse et ses cours à la fac, était débordée, elle aussi. De plus, elle se préparait aux examens et avait encore deux devoirs à rendre. Adam aurait voulu qu'elle cherche un emploi moins fatigant, mais les pourboires étaient fabuleux au Pier 92. Pour finir, elle attrapa une grippe qui la cloua au lit. Elle n'était pas encore remise quand elle retourna travailler, mais elle n'avait pas le choix. Elle savait que, si elle prolongeait son arrêt, elle serait licenciée.

Un après-midi, en rentrant du bureau, Adam trouva un mot de la femme de ménage annonçant qu'elle démissionnait. L'appartement était sens dessus dessous et, vu l'état de fatigue dans lequel se trouvait Maggie, Adam décida de faire lui-même la vaisselle et de sortir les poubelles avant son retour. Il était dans la salle de bains, en train de vider le contenu de la corbeille dans un grand sac-poubelle, quand il remarqua un bâtonnet bleu vif parmi les déchets. Il en avait déjà vu de semblables par le passé. Incrédule, il le prit délicatement, puis se laissa tomber sur le siège des toilettes, abasourdi. Il n'en croyait pas ses yeux. Il le contempla un instant en silence avant de le jeter dans le sac en plastique.

Quand Maggie rentra, elle trouva Adam en pleine activité. Il avait entièrement nettoyé l'appartement et était en train de passer l'aspirateur.

— Qu'est-ce que tu fais ? demanda-t-elle en le voyant s'activer dans la chambre.

— La femme de ménage nous a plaqués.

— Laisse ça, je m'en chargerai plus tard.

— Ah oui ? Et quand ? répondit-il, l'air furieux.

— Plus tard. J'arrive juste du boulot et j'ai besoin de souffler un peu. Mais, pour l'amour du ciel, Adam, cesse de t'agiter comme un malade ! lança-t-elle en s'asseyant sur le lit.

— Je fais le ménage, maugréa-t-il entre ses dents.

— Ça ne peut pas attendre un peu ?

Il fit volte-face et la fusilla du regard.

— Non, parce que si je ne trouve pas à m'occuper, je sens que je vais étrangler quelqu'un. Et je n'ai pas envie que ce soit toi.

— Mais qu'est-ce qui te prend ?

Elle avait eu une journée harassante et maintenant, pour ne rien arranger, elle avait la nausée.

— Je suis fou de rage.

— Mais pourquoi ? Ce n'est tout de même pas de ma faute si la femme de ménage a démissionné.

— Quand avais-tu l'intention de m'annoncer que tu étais enceinte ? Bon sang, Maggie, est-ce que tu te rends compte que je viens de trouver un test de grossesse *positif* dans la poubelle ! Quand est-ce arrivé ?

Il était hors de lui.

— Le jour de Yom Kippour, je crois, répondit-elle doucement.

C'était la seule fois où ils n'avaient pas fait attention. Sinon, ils avaient toujours pris leurs précautions. En pure perte finalement, puisque le mal était fait.

— Super ! railla-t-il en retournant d'un geste brusque l'aspirateur. Le jour de Yom Kippour. Ma mère avait raison. J'aurais dû aller à la synagogue et ne jamais te rappeler.

Il se laissa tomber dans le fauteuil le plus proche et elle éclata en sanglots.

— Comment peux-tu être aussi méchant ?

— Parce que tu trouves ça bien, peut-être, de ne pas me prévenir que tu es enceinte ? Quand avais-tu l'intention de m'en parler ?

— Je ne l'ai su que ce matin. Mais comme je ne voulais pas te mettre en rogne, je me suis dit qu'il valait mieux que j'attende ce soir pour t'en parler.

Soudain, il réalisa ce qu'elle venait de lui dire.

— Yom Kippour ? Tu plaisantes ? Yom Kippour, c'était en septembre. Et nous sommes en janvier ! Tu ne confondrais pas avec Hanoukka, par hasard ?

N'étant pas juive, elle avait probablement tout mélangé.

— Pas du tout. C'est la seule fois où nous n'avons pas pris de précautions.

— De mieux en mieux. Tu veux dire que tu n'as pas eu tes règles depuis trois mois ?

— Cela m'arrive souvent. J'ai mis cela sur le compte de l'anxiété. Une fois même, je ne les ai pas eues pendant six mois.

— Tu étais enceinte ?

— Non. Je n'ai jamais été enceinte. C'est la première fois.

Elle avait l'air effondrée.

— Super ! Une grande première ! Il ne manquait plus que ça. Et maintenant, tu vas devoir te faire avorter, et ensuite tu n'arrêteras pas de pleurer et de déprimer pendant six mois.

Il avait vécu ce genre de situation trop souvent. Il n'avait aucune envie de recommencer, ni avec elle, ni avec aucune autre. Soudain, il la fixa d'un œil noir et suspicieux.

— Tu ne serais pas en train de chercher à m'embobiner pour m'obliger à t'épouser, par hasard ? Si c'est le cas, je préfère te dire que c'est peine perdue.

Elle bondit du lit et le foudroya du regard.

— Je ne cherche rien de la sorte ! Je ne t'ai jamais demandé de m'épouser et je ne vais pas commencer maintenant. Et si je suis tombée enceinte, c'est autant de ta faute que de la mienne.

— Mais enfin, comment est-il possible que tu ne te sois rendu compte de rien pendant trois mois ? C'est inouï. On ne peut pas se faire avorter après trois mois. Ou difficilement.

— C'est mon problème. Mais sache que je ne suis pas tombée enceinte exprès pour que tu m'épouses.

— Tant mieux, parce que je ne l'aurais pas fait ! riposta-t-il en hurlant.

Sur ce, elle partit s'enfermer dans la salle de bains en claquant la porte. Elle y resta deux heures, et lorsqu'elle en ressortit, après avoir pleuré toutes les larmes de son corps, elle le trouva au lit, en train de regarder la télévision.

— C'est pour ça que tu avais la nausée, quand nous étions sur le bateau ? demanda-t-il sans la regarder.

— Peut-être. Je me suis posé la question quand j'ai vu que les nausées ne cessaient pas après notre retour. C'est ce qui m'a poussée à faire un test de grossesse.

— Une chance que tu n'aies pas attendu six mois de plus. Il faut que tu ailles voir un médecin, dit-il en se tournant enfin vers elle.

Elle avait une mine épouvantable, les yeux rouges d'avoir pleuré et le teint blême.

— Tu en connais un ?

— Non, mais il y a une fille au boulot qui m'a donné une adresse, renifla-t-elle.

— Pas question que tu te fasses charcuter. Je vais m'en occuper dès demain.

— Et ensuite ?

— On verra ce que dira le médecin.

— Mais s'il est trop tard pour que je me fasse avorter ?

— Nous en reparlerons. Il n'est pas impossible que je doive t'étrangler.

Il plaisantait, naturellement. Il s'était un peu calmé, mais elle éclata en sanglots.

— Maggie… S'il te plaît… Je ne vais pas te tuer, voyons. Je suis juste un peu énervé.

— Et moi donc, dit-elle en redoublant de sanglots. C'est mon bébé à moi aussi.

Il grogna et assena un coup de poing sur le lit.

— Maggie, par pitié ! Ce n'est pas un bébé. C'est une grossesse.

Il ne voulait pas prononcer le mot de « fœtus » et encore moins celui d'enfant.

— Mais que ferons-nous ? demanda-t-elle en se mouchant dans un mouchoir en papier.

— Je n'en sais rien, soupira-t-il, visiblement anxieux. En attendant, on va dormir. On en reparlera demain matin.

Il éteignit la télévision, puis la lampe de son côté du lit. Il n'était pas tard, mais il voulait dormir pour échapper à ce cauchemar. Comment était-ce possible ? Ce genre de tuile arrivait généralement à ses clients, pas à lui.

— Adam ? murmura-t-elle tout bas juste au moment où il fermait les paupières.

— Quoi ?

— Tu m'en veux ?

— Non. Je t'aime. Je suis juste contrarié. Ce n'était pas une super idée.

— Quoi donc ?

— De tomber enceinte.

— Je sais. Je suis désolée. Tu veux que je m'en aille ?

Il la regarda, et son cœur se serra en songeant à ce qu'elle allait endurer si elle se faisait avorter. Au-delà de trois mois, les risques de complications étaient beaucoup plus élevés, même si certains médecins acceptaient de le faire.

— Non. Je ne veux pas que tu partes. Je veux simplement en finir le plus vite possible avec cette histoire.

Elle hocha la tête.

— Tu crois sincèrement que je serai mal pendant six mois, ensuite ? demanda-t-elle la gorge serrée.

Le coup était dur à encaisser. Pour lui ce n'était qu'une contrariété, mais pour elle c'était un véritable traumatisme.

— J'espère bien que non. Enfin, nous verrons. Et maintenant, essaie de dormir.

Elle se retourna dans le lit toute la nuit, incapable de trouver le sommeil. Et, quand il se réveilla le lendemain matin, il l'entendit qui vomissait dans les toilettes. Il se leva et s'approcha de la porte, en grimaçant malgré lui. Elle était malade comme un chien.

Quand elle sortit, elle avait le teint blême.

— Ça n'a pas l'air d'aller, dit-il.

— Si, si. Tout va bien.

Une fois douché et habillé, il lui apporta du thé et des toasts et lui dit qu'il l'appellerait quand il serait au bureau, puis il l'embrassa et partit. Mais, en route, il fut pris d'un doute horrible. Maggie était catholique. Si elle refusait d'avorter, il serait dans le pétrin pour de bon. Comment annoncerait-il la chose à ses enfants ? Et à ses parents ! Il préférait ne pas y penser. Dès qu'il fut au bureau, il passa les coups de fil nécessaires, puis l'appela au travail à midi. Il lui donna les noms de deux médecins, au cas où l'un d'eux ne pourrait la recevoir. Elle les appela tous les deux en se recommandant de lui, comme il le lui avait demandé, et obtint un rendez-vous pour le lendemain après-midi. Adam lui proposa de l'accompagner, mais elle lui répondit qu'elle préférait y aller seule, et il fut rassuré de voir qu'elle prenait les choses calmement, sans faire d'histoires. Ce soir-là, ils échangèrent à peine deux mots. Ils étaient extrêmement tendus et ni l'un ni l'autre n'avait faim.

Le lendemain soir, elle était là quand il rentra du bureau. C'était son jour de congé et, après son rendez-vous chez le médecin, elle s'était mise à potasser ses examens.

— Alors, comment ça s'est passé ? s'enquit-il, impatient de savoir.

— Très bien, dit-elle sans lever les yeux de ses livres.

— Mais encore ? Qu'a dit le toubib ?

— Il a dit que c'était un peu tard, mais qu'il invoquerait une cause psychologique du genre tentative de suicide.

— Et quand entres-tu en clinique ?

Il avait l'air soulagé. Il y eut un long silence, puis elle le regarda. Elle n'avait pas l'air bien.

— Jamais.

Il lui fallut un certain temps avant de réaliser ce qu'elle venait de dire. Il posa sur elle un regard incrédule.

— Tu peux répéter ça, s'il te plaît.

— Je ne veux pas me faire avorter, déclara-t-elle calmement.

À son expression, il devina qu'elle était déterminée.

— Mais tu vas faire quoi, alors ? Le faire adopter ?

C'était une solution infiniment plus compliquée et délicate, mais il était prêt à l'accepter, si elle le souhaitait. Après tout, elle était catholique.

— Je vais le garder. Je t'aime. J'aime ton bébé. Je l'ai vu à l'échographie. Il bouge. Il suçait son pouce. Je suis enceinte de seize semaines, d'après le médecin. Et il n'est pas question que je le fasse adopter.

— Nom d'un chien, dit-il en se laissant tomber dans un fauteuil. Tu as complètement perdu la tête, ma parole. Tu veux le garder ? Mais je n'ai pas l'intention de t'épouser. Et tu le sais très bien. Si tu t'imagines que je vais changer d'avis, tu te trompes. Bébé ou pas, je ne me marierai plus jamais, ni avec toi ni avec personne.

— Je ne t'aurais pas épousé de toute façon, dit-elle en se redressant sur sa chaise. Je n'ai pas besoin d'un mari. Je suis parfaitement capable de me débrouiller seule.

Elle l'avait toujours fait jusque-là. Et, bien qu'elle fût bouleversée intérieurement, elle ne voulait pas le lui montrer. Elle avait passé l'après-midi à réfléchir. Elle était fermement décidée à ne rien demander à Adam. Même si cela signifiait renoncer à son travail et à ses études, elle vivrait des allocations familiales. Elle ne voulait rien de lui.

— Mais que vont penser mes enfants ? dit-il, soudain paniqué. Comment vais-je le leur annoncer ?

— Je n'en sais rien. Mais il est trop tard, maintenant. C'est à Yom Kippour qu'il aurait fallu y penser.

— Oui, bien sûr ! Sauf qu'à Yom Kippour, je ne pensais qu'à ma mère et à tout ce qu'elle me faisait endurer, et vraiment pas à un bébé.

— C'était peut-être écrit quelque part, dit-elle en s'efforçant de prendre la chose avec philosophie.

Mais Adam ne l'entendait pas de cette façon.

— Ce n'était écrit nulle part. C'est entièrement de notre faute. Nous aurions dû prendre nos responsabilités.

— En attendant, je t'aime, et même si tu me quittes, ça ne changera rien. J'aurai tout de même cet enfant.

Sa décision était prise et rien ni personne ne parviendrait à la faire changer d'avis. L'échographie avait tout déclenché. Il était hors de question qu'elle assassine leur bébé.

— Écoute, Maggie. Je ne veux pas d'enfant, assena-t-il, essayant de la raisonner.

— Je ne suis pas sûre non plus de le vouloir. Mais il n'empêche qu'il est déjà là. Pour moi, en tout cas.

Elle avait parlé d'une voix calme et triste. Le coup était rude pour tous les deux.

— Je dois aller à Las Vegas ce week-end, dit-il, complètement abattu. Nous en reparlerons à mon retour. D'ici là, je te propose qu'on fasse une trêve. Donnons-nous le temps de réfléchir. Peut-être changeras-tu d'avis.

— Certainement pas.

Elle était comme une lionne défendant son petit.

— Ne sois pas têtue.

— Ne sois pas cruel.

Elle lui lança un regard plein de tristesse.

— Je ne suis pas cruel. J'essaie de me comporter correctement, mais tu ne me facilites pas la tâche. C'est terrible d'avoir un enfant dont personne ne veut. Je ne me vois tout simplement pas avoir un autre bébé, Maggie. Je ne veux pas me remarier. Je ne veux plus d'enfants. Je suis trop vieux pour cela.

— Parce que tu n'as pas de cœur. Tu préfères le tuer, rétorqua-t-elle en fondant en larmes.

Il avait envie de pleurer lui aussi.

— Ce n'est pas vrai ! s'écria-t-il tandis qu'elle s'élançait vers les toilettes, brusquement prise de nausée.

Le reste de la semaine fut tout aussi morose. Même s'ils n'en reparlèrent pas, ils y pensaient sans cesse. Quand arriva le jeudi, il fut soulagé de s'envoler pour Las Vegas. Il avait besoin de changer d'air et passa d'ailleurs la nuit du dimanche là-bas. Mais, le lundi soir, il était à la maison lorsqu'elle rentra du travail. Elle le trouva dans un fauteuil, l'air résigné.

— Comment s'est déroulé ton séjour à Las Vegas ? demanda-t-elle sans toutefois s'approcher pour l'embrasser.

Elle avait passé le week-end à se morfondre et à se demander s'il la trompait. Elle n'avait pas mis le nez dehors et avait pleuré tous les soirs en songeant qu'il devait la détester et qu'il allait probablement la quitter.

Elle allait se retrouver seule avec le bébé et ne plus jamais le revoir.

— Bien, dit-il. Ça m'a permis de réfléchir.

Le cœur de Maggie s'arrêta de battre. Elle s'attendait à ce qu'il lui dise qu'il ne voulait plus la voir et qu'elle devait s'en aller. Elle était devenue un fardeau pour lui.

— Je crois qu'on devrait se marier. Tu viendras avec moi à Las Vegas, la semaine prochaine. Il faut que j'y retourne de toute façon. On se mariera rapidement pour en finir une fois pour toutes.

Elle le regarda, incrédule.

— Comment cela : « en finir une fois pour toutes » ? Tu veux dire qu'une fois le bébé reconnu, je devrai partir ?

Elle avait pensé à tous les scénarios possibles, tous plus affreux les uns que les autres.

— Non, je veux dire que nous allons nous marier, avoir le bébé, et vivre notre vie. Ensemble tous les trois. Tu n'es pas d'accord ? Ça n'a pas l'air de te faire plaisir.

Il ne semblait pas heureux non plus, mais il estimait avoir pris la bonne décision.

— Et puis tu oublies que je t'aime, ajouta-t-il.

— Moi aussi, je t'aime. Mais tu oublies que je ne veux pas t'épouser, répondit-elle, résolue.

— Comment cela ? Et pour quelle raison ? demanda-t-il, stupéfait. Ce n'est pas ce que tu voulais ?

— J'ai dit que je voulais garder mon bébé, pas que je voulais me marier.

— Tu ne veux pas te marier ?

— Non.

— Mais qu'adviendra-t-il du bébé ? Pourquoi ne veux-tu pas te marier ?

— Parce que je ne veux pas te forcer la main, Adam. Et puis je ne veux pas me marier à la va-vite. Le jour où je me marierai, je veux que ça se sache. Et je veux que ce soit par amour, et non par obligation. Alors, merci beaucoup, mais ma réponse est non.

— Seigneur, dis-moi que je rêve, dit-il en se prenant la tête entre les mains.

— Pas du tout. Je ne veux pas de ton argent et je ne veux pas t'épouser. Je vais me débrouiller seule.

— Tu veux t'en aller ?

Il semblait soudain affolé à l'idée de la voir partir.

— Bien sûr que non. Je t'aime, voyons. Pourquoi te quitterais-je ?

— Parce que tu m'as dit que j'étais cruel, la semaine dernière.

— Cruel de vouloir tuer notre bébé. Mais pas parce que tu me demandes de t'épouser. C'est très généreux de ta part, Adam, mais je ne veux pas, et toi non plus, d'ailleurs.

— Mais si, je le veux ! s'écria-t-il. Je t'aime. Je veux t'épouser ! Et maintenant, réponds-moi !

Il avait l'air complètement paniqué, et elle de plus en plus calme. Sa décision était prise et il voyait bien qu'elle n'en démordrait pas.

— Ma parole, tu es une vraie tête de mule.

Elle lui sourit, et il éclata de rire.

— Ce n'était pas un compliment, je te signale. Pour l'amour du ciel, Maggie !

Il s'approcha d'elle et la serra dans ses bras. Il ne l'avait pas embrassée depuis une semaine.

— S'il te plaît, implora-t-il. Je t'aime. Épouse-moi. On va se marier, avoir le bébé, et essayer de faire les choses dans l'ordre.

— Si on avait fait les choses dans l'ordre, on aurait commencé par se marier avant de faire le bébé. Mais cela ne te serait jamais venu à l'idée, alors pourquoi le faire maintenant ?

— Parce que nous allons avoir un enfant ! s'écria-t-il en hurlant presque.

— Eh bien, non. N'y pense plus.

— Mais quelle tête de mule ! lança-t-il tout en se servant un verre de tequila qu'il descendit d'un trait.

— Tu ne dois pas boire. Nous attendons un bébé, je te signale.

Il lui décocha un regard hargneux.

— Très drôle. Je vais sombrer dans l'alcoolisme, si ça continue comme ça.

— S'il te plaît, non, l'implora-t-elle doucement. Tout ira bien, Adam. Nous allons faire de notre mieux. Et tu n'as pas à m'épouser pour cela.

— Mais imagine que j'en aie vraiment envie un jour ?

— Ce jour-là, je te dirai oui. Mais, pour l'instant, ce n'est pas le cas, je le sais, tu le sais, et le bébé finira par le savoir.

— Je ne le lui dirai pas.

— Tu n'en sais rien.

Parfois, les gens vendaient la mèche à leur insu. *Il a fallu que j'épouse ta mère...* Et Maggie ne voulait pas que son enfant se retrouve un jour dans cette situation. Elle ne voulait pas non plus forcer la main d'Adam, sous prétexte qu'il voulait régulariser la situation.

— Pourquoi faut-il que tu te comportes ainsi ? Toutes les femmes que j'ai connues voulaient que je leur passe la bague au doigt, que je paie leurs factures, que je leur trouve du boulot, et que sais-je encore. Et toi, tu ne veux rien de moi.

— C'est vrai. Mais je veux ton bébé. Notre bébé, dit-elle fièrement.

— Au fait, le médecin t'a dit si c'était une fille ou un garçon ? demanda-t-il, soudain intéressé.

Il ne voulait pas de cet enfant, mais puisqu'il allait venir, autant savoir.

— J'y retourne dans deux semaines, pour une nouvelle échographie. Ils pourront me le dire à ce moment-là.

— Je pourrai venir ?

— Ça te ferait plaisir ?

— Je ne sais pas. On verra.

Il avait passé le week-end à se faire à l'idée qu'il allait l'épouser et il était presque déçu qu'elle l'ait rejeté. Rien ne se passait normalement avec elle.

— Que vas-tu dire à ta mère ? s'enquit-elle ce soir-là en passant à table.

Il secoua la tête.

— Je n'en ai pas la moindre idée. En tout cas, cette fois, elle aura une bonne raison de me traîner dans la boue. Je crois que je vais lui dire que c'est arrivé dès le premier soir et que tu es catholique. Comme ça, je serai sûr qu'elle ne voudra pas que je t'épouse.

— C'est charmant !

Il se pencha au-dessus de la table pour l'embrasser.

— Tu sais Maggie, tu es complètement folle de vouloir un bébé, mais je t'aime. Attends un peu de voir la tête de Charlie et de Gray quand je vais leur annoncer la nouvelle !

Ils finirent tranquillement leur dîner, tout en discutant des surprises que réservait la vie et de ce qui leur arrivait. Mais ils l'acceptaient et allèrent se coucher en ayant retrouvé leur bonne humeur. Rien n'avait été voulu ou planifié, mais ils avaient décidé d'en tirer le meilleur parti.

26

Charlie n'appela pas Carole, après son départ de Saint-Barth. Elle lui avait envoyé un fax de remercie-ment, mais n'avait pas osé lui téléphoner après la conversation qu'ils avaient eue avant qu'elle parte. Elle ignorait ce qu'il déciderait, mais elle savait qu'il avait besoin de réfléchir seul. Aussi ne se manifestait-elle pas, même s'il lui en coûtait et qu'elle craignait un peu plus chaque jour de le perdre. Deux semaines s'écoulèrent avant qu'il ne l'appelle enfin au bureau. Il était à New York et lui demanda s'ils pouvaient se retrouver le lendemain pour déjeuner.

— Mais bien sûr, acquiesça-t-elle en s'efforçant d'avoir l'air enjouée bien qu'elle lui trouvât une drôle de voix.

Il semblait tellement froid et distant qu'elle se demanda si elle avait bien fait d'accepter son invita-tion à déjeuner. Il ne lui avait pas proposé de l'emme-ner dîner, ne lui avait pas dit qu'il avait envie de la voir le soir même. Il lui avait simplement déclaré qu'il voulait la voir le lendemain, à midi. Il prenait ses dis-tances et elle savait ce que cela signifiait. S'il voulait la rencontrer, c'était pour lui annoncer que tout était fini entre eux. C'était on ne peut plus clair.

Le lendemain matin, elle ne prit même pas la peine de se maquiller. À quoi bon ? Charlie n'y attacherait aucune attention, de toute façon. S'il l'avait aimée, désirée, il ne serait pas resté deux semaines sans l'appeler et aurait voulu la voir le soir même. Sans doute l'aimait-il un peu, mais de toute évidence il n'était pas amoureux fou. Il ne lui restait qu'à se préparer à ce qu'il allait lui annoncer. Elle était dans tous ses états quand il arriva au centre.

— Salut, fit-il, l'air timide dans l'embrasure de la porte. Comment vas-tu ? Tu es resplendissante.

C'était plutôt lui qui l'était, dans son costume gris avec son teint hâlé. Après avoir passé la nuit à se ronger les sangs, elle avait les traits tirés et se sentait épuisée.

— Où veux-tu que nous allions déjeuner ?

Elle voulait en finir le plus vite possible et, maintenant qu'il était là, elle regrettait de ne pas avoir annulé leur rendez-vous. Mais il tenait apparemment à se comporter correctement, alors qu'il aurait pu se contenter d'un simple coup de fil pour lui annoncer qu'il la quittait.

— Tu tiens absolument à aller déjeuner ? demanda-t-elle avec lassitude. Tu ne préfères pas que nous restions ici pour parler ?

Mais il craignait qu'ils ne soient constamment dérangés par les enfants, les psys et les bénévoles. Tous entraient ici comme dans un moulin. Son bureau était l'âme du centre.

— Nous serons plus tranquilles dehors, dit-il en paraissant tendu.

Elle saisit son manteau et le suivit.

— Chez Mo ou chez Sally ?

— C'est comme tu voudras, dit-elle.

Elle s'en moquait et n'avait pas faim de toute façon.

Il opta pour Mo, qui ne se trouvait qu'à quelques pâtés de maisons, et ils firent le chemin en silence. Quand ils entrèrent dans le restaurant, Mo la salua d'un signe amical de la main. Carole fit un effort pour sourire, mais elle avait l'impression d'avoir les traits figés. Ses pieds semblaient peser une tonne, et elle avait un poids sur l'estomac. Elle avait hâte d'en finir et de regagner au plus vite son bureau, pour pouvoir pleurer tout son soûl.

Ils prirent une table un peu à l'écart et commandèrent deux salades. Charlie n'avait pas l'air d'avoir très faim non plus.

— Comment s'est passée la fin de ton voyage ? demanda-t-elle tandis qu'ils chipotaient l'un et l'autre dans leurs assiettes.

Elle avait l'impression qu'on la conduisait à la guillotine.

— Je suis sincèrement désolé de ce que je t'ai dit avant ton départ. J'ai longuement réfléchi depuis, dit-il.

Elle baissa la tête, prête à entendre la suite. Elle aurait voulu lui dire d'en finir le plus vite possible mais, au lieu de cela, elle l'écouta, les yeux perdus dans le vague.

— Il y a des tas de raisons qui me laissent penser que cela pourrait marcher entre nous. Et inversement, des tas de raisons qui me laissent penser le contraire.

Elle acquiesça, tout en ayant envie de hurler.

— Nous sommes du même monde, toi et moi. Nous avons beaucoup de points communs. Nous sommes tous deux des philanthropes convaincus. Je sais que tu ne supportes pas mon mode de vie, que tu préfères la simplicité, reconnut-il en souriant, même si ta maison est aussi belle que mon appartement. Tu aimes mon yacht et tu as le pied marin. Nous ne sommes à plaindre ni l'un ni l'autre. Nous sortons tous les deux de Princeton.

Il semblait ne jamais devoir arrêter. Au bout d'un moment, n'y tenant plus, elle le regarda dans les yeux, décidée à mettre un terme à son calvaire.

— Charlie, s'il te plaît. Dis les choses carrément. Je ne suis plus une enfant. Pour l'amour du ciel, finissons-en une bonne fois pour toutes.

Il la regarda sans comprendre.

— Mais c'est précisément ce que je suis en train de faire.

— Tu cherches à me dire que tout est fini. J'ai parfaitement compris. Inutile de tourner autour du pot. Tu n'étais pas obligé de m'inviter à déjeuner. J'aurais même préféré que tu ne le fasses pas. Un simple coup de fil aurait suffi. « Salut, je t'ai assez vue. » Enfin, n'importe quoi. Même à demi-mot, j'aurais tout de suite compris. Tu multiplies les sous-entendus depuis trois semaines. Alors, si tu veux m'annoncer que tout est fini, fais-le et n'en parlons plus.

Elle se sentait soulagée, maintenant qu'elle lui avait dit ce qu'elle avait sur le cœur. Il la regardait bizarrement, comme si elle lui avait coupé l'herbe sous le pied et qu'il ne savait plus quoi dire.

— Tu veux dire que tu ne veux pas continuer ? demanda-t-il, l'air profondément contrarié et abattu.

Elle hésita un instant, puis décida d'être franche avec lui. Après tout, elle n'avait rien à perdre.

— Non. Pas moi. Je t'aime. Je prends beaucoup de plaisir à être avec toi. Je te trouve intéressant, amusant.

J'aime te parler de mon travail et de mille autres choses. J'aime ton yacht, tes amis. J'aime même l'odeur de tes cigares. J'aime dormir avec toi. Mais ce n'est pas réciproque, apparemment. Alors, s'il faut rompre, rompons. Je n'ai pas envie de rester là à t'écouter et à essayer de te convaincre de continuer, si tu n'en as pas envie.

Il la dévisagea intensément pendant un long moment, puis sourit.

— Parce que tu penses que je suis venu te dire que tout était fini entre nous ?

— Oui. Que pourrais-je penser d'autre ? Avant mon départ, tu m'as expliqué tout ce qui n'allait pas entre nous, après quoi, tu ne m'as pas donné signe de vie pendant deux semaines. Et quand tu m'as appelée hier, c'était pour m'inviter à déjeuner, et pas à dîner, et tu avais une voix d'outre-tombe. Il me semble que les choses sont claires, non ? Allons, Charlie, dis-le et finissons-en.

Elle n'éprouvait plus la moindre appréhension. Elle était prête à l'entendre maintenant. Elle avait connu pire et avait survécu.

— C'est la conclusion à laquelle je suis arrivé sur le bateau. J'ai compris qu'il était temps que j'arrête de tourner autour du pot, de m'attendre toujours au pire. Au diable le défaut rédhibitoire, la peur de souffrir et l'angoisse de voir partir ou mourir la personne que j'aime. Je dois prendre mes responsabilités. Et si jamais ça ne marche pas, il sera toujours temps de recoller les morceaux. Ensemble. Carole, veux-tu m'épouser ? dit-il en plongeant ses yeux dans les siens.

La bouche de Carole s'arrondit de surprise.

— Quoi !

— Je te demande de m'épouser, réitéra-t-il avec un grand sourire.

Elle sentit les larmes lui monter aux yeux.

— Tu me demandes ça ici, maintenant, chez Mo ? Mais pourquoi ?

— Parce que je t'aime. Et que c'est tout ce qui compte. Tout le reste n'est que littérature.

— Mais pourquoi ici ? Pourquoi ne m'as-tu pas invitée au restaurant hier soir, par exemple ? Comment peux-tu me demander une chose pareille dans un endroit comme celui-là ?

Elle riait à travers ses larmes. Il prit ses mains dans les siennes.

— Parce que j'avais une réunion importante avec mes fondés de pouvoir. Nous devions impérativement faire les comptes de la fondation et clore l'exercice de l'année. Et comme je ne voulais pas attendre jusqu'à ce soir... Mais c'est sans importance, non ?

Elle resta un long moment à le regarder, un grand sourire aux lèvres. Charlie était fou mais adorable. Il lui avait laissé entendre que tout était fini entre eux et il la demandait en mariage. Tout cela était complètement délirant. Elle se pencha au-dessus de la table pour l'embrasser.

— Tu sais qu'à cause de toi, j'ai failli avoir un ulcère ? D'accord, je veux bien t'épouser. J'en ai même très envie. Quand ?

Elle riait à présent, et ne voulait pas perdre de temps.

— Que dirais-tu du mois de juin ? On pourrait passer notre lune de miel sur le bateau. Mais si tu préfères un autre moment, dis-le-moi. J'ai eu tellement peur que tu m'envoies balader.

— Non, non. Le mois de juin me va très bien.

Elle n'arrivait toujours pas à croire qu'il lui avait demandé sa main. Elle avait l'impression de vivre un rêve, et lui aussi.

— Ça ne nous laisse guère de temps pour les préparatifs, constata-t-il.

Mais maintenant que sa décision était prise, il ne voulait plus la repousser indéfiniment.

— Je me débrouillerai, dit-elle tandis qu'il réglait l'addition.

Ils reprirent alors tranquillement le chemin du centre. Elle n'en revenait toujours pas, car elle s'était attendue à un tout autre dénouement.

— Je t'aime, lui dit-il en la prenant dans ses bras pour l'embrasser devant la porte du centre.

Les passants les regardaient en souriant. Tygue, qui rentrait de déjeuner, passa devant eux en riant.

— Ça va comme vous voulez ? dit-il en poussant la porte.

Carole lui rendit son sourire, puis embrassa à nouveau son futur mari, avant qu'il ne reparte de son côté, heureux.

27

Adam et Maggie avaient décidé de ne rien dire aux enfants tant que la grossesse ne se verrait pas. C'est à eux qu'Adam annoncerait la nouvelle en premier, avant même sa mère. Mais il avait le trac, et craignait aussi la réaction de Rachel.

Deux semaines plus tard, bien que débordé de travail, il s'arrangea pour accompagner Maggie à l'échographie. Le bébé était en bonne santé et semblait vigoureux. C'était un garçon. En le voyant remuer, ils eurent les larmes aux yeux. Maggie était enceinte de quatre mois.

Adam devait retourner à Las Vegas la semaine suivante et il lui demanda si elle voulait l'accompagner. Comme elle avait justement deux jours de congé, elle accepta avec joie. Ces temps-ci, et malgré des journées stressantes, Adam était de très bonne humeur et plein de prévenance pour Maggie. Elle avait besoin de beaucoup dormir et était malade presque quotidiennement, mais s'efforçait de ne pas se plaindre. Après tout, c'était pour la bonne cause.

Le soir où ils s'envolèrent pour Las Vegas, elle se sentait légèrement mieux. L'un des plus gros clients d'Adam y donnait une série de concerts, mais Adam avait bien précisé qu'il ne pouvait pas rester plus de deux nuits ; de plus, Maggie devait reprendre le travail. Ils prirent son avion privé et descendirent à l'hôtel Bellagio. Pour son plus grand plaisir, il avait réservé la suite présidentielle, avec salle à manger, salle de réunion et lit gigantesque. Il y avait même un piano à queue dans le salon. Ils arrivèrent suffisamment tôt pour pouvoir se reposer un peu. Le spectacle qu'ils étaient venus voir ne commençait pas avant minuit. Peu de temps avant de descendre dîner, Adam lui annonça qu'il avait quelques affaires à régler et qu'il allait dans la salle de réunion. Il lui demanda d'y conduire les personnes qu'il attendait. Deux hommes en costume sombre se présentèrent peu après, et Maggie les emmena retrouver Adam. Quand elle ouvrit la porte pour les laisser entrer, elle vit une énorme gerbe de roses rouges au milieu de la table, ainsi qu'une bouteille de champagne mise à rafraîchir dans un seau à glace, et Adam qui lui souriait, avec l'air ravi.

— Entre, Maggie, lui lança-t-il en lui faisant signe d'approcher, ainsi qu'aux deux hommes qui l'escortaient.

— Mais que se passe-t-il ? demanda-t-elle en jetant des coups d'œil étonnés autour d'elle.

Quelque chose était en train de se tramer à son insu. Tout le monde avait l'air au courant sauf elle. Elle portait la robe rose et les escarpins qu'Adam lui avait demandé de mettre. Elle commençait à se sentir à l'étroit dans ses vêtements, même si sa grossesse n'était pas encore visible. Sa silhouette était toujours aussi parfaite, quoiqu'un peu plus épanouie au niveau du décolleté.

— Nous allons nous marier, voilà ce qui se passe, répondit Adam. Je ne te demande pas si tu le veux. Je l'exige. Et si jamais tu refuses, je t'enferme dans cette chambre jusqu'à ce que tu aies changé d'avis.

— Tu plaisantes ? dit-elle en lui souriant.

Elle n'en croyait pas ses yeux.

— Je n'ai jamais été aussi sérieux, affirma-t-il en venant se tenir à ses côtés. Pas question que tu aies ce bébé seule. Je te présente le juge Rosenstein et son assistant, Walter. Ils sont venus pour célébrer notre mariage. Walter sera notre témoin.

— On va se marier pour de bon ? demanda-t-elle, émue.

— Pour de bon.

— Mais... ta mère est au courant ?

— Elle le sera demain. Je veux d'abord l'annoncer aux enfants.

Il avait mûrement réfléchi. Elle lui avait dit qu'elle accepterait de l'épouser s'il le faisait parce qu'il en avait envie et non par obligation. Et c'était le cas.

Quand le juge lui demanda si elle voulait le prendre pour époux, Maggie acquiesça, les larmes aux yeux. Adam lui passa au doigt une alliance qu'il était allé acheter la veille chez Tiffany. Walter signa ensuite le registre de mariage et, à huit heures ce soir-là, ils furent mari et femme. Une fois seuls, il l'embrassa et ils débouchèrent le champagne. Elle ne fit qu'y tremper les lèvres, pour ne pas faire de mal au bébé.

— Je t'aime, Maggie, dit-il en lui souriant. Je t'aurais épousée de toute façon, même si tu n'avais pas été enceinte.

— Vraiment ?

— Vraiment, répondit-il avec assurance.

Elle était encore sous le choc lorsqu'ils partirent dîner au Picasso, avant de se rendre au concert. Elle n'arrêtait pas de regarder son alliance et ne s'en lassait pas.

Tard dans la nuit, alors qu'il commençait tout juste à s'endormir après qu'ils eurent fait l'amour, elle lui tapota doucement l'épaule. Il remua légèrement, incapable de se réveiller vraiment.

— Hum… t'aime… marmonna-t-il.

— Je t'aime, moi aussi… Et je viens d'avoir une idée.

— Pas maintenant… Je dors… Demain…

— Je crois que je devrais me convertir et devenir juive.

Adam dormait, mais il réussit à hocher la tête.

— Parlera demain… T'aime… Bonne nuit…

Et tandis qu'il sombrait dans les bras de Morphée, Maggie, parfaitement éveillée, songea que c'était le plus beau soir de sa vie.

28

Quand Adam appela sa mère le lendemain, elle hurla si fort dans le combiné qu'on aurait pu l'entendre à des kilomètres.

— *O'Malley ? Une catholique ?* Tu veux ma mort ? Et celle de ton père ? Tu es fou, mon pauvre garçon !

Elle l'injuria et le traita de tous les noms.

— Elle a l'intention de se convertir.

Mais elle ne l'écoutait pas. Il n'était qu'un débauché, le déshonneur de sa famille !

— C'est cette créature que tu es allé retrouver, quand tu es parti en claquant la porte, le soir de Thanksgiving ? l'accusa-t-elle.

Mais cette fois, ses paroles ne lui firent aucun effet et ne lui déclenchèrent aucune migraine. Il avait Maggie avec lui, désormais. Elle était son amour, son alliée, sa meilleure amie.

— En effet. Et je m'en félicite.

— Tu es complètement stupide, ma parole. Il y a plein de gentilles filles juives qui ne demanderaient qu'à t'épouser. Mais non, il a fallu que tu ailles t'enticher d'une catholique.

Choqué par cette remarque désobligeante et le manque de respect qu'elle témoignait à Maggie, il décida de lui assener le coup de grâce.

— Et au fait, maman, pendant que j'y pense : nous allons avoir un bébé.

— Oh, mon Dieu, non ! s'époumona-t-elle.

— Je savais que tu serais ravie d'apprendre la bonne nouvelle. Je te rappellerai bientôt.

— Mais comment vais-je l'annoncer à ton père ? Il va avoir une attaque.

— Ça m'étonnerait, répondit calmement Adam. Mais avant de le lui dire, réveille-le doucement. Allez, à bientôt, maman.

Et il raccrocha.

— Eh bien, comment l'a-t-elle pris ? demanda Maggie avec anxiété lorsqu'elle revint dans la chambre.

Ils venaient de rentrer à New York et il avait appelé ses enfants avant sa mère. Amanda et Jacob avaient très bien réagi. Ils adoraient Maggie et s'étaient dits ravis.

— Elle était enchantée, répondit Adam, un sourire victorieux aux lèvres. Surtout quand je lui ai annoncé que tu allais te convertir.

Les trois couples se retrouvèrent pour dîner au Cirque, une semaine plus tard. Charlie les avait invités en les prévenant qu'il avait une nouvelle importante à leur annoncer.

Tous arrivèrent à l'heure. Les trois femmes étaient en beauté, et tout le monde était de bonne humeur. Dès qu'on leur eut servi l'apéritif, Charlie annonça que Carole et lui s'étaient fiancés et qu'ils se marieraient en juin. Tous en furent ravis, et Adam fit un clin d'œil entendu à Maggie en lui souriant.

— Hep, vous deux ! les interrogea Charlie, qui avait remarqué leur manège. Qu'est-ce que vous mijotez ?

— Nous nous sommes mariés la semaine dernière, annonça fièrement Adam en souriant à Maggie. Et nous allons avoir un bébé en juin.

La nouvelle fut accueillie par des cris de joie.

— Ça alors ! s'écria Charlie en riant. Vous nous avez ravi la vedette !

Il était sincèrement heureux pour ses amis. Carole demanda aussitôt à Maggie à quelle date elle devait accoucher. Le mariage aurait lieu deux semaines plus tôt que l'accouchement, de sorte que Maggie pourrait y assister, si tout allait bien.

— Et nos vacances d'été sur le *Blue Moon* ? s'enquit Gray, l'air désolé.

Tous éclatèrent de rire.

— Elles sont maintenues, le rassura Charlie en consultant du regard ses amis, qui tous approuvèrent.

— On pourra venir avec le bébé ? demanda Maggie timidement.

— Avec le bébé et la nurse, confirma Charlie. Bon, il semblerait que tout le monde soit d'accord. Et toi, Sylvia ? J'espère que tu pourras venir aussi.

Les vacances seraient différentes, cette fois, puisque les trois amis seraient accompagnés de leurs femmes, mais elles seraient tout aussi joyeuses.

— Au fait, lança soudain Gray avec un sourire heureux. Je me suis installé définitivement chez Sylvia, la semaine dernière. Cette fois, nous vivons vraiment ensemble. J'ai ma propre penderie, ma clé, mon nom sur la boîte aux lettres, et je réponds au téléphone.

— Ah oui, les fameuses règles, se souvint Maggie en riant. Mais avez-vous passé les fêtes ensemble, comme tout couple qui se respecte ?

En disant cela, elle lança un regard plein de tendresse à Adam.

Gray lui répondit qu'il avait accompagné Sylvia et ses enfants dans le Vermont, et qu'ils avaient passé Noël ensemble. Il reconnut qu'au début, il n'était pas à l'aise, mais que tout s'était bien déroulé. Emily et Gilbert étaient repartis en Europe la semaine précédente, et il leur avait promis d'aller passer une semaine avec eux en Italie avant que lui et Sylvia ne rejoignent le *Blue Moon*.

Pour l'heure, il était en train d'achever le portrait de Boy et préparait activement son exposition d'avril. Il voulait que le portrait de son frère en soit la pièce maîtresse, même si elle n'était pas à vendre. Il avait l'intention de l'accrocher ensuite chez Sylvia, pour le sentir près de lui. À sa mort, Boy était devenu son frère plus qu'il ne l'avait été de son vivant. Ils s'étaient retrouvés, grâce à la volonté du jeune homme.

— Et vous deux, au fait ? le taquina Adam. C'est pour quand, le mariage ?

— Jamais ! répondirent-ils à l'unisson.

Tous éclatèrent de rire.

— Vous devriez vous marier à Portofino l'été prochain, là où vous vous êtes rencontrés, suggéra Charlie.

— Nous sommes trop vieux pour cela, déclara Sylvia, qui venait de fêter ses cinquante ans. Et nous ne voulons pas d'enfants.

— C'est ce que je me disais, moi aussi, dit Adam en adressant un petit sourire et un regard plein de tendresse à sa femme.

Depuis quelques jours, Maggie commençait à se sentir mieux.

— Je comprends mieux à présent pourquoi tu as eu le mal de mer sur le bateau, lui dit Charlie qui venait soudain de faire le rapprochement.

— Moi aussi, répondit Maggie. Mais à l'époque, je ne savais pas encore que j'étais enceinte.

Après cela, tous trinquèrent à la santé les uns des autres. Comme toujours, les hommes burent un peu trop, mais l'occasion était trop belle et les trois femmes ne cherchèrent pas à les freiner.

Plus tard, lorsqu'ils se séparèrent, tous avaient pris bonne note de la date du mariage de Charlie et Carole, et de celle prévue pour l'accouchement de Maggie. Enfin, ils convinrent de se retrouver sur le *Blue Moon*, le 1er août, comme à l'accoutumée. La vie était belle et le bonheur était devant eux.

29

Après de nombreuses discussions, et bien qu'il se fût agi de son second mariage, Carole accéda aux vœux de ses parents, qui voulaient qu'elle se marie à Saint James. Ce fut une cérémonie élégante et solennelle. Charlie était en cravate blanche et queue-de-pie. Carole portait une splendide robe longue mauve pâle, rehaussée de brins de muguet, également piqués dans ses cheveux, et tenait un bouquet d'orchidées et de roses à la main. Elle était absolument ravissante en se dirigeant vers l'autel au bras de son père. Sylvia et Maggie étaient ses demoiselles d'honneur, Gray et Adam les garçons d'honneur de Charlie. Après la cérémonie, les deux cents invités se retrouvèrent dans les salons du New York Yacht Club. La réception aurait été des plus classiques sans la présence des enfants du centre, accompagnés de Tygue et de quelques bénévoles. Gabby et Zorro étaient là, naturellement, et Carole avait fait venir des chanteurs de gospel de Harlem. Il y avait aussi un orchestre qui joua jusqu'à trois heures du matin.

Carole constata que même ses parents avaient l'air de s'amuser. Après avoir ouvert le bal avec la mariée,

Charlie invita Mme Van Horn à danser, et Carole dansa avec son père. Contrairement à la plupart des mariages, son père et sa mère étaient les deux seuls membres de sa famille présents. Tous les autres invités étaient des amis. Sylvia était très belle dans la robe lilas que Carole et elle étaient allées choisir ensemble chez Barney. Son bouquet était composé de lilas et de minuscules roses blanches. Trouver une robe pour Maggie s'était avéré plus délicat. Elles avaient finalement jeté leur dévolu sur une longue robe lavande. Lorsque le jour du mariage arriva, sa robe la serrait tellement qu'elle avait du mal à respirer. Mais, malgré son gros ventre, elle resplendissait de bonheur et de fraîcheur.

Carole confia qu'elle était ravie de se marier. Elle dansa avec Adam, Gray, Tygue et d'autres, mais surtout avec Charlie. Jamais couple n'avait paru plus heureux. La fête dura toute la nuit, au milieu des rires et des danses.

La musique était tellement entraînante que même les très collet monté Van Horn ne purent résister à l'envie de danser. Sylvia et Gray exécutèrent un tango éblouissant. Quant à Maggie, elle ne tenait pas en place et n'arrêtait pas de danser. Adam aurait voulu qu'elle s'assoie, mais il n'y parvint pas. Elle s'amusait comme une folle. À la fin de la soirée, quand elle s'écroula enfin sur un siège, elle dit à Adam qu'elle ne savait plus si c'était son dos ou ses pieds qui la faisaient le plus souffrir.

— Je t'avais dit de te ménager, la sermonna-t-il.

— Mais je vais parfaitement bien, répliqua-t-elle en souriant. J'ai encore deux semaines devant moi.

— À condition de ne pas danser comme tu le fais. Je ne sais pas comment une femme enceinte jusqu'aux yeux peut avoir l'air sexy, et pourtant, c'est ton cas.

Ils furent parmi les derniers à partir.

Charlie et Carole s'envolaient le lendemain pour Monte-Carlo. De là, ils prendraient le bateau qui les emmènerait à Venise où ils passeraient trois semaines. Carole était un peu anxieuse à l'idée de laisser le centre, mais Tygue lui avait promis qu'il s'occuperait de tout pendant son absence.

Ils quittèrent la soirée et montèrent dans leur voiture sous une pluie de pétales de roses. De son côté, Adam aida Maggie à s'installer dans la limousine avec chauffeur qu'il avait louée pour l'occasion, car, dans son état, il n'était plus possible de la transporter en Ferrari.

Elle bâillait à fendre l'âme lorsqu'ils prirent l'ascenseur, et, pour la première fois, elle s'endormit avant Adam. Après avoir déposé un baiser sur ses lèvres, il éteignit la lumière et sombra à son tour dans le sommeil, la tête pleine des images du mariage. Deux heures plus tard, à cinq heures du matin, il dormait à poings fermés quand Maggie lui tapota l'épaule.

— Mmm... Quoi ?

— Le bébé arrive, murmura-t-elle d'une voix légèrement paniquée.

Il était trop fatigué pour se réveiller, d'autant qu'à l'instar des autres invités il avait beaucoup bu.

— Adam... Chéri... Réveille-toi...

Elle essaya de s'asseoir dans le lit, mais les contractions étaient trop rapprochées. Elle lui tapota à nouveau l'épaule d'une main, tout en se tenant le ventre de l'autre.

— Chhhut... Je dors... Tu ferais mieux de dormir, toi aussi, marmonna-t-il en se retournant.

Elle essaya de suivre son conseil, mais elle n'arrivait pas à respirer. Tout s'accélérait et elle était affolée.

Il était presque six heures quand elle se mit à le secouer avec véhémence. Les contractions se succédaient sans discontinuer à présent. Elle avait beau tout essayer, rien ne marchait. Elle avait trop mal.

— Adam... Réveille-toi...

Elle ne pouvait pas sortir du lit. Elle essaya de le faire bouger, mais en vain.

Pour finir, à six heures et demie, elle le martela de coups de poing en criant son nom. Cette fois, il se réveilla en sursaut.

— Quoi ? Quoi ?

Il leva la tête avant de la laisser retomber sur l'oreiller.

— Oh, ma tête...

Puis il se tourna vers Maggie, vit son visage tordu de douleur et comprit. Migraine ou pas, il fallait qu'il se réveille. Et vite.

— Comment te sens-tu ? s'enquit-il.

— Mal...

Elle pleurait à présent et pouvait à peine parler.

— Je suis en train d'accoucher, Adam. J'ai peur.

À peine avait-elle fini sa phrase qu'une nouvelle contraction lui coupa le souffle. La douleur ne lui laissait plus aucun répit.

— Bon, laisse-moi une minute. N'aie pas peur. Tout ira bien.

Il savait qu'il devait se lever et enfiler son pantalon, mais il avait l'impression que sa tête pesait des tonnes.

— Non, ça ne va pas bien. Le bébé est en train d'arriver... Maintenant !

— Maintenant ?

Il se redressa d'un bond et la regarda.

— *Maintenant !*

Elle pleurait.

— Mais c'est impossible. Il ne doit naître que dans deux semaines... Bon sang, Maggie... Je t'avais dit de te ménager pendant le bal.

Mais elle ne l'entendait plus et fixait sur lui des yeux terrorisés. Il sauta du lit.

— Appelle les urgences ! haleta-t-elle entre deux contractions.

— Oui... Oui... Bien sûr...

L'opératrice dit à Adam qu'elle envoyait aussitôt les secours d'urgence. Il devait ouvrir la porte et rester près de Maggie en lui disant de souffler et de ne pas pousser.

Il fit tout ce qu'elle lui dit, au milieu des cris de Maggie. Les contractions se succédaient sans interruption.

— Maggie... Allez, chérie... Souffle ! Souffle ! Ne pousse pas !

— Ce n'est pas moi, c'est le bébé, répondit-elle en grimaçant de douleur.

Puis elle poussa un hurlement qui lui glaça le sang.

— Adam ! Ça y est...

Son fils était en train de naître quand l'équipe des secours arriva. Adam prit le bébé dans ses bras, et Maggie et lui se regardèrent avec émotion en voyant leur fils.

— Bravo ! s'exclama le médecin en prenant aussitôt les choses en main, tandis que son assistant procédait à la toilette du bébé avant de le glisser dans les bras de Maggie.

Adam semblait en état de choc. Un sourire paisible aux lèvres, Maggie les regardait, comme si rien ne s'était passé. Une fois que les médecins eurent coupé le cordon, le bébé sembla regarder Adam, et ce dernier eut l'impression qu'ils se connaissaient déjà.

— Ce jeune homme a-t-il un nom ? demanda l'un des urgentistes.

— Charles Gray Weiss, dit Adam en posant sur sa femme un regard plein d'amour. Tu es merveilleuse ! murmura-t-il à Maggie en venant s'agenouiller près d'elle.

— J'ai eu une de ces peurs ! reconnut-elle.

— Et moi, j'étais complètement ivre, s'esclaffa Adam. Pourquoi ne m'as-tu pas réveillé avant ?

— J'ai essayé !

Elle sourit.

— Je te promets que la prochaine fois que tu voudras me parler au moment où je m'endors, je t'écouterai.

L'ambulance attendait en bas, mais avant de partir ils appelèrent Carole et Charlie pour leur dire que le bébé venait de naître. Ils les réveillèrent, mais de toute façon ils devaient se lever de bonne heure pour prendre l'avion. Ils furent enchantés de la nouvelle. Adam appela ensuite Jacob et Amanda.

Comme tout allait bien, le docteur autorisa Maggie à rentrer à la maison avec son bébé le soir même. Heureuse, elle confia à Adam que c'était le plus beau jour de sa vie. Le bébé était adorable.

Ils installèrent son berceau juste à côté du lit. Ce soir-là, au moment où Adam commençait à s'endormir, Maggie lui donna un petit coup dans les côtes. Il se réveilla en sursaut, puis se redressa d'un bond et regarda sa femme.

— Quoi ? Qu'est-ce qui ne va pas ?

Il avait tenu parole. Il était parfaitement éveillé.

— Tout va bien. Je voulais juste te dire que je t'aime.

— Moi aussi, je t'aime, dit-il en reposant la tête sur l'oreiller et en l'attirant contre lui. Je t'aime de tout mon cœur, Maggie.

Et tous deux s'endormirent le sourire aux lèvres.

30

Le 1er août, tout le monde se retrouva à Monte-Carlo pour embarquer sur le *Blue Moon*. Maggie et Adam étaient venus, comme convenu, avec le bébé et sa nurse. Ils passèrent la soirée au casino avant de mettre le cap sur Saint-Tropez, puis sur Portofino. Tandis que Carole, Sylvia et Maggie faisaient du shopping, leurs maris prenaient un verre, puis venait l'heure de la baignade, et le soir venu ils descendaient se promener sur la piazza et manger des glaces. Ils allaient danser tous les soirs et Maggie profitait des pauses entre les sorties et les repas pour donner la tétée à son bébé, qui avait tout juste deux mois. C'était un robuste gaillard, aux grands yeux clairs et aux cheveux blonds, comme ceux de sa mère.

Le matin de leur arrivée à Portofino, Sylvia et Gray montèrent jusqu'à l'église San Giorgio, et le soir ils allèrent dîner avec les autres au restaurant où ils avaient fait connaissance. Ils venaient de passer deux semaines avec les enfants de Sylvia et, cette fois, Gray était plus détendu. Emily et lui avaient parlé peinture, et il avait beaucoup sympathisé avec Gilbert. Il confia d'ailleurs à Charlie que Sylvia avait des enfants adorables.

Ce soir-là, à table, leurs amis burent à leur santé. Il y avait juste un an qu'ils s'étaient rencontrés.

— Je continue à penser que vous devriez vous marier, affirma Adam tandis qu'ils débouchaient une nouvelle bouteille.

Il y avait maintenant longtemps qu'ils vivaient officiellement ensemble. Sylvia répondit que c'était encore trop tôt, mais les autres se récrièrent. Charlie et Carole se connaissaient depuis moins de temps quand ils s'étaient mariés. Et Adam et Maggie, encore moins. Et pourtant, tous semblaient parfaitement heureux.

— Mais nous n'avons pas besoin de nous marier, insista Sylvia.

Gray éclata de rire et lui dit qu'elle était comme lui quand il avait peur de rencontrer ses enfants.

— Je n'ai pas envie de tout gâcher, remarqua-t-elle doucement.

— Ça ne risque pas d'arriver, répondit Charlie. Et puis Gray est un type formidable.

— Je veux prendre le temps d'y réfléchir pendant encore un an, décida-t-elle gaiement.

— Très bien, nota Adam. Rendez-vous l'année prochaine, même date, même heure. Et nous verrons ce que vous aurez décidé.

Et tous levèrent à nouveau leurs verres à leur santé.

31

Il n'était que onze heures du matin et pourtant il faisait déjà étonnamment chaud. Dès que les voix se taisaient, on entendait le concert des insectes et des oiseaux, tandis que la petite procession gravissait la colline sous le ciel d'un bleu intense.

Une femme en chemisier blanc et jupe à volants, coiffée d'un grand chapeau de paille et chaussée de sandales de cuir rouge, portait un bouquet de roses rouges. Elle avait de magnifiques bracelets en turquoise. À ses côtés cheminait un homme aux cheveux blancs, vêtu d'un pantalon blanc et d'une chemise bleue. Derrière eux suivaient deux couples dont les femmes attendaient manifestement un heureux événement.

Tous les six se rendaient à la chapelle San Giorgio de Portofino. C'était la deuxième fois qu'elle se mariait, mais la première fois qu'elle se mariait à l'église. Quant à lui, il n'avait jamais été marié.

L'homme et la femme avancèrent jusqu'à l'autel puis, l'air grave, échangèrent leurs vœux devant leurs quatre amis. Quand le prêtre dit au marié qu'il pouvait embrasser la mariée, l'homme sentit les larmes lui monter aux yeux.

Sylvia et Gray se tournèrent ensuite vers leurs amis, qui semblaient heureux pour eux. Tous s'attardèrent un long moment dans l'église pour se recueillir et allumer des cierges. Puis ils reprirent lentement le chemin du port et s'arrêtèrent sur la piazza. Sylvia et Gray se tenaient par la main.

Le repas de noces se fit au restaurant où ils s'étaient connus jour pour jour deux années auparavant. Tous les six avaient fait du chemin depuis lors et bénissaient le ciel de s'être rencontrés.

— À Sylvia et Gray, pour une longue vie de bonheur ! déclara Charlie en levant son verre à leur santé.

Puis son regard se posa sur sa femme, qui attendait leur premier enfant, dont la naissance était prévue en décembre. Le deuxième de Maggie et Adam naîtrait en octobre.

Les deux années qui venaient de s'écouler avaient été placées sous le signe de la joie, de la naissance et des mariages, du travail et du succès. Maggie étudiait à présent à la fac de droit. Le centre de Carole s'était agrandi. Tous les six avaient souffert dans le passé, mais tous avaient enfin posé leurs valises et avançaient le cœur léger, en compagnie de l'être aimé.

Plus tard, ce jour-là, ils retournèrent au bateau et se baignèrent. Puis, le soir venu, ils dînèrent à bord. Sylvia et Gray étaient heureux de pouvoir passer leur lune de miel avec leurs amis. Ils n'auraient pu souhaiter mieux. Et, lorsqu'ils quittèrent Portofino pour d'autres ports, leur vie de célibataires n'était plus qu'un lointain souvenir.

Composé par Nord Compo
à Villeneuve-d'Ascq

Imprimé en France par

MAURY-IMPRIMEUR
à Malesherbes (Loiret)
en mars 2010

POCKET – 12, avenue d'Italie - 75627 Paris cedex 13

N° d'impression : 154640
Dépôt légal : janvier 2008
Suite du premier tirage : mars 2010
S20521/01